COL
L'IM

Czeslaw Milosz

Sur les bords de l'Issa

*Traduit du polonais
par Jeanne Hersch*

Gallimard

Titre original :
DOLINA ISSY

© *Éditions Gallimard, 1956.*

Czeslaw Milosz est né en Lituanie en 1911. Son père, ingénieur, avait vécu en Russie et en Pologne. Après la guerre de 1914, il opte pour la Pologne et s'installe à Wilno. Milosz y passe son adolescence et fait des études dans un collège religieux. Comme beaucoup de jeunes intellectuels polonais, il est très influencé par le marxisme et adhère à des groupes politico-littéraires. À la fin de ses études de droit, Milosz voyage à travers l'Europe centrale, part pour Paris où il retrouve son cousin, le célèbre poète Oscar Milosz, se lie d'amitié avec lui et commence à écrire.

La guerre de 1939 le trouve à Wilno et à Varsovie. Écrivain, éditeur clandestin, Milosz assiste à la grande insurrection de Varsovie, rallie le nouveau régime à la fin de la guerre, est nommé secrétaire d'ambassade à Washington.

En 1957, amené à quitter la Pologne, Milosz s'installe en France quelque temps, avant de repartir en Californie où il est devenu professeur.

Il reçoit le prix Nobel de littérature en 1980.

À partir de 1995, il passe plusieurs mois par an en Pologne, puis s'y installe définitivement. Il meurt à Cracovie en 2004.

1

Il convient de décrire d'abord le Pays des Lacs, le coin de Lituanie où Thomas vivait. Cette région de l'Europe a été longtemps recouverte de glaciers et on sent dans ses paysages la sévérité du Nord. La terre y est en général sablonneuse et pierreuse, bonne uniquement à la culture des pommes de terre, du seigle, de l'avoine et du lin. C'est ce qui explique que l'homme n'ait pas détruit les forêts ; elles adoucissent un peu le climat et protègent des vents qui soufflent de la Baltique. Le pin et le sapin y dominent, il s'y trouve aussi des bouleaux, des chênes et des charmes, mais pas de hêtres : la limite de la zone où ils croissent passe beaucoup plus au sud. On peut errer longtemps par ici sans que le regard se lasse car, de même que les cités humaines, les sociétés d'arbres ont leurs traits caractéristiques qui ne se répètent pas ; elles forment des îles, des zones, des archipels ; elles sont marquées çà et là d'un chemin aux ornières sablonneuses, d'une maison forestière, d'une vieille goudronnerie dont les fours croulants sont envahis par la végétation. À certains moments, du haut d'une colline, la vue s'étend sur la surface bleue d'un lac, avec la petite tache blanche, à peine perceptible, d'un grèbe, ou une file de canards planant au-dessus des roseaux. La sauvagine abonde dans les marécages. Au printemps, dans le haut d'un ciel pâle, s'entête le chevrotement tantôt proche, tantôt lointain des bécassines — wa-wa-wa —, c'est le bruit de l'air sifflant à travers les plumes de leur queue lorsqu'elles exécutent leurs monotones acrobaties d'amour. Ce faible son, le gargouillis des coqs de bruyère — comme si quelque part, au loin, l'horizon se mettait à bouillir — et le coassement de milliers de grenouilles dans les prés (leur nombre entraîne celui des cigognes qui font leurs nids sur les toits des chaumières et des granges), tels sont les bruits qui marquent ici le moment de l'année où, après une brusque fonte des neiges, fleurissent le bouton d'or et le daphné — petites fleurs d'un rose mauve sur des buissons encore sans feuilles. Deux saisons conviennent vraiment à ce pays, comme s'il n'avait été créé que pour elles : le printemps et l'automne — un automne long, le plus souvent serein, chargé des odeurs du lin en train de rouir, du battement de la broyeuse, d'échos lointains. Les oies domestiques alors sont prises d'inquiétude, elles s'élèvent gauchement, tentant de suivre leurs sœurs sauvages qui, d'en haut, jettent des appels ; il arrive que quelqu'un rapporte à la maison une cigogne, l'aile brisée : c'est qu'elle a évité de justesse les coups de bec mortels infligés par les gardiennes de la loi à la compagne incapable de voler jusqu'au Nil ; on raconte qu'un loup, quelque part, a ravi un porc ; on entend dans les bois le concert des chiens de chasse : un soprane, une basse et un baryton donnent de la voix en pleine course, à la poursuite du gibier, et on reconnaît à leurs modulations s'ils poursuivent un lièvre ou un chevreuil.

La faune, ici, est mêlée, elle n'est pas encore tout à fait septentrionale. On rencontre parfois le lagopède des saules, mais il y a aussi des perdrix. L'écureuil, l'hiver, porte une fourrure grisâtre, mais pas tout à fait grise. Il y a deux sortes de lièvres, l'un ordinaire, qui a le même aspect l'hiver que l'été, l'autre, dit lièvre blanc, qui change de poil et ne se distingue pas de la neige. Ce voisinage des espèces donne matière aux considérations des savants, et la question se complique encore du fait qu'il existe, à ce que prétendent les chasseurs, deux variétés du lièvre ordinaire : celle des champs et celle des bois qui se croise parfois avec le lièvre blanc.

Naguère encore l'homme ici produisait chez lui tout ce dont il avait besoin. Il se vêtait de la toile grossière que les femmes étalent sur l'herbe et aspergent d'eau pour la faire blanchir au soleil. À l'heure des contes et des chansons, tard dans l'automne, les doigts tiraient le fil de l'écheveau de laine et la pédale des rouets battait en mesure. Avec ce fil, les ménagères tissaient des pièces de drap sur les métiers domestiques et gardaient jalousement le secret de leurs dessins : tissage croisé ou lisse, telle couleur pour la chaîne, telle autre pour la trame. Les cuillers, les cuves, les ustensiles ménagers, on les façonnait en creusant le bois, de même que les sabots. L'été, on portait surtout des sandales tressées en écorce de tilleul. Ce n'est qu'après la première grande guerre que des coopératives laitières commencèrent à se former, qu'on créa des centrales d'achat pour les grains et la viande, et que les besoins des villageois commencèrent à changer.

Les maisons sont en bois ; on ne les recouvre pas de chaume, mais de bardeaux. Des grues — une perche transversale qui pivote sur la fourche d'un pieu fiché en terre et porte un poids à l'une de ses extrémités — servent à tirer les seaux des puits. Les petits jardins, à l'entrée, font l'orgueil des ménagères. Elles y cultivent des dahlias et des mauves, des plantes qui prospèrent en hauteur au pied du mur, et non celles qui se contentent de décorer le sol sans qu'on puisse les voir à travers la clôture.

De cette vision d'ensemble, il nous faut passer à la vallée de l'Issa, une exception, à bien des égards, au Pays des Lacs.

L'Issa est une rivière noire, profonde, au cours paresseux, hermétiquement enfermée dans les osiers. Sa surface est par endroits à peine visible sous les feuilles des nénuphars. Elle sinue à travers les prés et les champs qui s'étalent des deux côtés sur ses rives aux pentes douces ont une glèbe féconde. Cette vallée a été privilégiée de plusieurs manières : sa terre noire, si rare chez nous, ses vergers plantureux, et peut-être sa situation à l'écart du monde, qui pour les gens d'ici n'a jamais été pénible.

Les villages y sont plus riches qu'ailleurs, situés soit sur l'unique grande route qui longe la rivière, ou bien plus haut, sur des terrasses, se contemplant le soir les uns les autres de toutes les lumières de leurs fenêtres à travers l'espace qui, comme une boîte à résonance, répète le bruit d'un marteau, l'aboiement des chiens et les voix d'hommes — de là, peut-être, la renommée de ces vieux chants, que l'on chante ici à plusieurs voix, jamais à l'unisson, s'efforçant d'éclipser les rivaux du village d'en face en laissant la phrase s'éteindre avec plus de beauté et de lenteur. Les amateurs de folklore ont noté sur les bords de l'Issa bien des thèmes venus de l'époque païenne — ne fût-ce que cette histoire de la Lune (elle est chez nous du sexe mâle) sortant du lit conjugal après y avoir dormi avec sa femme, le Soleil.

2

Une particularité de la vallée de l'Issa, c'est que les diables y sont plus nombreux qu'ailleurs. Peut-être les saules creux, les moulins, les fourrés sur les rives sont-ils spécialement favorables aux êtres qui ne se laissent voir que lorsqu'ils en ont le désir. À croire ceux qui en ont vu, un diable, ce n'est pas grand ; il a la taille d'un enfant de neuf ans, il porte un petit habit vert, un jabot, les cheveux tressés en catogan, des bas blancs, et il s'efforce de cacher dans des escarpins à hauts talons ses sabots dont il a honte. De telles histoires ne doivent être accueillies qu'avec une certaine prudence. Il est possible que les diables, connaissant le respect superstitieux des gens d'ici pour les Allemands — hommes du commerce, des inventions et de la science — s'efforcent d'accroître leur prestige en s'habillant comme Emmanuel Kant, de Kœnigsberg. Ce n'est pas pour rien que sur les bords de l'Issa le deuxième nom du Malin est le Petit Allemand — signifiant que le diable est l'allié du progrès. Il est pourtant difficile de supposer que les diables portent tous les jours un tel costume. Ainsi, par exemple, leur jeu favori, c'est de danser dans les huttes vides où l'on broie le lin et qui se trouvent d'ordinaire un peu à l'écart des habitations : comment pourraient-ils, en habit, soulever des tourbillons de poussière et de son, sans souci de conserver une allure décente ? Et pourquoi, si une sorte d'immortalité leur a été accordée, choisiraient-ils justement un costume du XVIIIe siècle ?

On ne sait pas, à vrai dire, dans quelle mesure ils sont capables de changer d'aspect. Lorsqu'une fille allume deux cierges à la veillée de la Saint-André et regarde dans son miroir, elle peut y voir l'avenir : le visage de l'homme auquel sa vie sera liée, parfois le visage de la mort. Est-ce un diable qui se déguise ainsi, ou d'autres forces magiques sont-elles à l'œuvre ? Et les êtres qui apparurent avec le christianisme, comment les distinguer des autres, indigènes depuis bien plus longtemps, comme la sorcière des forêts qui, dans les berceaux, échange un bébé contre un autre, ou les petits bonshommes qui sortent la nuit de leurs palais enfouis sous les racines des sureaux ? Les diables et ces diverses créatures ont-ils conclu entre eux quelque accord, ou vivent-ils tout simplement côte à côte, comme vivent aussi côte à côte les geais, les moineaux et les corneilles ? Et quel est le pays où ils se réfugient tous quand les chenilles des tanks écrasent la glèbe, quand sur les bords de la rivière ceux qui vont être fusillés creusent leurs tombes sans profondeur, tandis que dans le sang et les larmes, sous l'auréole de l'Histoire, se lève l'Industrialisation ? Ne peut-on pas imaginer une sorte de parlement siégeant au plus profond des cavernes de la terre, là où se fait déjà sentir la chaleur du feu liquide au centre de la planète, un parlement où des centaines de milliers de petits diables en habit écoutent gravement et avec tristesse les orateurs représentant le comité central des enfers ? Les orateurs annoncent que, dans l'intérêt de la cause, l'ère est close des joyeux vagabondages à travers bois et prés ; l'heure, disent-ils, exige d'autres moyens ; des spécialistes hautement qualifiés agiront désormais sans que leur présence puisse être soupçonnée des mortels. Des applaudissements éclatent, mais forcés, parce que les assistants ont compris que leur rôle a pris fin avec la phase préparatoire : le progrès va les enfermer dans des gouffres ténébreux et ils ne verront plus les couchers de soleil, le vol des martins-pêcheurs, les étoiles scintillantes, toutes les merveilles de ce monde inépuisable.

Les paysans des bords de l'Issa mettaient sur le seuil des huttes une écuelle pleine de lait pour les doux serpents d'eau qui n'avaient pas peur des hommes. Plus tard — mais pas avant le XVe siècle — ils devinrent des catholiques fervents, et la présence des diables leur rappelait la lutte qui se livre pour la possession définitive de l'âme humaine. Que deviendront-ils demain ? Quand on se met à raconter ces choses, on ne sait pas quel temps choisir, le présent ou le passé, comme si le passé n'était pas tout à fait passé tant qu'il persiste dans la mémoire des générations — ou même d'un seul chroniqueur.

Peut-être les diables se sont-ils plu sur les bords de l'Issa à cause de son eau ? On dit que ses propriétés influent sur le tempérament des gens qui naissent là. Ils sont enclins à se comporter de manière excentrique, ils ont rarement l'âme en paix, et leurs yeux bleus, leurs cheveux clairs et leur carrure plutôt lourde ne sont qu'une apparence trompeuse de santé nordique.

3

Thomas naquit à Ginè sur l'Issa au moment où la pomme mûre tombe sur le sol avec un bruit mat dans le silence de l'après-midi, et où se dressent à l'entrée des maisons les cuves pleines de bière brune que l'on brasse après la fin des moissons. Ginè, c'est avant tout une colline recouverte de chênes. Si on y a construit une église de bois, c'est dans une intention hostile à l'égard de l'ancienne religion, à moins qu'on n'ait voulu passer de l'ancienne à la nouvelle sans heurts : c'est à cet endroit que les sacrificateurs du dieu des foudres célébraient leurs rites. De la pelouse, devant l'église, le dos contre la muraille de pierre, on voit en bas les lacets de la rivière, le bac alourdi d'une charrette, avançant lentement le long d'un câble sur lequel la main du passeur tire en mesure (il n'y a pas ici de pont), la route, les toits entre les arbres. Un peu à l'écart, s'élève la cure avec un toit de bardeaux gris, semblable à l'Arche telle qu'on la voit sur les images. Si l'on gravit le petit escalier et qu'on appuie sur le loquet, on avance sur un carrelage de briques usées, disposées en fougère, et les rayons du soleil tombent là-dessus à travers de petites vitres vertes, rouges et jaunes, qui font l'admiration des enfants.

Au milieu des arbres, à l'écart, se trouve le cimetière où, dans un carré marqué par des chaînes reliant quatre bornes de pierre, gisent les ancêtres de Thomas, de la famille maternelle. Le cimetière, d'un côté, s'accote à des monticules arrondis où, l'été, des lézards disparaissent sous le serpolet. On appelle ce lieu les Remparts Suédois. Ils furent élevés par des Suédois venus ici d'au-delà de la mer, ou par ceux qui se battaient contre eux; on y trouve parfois des restes de cuirasses.

Les arbres du parc commencent derrière les remparts. Une route passe à la lisière, en pente raide; au moment de la fonte des neiges elle se change en un lit de torrent. Près de la route, il y a un buisson mystérieux d'aubépine, d'où dépassent les bras de la croix. Pour l'atteindre, il faut gravir dans l'herbe des restes de marches; alors on a sous les pieds l'ouverture ronde d'une source, une grenouille écarquille un œil au-dessous du bord, et, si l'on s'agenouille, écartant les lentilles d'eau, on peut observer longtemps, tout au fond, le jaillissement qui soulève une bulle de sable. On renverse la tête en arrière, et un Christ en bois apparaît, recouvert de mousse. Il est assis dans une sorte de petite chapelle, une main sur les genoux, sur l'autre il appuie son menton, car il est triste.

De la route, une allée s'en va vers la maison. Comme un tunnel, tellement les tilleuls y sont épais, elle descend jusqu'à l'étang, à côté du grenier. L'étang s'appelle Noir parce qu'il n'est jamais touché par le soleil. Passer par là de nuit donne le frisson; on y a vu plus d'une fois un cochon noir qui pousse des grognements, piaffe sur ses sabots et, sous le signe de croix, s'évanouit. Derrière l'étang, l'allée remonte, et soudain s'ouvre l'éclat de la pelouse. La maison est blanche, si basse que le toit, avec ses bardeaux envahis çà et là par l'herbe et la mousse, paraît l'écraser. La vigne vierge, dont les baies agacent la langue, étreint les fenêtres et les deux petites colonnes du porche vitré. Derrière, on a ajouté une aile à l'édifice; tout le monde s'y transporte pour l'hiver parce que le devant pourrit et s'effrite, envahi par l'humidité qui monte du sol. L'aile comprend bon nombre de chambres où se trouvent des rouets, des métiers à tisser et des moulins à fouler le drap.

Le berceau de Thomas se trouvait dans la partie ancienne de la maison, du côté du jardin, et le premier son qui le salua fut sans doute le cri des oiseaux derrière la fenêtre. Il mit beaucoup de temps, dès qu'il sut marcher, à explorer chambres et recoins. Dans la salle à manger, il avait peur de s'approcher du canapé de toile cirée — moins à cause d'un portrait d'homme au regard sévère, revêtu d'une armure et d'un manteau de pourpre, qu'à cause de deux visages de terre cuite, affreusement tordus, posés sur la console. Il ne se risquait jamais dans la pièce qu'on appelait *salon*, et, même lorsqu'il fut devenu un grand garçon, il s'y sentit toujours mal à l'aise. Ce salon, derrière l'entrée, était toujours vide, le parquet et les meubles craquaient tout seuls, et, sans trop savoir pourquoi, on y devinait la présence de quelqu'un. Thomas aimait surtout pénétrer dans la dépense, ce qui arrivait rarement. Alors la main de sa grand-mère tournait la clé de la porte peinte en rouge, et les odeurs éclataient. D'abord l'odeur des saucisses et des jambons fumés, suspendus aux poutres du plafond, mais une autre s'y mêlait, provenant des tiroirs superposés le long des murs. La grand-mère ouvrait les tiroirs et permettait d'en flairer le contenu tout en expliquant: «Ça, c'est de la cannelle, ça du café, ça des clous de girofle.» Plus haut, là où seules les grandes personnes pouvaient porter la main, brillaient des pots couleur d'or foncé qui suscitaient la convoitise, des mortiers, et même une machine à moudre les amandes, comme aussi un piège à souris: une boîte de fer-blanc sur laquelle la souris pouvait monter à l'aide d'un petit escalier de bois, et, au moment où elle essayait d'atteindre le lard, la trappe s'ouvrait et la faisait tomber dans l'eau. La petite fenêtre de la dépense était pourvue d'un grillage et, outre les odeurs, la fraîcheur et l'ombre y régnaient. Thomas aimait aussi la chambrette du corridor, à côté de la cuisine, qu'on appelait «vestiaire», où l'on mettait à sécher les fromages et où, souvent, on battait le beurre. Il se mettait volontiers lui-même à ce travail, car il est amusant de faire monter et descendre le bâton, tandis que le petit lait siffle dans l'ouverture. Mais il se lassait vite; c'est qu'il faut travailler longtemps avant de voir, en soulevant la sébile, qu'autour de la croix du bat-beurre s'agglutinent des grumeaux jaunes.

La maison, le verger derrière elle et la pelouse devant, c'est ce que Thomas connut d'abord. Au bord de la pelouse, trois agaves, le plus grand au milieu, les plus petits des deux côtés, faisaient éclater leurs pots, sur les douves desquels, plus haut et plus bas, les cercles avaient mis des traces de rouille. Les pointes des sapins qui poussaient au bas du parc semblaient toucher ces agaves, et, entre eux, il y avait le monde. On descendait en courant vers la rivière et le village — tant qu'il fut tout petit, Antonine l'emmenait, appuyant à sa hanche un baquet ovale plein de linge à laver, avec, posé sur le linge, un battoir.

4

Les ancêtres de Thomas étaient gentilshommes. Comment ils l'étaient devenus, on en a perdu le souvenir. Ils portaient des casques et des glaives, et les habitants des villages voisins devaient cultiver leurs champs. On estimait leur richesse moins à l'étendue de leurs terres qu'au nombre d'âmes qui y vivaient. Il y a très longtemps, les villages ne leur payaient qu'une redevance en nature; plus tard, on s'aperçut que les céréales, chargées sur des chalands et expédiées par le Niémen jusqu'à la mer, rapportent de gros profits, et qu'il vaut la peine de défricher la forêt pour gagner de nouveaux champs. Alors les hommes, forcés au travail, fomentaient parfois des révoltes et tuaient les seigneurs ; ils avaient à leur tête des anciens, qui unissaient dans une même haine les seigneurs et le christianisme dont l'avènement avait coïncidé avec la fin de la liberté.

Lorsque Thomas naquit, le domaine était déjà sur son déclin. Les terres qui restaient n'étaient pas très étendues, et quelques familles d'*ordinarii* y labouraient, y semaient et y fauchaient. En guise de salaire, elles recevaient surtout des pommes de terre et du grain, et cette attribution annuelle figurait dans les livres sous la rubrique *ordinaria*. On gardait en outre un certain nombre de serviteurs nourris dans la cuisine de la maison domaniale.

Le grand-père de Thomas, Casimir Surkant, ne rappelait en rien ces hommes d'ici dont la principale occupation était naguère de choisir des montures et de discuter les mérites des divers genres d'armes. De petite taille, un peu alourdi, il passait la plus grande partie de son temps sur son fauteuil. Lorsqu'il sommeillait, le menton appuyé sur sa poitrine, les mèches blanches qu'il peignait de manière à couvrir sa calvitie glissaient sur son visage, et son pince-nez se balançait au bout d'un cordon de soie. Il avait un teint d'enfant (seul son nez prenait parfois, au froid, une couleur de pruneau) et des yeux bleus avec des veinules rouges. Il s'enrhumait facilement et préférait sa chambre aux espaces découverts. Il ne buvait pas, ne fumait pas, et bien qu'il eût dû porter des bottes à haute tige et même des éperons pour se montrer prêt à sauter en selle à tout instant, il aimait mieux les pantalons longs, déformés aux genoux, et les bottines à lacets. Dans le domaine, il n'y avait pas un seul chien de chasse, et pourtant, à côté de l'étable, dans la cour, des hordes de cabots divers restaient là à se gratter et s'épouiller, libres de tout devoir. Il n'y avait pas non plus d'armes à feu. Le grand-père Surkant n'aimait rien plus que la tranquillité et les livres traitant de la culture des plantes. Peut-être se comportait-il aussi envers les hommes un peu comme envers les plantes, et leurs passions ne lui faisaient pas facilement perdre son calme. Il s'efforçait de les comprendre, et le fait qu'il était « trop bon », joint à sa répugnance pour les cartes et les réjouissances bruyantes, écartait de lui les voisins de son rang. Ils prononçaient son nom en haussant les épaules, ne sachant au juste que lui reprocher. Il pouvait arriver n'importe qui, M. Surkant le recevait sans que sa gentillesse eût le moindre rapport avec le rang et la situation du visiteur. On sait qu'il convient de traiter de façon différente un noble, un juif ou un paysan, mais lui, il transgressait ce principe, même à l'égard de cet affreux Chaïm.

Une fois par mois environ, Chaïm apparaissait sur son char et, le fouet à la main, en caftan noir, les pantalons amples tombant par-dessus les bottes, il pénétrait dans la maison. Sa barbe se dressait, raide comme une planche enfumée par le feu. Il engageait la conversation sur les prix du seigle et des veaux, ce qui ne constituait qu'un prélude à l'explosion. Alors, criant et gesticulant, courant de chambre en chambre, il se lançait à la poursuite des habitants de la maison, s'arrachait les cheveux et jurait qu'il allait à la faillite s'il lui fallait payer ce qu'on lui réclamait. S'il n'avait pas joué cette comédie de la détresse, il serait sans doute reparti avec le sentiment de n'avoir pas accompli son devoir de bon commerçant. Thomas s'étonnait d'entendre les hurlements s'arrêter soudain. Chaïm avait déjà sur les lèvres quelque chose qui était presque un sourire, il était assis avec le grand-père et tous deux causaient amicalement.

La bienveillance de Surkant à l'égard des gens ne signifiait pourtant pas qu'il fût en aucun cas disposé à renoncer à ses biens. Les anciennes querelles entre le village de Ginè et le domaine s'étaient éteintes et les terres étaient disposées de telle sorte qu'il n'y avait guère d'occasion de conflit. Il en allait autrement des gens de Pogiraï, de l'autre côté, au-dessous de la forêt. Ceux-là menaient des luttes sans fin pour leurs droits sur certains pâturages. Ce n'était pas là chose facile. Ils se réunissaient, débattaient leurs droits, la colère montait, ils nommaient une délégation d'anciens. Mais lorsque ces anciens prenaient place avec Surkant à la table sur laquelle il y avait de l'eau-de-vie et des tranches de jambon, toute l'affaire perdait son sens. Il se caressait d'une paume le dessus de la main et, sans hâte, cordialement, il expliquait. On voyait bien qu'il était sûr de tendre uniquement à une solution équitable. Ils reconnaissaient ceci et cela, mollissaient, concluaient un nouvel accord, et c'est seulement sur le chemin du retour qu'ils se rappelaient tout ce qu'ils n'avaient pas dit; ils étaient furieux de s'être laissé séduire encore une fois et de la honte qu'ils allaient éprouver devant le village.

Dans sa jeunesse, Surkant avait étudié en ville. Il avait lu des livres d'Auguste Comte et de John Stuart Mill dont, à part lui, sur les bords de l'Issa, on n'avait guère entendu parler. Des récits qu'il faisait de ce temps-là Thomas retint surtout ce qui concernait les bals, où les hommes se rendaient en frac. Le grand-père et son ami n'avaient qu'un seul frac pour eux deux et, pendant que l'un dansait, l'autre attendait à la maison, puis, après quelques heures, ils échangeaient les rôles.

Surkant avait eu deux filles. Héléna avait épousé le gérant d'un domaine voisin et Tekla un homme de la ville. C'est elle qui était la mère de Thomas. Elle venait parfois à Ginè pour quelques mois, mais rarement, parce qu'elle accompagnait son mari qu'emportaient çà et là par le monde la recherche d'un gagne-pain et plus tard la guerre. Pour Thomas, elle restait une merveille trop grande pour servir à quoi que ce fût et, la regardant, il avalait sa salive à force d'amour. Son père, il ne le connaissait presque pas. Les femmes, près de lui, c'étaient surtout Pola, quand il était tout petit, et ensuite Antonine. Pola était pour lui blancheur de peau, cheveux de lin, réalité moelleuse, et il reporta plus tard sa sympathie sur le pays dont le nom avait une résonance semblable au sien : la Pologne. Antonine marchait le ventre en avant sous son tablier à rayures. À la ceinture elle portait un trousseau de clés. Son rire ressemblait à un hennissement et dans son cœur elle cachait une bienveillance universelle. Elle parlait un mélange des deux langues : le lituanien était sa langue maternelle et le polonais une langue apprise.

Thomas aimait beaucoup son grand-père. Il sentait bon, et les crins blancs, au-dessus de ses lèvres, quand il l'embrassait, lui chatouillaient la joue. Dans la petite chambre où il vivait, une gravure était suspendue au-dessus du lit, représentant des gens attachés à des pieux tandis que d'autres, à demi-nus, approchaient des torches. L'un des premiers exercices de Thomas en matière de lecture fut de déchiffrer la légende : *Les torches de Néron*. C'était le nom d'un roi cruel, et Thomas donna le même à l'un des chiots parce qu'après avoir examiné sa gueule, les grandes personnes avaient dit qu'il avait le palais noir, signe qu'il allait être méchant. Néron grandit et ne montra aucune méchanceté. Mais il était très malin : il mangeait les prunes tombées des arbres et, lorsqu'il n'en trouvait pas, il savait appuyer ses pattes de devant contre le tronc et le secouer. Sur la table du grand-père, il y avait beaucoup de livres dont les images montraient des racines, des feuilles et des fleurs. Quelquefois le grand-père emmenait Thomas au salon et ouvrait le piano dont le couvercle avait la couleur des châtaignes. Les doigts un peu enflés, amincis aux extrémités, passaient sur les touches, et ce mouvement surprenait, comme surprenait aussi la tombée des gouttes sonores.

On pouvait voir souvent le grand-père tenir conseil avec l'économe. C'était M. Satybelka, avec une barbiche à deux pointes qu'il lissait et écartait en parlant. Menu, il marchait les genoux fléchis, perdant à chaque pas ses bottes à tige trop large. Il fumait une pipe qui, comparée à sa propre taille, était énorme ; le long tuyau s'incurvait vers le bas et le fourneau se fermait par un couvercle de métal percé de trous. Son logis, au bout du bâtiment où se trouvaient aussi l'écurie, la remise et l'office, verdissait sous des buissons de géraniums en pots, et il y en avait même dans des quarts de fer-blanc. Les murs étaient couverts d'images saintes que sa femme, Pauline, entourait de fleurs de papier. Derrière Satybelka, on voyait trotter partout le petit chien Mopsik (ce qui veut dire petit carlin). Quand son maître s'attardait dans la chambre du grand-père, Mopsik attendait dehors et il était inquiet, car, au milieu des grands chiens et des hommes, il avait besoin d'une protection de tous les instants.

Des visites — à l'exception de Chaïm ou des paysans qui arrivaient pour affaires — il n'en venait guère que quelquefois l'an. Le maître ne les attendait pas et elles ne lui déplaisaient pas non plus. Mais elles mettaient toujours la grand-mère Surkant de mauvaise humeur.

5

De sa grand-mère Michalina, dite Misia, Thomas ne reçut jamais aucun cadeau et elle ne s'occupait pas du tout de lui. Mais elle, c'était quelqu'un. Elle claquait les portes, injuriait tout le monde, elle se souciait comme d'une guigne des gens et de ce qu'ils pouvaient penser. Quand elle se mettait en colère, elle s'enfermait chez elle pour des jours entiers. Thomas, lorsqu'il se trouvait près d'elle, était rempli de joie — la même que donne la rencontre, dans un fourré, d'un écureuil ou d'une martre. Comme eux, elle était une créature des bois. Semblable à leurs museaux, son grand nez droit s'enfonçait entre des joues tellement proéminentes que pour un peu il aurait complètement disparu. Des yeux comme des noisettes, des cheveux sombres, bien lissés, la santé, la propreté. À la fin de mai, elle commençait ses expéditions vers la rivière; l'été, elle se baignait plusieurs fois par jour; l'automne, elle brisait du pied la première glace. En hiver aussi, elle passait beaucoup de temps aux ablutions les plus diverses. Elle ne veillait pas avec moins de soin à la netteté de la maison, mais, à vrai dire, seulement de la partie qu'elle considérait comme son terrier. En dehors de cela, des besoins, elle n'en avait aucun. Les grands-parents et Thomas se mettaient rarement à table ensemble car elle se refusait à admettre la régularité des repas, n'y voyant qu'un embarras inutile. Quand l'envie l'en prenait, elle courait à la cuisine et engloutissait des pots entiers de lait caillé en l'assortissant de concombres salés ou de gelées de porc au vinaigre — elle raffolait de tout ce qui est fort et salé. Sa répugnance pour le rite des assiettes et des plats — alors qu'il est bien plus agréable de se fourrer dans un coin et de mordre un morceau à sa guise, sans être vu de personne — provenait de la conviction selon laquelle les cérémonies sont d'inutiles pertes de temps, et aussi de son avarice. Quant aux visites, elles l'irritaient parce qu'il faut distraire les hôtes même quand l'envie vous en manque, et leur donner à manger.

Elle ne portait pas de camisoles, de jupons de laine ni de corsets. En hiver, son occupation favorite consistait à se mettre debout près du poêle, à lever sa jupe et se chauffer le derrière — attitude qui signifiait qu'elle était prête à la conversation. Ce défi aux usages en imposait grandement à Thomas.

Les colères de la grand-mère Misia restaient sans doute en surface ; au dedans se cachait quelque chose qui semblait rire aux éclats, et, livrée à elle-même, isolée par son indifférence, elle s'amusait sûrement très bien. Thomas devinait qu'elle était faite d'une matière dure et qu'en elle une petite machine faisait tic tac sans avoir besoin d'être remontée, un *perpetuum mobile* pour lequel le monde extérieur était superflu. Elle recourait à toutes sortes de ruses pour pouvoir se coucher en rond à l'intérieur d'elle-même.

Ce qui l'intéressait surtout, c'étaient la sorcellerie, les esprits et la vie d'outre-tombe. En matière de livres, elle ne lisait que les vies des saints, mais il est probable qu'elle ne s'attachait pas à leur contenu ; ce qui l'enivrait et la faisait rêver, c'était la langue même, le son des phrases pieuses. Elle ne donnait à Thomas aucune leçon de morale. Le matin (si elle se montrait hors de son repaire qui sentait la cire et le savon), elle s'asseyait avec Antonine et expliquait des rêves. Apprenait-elle que quelqu'un avait vu le diable ou qu'une maison du voisinage ne pouvait plus être habitée parce qu'on y entendait sonner des chaînes et rouler des tonneaux — elle rayonnait. N'importe quel signe de l'autre monde la mettait de bonne humeur ; il confirmait à ses yeux le fait que l'homme sur la terre n'est pas seul, mais en compagnie. Elle discernait dans toutes sortes d'incidents minimes des avertissements et des indications provenant des *Puissances*. Car enfin il faut comprendre, savoir se comporter, et alors les Puissances qui nous entourent nous servent et nous aident. La grand-mère Misia avait une telle curiosité pour ces créatures qui grouillent autour de nous dans l'air et que nous touchons à chaque instant sans le savoir qu'elle traitait les vieilles femmes initiées aux secrets et aux formules magiques tout à fait différemment des autres ; elle allait jusqu'à leur donner tantôt un bout d'étoffe, tantôt une rondelle de saucisson, dans l'espoir de les faire parler.

Elle s'occupait peu du ménage, juste ce qu'il fallait pour contrôler si le grand-père n'emportait pas quelque denrée pour ses protégés — il lui arrivait de voler en catimini par peur des scènes. Ne rendant service à personne — les besoins d'autrui n'atteignaient pas son imagination — exempte de remords, sans souci de quelconques devoirs envers son prochain, simplement elle vivait. Si Thomas avait réussi à lui rendre visite alors qu'elle était au lit dans l'alcôve fermée d'un rideau, avec, sur le côté, le prie-Dieu à accoudoir sculpté et à coussin de velours rouge, il s'asseyait à ses pieds et s'appuyait contre les genoux cachés sous la couverture (elle ne supportait pas les courtepointes ouatinées). Les rides se fronçaient autour de ses yeux, les pommes de ses joues saillaient encore plus que d'habitude, exprimant l'amitié et annonçant des histoires drôles. Parfois il s'exposait par quelque méfait à ses grognements, elle l'appelait « vilain » et « sot », mais cela ne l'impressionnait pas parce qu'il savait qu'elle l'aimait.

Le dimanche, elle revêtait pour aller à l'église un corsage foncé qu'elle fermait sous le cou, au-dessus du jabot, par quelques menues agrafes. Elle portait une chaînette d'or aux chaînons petits comme des têtes d'épingle. Quant au médaillon, qu'elle lui permettait d'ouvrir (il ne contenait rien), elle le cachait dans une petite poche, sous sa ceinture.

6

Des Puissances diverses observaient Thomas dans le soleil et la verdure et le jugeaient selon l'étendue de leur savoir. Celles qui avaient le don de s'arracher à la condition temporelle branlaient mélancoliquement leurs têtes transparentes, car elles étaient capables de deviner les conséquences de l'extase dans laquelle il vivait. Ces Puissances connaissaient, par exemple, les œuvres où des musiciens ont essayé d'exprimer le bonheur ; mais pour qu'apparaisse la vanité de tels efforts, il suffit de s'accroupir au pied du lit d'un enfant qui s'éveille par un matin d'été, alors qu'on entend derrière la fenêtre le sifflement du loriot, le coin-coin des canards, le caquet des poules et des oies dans la basse-cour, toutes ces voix sous la lumière sans fin. Le bonheur, c'est aussi le toucher — Thomas passait, pieds nus, de la surface lisse du plancher au froid du dallage de pierre dans le corridor et, devant la porte, à la rondeur des galets sur lesquels séchait la rosée. Et, il ne faut pas l'oublier, il était un enfant solitaire dans un royaume qui changeait suivant son caprice. Les diables, rapetissant vite à son approche, se glissaient sous les herbes, ils se comportaient comme ces poules qui, effrayées, tendent le cou et montrent la bêtise de leur œil.

Sur la pelouse, au printemps, apparaissaient les primevères officinales, qu'on appelle aussi « petites clés de saint Pierre ». Thomas les regardait avec plaisir parce qu'il y a ce vert uni de l'herbe et puis, soudain, cet or clair sur la tige nue, juste comme un trousseau de petites clés, et, dans chacune, un mince cercle de pourpre. À leur pied, les feuilles étaient ridées, douces au toucher comme une peau de chamois. Lorsque les pivoines s'ouvraient dans les plates-bandes, il les coupait avec Antonine pour les porter à l'église. Il y plongeait le nez et il eût voulu se mettre tout entier dans ce palais rose ; le soleil luit à travers les parois et au fond, dans une poussière d'or, courent des scarabées — une fois il flaira si fort qu'il en aspira un dans sa narine. Il sautait sur un pied derrière Antonine qui allait chercher de la viande dans une cave creusée sous la terre, au fond du jardin. Ils y descendaient par une échelle et Thomas palpait des orteils le froid de la dalle de glace, prise dans l'Issa vers la fin de l'hiver, déposée là pour l'été, et dont la surface était recouverte de paille. En haut, cette chaleur, et ici c'était si différent, — qui donc eût pu s'en douter d'en haut? Il avait peine à croire que la cave ne s'étirât pas au loin, qu'elle finît vraiment avec cette maçonnerie de briques où s'égouttait l'humidité. Ou bien les escargots. Après la pluie, ils déambulaient par les allées trempées, d'une pelouse à l'autre, traînant derrière eux une trace d'argent. Lorsqu'on les prenait dans la main, ils se retiraient dans leur coquille, mais ils en ressortaient tout de suite si on leur disait: « Escargot, escargot, sors tes cornes, je te donnerai trois sous pour des gâteaux. » Tout cela fait peut-être plaisir aux adultes, mais un plaisir, comme pouvaient le constater les Puissances, un peu honteux; par exemple, se perdre dans des réflexions sans fin sur l'anneau blanc d'une coquille d'escargot, ce n'est pas pour eux.

La rivière, pour Thomas, était immense. Elle était toujours pleine d'échos: les battoirs frappaient, tak-tak-tak, d'autres leur répondaient ailleurs. C'était tout un orchestre, et les femmes en train de laver ne se trompaient jamais; chaque nouvelle venue adoptait aussitôt le même rythme. Thomas se fourrait dans les buissons, grimpait sur le tronc d'un saule et, tout en écoutant, passait des heures entières à regarder l'eau. À la surface, des araignées couraient en tous sens et des creux se formaient autour de leurs pattes; des coléoptères — gouttes de métal si lisses que l'eau n'y adhère pas — célébraient leur danse en rond, toujours en rond. Un rayon de soleil éclaire dans la profondeur la forêt des plantes au milieu desquelles s'étendent des bancs de poissons qui fusent en tous sens, puis se rassemblent à nouveau, quelques coups de queue, un élan, quelques coups de queue. Parfois, un poisson plus gros venait des régions basses vers la transparence, et le cœur de Thomas battait de saisissement. Il sursautait sur son tronc lorsque, du milieu de la rivière, venait le bruit d'une éclaboussure ; quelque chose brillait et des cercles allaient s'élargissant. Lorsqu'un canot passait, c'était extraordinaire : il surgissait et disparaissait si vite que l'œil n'en retenait à peu près rien. Le pêcheur était assis très bas, presque sur l'eau, il tirait sur sa pagaie qui avait deux palettes, et une corde traînait derrière lui. Thomas se fabriqua de bonne heure une canne à pêche, mais malgré sa patience, cela n'allait pas. Il fallut les enfants Akulonis, le petit Joseph et Onutè, pour lui apprendre à fixer un hameçon. Leur hutte se trouvait au bout du village. Au commencement, il ne faisait qu'entrer et sortir. Puis il s'apprivoisa et, lorsqu'il ne revenait pas à la maison, on savait où il était. À midi, on lui donnait une cuiller de bois et il se mettait à table avec tout le monde, puisant comme les autres dans la même écuelle des beignets de fromage avec de la crème fraîche. Akulonis était grand, son dos impressionnait Thomas par sa raideur ; il ne connaissait personne qui se tînt aussi droit. Il resserrait la toile de ses pantalons jusqu'aux genoux avec les lacets de ses sandales. Il aimait la pêche et, ce qui était l'essentiel, il avait un canot. Derrière les pommiers, à côté d'une cabane à blé, le sol s'abaissait en une baie envahie d'acorus à travers lesquels le canot s'était frayé un passage, et il restait là, à demi tiré sur la rive. On avait défendu aux enfants de le mettre à l'eau ; ils pouvaient seulement faire semblant de naviguer en se balançant à la pointe. Instable, il se composait d'un tronc creusé et de deux flotteurs pour l'équilibre. Akulonis s'en servait pour pêcher le brochet à la cuiller. Le fil qu'il déroulait derrière lui, il le faisait passer autour de son oreille pour sentir aussitôt si quelque chose mordait. La nuit, il posait des lignes et il en donna une à Thomas. Sur le fil, à une certaine distance de la canne, une fourchette de noisetier était attachée, autour de laquelle on enroulait le fil retenu à l'extrémité fendue de l'une des branches; puis, à l'extrémité libre du fil, on fixait un double hameçon.

Le meilleur appât, c'est une petite perche : lorsqu'on fixe l'hameçon à son flanc après avoir fendu sa peau avec un canif, elle reste capable de bouger toute la nuit, tandis que les autres poissons ne sont pas aussi résistants, ils meurent trop vite.

Le mérite de l'événement doit revenir à Akulonis qui avait choisi l'endroit et jeté la ligne. Thomas ne pouvait pas dormir. Il se leva très tôt et courut à la rivière, à l'heure où la brume de l'aube persiste encore. Sur le rose de la surface lisse où montaient des bouffées de vapeur, il vit la fourchette — vide. Il n'y croyait pas encore. Il tira et c'était lourd, cela giclait. Il remonta en courant, plein de bonheur, pour montrer à tous un poisson grand comme un bras tout entier. Ils se rassemblèrent et regardèrent. Ce n'était pas un brochet, mais un autre poisson, et Akulonis déclara que c'était une prise rare. Thomas n'avait encore rien vécu de pareil et il en parla avec fierté pendant plusieurs années.

La femme d'Akulonis était blanche comme Pola et il aimait rester auprès d'elle, cherchant ses caresses. Dans la maison, on parlait lituanien, et il passait d'une langue à l'autre sans même s'en apercevoir. Les enfants mêlaient les deux, mais non pas, évidemment, dans les cas où s'imposaient des exclamations prescrites depuis des siècles, — par exemple, quand les garçons courent nus pour se jeter bruyamment dans l'eau, ils n'auraient pu hurler autre chose que *Eï, viraï!* ce qui veut dire : « Eh, les hommes ! » *Vir*, comme Thomas l'apprit plus tard, a le même sens en latin, mais le lituanien doit être plus vieux que le latin.

L'été cependant s'achève. Il pleut — on s'écrase le nez contre la vitre, on ennuie les adultes. Le soir, dans la cuisine où les filles se réunissaient autour d'Antonine pour filer ou écosser des haricots, on s'attendait chaque fois à de nouvelles histoires et on était pris de désespoir si survenait quelque trouble-fête. Thomas écoutait les chansons, et il y en avait une surtout qui l'intriguait parce qu'Antonine prenait un air mystérieux et disait que ce n'était pas pour lui. Devant lui, elle ne chantait que le refrain :

> *Froufrou de la jupe en émoi,*
> *La belle, n'as-tu pas d'effroi ?*

Pour le reste, il n'en surprenait que des bribes. Il y était question d'un chevalier qui partait pour la guerre et y trouvait la mort, et ensuite il revenait vers sa bien-aimée, la nuit, en fantôme, il la prenait sur son cheval et l'emportait dans son château. En vérité il n'avait pas de château, mais seulement une tombe, au cimetière.

L'une des filles, venue de la région de Panevezys, répétait souvent une chanson où il s'agissait, croyait Thomas, de charpentiers construisant une maison.

> *M'sieur l'patron, faisons not'compte.*
> *Je ne vas plus à l'ouvrage,*
> *Payez-moi donc tous mes gages*
> *Car je m'en vas en voyage.*

Et ce dernier mot, on le tirait en longueur pour montrer que le voyage était très long.

> *Ma valise est préparée*
> *À l'entrée derrière le seuil.*
> *Ma Cathy bien embrassée*
> *Mène grand deuil.*

Il y avait aussi de courts refrains plus gais, comme par exemple celui-ci :

> *Une bouteille et un verre,*
> *S'en va à Grinkiskaï,*
> *D'Grinkiskaï à Vaïvod*
> *Cherche fille à marier.*
> *Pïal, pïal, à cheval,*
> *Sur l'église brille le gel,*
> *Je ne veux de personne,*
> *J'veux mon ami Michel.*

Ou encore :

> *Dansez, demoiselles, sous un grand pommier,*
> *Mais n'abîmez pas vos petits souliers.*
>   *J'ai un frère, Victor,*
>   *les rapiécera.*
>   *J'ai un chien qui dort,*
>   *les retrouvera.*

Lorsqu'on déchiffre l'avenir en versant de la cire fondue, le moment le plus impressionnant est celui où la cire liquide siffle dans l'eau froide et y forme les figures du Sort. Ensuite on examine les ombres qu'elles projettent, les faisant tourner jusqu'à ce que les assistants poussent des oh! et des ah! reconnaissant des couronnes, des animaux, des croix et des montagnes. À l'occasion des prophéties de la Saint-André, Thomas, d'ailleurs, eut sa part d'épouvante. Seules les filles doivent regarder dans le miroir, et cela avec sérieux, s'enfermant dans leur chambre à minuit. Il essaya de le faire pour rire, devant tout le monde, et cela finit dans les larmes, car il vit des cornes rouges. Peut-être étaient-ce les broderies d'une blouse qui lui étaient ainsi apparues le temps d'un clin d'œil, mais ce n'est pas sûr, et longtemps, par la suite, il fit des détours pour éviter n'importe quel miroir.

Un hiver (il y a chaque année ce premier matin où l'on marche sur la neige tombée pendant la nuit), Thomas vit sur l'Issa une hermine ou une belette. Gel et soleil. Les branchettes nues, sur la rive abrupte, de l'autre côté, avaient l'air de bouquets d'or enduits çà et là d'une mince teinture grise et mauve. Apparaît une danseuse d'une légèreté et d'une grâce sans pareille, une faucille blanche qui s'infléchit et se redresse. Thomas, devant elle, restait bouche bée, ahuri, et il était tourmenté de désirs. Posséder. S'il avait eu un fusil, il aurait tiré, car on n'y tient plus quand le ravissement où l'on est exige que ce qui le provoque soit conservé à jamais. Mais que se serait-il passé ? Ni belette, ni ravissement, une chose morte sur le sol — il valait mieux que les yeux lui sortissent de la tête et qu'à part cela il ne pût faire rien.

Au printemps, quand les lilas fleurissaient, on enlevait ses chaussures et on se tordait les pieds parce que chaque pierre piquait comme un clou. Mais bientôt la peau devenait épaisse, et jusqu'aux premiers gels, Thomas durcissait ses talons sur les chemins tandis que, le dimanche, ses chaussures le brûlaient, et il les enlevait au retour de l'église.

7

N'est pas qui veut le héros d'une aventure comme celle qui arriva à Pakienas. Thomas ne l'approchait jamais sans une curiosité respectueuse. Pakienas, qui ressemblait à une écrevisse avec son nez aigu qui brillait, était occupé au tissage sur un grand métier, et il travaillait à la presse où l'on mettait le drap entre deux cartons, noircis à force d'avoir servi et de s'être imprégnés de teintures. Les gens du voisinage apportaient souvent leur drap à la maison domaniale pour le faire fouler et presser. Bien que l'aventure en question fût déjà ancienne, on en avait conservé le souvenir et Pakienas, cette preuve vivante, était là pour en confirmer à chaque instant (bien qu'à contrecœur) l'authenticité.

C'était en rapport avec un bouquet de pins, nommé le Borek, non loin de l'Issa. Dans les pins, des freux faisaient leurs nids et ils planaient au-dessus des pointes des arbres en croassant. Le Borek avait mauvaise renommée. On y avait enterré une fois un vieux maître berger qui s'était étranglé avec du fromage.

— Comment, il s'était étranglé ? demandait Thomas.

— Eh bien, oui, il s'était étranglé en mangeant son casse-croûte au pâturage et, sans doute à cause de cette mort inhabituelle, on ne l'avais pas mis au cimetière. En outre, il y avait dans le Borek un coffre enfoui dans le sol par l'armée de Napoléon. À ce qu'il paraît, en creusant la fosse du vieux berger, on était tombé sur le couvercle de fer. — Mais alors, pourquoi ne l'avait-on pas sorti ? — On n'avait pas pu en trouver le bord, on manquait de temps et de force — les explications n'étaient pas bien claires.

Pakienas revenait tard — il était près de minuit — d'une fête qui avait eu lieu dans un village, de l'autre côté de la rivière. Il retrouva son canot qu'il avait caché auparavant dans les buissons et il traversa. À peine cependant avait-il fait quelques pas à travers champs que, du côté du Borek, il vit s'approcher comme une colonne de vapeur. Il accéléra sa marche, la colonne derrière lui. Ses cheveux se hérissaient, il courait, mais la colonne gardait toujours exactement la même distance. En remontant vers le parc, Pakienas bondissait comme un lièvre et, avec des hurlements d'effroi, il frappa à la porte de Satybelka, cherchant du secours.

Pakienas ne rappelait pas cette histoire sans une certaine réserve que les événements de la soirée auraient pu expliquer. L'âme du berger, à ce qu'il pensait, lui était apparue pour le châtier et l'avertir; c'est qu'il s'adonnait, comme on dit, à la superstition. S'il avait émigré en Amérique, comme son frère, et s'il repassait là-bas des pantalons dans quelque établissement bordant une rue aride de Brooklyn, le souvenir de cette nuit se serait vite effacé, il aurait d'abord cessé d'en parler aux autres, puis à soi. Il en aurait été de même si on l'avait pris dans l'armée. Ici, les pointes des arbres du Borek, qu'il voyait chaque jour en se rendant de sa chambrette à son travail, assuraient la continuité. Rappelons d'ailleurs qu'il n'est pas du devoir du chroniqueur de fournir des détails sur tous les personnages qui apparaissent dans son champ visuel. Personne ne percera à jour cette vie, et il n'en est fait mention ici que pour établir qu'une fois, à un certain moment, Pakienas a existé, bien après que nombre de sages eurent écrit des traités sur l'inexistence des fantômes et des dieux. Il suffira de savoir que les scrupules et la timidité l'empêchèrent de se marier. Quand les filles, avec Antonine, s'en prenaient à lui parce qu'il était vieux garçon, il se contentait de renifler et ne répondait rien.

Dans le gilet, le triangle de la chemise blanche, terminée autour du cou par un petit col brodé de rouge, une expression absente, des mouvements pleins d'irritation quand des fils lâchaient pendant le tissage. Il faut le savoir aussi: c'est Pakienas qui avait la garde de l'énorme clé du grenier. Lorsqu'il sortait, il la cachait dans la fente, sous le seuil de bois. À l'intérieur — quand Thomas eut appris à ouvrir la porte ornée de clous à grosse tête ronde — on marchait sur le grain répandu et les crottes noires des rats; entre les cloisons, on s'asseyait dans du blé frais dont on se couvrait les jambes. Du grenier, par la lucarne (un véritable tunnel y conduisait, tellement le mur était épais), on pouvait regarder, en bas, toute la vallée. Dans la chambre de Pakienas, il y avait des sacs de farine, un lit au-dessus duquel était suspendue une croix avec une écuelle de plomb pour l'eau bénite et, glissé sous le bras de la croix, un goupillon.

Thomas jouait avec le petit Joseph et Onutè dans le champ où paissaient les oies et se laissait parfois entraîner jusqu'à la lisière du Borek. Le bruit du vent en haut, le croassement — en bas c'était le silence. Il faisait mystérieux et désagréable. Une fois, s'encourageant les uns les autres, ils arrivèrent jusqu'à la tombe du berger. Il y poussait des framboisiers épais et des orties. Ainsi, c'est de cette verdure que s'était alors élevée, attirée par le clair de lune, une colonne blanchâtre qui s'était mise à errer parmi les arbres ? Les feuilles des orties bougeaient-elles à ce moment-là ou non, — Thomas se le demandait.

8

On se rendait à l'église par les Remparts Suédois. Dans sa veste de bure qui le piquait à travers sa chemise, Thomas suivait les mouvements des enfants de chœur dans leurs petits surplis. Il leur était permis de gravir les marches juste sous l'autel qui resplendissait d'or ; ils balançaient les encensoirs, répondaient sans crainte au prêtre, lui présentaient les burettes dont les becs sont semblables au croissant de la lune nouvelle. Comment se peut-il que ce soient là les mêmes garçons qui poussent des hurlements lorsqu'ils pataugent dans l'eau en pêchant des écrevisses, qui se prennent aux cheveux et auxquels leur père, avec sa ceinture, donne une rude fessée ? Il les enviait d'être ainsi, une fois par semaine, si différents, du fait que tous les regards étaient sur eux.

Plusieurs fois par an, il y avait la foire à Ginè. Les marchands de la ville dressaient leurs baraques de toile en bas, à côté de la route, tout près du sentier qui commençait sous les chênes du cimetière. Ils vendaient des pains d'épices en forme de cœur et des coqs de glaise qui étaient des sifflets, mais ce qui attirait surtout l'attention de Thomas, c'étaient les petits carrés violets, rouges et noirs des scapulaires, les gerbes de chapelets, la couleur et le nombre des menus objets.

Aucune fête ne pouvait se comparer à celle de Pâques. Alors on broie l'œillette dans un mortier et on creuse les galettes avec ses doigts pour en extraire les noix, mais ce n'était pas tout. Pendant la semaine sainte, à l'église où les tableaux se dissimulaient sous des rideaux de crêpe tandis que l'on entendait le bruit sec des cliquettes, on allait visiter la tombe de Notre-Seigneur. À l'entrée de la grotte se tenait une garde aux casques argentés, avec crêtes et plumes, armée de piques et de hallebardes. Jésus gisait sur une éminence, le même que sur le grand crucifix, seulement les bras de la croix étaient recouverts de feuilles de pervenches.

On attendait avec impatience le spectacle du samedi saint. Des garçons de quinze et seize ans, qui se concertaient depuis longtemps pour préparer la chose, faisaient irruption dans l'église avec des hurlements, brandissant des bâtons auxquels étaient attachées des corneilles mortes. Les vieilles dévotes priaient pendant des heures et, épuisées par le jeûne, laissaient tomber leur tête de plus en plus bas. Les garçons les tiraient de leur sommeil en leur mettant une corneille sous le nez, ou bien ils se servaient des corneilles pour battre les gens qui, dans des baluchons, apportaient des œufs à bénir. Sur la pelouse, devant les portes, ils jouaient leur comédie. Ce que Thomas aimait le mieux, c'étaient les tortures de Judas. Celui-ci se sauvait comme il pouvait, les autres le poursuivaient en rond en le couvrant d'injures, il finissait par se pendre, tirant la langue, et, quand on l'enlevait de l'arbre, il n'était qu'un cadavre ; mais peut-on permettre à une telle créature de s'en tirer si facilement ? Tourné sur le ventre, pincé à qui mieux mieux, il exhalait des plaintes ; pour finir, on lui enlevait ses pantalons, l'un des garçons lui plantait une paille dans le derrière et, par cette paille, il lui insufflait l'âme, jusqu'à ce que Judas bondît sur ses pieds et criât qu'il était vivant.

Quand Thomas fut un peu plus âgé, Antonine et la grand-mère Surkant l'emmenèrent à la messe de minuit de la Résurrection. Après des litanies et des chants pleins de tristesse le chœur éclatait : *Alléluia*, la procession s'ébranlait, on se bousculait aux portes. Dehors, là-bas, il faisait encore sombre, le vent agitait les petites flammes des bougies. En haut glissent les branches des arbres, il fait froid, on voit chatoyer les fichus des femmes et les têtes nues des hommes, l'aube commence à poindre, la procession fait le tour de l'église, le long du mur de pierre, — et Thomas prit l'habitude de considérer tout cela comme le début du printemps.

Puis venaient les murmures assoupis de la fête, les brioches sucrées et les courses aux œufs. Les enfants préparaient une piste de gazon, légèrement incurvée à l'intérieur, revêtue de petits morceaux de fer-blanc pour donner de la vitesse. Il n'existe pas deux œufs qui roulent de la même façon ; il faut savoir deviner à leur forme comment ils se comporteront si on les met sur le bord droit de la piste, sur le bord gauche ou au milieu. Ça va bien, très bien, il rattrape déjà d'autres œufs, éparpillés comme un troupeau de vaches, il va les heurter et enrichir son propriétaire — mais non, le voilà qui se met à vaciller et à aller de travers suivant on ne sait quelles lubies qui lui sont propres ; il manque les autres d'un doigt ou bien s'arrête avant d'avoir pu les atteindre.

Pour la Fête-Dieu, l'église était décorée de guirlandes de feuilles de chêne et d'érable. Elles pendaient aux poutres du plafond et descendaient très bas, juste au-dessus des têtes. Dès le mois de mai, on commençait à mettre des fleurs sous la statue de la Vierge, mais maintenant elles recouvraient tout l'autel. On réunissait les enfants dans la sacristie et on leur donnait de petites corbeilles avec des pétales de roses ou de pivoines. La grand-mère Surkant voulait que Thomas prît part à la procession. On marchait à reculons devant le baldaquin sous lequel le prêtre portait l'ostensoir, et il fallait prendre bien garde de heurter une pierre et de tomber. À la Fête-Dieu, il fait presque toujours très chaud, chacun transpire et se sent ému de porter autels et étendards. Mais c'est une fête radieuse : clarté, gazouillis des hirondelles, tintement des quadruples clochettes, blanc, rouge et or.

9

Une grande guerre se livrait par le monde, et le Pays des Lacs, dès son début, cessa d'appartenir au tzar de Russie dont les armées avaient été battues. Des Allemands, Thomas n'en vit qu'une fois. Ils étaient trois, sur de magnifiques chevaux. Ils pénétrèrent dans la cour. Thomas était alors assis à côté de Grégoire qui, trop vieux pour aller au travail, s'occupait de vannerie. Un jeune officier, la taille bien prise dans son uniforme, rose comme une demoiselle, sauta de son cheval, lui flatta l'encolure et but un quart de lait. Les femmes de l'office firent cercle autour de lui ; seul Grégoire resta où il était et n'écarta pas son canif de l'osier. Qu'un homme portât un vêtement d'un ton aussi vif que l'herbe, cela étonnait déjà. Et il avait à la ceinture un énorme pistolet, dans un étui de cuir dont sortaient par en haut le métal de la crosse et par en bas le long canon. Thomas s'éprit presque de sa souplesse et d'autre chose, il ne savait quoi. L'officier rendit le quart, sauta en selle, salua et s'en fut avec ses hommes, du côté de l'étable, vers l'allée des tilleuls.

Quant au reste de sa destinée, on ne peut faire que des suppositions. Il examinait l'église de Ginè et, appuyé au mur d'enceinte, dessinait avec ardeur dans un bloc-notes. Peut-être se rappelait-il d'autres églises de bois semblables à celle-ci, visitées avant la guerre, en Norvège. Et lorsqu'il se soulevait, puis retombait sur ses étriers en faisant crisser le cuir de sa selle, il savourait l'odeur des prés sur les bords de l'Issa et pensait à la terre ravagée du front occidental, en France, où il s'était battu peu auparavant. Il ne remarqua pas Thomas, ni maintenant, ni (pourquoi aurait-ce été impossible ?) une vingtaine d'années plus tard, lorsque, dans une automobile de général, remplie de couvertures et de thermos, le menton gras appuyé au collet de l'uniforme, il parcourut les rues d'une des villes de l'Europe orientale que venaient de conquérir les armées du Führer. Thomas (admettons-le) fermait le poing dans sa poche et ne reconnut pas dans ce conquérant l'objet de son amour éphémère de jadis.

Par suite de la guerre, il ne valut bientôt plus la peine, à Ginè, de se rendre à la ville car on n'y trouvait rien à acheter. Il en résulta de nombreuses activités qui intéressaient beaucoup Thomas. Par exemple, la fabrication du savon. On allumait un feu dans le verger, on mettait sur un trépied un chaudron dans lequel, avec un gros pieu, on remuait une bouillie brunâtre en se bouchant le nez. Pour sentir mauvais, ça sentait mauvais, mais quel remue-ménage, que de cris et de discussions pour savoir si le savon allait bien réussir! Ensuite la bouillie s'épaississait et on découpait la masse en morceaux. Ou bien la préparation des bougies. On se servait à cette fin de bouteilles coupées que l'on remplissait de suif; au milieu, on plantait une mèche. Les bouteilles, on peut les couper à l'aide d'une ficelle trempée dans du pétrole : on enroule la ficelle autour de la bouteille, on l'allume, et le verre alors éclate tout autour, exactement à l'endroit voulu. On acheta aussi deux lampes à carbure dont la forme et l'odeur avaient pour Thomas quelque chose d'excitant. En guise de thé, la grand-mère Surkant séchait des feuilles de fraises des bois, le miel remplaçait le sucre — d'ailleurs elle découvrit alors la saccharine et ne se servit plus de sucre désormais car c'était aussi doux et moins cher.

Thomas devait apprendre à lire, mais à la maison il n'y avait personne pour s'occuper de lui et on l'envoya au village, chez Joseph dit le Noir. Il était noir en effet — ses sourcils étaient comme deux gros traits au charbon, son visage maigre, et ses cheveux légèrement grisonnants sur les tempes. Il habitait chez son frère et l'aidait dans son ménage, mais vaquait encore à toutes sortes d'occupations. Il recevait des livres d'on ne savait où ; il séchait des plantes entre des feuilles de journal pressées par une planche ; il y avait des gens à qui il écrivait des lettres, et il parlait politique. À cause de cette politique il avait une fois fait de la prison. Il avait travaillé dans les villes, mais ne s'habillait pas à la mode citadine, donnant clairement à entendre par les broderies de ses chemises qu'il était resté paysan. Il appartenait à la tribu de ceux qui ont mérité, dans les chroniques de notre temps, le titre de «nationalistes», ce qui signifie qu'il aspirait à servir la gloire du Nom. D'où ses soucis. Car, évidemment, c'est la gloire de la Lituanie qui lui tenait à cœur, et pourtant c'est en polonais avant tout qu'il devait apprendre à lire et à écrire à Thomas. Que les Surkant se considérassent comme Polonais, c'était à ses yeux une trahison : pouvait-on trouver un nom qui fût plus nettement d'ici ? Et la haine des seigneurs — parce qu'ils sont les seigneurs, parce qu'ils ont changé de langue pour mieux se séparer du peuple —, et la difficulté qu'il y avait à haïr Surkant qui lui confiait justement son petit-fils, auquel il avait, lui, l'espoir d'ouvrir les yeux sur l'excellence du Nom — toute cette complexité de sentiments était contenue dans le toussotement de Joseph quand Thomas ouvrait devant lui son livre de lecture. La grand-mère était très mécontente de ces leçons et de cette fraternisation avec « les rustres » ; elle ne reconnaissait pas l'existence de quelconques « Lituaniens », bien que sa photographie eût pu servir à illustrer un livre sur ceux qui habitaient la Lituanie depuis des siècles. Cependant, prendre une institutrice tout exprès à la maison, c'eût été, à son avis, faire des embarras et tout en grognant que l'enfant allait devenir un rustre, elle se résignait par nécessité à Joseph. Thomas ne comprenait rien à ces problèmes ni à ces tensions, et lorsqu'il les comprit, il crut que c'était là quelque chose d'exceptionnel. S'il avait rencontré un petit Anglais élevé en Irlande, ou un petit Suédois de Finlande, il aurait découvert beaucoup d'analogies, mais au-delà de la vallée de l'Issa, un brouillard recouvrait la terre, et il n'en savait sans doute que ce que la grand-mère avait raconté : que les Anglais mangent de la compote au petit déjeuner — c'est pourquoi il avait pour eux de la sympathie —, que les Russes avaient envoyé en Sibérie son grand-père Arthur, et qu'il devait aimer les rois de Pologne dont les tombeaux se trouvent à Cracovie. Cracovie restait pour la grand-mère la plus belle ville du monde et elle promettait à Thomas qu'il irait là-bas quand il serait grand. Tout cela — le patriotisme de la grand-mère, dont l'objet se situait quelque part au loin, la tolérance du grand-père, pour qui les questions de nationalité étaient assez indifférentes, et les mots dont se servait Joseph : « nous », « notre pays » — fit germer chez Thomas une sorte d'ambiguïté dans les sentiments, une méfiance qui devait se manifester plus tard chaque fois que quelqu'un, en sa présence, invoquait avec trop d'ardeur emblèmes et drapeaux.

L'enseignement de Joseph devait se prolonger longtemps à

cause du chaos des années de transition, dont finit par émerger la petite république de Lituanie. Grâce aux efforts de Joseph, on entreprit alors, à Ginè, de construire une première école où il devint instituteur.

Mais pour le moment, la guerre était seulement en train de s'éteindre, et elle se faisait encore sentir lorsqu'on regardait en bas, sur la route, assis par exemple sur le banc vermoulu, au bord du parc. Il passait souvent des vagabonds qui venaient de loin, par-delà les lacs, du côté des cités. Ils s'enfuyaient de là-bas, chassés par la faim. Ils portaient, attachés à leur dos, des sacs et des baluchons, et souvent, sur des charrettes, ils traînaient des petits enfants. Une de ces familles, composée de la mère et de deux fils, s'incrusta dans le domaine avec l'appui d'Antonine, que Stasiek, un garçon déjà grand, avait charmée en jouant joliment de son accordéon, en chantant des airs de la ville, et surtout en parlant un polonais tout à fait pur. « Il radote ! » s'exclamait-elle, et elle baissait les paupières d'un air de délectation. Stasiek, avec ses oreilles décollées et son cou mince, n'attirait pas Thomas, bien qu'il lui eût fabriqué une arbalète, avec une crosse comme celle d'une vraie carabine. Le soir, sous le tilleul, on entendait sonner le rire des filles, et, lorsque Stasiek s'asseyait seul avec Antonine, Thomas aussi s'agitait et finissait par les abandonner ; il ne savait pourquoi, quelque chose n'allait pas bien, comme lorsque le soleil se cache sous un nuage, à midi.

10

Quant aux diables, ils jetèrent, pour le tourmenter, leur dévolu sur Balthazar. Il était difficile de le deviner car il avait l'air d'un homme créé pour la joie. Le teint d'un tzigane, des dents blanches, deux mètres de haut, un visage rond, recouvert de poil — le duvet sur la prune. Lorsqu'il apparaissait dans la maison, sa blouse resserrée par une ceinture, sa casquette bleu marine sur le côté, d'où sortait une huppe de cheveux, Thomas courait avec des cris de joie à sa rencontre : c'était un panier de champignons — des cèpes et des armillaires dont le dessus a la couleur d'un arbre coupé tandis que les flancs sont blanchâtres et parsemés de points — ou du gibier — bécasses ou tétras avec une bande rouge au-dessus de l'œil. Balthazar était forestier, mais pas tout à fait. Personne ne le payait, il ne payait rien à personne ; il s'était installé dans la forêt où il avait pu construire sa maison avec du bois qu'on lui avait donné pour rien. Ses pommes de terre et son seigle étaient disséminés dans diverses clairières et il gagnait sans cesse sur la forêt de nouveaux lopins. À chacune de ses arrivées, les portes claquaient plus souvent dans la maison, les clés tournaient dans les battants des armoires et la grand-mère Surkant attrapait la migraine. Thomas saisissait au vol ses grognements à l'adresse du grand-père : « Ton fameux favori ! Gare à toi si tu oses chiper quelque chose pour lui ! »

Balthazar avait beaucoup d'envieux, et à juste titre. Quand il était devenu forestier il n'avait rien, et maintenant un train de ferme, des vaches, des chevaux, et non une simple hutte, mais une vraie maison avec un plancher, un porche, quatre chambres. Il avait épousé la fille d'un riche paysan de Ginè et il avait deux enfants. Surkant ne refusait jamais rien de ce que « son cher petit Balthazar » pouvait lui demander et les gens, à ce propos, se frappaient le front du doigt. Balthazar ne s'était pas fait d'ennemis parce qu'il savait vivre : il veillait à ce qu'on n'abattît pas d'arbres dans la vieille chênaie, mais il fermait les yeux si quelqu'un du village de Pogiraï descendait un sapin ou un charme, à condition que la souche fût bien recouverte de mousse et qu'il n'y eût pas de traces.

Le bonheur. Balthazar aimait s'allonger dans son petit

porche, une cruche de bière brassée à la maison près de lui sur le sol. Il buvait une chope, recommençait, faisait claquer sa langue, bâillait et se grattait. Un chat rassasié — et c'est alors, justement, qu'en lui tout se déchaînait. De temps en temps, le grand-père prenait Thomas à côté de lui, dans la carriole, pour se rendre à la maison forestière ; c'est qu'elle était assez éloignée, par-delà des champs qui n'appartenaient pas au domaine. Cette carriole servait souvent, comme aussi le tape-cul, sorte de cylindre à quatre roues sur lequel on monte à califourchon. Il y avait dans la remise encore d'autres véhicules, par exemple un carrosse recouvert de poussière et de toiles d'araignées, monté sur un traîneau, puis un traîneau découvert, et enfin «l'araignée» — d'un jaune vif, allongée, les roues de devant énormes, celles de derrière petites, au-dessus d'elles un siège élevé pour le cocher ou le laquais — et entre les deux parties de «l'araignée» (cela ressemblait plutôt à une guêpe), des planches nues qui vous lançaient en l'air lorsqu'on sautait sur elles. Dans la carriole, le grand-père tenait Thomas à bras-le-corps lorsque le véhicule penchait. Derrière les champs commençaient les pâturages et les abatis ; l'eau noire, dans les ornières, sous l'herbe envahissante, cachait des trous dans lesquels on enfonçait jusqu'à l'essieu. Voyait-on la fumée montant sur le fond d'un bois de charmes serrés, on savait qu'on allait entendre aboyer les chiens et voir apparaître le toit et la grue du puits. Thomas aurait bien voulu habiter là, loin de tout, avec les bêtes qui tendent le cou du milieu des fourrés et observent le mouvement de la ferme. La maison de bois sentait la résine, elle n'avait pas encore eu le temps de noircir et brillait comme si elle était forgée en cuivre. Balthazar montrait toutes ses dents, sa femme mettait sur la table de quoi manger et boire et forçait ses hôtes à prendre du jambon fumé en répétant : «S'il vous plaît, s'il vous plaît, servez-vous. » Maigre, la mâchoire saillante, hors ces mots elle ne disait rien.

Thomas laissait les adultes et courait voir les geais ou les pigeons sauvages. Il y avait là des oiseaux en quantité. Une fois, dans un tas de pierres, au milieu des abatis, il avait trouvé un nid de huppes — il tendit la main et saisit un petit qui ne savait pas encore voler et ouvrait seulement l'éventail qu'il portait sur la tête, pour faire peur. Il l'emporta avec lui, mais la huppe ne voulait rien manger, elle se traînait au pied des murs et il fallut la lâcher.

Ce n'est pas à Thomas, bien sûr, que Balthazar aurait confié ses tourments. D'ailleurs, il ne comprenait pas lui-même que son mal empirait. Tant qu'il avait été occupé à construire la maison, ça allait à peu près. Puis — arrêté derrière sa charrue, il roulait une cigarette, et soudain il ne savait plus où il était — quand il revenait à lui, il avait les doigts crispés et le tabac s'en échappait. Le seul remède, c'était de travailler le plus possible ; mais comme il était paresseux, il s'arrangeait pour venir vite à bout de n'importe quelle besogne ; et lorsqu'il se renversait sur le banc avec sa cruche de bière, il se sentait envahi par quelque chose de noir, de mou et de répugnant qui se retournait lentement au-dedans de lui et, gagné par une sorte de torpeur, comme s'il sommeillait, il criait, les lèvres serrées. Si seulement il avait pu vraiment crier, mais non. Il sentait qu'il avait besoin de quelque chose : se redresser, frapper du poing sur la table, courir quelque part. Où ? Un chuchotement l'appelait de loin, fondu avec cette mollesse, et Balthazar jetait quelquefois sa chope à la tête de son bourreau, qui tantôt s'introduisait en lui et tantôt le singeait de loin, et alors sa femme lui retirait ses bottes et le menait à son lit. Balthazar se soumettait à sa femme, mais comme il se soumettait à n'importe quoi, avec ennui et convaincu que les choses ne sont pas comme elles devraient.

Sa laideur le repoussait ; dans l'obscurité ça allait encore, mais le jour ? Le sommeil le soulageait. Pas pour longtemps. Il se réveillait au milieu de la nuit et il lui semblait qu'il gisait au fond d'un trou, entre de hautes murailles, et qu'il n'en sortirait jamais.

Il lui arrivait de frapper du poing sur la table et de s'en aller. Simplement pour se mettre à boire un bon coup. Cela ne lui passait pas alors avant trois ou quatre jours, et il buvait tellement qu'une fois, l'eau-de-vie prit feu en lui, et la juive du bourg dut s'accroupir et lui pisser dans la gueule. C'est là un remède bien connu, mais déshonorant. La nouvelle se répandait vite que ça le reprenait, et les uns disaient que ça lui venait de la graisse et de la richesse, tandis que les autres le prenaient en pitié, estimant qu'il dépérissait pour s'être commis avec le diable. Et ce n'était pas là de leur part pure invention car Balthazar, quand il était saoul, racontait en sanglotant toutes sortes de choses.

C'est seulement bien des années après avoir quitté Ginè que Thomas se mit à réfléchir au cas de Balthazar, rassemblant dans sa pensée ce qu'il avait entendu, à son sujet, de récits véridiques et de racontars. Il se rappelait alors un bras dont le muscle devenait dur comme la pierre (Balthazar était un hercule) et des yeux aux longs cils, des yeux de chevreuil. Mais ni la force, ni l'astuce ne protègent des maladies de l'âme — et Thomas, chaque fois qu'il pensait à Balthazar, s'inquiétait de sa propre destinée, de tout ce qui l'attendait encore.

11

Orné d'une barbiche, le regard instable, il joignait doucement ses mains qui étaient celles d'un monsieur de la ville et s'accoudait à la table, Herr Doktor, le Petit Allemand — ainsi le voyait Balthalzar. « Va-t'en ! », grondait-il, et il essayait de se signer, mais en fait il se grattait seulement la poitrine tandis que les paroles de l'autre coulaient avec le bruissement des feuilles sèches, sur un ton persuasif.

— Mais, cher Balthazar, disait-il, je veux seulement t'aider, tu te tourmentes toujours et tout à fait en vain. Tu te fais du souci pour ton train de ferme, parce que la terre n'est pas à toi, que tu l'as sans l'avoir. Elle t'est venue facilement, elle partira de même ; c'est bien ça ? Par la grâce du seigneur — demain, quelqu'un d'autre prendra Ginè et te jettera dehors ?

Balthazar gémissait.

— Mais est-ce vraiment à la terre que tu tiens tant ? Allons, avoue. Non, dans le fond de ton cœur tu caches autre chose. En ce moment même, ici, tu as envie de te lever brusquement et de filer pour toujours. Ah, le monde est vaste, Balthazar. Les villes, la nuit, avec leur musique et leurs rires, tu t'endormirais là-bas au bord de la rivière, seul, rien derrière toi, une vie finit, une autre commence. Tu n'aurais pas honte du péché, tu verrais s'ouvrir devant toi ce qui te restera fermé pour toujours. Pour toujours. Parce que tu as peur. Tu trembles pour ta terre, pour tes verrats. Comment, je devrais à nouveau ne rien avoir à moi ? — voilà ce que tu te demandes. Bon — il y a en toi un Balthazar, et un second, et un troisième, et toi tu choisis le plus bête. Tu préfères ne jamais faire l'expérience de ce que sont les autres Balthazar. N'est-ce pas ?

— Oh, Jésus.

— Rien à faire. L'automne, le printemps, l'été, de nouveau l'automne, et ainsi de suite en rond, ils te mettront en terre ; bois encore un coup, c'est tout ton plaisir. La nuit ? Tu sais toi-même. Mais ce n'est pas moi qui t'ai conseillé de te marier alors que tu n'en avais pas envie, et de choisir la fille la plus laide parce que son père était riche. La peur, Balthazar. Tout vient de là. Tu cherchais ta sécurité. Mais dis-moi, quand as-tu été le plus heureux, quand tu avais vingt ans ou maintenant ? Tu te rappelles ces soirées d'autrefois ? Ta main bonne pour la hache, tes jambes pour la danse, ton gosier pour les chansons. Quand vous jetiez là-bas du bois dans le feu, et tous tes amis. Et maintenant, te voilà seul. Propriétaire. Bien que, je ne le conteste pas, cette maison, on pourrait te la reprendre.

Balthazar était frappé de stupeur. Au dedans, un sac de sciure. L'autre s'en apercevait aussitôt.

— Tu te traînes le matin devant ta maison, c'est la rosée, les oiseaux chantent, mais est-ce pour toi ? Non, toi, tu comptes. Pour toi, c'est encore un jour de plus, et encore un jour, et encore un. Pourvu que tu continues à tirer sur l'attelage. Comme un cheval hongre. Et jadis ? Tu te moquais bien des calculs. Tu chantais. Tandis que maintenant ? Tu regardes les chênes, mais c'est comme s'ils étaient en étoupe. Mais peut-être qu'ils n'existent pas ? Dans les livres, tout cela est savamment décrit. Tu ne sauras jamais comment c'est décrit. Quand quelqu'un cache en soi une telle bouillie, il vaut mieux qu'il se pende tout de suite, parce qu'il cesse alors de savoir s'il rêve ou non quand il marche sur la terre. C'est ce qu'il y a dans les livres. Te pendras-tu ? Non.

— Pourquoi les autres sont-ils heureux, et moi non ?

— Parce que, mon cher, il est donné à chacun un certain fil — son destin. Ou bien on en attrape le bout, et alors on se réjouit parce qu'on fait ce qu'il convient de faire. Ou bien on ne l'attrape pas. Toi, tu n'as pas réussi. Tu n'as pas cherché ton propre fil, tu as regardé autour de toi, celui-ci, celui-là, pour être comme eux. Mais ce qui est le bonheur pour eux, pour toi c'est le malheur.

— Que faire, dis.

— Rien. Trop tard. Trop tard, Balthazar. Les jours et les

nuits passent et tu as toujours moins de courage. Ni le courage de te pendre, ni le courage de fuir. Tu vas pourrir.

La bière coulait de la cruche en un filet trouble, il buvait et, au-dedans de lui, ça brûlait toujours. L'autre souriait.

— Et quant à ce secret, tu n'as pas besoin de te tourmenter. Personne ne le découvrira. Cela restera entre nous. Chacun n'est-il pas condamné à mort? N'est-ce pas égal, un peu plus tôt, un peu plus tard? Le gars était jeune, c'est vrai. Mais il avait été à la guerre longtemps, on l'avait déjà un peu oublié dans le village. Sa femme pleurera encore un peu, elle se consolera. Son petit garçon, tout potelé, lui mettait ses bras autour du cou, mais il était trop petit, il n'a pas gardé le souvenir de son père. Seulement il ne faut pas que tu parles à tort et à travers avec les gens, autour de l'eau-de-vie, de je ne sais quel crime que tu aurais sur la conscience.

— Le prêtre...

— Oui, oui, tu t'es confessé. Mais tu n'es pourtant pas assez stupide pour ne pas savoir que là-bas, au confessionnal, tu auras beau marmonner, tu ne te feras pas comprendre. Tu as menti. Bien sûr, il est désagréable de ne pas recevoir l'absolution. Tu as donc menti, disant qu'il avait bondi sur toi avec sa hache et qu'alors tu l'avais tué. Il a bondi, c'est vrai, mais que s'est-il passé après? Hein, Balthazar? Tu as tiré quand il était assis dans le buisson et qu'il mangeait du pain. Les biscottes avec du sang, tu les a jetées après lui dans la fosse et tu l'as enterré ainsi, pas vrai?

C'est alors que Balthazar hurlait et lui jetait sa chope à la tête. Les apparitions du Petit Allemand expliquaient aussi les scènes qu'il faisait dans les cabarets, renversant les tables, les sièges, brisant les lampes.

12

L'endroit, dans la cuvette, au milieu du bois de sapin, se cicatrisa facilement. Balthazar avait alors enlevé un morceau de gazon avec sa bêche, puis l'avait remis en place. Il y venait d'ordinaire vers le soir, s'asseyait, écoutait le cri des geais et le bruit des grives dans les feuilles mortes. La peine allait s'atténuant, il était plus facile de supporter cela ici que d'y penser de loin. Il enviait presque celui qui gisait là. Le calme, les nuages errants au-dessus des arbres. Et devant lui, combien d'années encore ?

Il avait enfoncé sa carabine dans le creux du chêne et n'y toucha plus. C'était une ancienne arme militaire transformée, on en avait coupé le canon ; il avait pu la cacher sous sa veste, et l'autre, qui le croyait sans arme, avait bondi sur lui, hors du taillis, près du sentier, la hache levée, lui criant « haut les mains ». Une barbe rousse, un pardessus militaire russe déchiré ; un prisonnier errant dans les forêts, évadé des camps allemands. Que voulait-il ? lui prendre ses habits civils, ou l'assommer, ou peut-être était-il fou ? Balthazar porta la carabine à sa hanche et l'autre fit demi-tour, les buissons sifflèrent, tellement il fuyait vite. Mais il ne connaissait pas comme lui trouées et passages. Le gibier a beau tourner en rond, il finit toujours par se trouver là où il faut. Sans hâte, il commença sa tournée. Si le fugitif courait de l'autre côté, combinait-il, il allait déboucher sur le bois de jeunes sapins et s'y reposer. Qu'est-ce qui poussait Balthazar ? Le besoin de vengeance, ou craignait-il que l'autre eût des camarades, qu'il l'attaquât dans la nuit ? Ou simplement sa passion de chasseur ? Suivre le gibier, s'il va là, moi je vais là ? Il avançait furtivement sur les monticules et le pardessus gris lui apparut une seconde, à peu près à l'endroit où il s'y attendait. Il le laissa et fit encore un tour, jusqu'au jeune bois où il pourrait s'approcher davantage en rampant. Et alors, le canon du fusil braqué sur le dos incliné (l'autre se présentait à Balthazar assis, de profil), sur le cou, sur la tête recouverte d'une casquette sans visière. Plus tard il essaya de toutes ses forces de se rappeler pourquoi il avait appuyé sur la gâchette, mais tantôt il lui semblait que c'était sûrement pour une raison, puis sûrement pour une autre, toute différente.

Le Russe tomba face contre terre. Balthazar attendait, c'était le silence, des éperviers jetaient leur cri très haut. Rien, aucun mouvement. Il s'en assura, puis, avec des détours, atteignit le mort. Il le retourna sur le dos. Les yeux bleu clair regardaient dans le ciel de printemps, un pou avançait sur le bord du pardessus. Le petit sac avec les biscottes s'était défait, on y voyait des taches de sang. Les talons des souliers étaient usés jusqu'à la semelle, il avait marché venant de très loin, de la Prusse. Balthazar lui fouilla les poches, mais n'y trouva qu'un canif et deux marks allemands. Tout cela, ainsi que la hache, il le poussa sous les branches basses des sapins, avec le corps; il lui fallait revenir le soir avec une bêche.

Tandis qu'il réfléchissait, un jour, juste à cet endroit, il conçut le dessein d'aller demander de l'aide. Il était presque sûr que cette décision provenait en quelque manière du Russe. Peut-être ne l'avait-il pas tué pour rien. Cette nuit-là, il dormit paisiblement. À la pointe de l'aube, il se mit en route.

Le sorcier Masiulis élevait des moutons en grand nombre, et il fallait ouvrir l'une après l'autre toute une série de clôtures avant d'atteindre les bâtiments de sa ferme. Balthazar étala ses présents: une tinette de beurre et des guirlandes de saucisses. Le vieux remit en place ses lunettes cerclées de fer. Sa peau était comme fumée; de ses narines, de ses oreilles sortaient des touffes de cheveux gris. Ils échangèrent d'abord diverses nouvelles du voisinage. Mais quand le moment fut enfin venu pour Balthazar d'exposer le motif de sa visite, il ne parvint pas à expliquer grand-chose. Il montrait seulement son cœur comme s'il eût voulu l'arracher et grognait comme un ours : « Ils me tourmentent. » Et le sorcier, rien ; il hocha la tête, le conduisit jusqu'au verger, derrière les ruches ; là-bas, au milieu des pommiers, s'élevait une ancienne forge que l'herbe envahissait. Il décrocha des sachets pendus aux traverses, amassa des brindilles dans un coin, en fit quatre tas et plaça Balthazar sur un tronc d'arbre au milieu. Il mit le feu aux brindilles et, avec des chuchotements, jeta peu à peu dans le brasier des herbes qu'il tirait des sachets. La fumée était dense, tout s'engourdissait, la face aux lunettes se montrait tantôt d'un côté, tantôt d'un autre et marmonnait quelque chose qui ressemblait à des prières. Ensuite, le sorcier lui ordonna de se lever et l'emmena de nouveau dans la chambre. Balthazar baissait les yeux sous son regard comme s'il avouait déjà nombre de péchés.

— Non, Balthazar, dit enfin le vieux. Je ne peux pas t'aider. Contre le roi il faut un roi, contre l'empereur un empereur, contre chaque puissance la puissance qu'il faut, et celle-là n'est pas la mienne. Tu trouveras peut-être quelqu'un qui a reçu celle qu'il faudrait ici. Toi, attends.

Ainsi l'espoir prit fin. Et les dents brillaient, un sourire plein de sérénité aux yeux de ceux qui ne devinaient rien.

13

Le prêtre prenait rarement le chemin du domaine et il n'y eut vraiment de rapports avec la cure qu'à partir du jour où Thomas, debout à côté d'Antonine sur le petit escalier, s'attarda à regarder les vitres magiques, tandis qu'Antonine arrangeait les plis de son fichu autour de ses joues, d'un geste plein de timidité. Le curé, fripé et voûté, était surnommé

« Bien-Bien », parce qu'il prononçait sans cesse ces mots sans raison apparente. Il lui fit réciter *Notre Père*, *Je vous salue Marie* et le *Credo*, et lui donna une image. Sur cette image, la Sainte Vierge ressemblait aux hirondelles qui collaient leurs nids au-dessus de l'écurie et jusque dans l'intérieur, près des râteliers. Une robe bleu foncé, un visage brun et, autour, un cercle d'or véritable. Il conservait cette image dans un calendrier et se réjouissait, en tournant les pages, d'approcher de l'endroit où étaient les couleurs.

Il apprit facilement son catéchisme, mais sa sympathie n'était pas partout égale. Dieu le Père, avec une barbe, fronce sévèrement les sourcils et s'élève au-dessus des nuages. Jésus a un regard très doux et montre son cœur d'où partent des rayons, mais il est retourné au ciel et lui aussi habite bien loin. Il en va autrement du Saint-Esprit. Lui, c'est une colombe qui vit éternellement et il envoie un faisceau de lumière juste sur la tête des gens. Quand Thomas se préparait à la confession, il le priait de s'arrêter au-dessus de lui parce que les péchés, c'était une affaire difficile. Il les comptait sur ses doigts, il en perdait tout de suite, il recommençait. Lorsqu'il avançait les lèvres vers les petits carreaux bien lisses du confessionnal et qu'il entendait haleter le prêtre, il récitait sa liste en toute hâte. Mais dès les Remparts Suédois, il était pris de doutes, il allait de plus en plus lentement, et enfin, dans l'allée, il se mettait à pleurer et accourait, plein de détresse, vers la grand-mère Misia, lui demandant ce qu'il devait faire, car il avait oublié des péchés. Elle lui conseillait de retourner vers le prêtre, mais alors ses pleurs redoublaient parce qu'il avait honte. Que faire — Antonine le prenait par la main et le conduisait à l'église. Sa présence le calmait en quelque manière ; peut-être n'était-ce pas très joli, mais c'était mieux que d'y aller seul.

Ainsi donc, Thomas était d'emblée prédisposé à ce que les théologiens appellent une conscience scrupuleuse, cause, selon eux, de bien des victoires du diable. Tout en s'efforçant de ne rien omettre, il ne comptait pas au nombre de ses fautes un certain secret. Il était incapable de le voir du dehors, il ne lui venait pas à l'esprit que celui-ci lui appartînt tout à fait en propre, à lui seul, plus que n'importe quoi d'autre, à lui et à Onutè Akulonis — et qu'en même temps cela eût existé en dehors d'eux, qu'avant eux d'autres l'eussent déjà inventé. L'impureté dans les paroles et les actes, par exemple, ce n'était pas du tout pareil — dire des vilains mots, observer à la dérobée les filles qui se baignent, qui ont une corneille noire sous le nombril, ou bien leur faire peur, le samedi, au bal du village, quand elles sortent, dans l'intervalle entre deux danses, et s'accroupissent dans le verger en levant leur jupe.

Avec Onutè, parfois, on perdait quelque part la troupe des autres enfants et on se réfugiait en un certain endroit, au-dessus de l'Issa, qui n'était qu'à eux. On ne pouvait l'atteindre qu'en rampant à quatre pattes, par un tunnel passant sous des buissons de pruniers, et ce tunnel tournait, il fallait bien le connaître. À l'intérieur, sur un petit monticule de sable, la sécurité les rapprochait l'un de l'autre, ils parlaient d'une voix étouffée, et personne, personne ne pouvait les y atteindre, tandis qu'eux, de là-bas, entendaient le floc-floc d'un poisson, le bruit des battoirs et celui des roues sur la route. Nus, ils étaient couchés le visage tourné l'un vers l'autre, l'ombre tombait sur leurs mains et leur faisait ainsi, dans ce palais inaccessible, encore une cachette plus petite où l'on était en plein mystère et on avait envie de raconter en chuchotant — quoi ? Onutè, comme sa mère (et comme Pola) avait des cheveux jaunes dont elle faisait une petite natte. Et cela se passait ainsi : elle se couchait sur le dos, l'attirait à elle et le serrait entre ses genoux. Ils restaient ainsi longtemps, le soleil se déplaçait là-haut, il savait qu'elle voulait qu'il la touchât, et il faisait soudain très doux. Mais ce n'était pas là n'importe quelle petite fille, c'était seulement Onutè, et il n'aurait pas pu confesser une chose qui arrivait à lui et à elle.

Le matin, en recevant la sainte communion, il se sentait léger ; c'est aussi qu'il était à jeun et qu'il avait le ventre creux. Il s'éloignait, les mains croisées sur la poitrine, regardant le bout de ses souliers. Que l'hostie collée à son palais, qu'il détachait craintivement avec sa langue, fût le Corps de Jésus-Christ, il n'arrivait pas à se le représenter. Que cela le changeât et que pendant toute une journée au moins il fût calme et sage, cela cependant se voyait. Son imagination était particulièrement frappée par certaines paroles du prêtre : l'âme humaine, disait-il, est comme une chambre qui doit être nettoyée et ornée pour recevoir un Hôte. Il pensait que l'hostie fond peut-être complètement, mais là-bas, dans l'âme, elle se reconstitue et se tient au milieu de la verdure dans son calice brillant. Que lui, Thomas, portât en lui-même une telle chambre le remplissait de fierté et il se comportait de manière à ne l'abîmer en rien.

Le moment approchait lentement où, selon la promesse qui lui avait été faite, il devait devenir enfant de chœur, et il commença même à apprendre les répons incompréhensibles en latin ; mais alors le vieux curé partit et de grands changements survinrent. Le nouveau curé, jeune, de belle stature, au menton saillant et dont les sourcils se rejoignaient sur le nez, inspirait de la crainte par la violence de ses mouvements. Il retint les anciens enfants de chœur et ne s'occupa pas des nouveaux. D'ailleurs, des devoirs plus importants l'absorbaient.

Ses sermons ne rappelaient en rien les bavardages diffus mêlés de bruits de gorge et de monotones « bien-bien », auxquels on avait été habitué à Ginè jusqu'alors. Thomas, bien qu'il ne fût guère capable de suivre le sens, perdait le souffle, comme tout le monde, dans l'attente, quand le prêtre apparaissait en chaire. Il commençait par murmurer familièrement, comme on parle tous les jours. Ensuite, à quelques phrases d'intervalle, il en prononçait une très fort, et cela sonnait comme de la musique. Enfin il levait les bras et hurlait à faire trembler les murs. Il foudroyait les péchés, son doigt tendu était braqué sur la foule et chacun tremblait, car il semblait à chacun qu'il s'agissait de lui. Et soudain — le silence. Il se tenait là, le visage rouge et échauffé, et il regardait ; il se penchait, appuyé au rebord de la chaire et, d'une voix qu'on entendait à peine, caressante, cœur à cœur, il persuadait, décrivait le bonheur qui attend les élus. À ce moment, les auditeurs reniflaient. La renommée de l'abbé Peïkswa se répandit rapidement au-delà de Ginè et des villages voisins, on venait d'autres paroisses se confesser à lui, et il était toujours entouré de fichus qui s'inclinaient lorsque ses admiratrices s'efforçaient de baiser son étole ou ses mains.

La femme d'Akulonis le révérait, et les filles d'office, et plus encore Antonine (« il nettoie l'âme de ses péchés, soupirait-elle, il récure l'intérieur avec une brosse de fer »). Même la grand-mère Misia, opposée en principe aux sermons en lituanien, fut conquise après en avoir entendu quelques-uns en polonais. Tout cet enthousiasme cependant ne dura pas bien longtemps. Un grand honneur était échu à Ginè, oui, les femmes en convenaient encore devant les étrangers, mais avec des mines déjà aigres, et elles détournaient aussitôt la conversation. Et Thomas, et les autres enfants du village, surent bientôt qu'il valait mieux ne pas aller à la cure.

14

Quelques jours avant la Fête de Notre-Dame des Plantes*, on amena le cercueil de Magdalena. On l'avait mis sur un

* L'Assomption.

grand char à ridelles recouvert d'un lit de foin sur lequel on avait jeté une couverture bariolée. Les chevaux, dans l'ombre qui tombait des tilleuls, baissaient très bas leurs têtes enfouies dans des sacs au fond desquels ils attrapaient un peu d'avoine et, pleins de somnolence, se défendaient des mouches. Ils avaient fait une longue route. La nouvelle se répandit très vite ; à peine l'homme qui avait ramené le corps avait-il attaché les rênes à la clôture que déjà les gens se rassemblaient et se tenaient là, tous ensemble, attendant de voir ce qui allait arriver. En haut, sur les pierres plates du sentier, se montra l'abbé Peïkswa. Immobile, comme s'il hésitait, ou comme s'il rassemblait ses forces. À la fin, lentement, il commença à descendre, s'arrêta de nouveau, sortit son mouchoir et le chiffonna en le tournant entre ses doigts.

Le scandale de Magdalena avait duré une demi-année environ, et par sa faute. On aurait pu l'éviter. À l'arrivée de l'abbé Peïkswa elle était déjà gouvernante à la cure et personne ne se souciait de ce qui se passait là entre eux : un prêtre aussi est un homme. Seulement elle avait pris une allure indécente. Elle marchait, le menton en avant, en se balançant, presque en dansant. Elle trouvait visiblement du plaisir à s'approcher de lui ou à lui dire un mot de manière à faire comprendre clairement aux autres femmes : vous embrassez ses mains et sa robe, mais moi je l'ai tout entier. Ce qui amenait les gens à imaginer comment lui, celui-là même qu'ils voyaient devant l'autel, était couché avec elle, nu, dans son lit, ce qu'ils se disaient et ce qu'ils faisaient. C'est un principe généralement admis qu'en ces matières on peut pardonner beaucoup tant que n'interviennent pas des images importunes, dont on ne peut pas se débarrasser.

Examinant la conduite de Magdalena dans son ensemble (elle avait servi pendant deux ans chez le vieux curé), les habitants de Ginè, au cours de conversations interminables, arrivèrent à la conclusion qu'auparavant déjà tout n'était pas comme il aurait fallu. Si son mariage n'avait finalement pas eu lieu et si le garçon en avait tout de suite épousé une autre, ce n'était pas seulement à cause de son âge — elle avait déjà au moins vingt-cinq ans — et peut-être pas tout à fait parce qu'elle était pauvre, la fille d'un paysan sans terre, et qu'elle n'était pas d'ici. Aucune tentative pour le convaincre n'avait donné de résultat et il était prêt à agir contre la volonté de ses parents — à ce propos déjà, il convient de remarquer qu'elle avait dû user de pouvoirs spéciaux. Mais il s'était ravisé au dernier moment. Il avait pris peur : trop chaude, ignorant la mesure. D'autres événements analogues apparaissaient maintenant sous un jour nouveau et se complétaient l'un l'autre. Et si quelqu'un avait pu jusqu'ici nourrir des doutes, voilà qu'il y avait ce cercueil.

Comme Antonine prononçait son nom en l'accompagnant d'un crachat, Thomas était mal disposé à l'égard de Magdalena, bien qu'il n'eût pour cela aucune raison. Elle l'attirait à la cuisine et lui donnait des gâteaux chaque fois qu'il allait à la cure, du temps de l'abbé Bien-Bien. À vrai dire, il l'admirait alors et quelque chose, lorsqu'elle était là, se serrait dans sa gorge. Ses jupes bruissaient, leur ceinture marquait profondément la taille. Lorsqu'elle se penchait sur la plaque du fourneau et goûtait les plats avec une cuillère, une petite boucle de cheveux s'échappait près de son oreille, et de côté, dans son corsage, sa poitrine ballait. Il y avait un lien entre eux : il savait comment elle était tout entière, et elle ne savait pas qu'il le savait. Il confessait son péché, mais il voyait. Il y avait un arbre penché très bas sur l'eau, où l'on pouvait grimper et se cacher dans les feuilles. Le cœur bat : viendra-t-elle, ne viendra-t-elle pas ? L'Issa déjà devient rose sous le soleil couchant, les poissons s'ébattent. Il était bouche bée, regardant un vol de canards, et déjà elle tâtait l'eau du pied pour savoir si elle était chaude et retirait sa chemise par la tête. Elle n'entrait pas dans l'eau comme les bonnes femmes qui s'accroupissent en plusieurs fois, avec des éclaboussures. Lentement, pas à pas. Ses seins penchaient sur les côtés, sous le ventre elle n'était pas très noire; un peu. Elle plongeait et nageait « à la chien », faisant de temps en temps jaillir une fontaine en frappant l'eau du pied, jusqu'à l'endroit où les feuilles de nénuphars recouvrent la rivière. Ensuite elle revenait et se lavait avec du savon.

Les bruits qui arrivaient aux oreilles de Thomas restaient pour lui assez confus, et pourtant ils le terrifiaient. Il n'est sans doute pas possible que celui qui tonne en parlant du feu infernal soit lui-même un pécheur. Et si lui, qui donne l'absolution, est comme les autres, alors qu'est-ce que cela vaut ? D'ailleurs il ne se posait pas de questions précises et il n'aurait certainement pas osé importuner les adultes en les leur posant. Magdalena prit pour lui le charme de ce qui est défendu. Les adultes, eux, s'emportaient contre elle. Ils distinguaient, ce dont Thomas était incapable : elle, c'était une chose, et le prêtre, quand il revêtait son surplis, c'en était une autre. Mais elle avait troublé l'ordre, détruit la paix et elle leur avait gâté le plaisir des sermons.

L'abbé Peïkswa descendait et la curiosité les gagnait tous : qu'ordonnerait-il de faire du cercueil ? Lorsqu'il fut arrivé près du char, ils détournèrent la tête. Car il pleurait. Les larmes coulaient sur ses joues, l'une après l'autre, ses lèvres tremblaient, il les tenait serrées et les ouvrit seulement pour dire qu'il les priait de porter le corps en haut, à l'église. Pour la suicidée, il préparait un enterrement chrétien. Ils enlevèrent la couverture et le cercueil de pin apparut. Quatre hommes le soulevèrent et se mirent à gravir la pente, si raide que Magdalena était presque debout.

15

Pour s'empoisonner avec de la mort-aux-rats, il faut avoir perdu tout espoir, et en même temps s'abandonner à ses propres pensées à tel point qu'elles voilent l'univers et qu'on cesse de rien voir hormis son propre destin. Magdalena aurait pu connaître bien des villes, des pays, des gens, des inventions, des livres, passer par les diverses incarnations accessibles aux humains. Elle l'aurait pu, mais le lui expliquer, ou lui faire voir, à l'aide d'une baguette magique, les millions de femmes semblables à elle et qui souffraient comme elle, cela aurait été vain. Même si elle avait pu pénétrer jusqu'à la détresse de ceux qui, à l'instant même où elle se donnait la mort, luttaient encore pour une heure, une minute de vie, cela ne lui aurait sans doute apporté aucun secours. Lorsque enfin les pensées se retirèrent et que le corps se trouva devant l'épouvante suprême, il était déjà trop tard.

Il faut comprendre qu'elle avait été en très mauvais état peu avant le départ du vieux curé. C'est alors justement que son fiancé avait rompu. Après l'échec de cet amour, il resta en elle un froid et la certitude que rien ne changerait plus, qu'il en serait ainsi, désormais, pour toujours. Tout en elle se tordait et se révoltait, elle ne pouvait pas rester ainsi. Que faire avec cette certitude que les jours, les mois, les années allaient se succéder, et regardez, voilà qu'elle est une vieille femme. Elle s'éveillait à l'aube et restait couchée, les yeux ouverts, et se lever, se mettre au travail quotidien lui paraissait affreux. Elle s'asseyait sur le lit et prenait ses seins dans ses mains — abandonnés comme elle, voués à partager avec elle son célibat et à se flétrir sans avoir servi. Et après, quoi ? Attraper des garçons au bal, pour qu'ils aillent avec elle dans le fenil ou sur le pré et rient d'elle ensuite ? Elle s'enfonçait donc dans un désespoir total quand l'abbé Peïkswa vint occuper la cure.

Sur la balançoire, il y a un moment d'arrêt — puis elle descend à toute vitesse, à vous couper le souffle. Soudain la terre et le ciel se métamorphosèrent, le même arbre qu'elle voyait par la fenêtre était différent, les nuages ne ressemblaient plus à ceux de naguère, toutes les créatures étaient pleines d'un or vivant dont elles rayonnaient. Elle n'avait jamais imaginé qu'il pût en être ainsi. Pour ce qu'elle avait souffert, elle trouvait une récompense, et si même il fallait ensuite souffrir pendant des siècles, cela en valait la peine. Dans son ivresse entraient pour une bonne part les délices de l'ambition satisfaite : moi, misérable, presque illettrée, moi qui n'ai pas trouvé de mari, il m'a choisie, lui, lui qui est plein de science, lui que nul ne peut égaler.

Et alors — il faut le comprendre — elle se trouva dépouillée de tout et rejetée dans le froid, cette fois pour toujours. L'abbé Peïkswa, conscient du scandale et forcé de choisir, l'envoya comme gouvernante chez un curé d'une région lointaine, si lointaine que le caractère définitif de la rupture était manifeste aux yeux de chacun. Dans cette maison au-dessus du lac, seule avec le vieillard aigri, Magdalena ne s'attarda pas longtemps — juste assez pour retourner à la sombre nuit qu'elle avait connue avant le temps de sa félicité. Elle s'empoisonna, alors que le vent sifflait dans les roseaux et que la vague laissait des plaques d'écume blanche sur les galets, en clapotant contre le fond des canots amarrés à la passerelle.

Le curé de là-bas ne voulut pas l'ensevelir. Il aimait mieux donner son char, deux chevaux et un cocher et se débarrasser de ce souci.

Le dernier voyage de Magdalena, avant son entrée dans le pays où l'accueillirent les dames du temps jadis, commença de bon matin. Les petits nuages effrangés moutonnaient dans le ciel, les chevaux alertes allaient au trot, des hommes, dans les regains, aiguisaient leurs faux et les pierres à aiguiser sonnaient contre le métal. Ensuite, on prit un chemin sablonneux à travers les genévriers, par de petits bois de pins, toujours plus haut, jusqu'au carrefour d'où l'on voit trois surfaces liquides reliées par de la verdure, comme un collier de pierres claires. Puis on redescendit à travers les forêts, et là-bas, dans la rue du village, Magdalena regarda les feuilles du vieil érable pendant les heures de midi, jusqu'au moment où les ombres commencent à s'allonger, où la chaleur n'accable plus les chevaux et où l'on peut aller plus loin. On traversa le marais par la digue recouverte de madriers ronds, sur lesquels les roues sautent même quand les chevaux vont au pas. Le concert des grives se répandait dans le soir. Déjà s'ouvrait le ciel étoilé, mousseux sous les révolutions des sphères et des univers. Une immense paix, l'espace bleu sombre, qui donc regarde de là-haut ? Et voit-il cette unique petite créature qui a su arrêter toute seule le mouvement de son cœur, la circulation de son sang et, par sa propre volonté, se transformer en une chose inerte ? L'odeur des chevaux, les discours paresseux que leur adressait l'homme, à côté d'elle, et cela continua ainsi jusque tard dans la soirée. Le matin, à travers les collines, les chênaies, on approche, voici déjà la descente vers la vallée de l'Issa, et là-bas, avec la vue, devant lui, sur les paillettes de l'eau parmi les osiers, l'abbé Peïkswa lit son bréviaire.

L'été, un corps se corrompt vite et on se demandait pourquoi le prêtre tardait, comme s'il ne voulait pas la rendre à la terre. Pourtant, lorsqu'on la porta enfin dehors, on ne remarqua aucune odeur désagréable — ce fait devait être rappelé par la suite. Il l'ensevelit sur le bord du cimetière, là où la pente commence et où les racines retiennent dans leur nœuds le sol friable.

Le jour de Notre-Dame des Plantes, il prononça un sermon assez court, d'une voix calme, égale. Il décrivait comment Celle qui n'a connu aucune souillure pénètre dans le ciel, non pas avec son âme seule, mais avec tout son être, telle qu'elle avait marché parmi les hommes. Ses pieds sont d'abord à peine au-dessus de l'herbe et, sans qu'ils fassent un mouvement, elle s'élève lentement, toujours plus haut, la brise joue dans sa longue robe — on les portait ainsi en Judée —, jusqu'au moment où elle n'est plus qu'un petit point parmi les nuages ; et ce qui nous sera accordé, à nous pécheurs, si nous le méritons, dans la vallée de Josaphat, elle l'a déjà obtenu : avec ses sens terrestres, dotée d'une jeunesse éternelle, elle contemple la face du Tout-Puissant.

Peu après, l'abbé Peïkswa quitta Ginè et l'on n'entendit plus jamais parler de lui.

16

Les voisines en jasaient, le coude appuyé à la clôture. Les hommes se taisaient. Les yeux fixés sur une pincée de tabac, ils humectaient leur petit papier et feignaient de concentrer toute leur attention sur cet acte. L'inquiétude grandissait peu à peu, bien que pour l'instant on se contentât de chercher des explications. On essayait de deviner juste et d'éviter les paroles dangereuses.

C'était le nouveau prêtre, l'abbé Monkiewicz, qui contribuait plus que personne à répandre des bruits. Il était rond, chauve et nerveux. Il prit peur et ne réussit pas à le cacher longtemps. Ces coups qui se faisaient sans cesse entendre dans le mur (trois à la fois), il ne leur trouvait aucune cause naturelle. Il ne se sentait pas à son aise dans la maison, après ce qu'il avait appris, et supportait mal une présence qui ne se manifestait justement que par ces coups, ou bien par une lente pression sur le loquet. Il se levait et ouvrait la porte, mais derrière il n'y avait personne. Il espérait que ces phénomènes allaient cesser, mais, au contraire, ils gagnaient en puissance. Le sacristain fut invité à dormir à la cure. À partir de ce moment, il ne fut plus nécessaire de s'en tenir aux hypothèses. D'ailleurs, l'abbé Monkiewicz, ne pouvant se tirer d'affaire, demanda bientôt l'aide des paroissiens. Ils se réunissaient à plusieurs, et, la nuit, montaient la garde dans la cuisine.

La pauvre âme de Magdalena ne voulait pas quitter les lieux où elle avait trouvé le bonheur. Armée d'un couperet invisible elle fendait des bûches invisibles, et elle allumait un feu qui flambait et crépitait comme un feu véritable. Elle déplaçait des casseroles, cassait des œufs et faisait frire des omelettes, bien que la plaque du fourneau restât froide et vide. De quels ustensiles disposait-elle ? Est-ce que ce n'étaient là que des sons, une sorte de large registre musical imitant les bruits naturels, ou bien les esprits disposent-ils de toute une cuisine d'une autre sorte, comportant le seau en général, la poêle en général, le tas de bois en général, chacun d'eux étant pour ainsi dire l'essence de tous les seaux, de toutes les poêles et de tous les tas de bois qui existent ? Cette question ne peut pas être tranchée, on ne peut que prêter l'oreille, et tout au plus cesser de croire au témoignage de ses propres sens. L'eau bénite n'y faisait rien. Le prêtre y allait de son goupillon ; la pause durait peu, tout de suite le travail reprenait. Et chaque soir avec plus d'audace, avec du fracas, des entrechoquements de casseroles, des éclaboussements d'eau. Le pire, c'est qu'une activité semblable gagna la chambre à coucher. Ce n'étaient plus seulement des coups, des mouvements de loquet. Maintenant des pas se faisaient entendre, papiers et livres tombaient sur le plancher, et il s'y ajouta encore quelque chose qui ressemblait à un rire étouffé. L'abbé Monkiewicz se signait et arrosait d'eau bénite un premier coin, rien, un second, rien, un troisième, rien, mais lorsqu'il s'approchait du quatrième, les ricanements éclataient et cela sifflait comme à travers une noix pourrie.

La nouvelle de ces événements se répandit bientôt par les villages voisins, et si les gens de Ginè n'avaient pas été d'avis que, malgré tout, il s'agissait là de leurs propres affaires auxquelles il ne convenait pas de mêler des étrangers, il n'y aurait pas eu trois hommes installés pour la nuit dans la cuisine, il y en aurait eu trois cents. Ceux qui ne pouvaient pas jouer un rôle actif propageaient au moins leurs commentaires et la paroisse tremblait sous tant de bruits exagérés.

Lorsque l'on constata que pour l'âme de Magdalena l'édifice de la cure était insuffisant, ce fut en partie à cause de Balthazar. Toute son aventure n'aurait mérité qu'un éclat de rire et tout au plus cette ombre de sérieux avec laquelle on consent aux récits des ivrognes afin de ne pas les irriter — s'il n'y avait pas eu un détail. Balthazar affirmait, ni plus ni moins, qu'il venait de voir Magdalena, montée sur un cheval blanc, descendre vers l'Issa du côté du cimetière. Elle était nue, elle et le cheval brillaient dans l'obscurité. Quand un grand nombre de gens se furent rassemblés dans la maison de son beau-père, il se mit à répéter sans cesse la même histoire, et il s'offensait si l'on essayait de le mettre au pied du mur et si l'on insinuait prudemment qu'il avait peut-être eu une hallucination. Quelqu'un eut alors l'idée d'aller voir dans l'écurie de l'abbé si son cheval blanc y était. Il y était — mais en nage, comme s'il venait de faire un temps de galop.

Dans la maison domaniale, évidemment, tout était en effervescence, et Antonine rapportait chaque jour de nouveaux potins. La grand-mère Misia répétait : « C'est affreux ! » et, toute contente de ces espiègleries d'outre-tombe, elle invita le prêtre afin d'entendre ses doléances. Il sirotait son thé aux feuilles de fraises et, la mine affligée, avoua qu'il était à bout de force, que si cela ne cessait pas il allait demander son transfert dans une autre paroisse. La grand-mère Misia remporta donc un triomphe complet et ses exclamations d'incrédulité : « Mais que dites-vous là, mon Père ! » laissaient percer son ravissement, car on sait qu'elle prenait le parti des esprits, et non des hommes.

Bientôt, cependant, quelque chose se produisit vraiment tout près. Thomas, qu'on laissa aller au chevet de Satybelka lorsque l'état de celui-ci se fut un peu amélioré, sentait des fourmis lui parcourir la peau. Le malade répondait d'une voix faible, sa barbe s'étalait sur la courtepointe et Mopsik était roulé en boule sur le petit divan. Ce dernier s'était comporté de façon peu glorieuse : au moment critique il s'était enfui, son tronçon de queue entre les jambes ; mais son maître ne lui en avait pas gardé rancune.

Voici comment la chose s'était passée. Dans le domaine, on battait alors le blé. La locomobile se trouvait dans le hangar à côté de la grange, et, après le travail, on mettait la précieuse courroie de transmission dans ce hangar fermé à clé. Ce soir-là, Satybelka était installé dans sa chambre, une paire de babouches moelleuses aux pieds, et il fumait la pipe quand il fut soudain pris d'inquiétude. Il ne pouvait s'en souvenir : avait-il tourné la clé dans la serrure ou non — et l'impossibilité où il se trouvait de se représenter le geste par lequel il avait dû accomplir son devoir le tourmentait beaucoup. Enfin, plein de crainte à l'idée que quelqu'un pouvait voler la courroie, il mit, en grognant de colère, ses bottes et sa veste de mouton, prit sa lanterne et sortit de la chaleur dans le froid et la pluie. Il faisait tout à fait noir et il ne voyait que ce qui entrait dans le cercle éclairé par la lanterne. Il trouva effectivement le hangar ouvert. Il y pénétra par le passage étroit laissé entre le mur et la chaudière de la locomobile, et vérifia : la courroie était à sa place. Mais au moment où il se retournait pour rentrer, un monstre se dressa devant lui. Satybelka le décrivait comme une sorte de gros tronc d'arbre glissant horizontalement, de toute sa largeur. Sur ce tronc étaient plantées trois têtes — des têtes tatares, disait-il, qui se tordaient en d'affreuses grimaces. Le monstre marchait sur lui, et lui se signait et reculait — mais il s'aperçut qu'il se coupait ainsi toute possibilité de fuir et, agitant sa lanterne, essaya de se faufiler vers la sortie. Alors il mit le pied sur le corps du monstre : c'était mou « comme un sac de son ». Lorsqu'enfin il fut dehors, il voulut courir, mais n'osa pas faire demi-tour. Pas à pas, à reculons, il parcourut tout le chemin qui séparait les dépendances de sa propre porte, et les trois têtes de damnés continuèrent à ramper d'un mouvement sinueux, tout près, sur ce corps bas et dépourvu de jambes. Il pouvait à peine respirer et tomba à la renverse sur le seuil. Il eut aussitôt une forte fièvre, et pourtant cela n'avait pas duré plus d'un quart d'heure et rien jusqu'alors n'avait nui à sa santé.

Peut-être, comme le supposait la grand-mère Misia, était-ce l'âme d'un musulman qui s'était ainsi manifestée, venue de la colline dite Cimetière Tatare. Le souvenir des prisonniers tatares qui avaient travaillé à Ginè dans des temps très anciens se serait perdu s'il n'en était resté ce nom. Pourquoi néanmoins l'esprit s'était-il manifesté juste maintenant ? Quelqu'un avait dû l'encourager ou lui commander de prendre part à ce qui troublait l'ordre. Ce ne pouvait être que Magdalena, devenue sans doute maintenant la supérieure des puissances souterraines.

Tous ces faits provoquèrent peu à peu un conflit entre le village et l'abbé Monkiewicz. S'étant mis d'accord sur la cause, ils tiraient la conclusion logique que cette cause devait être supprimée. Au commencement, ils le suggérèrent timidement à l'abbé, en termes vagues ; ils tournaient autour du pot, recouraient à des comparaisons et des paraboles. Lorsqu'ils virent que cela restait sans effet, ils en vinrent à déclarer ouvertement qu'il fallait en finir et qu'il existait un moyen. Lui, alors, agitait les bras et criait qu'il n'y consentirait jamais, jamais, et il les insultait, les traitant de païens. Il s'entêta et on ne put pas le convaincre. Certains conseillèrent de ne pas lui demander la permission, mais on voyait bien que même ceux-là n'oseraient pas. On n'entreprit donc rien. Sur ces entrefaites, un deuxième prêtre vint s'installer pour quelques jours chez le curé et ils se livrèrent à des exorcismes.

17

Thomas avait peur de courir dehors après le crépuscule, mais une nuit il fit un rêve et sa peur prit fin. C'était un rêve plein de douceur et de puissance, mais aussi d'épouvante, et il était difficile de dire ce qui prévalait. Ni le lendemain matin, ni plus tard il ne réussit à le décrire avec des mots. Les mots n'ont pas prise sur les mélanges de parfums, ni sur ce qui nous attire vers certains êtres, et encore moins sur ce qui se passe lorsqu'on s'enfonce dans un puits dont on s'échappe enfin par le fond, de l'autre côté de l'existence qui nous est familière.

Il voyait Magdalena dans la terre, dans la solitude de l'énorme terre, et elle y séjournait depuis des années et pour toujours. Sa robe s'était désagrégée, des lambeaux d'étoffe se mêlaient à des ossements desséchés, et la boucle de cheveux qui jadis glissait toujours sur la joue penchée au-dessus du fourneau de la cuisine adhérait maintenant au crâne du cadavre. Et en même temps elle était près de lui, la même que jadis lorsqu'elle entrait dans l'eau de la rivière, et cette simultanéité impliquait la conscience d'un autre temps que celui auquel nous avons ordinairement accès. Le sentiment qui autrefois serrait la gorge de Thomas le traversait de part en part, la forme de ses seins et de son cou persistait en quelque sorte en lui, et lorsqu'elle le touchait, cela se traduisait par une plainte, un genre d'incantation : « Oh ! pourquoi est-ce que je passe, pourquoi mes mains et mes pieds passent-ils, oh ! pourquoi suis-je et ne suis-je pas, moi qui n'ai vécu qu'une fois, une seule fois, du commencement à la fin du monde, oh ! le ciel et le soleil seront et moi je ne serai plus jamais, ces os restent après moi, oh ! rien n'est à moi, rien. » Et Thomas tombait avec elle dans le silence, sous les couches de la terre, là où parfois un caillou glisse avec le sol qui s'effrite et où les vers se forent un passage. C'était lui maintenant qui se transformait en une poignée de tibias tombés en poussière, lui qui se plaignait par la bouche de Magdalena et qui découvrait, seul, ces questions : pourquoi suis-je moi ? Comment se peut-il qu'ayant un corps, de la chaleur, des mains, des doigts, je doive mourir et que moi cesse d'être moi ? Peut-être, à vrai dire, n'était-ce même pas un rêve, car étendu dans le fond le plus profond, sous la surface des phénomènes réels, il se sentait charnel, condamné, se décomposant, déjà après la mort, et en même temps, bien qu'il participât à cet anéantissement, il restait capable de constater son identité avec l'autre. Il criait et s'éveillait. Mais les contours des choses continuaient à faire partie du cauchemar, aucun relief spécial ne les soulignait. Il retombait aussitôt dans le même enivrement et tout se répétait avec des variantes sans cesse nouvelles. L'aube seule le délivra, il ouvrit les yeux avec épouvante. Il revenait de loin. Peu à peu la lumière reprenait aux ténèbres la traverse qui relie les pieds de la table, les escabeaux, la chaise. Quel soulagement de voir que le monde, celui de la veille, se compose de choses en bois, en fer, en briques, et qu'elles ont un volume et une surface rugueuse. Il saluait les meubles qu'il avait négligés la veille, les remarquant à peine. Maintenant ils lui semblaient être des trésors. Il suivait des yeux les lignes, les nœuds, les fissures du bois. Il lui restait pourtant une griserie voluptueuse, le souvenir de contrées jamais pressenties jusqu'alors.

Désormais, si Magdalena devait une fois s'approcher de lui dans l'allée obscure, il décida de ne pas crier car elle ne lui ferait aucun mal. Il souhaitait même qu'elle lui apparût, bien que cette idée lui donnât la chair de poule — d'ailleurs ce n'était pas désagréable, un peu comme jadis, lorsqu'il caressait un ruban de velours. Mais son rêve, il ne l'avoua à personne.

18

Ce qui fut perpétré le fut en secret, et Thomas n'en entendit parler que plus tard, avec tristesse et horreur.

Seuls furent admis les anciens du village, une douzaine environ de paysans propriétaires. Ils se réunirent vers le soir et burent une bonne quantité d'eau-de-vie. Ils avaient beau faire, chacun d'eux se sentait mal à l'aise et ils tâchaient de se donner du courage. La permission avait été accordée — plus exactement l'abbé Monkiewicz avait dit : « Faites ce que vous voulez », mais c'était de sa part un aveu suffisant du fait que les moyens dont il disposait avaient échoué. Peu après le départ de son collègue — il n'y avait justement cette nuit-là personne à la cure à part le sacristain et la vieille gouvernante parce qu'il semblait que Magdalena, après les exorcismes, allait les laisser en paix — un cri retentit dans la chambre à coucher et l'abbé Monkiewicz apparut sur le seuil, sa longue chemise de nuit déchirée en plusieurs endroits, à tel point que la toile pendait en lambeaux. Magdalena lui avait enlevé sa couverture et avait commencé à lui déchirer sa chemise. Sa maladie — il attrapa un érésipèle —, il l'attribua comme tout le monde à la frayeur qu'il avait éprouvée. Contre un érésipèle dû à la frayeur, il n'existe aucun remède en dehors des formules que connaissent les sorcières. On fit donc venir une guérisseuse qui marmonna sur lui ses paroles rituelles. On ordonne à la maladie d'avoir à abandonner ce corps ; ces ordres sont appuyés par des menaces, des bribes de prières catholiques et d'autres plus anciennes ; mais les paroles une fois révélées perdent leur force et il n'est permis à celui qui les connaît de les transmettre avant sa mort qu'à une seule personne. Le prêtre se soumit à contrecœur à ces pratiques. Quand il y va pourtant de la santé, il n'y a pas d'hésitation, on se prend à espérer que peut-être, tout de même... Après qu'il eut cédé une première fois, sa résistance se trouva affaiblie et le frêle espoir de voir cesser les phénomènes qui le tourmentaient l'incita enfin à accorder une seconde fois son consentement.

Une tâche comme celle-là, il faut s'y mettre dans l'obscurité. Ce n'est peut-être pas une véritable prescription, mais il convient que cela se fasse dans le recueillement, c'est-à-dire, avant tout, en silence. Donc, sans la participation de badauds, dans un cercle de gens graves et sûrs. Ils essayèrent le tranchant des bêches, allumèrent des lanternes et s'égaillèrent, un à un ou deux à deux, à travers les vergers.

Un vent violent faisait crisser les feuilles sèches des chênes. Les feux dans le village s'étaient déjà éteints et il ne restait plus que cette noirceur et ce bruit. Lorsque tous furent arrivés sur la petite place devant l'église, ils se dirigèrent ensemble vers l'endroit et se mirent tout autour, comme ils purent, sur la pente déjà raide. Dans les verres ronds des lanternes, protégés par des grilles de métal, les petites flammes sautaient, se jetaient d'un côté et d'un autre, chassées par les souffles du vent.

D'abord la croix. Elle avait été plantée là pour y rester aussi longtemps que le bois résisterait, et le bois était destiné à pourrir et se désagréger par sa partie enfoncée dans la terre; elle aurait penché lentement, des années après. Ils la sortirent et la mirent de côté avec soin. Ensuite, en quelques coups de bêche, ils rasèrent le monticule de la tombe sur lequel personne ne cultivait de fleurs. Et ils se mirent au travail, hâtivement, parce que c'est quand même terrible. On met un être humain en terre pour l'éternité, et aller voir après quelques mois ce qu'il en advient est contraire à la nature. C'est comme de planter un gland ou un marron et de gratter ensuite le sol pour voir s'il est déjà en train de germer. Mais peut-être était-ce là justement le sens de ce qu'ils avaient entrepris: une volonté, une décision est nécessaire pour qu'on puisse contrecarrer par une action inverse des actions contraires elles-mêmes à ce qui est normal.

Le gravier craque et le moment approche. Déjà la bêche sonne, ils regardent, ils éclairent, non, ce n'est encore qu'un caillou. Enfin voici les planches; ils déterrent, ils dégagent, de façon qu'on puisse soulever le couvercle. Vrai de vrai, l'eau-de-vie n'était pas de trop: elle vous donne cette chaleur intérieure qui permet de s'opposer soi-même, vivant, aux autres qui paraissent alors moins vivants, et, d'autant plus, aux arbres, aux pierres, aux sifflements du vent, aux fantômes de la nuit.

Ce qu'ils trouvèrent ne fit que confirmer toutes les suppositions. D'abord, le corps n'était pas du tout corrompu. À ce qu'ils racontèrent, il s'était conservé comme si on l'avait enseveli la veille. Preuve suffisante: seuls les corps des saints ou ceux des vampires ont cette propriété. Ensuite, Magdalena n'était pas couchée sur le dos, mais retournée, la face vers le bas, ce qui est un signe aussi. Même sans ces preuves, cependant, ils étaient prêts à faire ce qu'il fallait. Comme ils avaient des preuves, cela leur fut plus facile, ils n'avaient aucun doute.

Ils tournèrent le corps sur le dos, et, avec la bêche la plus tranchante, d'un coup porté avec élan, l'un d'entre eux trancha la tête. Ils tenaient tout prêt un pieu, taillé en pointe dans un tronc de tremble. Ils l'appuyèrent à la poitrine et l'enfoncèrent, tapant dessus avec le talon d'une hache, si bien qu'il transperça le dessous du cercueil et s'enfonça solidement. Ensuite, la tête : la prenant par les cheveux, ils la placèrent contre la plante des pieds, Ils remirent le couvercle et, soulagés, le recouvrirent de terre. Il y eut même des rires, comme il arrive souvent après des moments de grande tension.

Peut-être Magdalena avait-elle si peur de la décomposition physique, se défendait-elle si désespérément contre ce qui voulait la faire entrer dans ce temps différent, inconnu d'elle, qu'est l'éternité, que, prête à payer n'importe quel prix, elle avait consenti à hanter le village, achetant par cette lourde charge le droit de conserver un corps intact ? Peut-être. Ses lèvres, ils le juraient, étaient restées rouges. En lui coupant la tête, en lui écrasant les côtes, on avait mis fin à son orgueil charnel, à l'attachement païen qu'elle avait pour sa propre bouche, ses mains et son ventre. Transpercée comme un papillon par son épingle, les pieds, dans les souliers que l'abbé Peïkswa lui avait achetés, touchant son propre crâne, elle devait admettre dès maintenant qu'elle allait se dissoudre, comme tout le monde, dans les sucs de la terre.

Les troubles à la cure cessèrent aussitôt et l'on n'entendit plus jamais parler d'exploits quelconques accomplis par Magdalena. On peut du reste le penser sans invraisemblance — plutôt qu'en cuisinant avec des batteries invisibles ou qu'en multipliant les coups et les sifflements, c'est en pénétrant dans les rêves de Thomas qu'elle prolongea sa vie, et il ne devait jamais l'oublier.

19

Cet automne où Magdelena avait hanté Ginè, les vergers avaient été d'une abondance exceptionnelle et, comme on ne pouvait vendre les fruits nulle part, on en nourrissait les porcs, ne gardant pour l'usage domestique et pour les conserves que les espèces les meilleures. Des tas de pommes et de poires pourrissaient dans l'herbe ; guêpes et frelons bourdonnaient en foule. L'un de ceux-ci piqua Thomas à la lèvre et il eut tout le visage enflé. On ne pouvait pas toujours les découvrir car ils s'introduisaient à l'intérieur d'une poire mûre par un trou étroit, et c'est seulement en la secouant bien fort qu'on voyait sortir leur abdomen rayé, secoué de pulsations. Thomas aidait à faire la récolte en grimpant dans les arbres et il était fier de voir que les grandes personnes ne savaient pas s'agripper comme lui, jusque sur les branches fines, à la manière des chats.

Vers la fin de l'été, Thomas pénétra dans la bibliothèque. Jusqu'alors cette pièce d'angle, avec ses murs peints à l'huile, si fraîche que lorsque la chaleur dehors était brûlante on y grelottait encore, ne l'avait pas intéressé. Maintenant il mendiait les clés des armoires et en tirait toujours quelque chose d'amusant. Dans l'une d'elles, vitrée, il trouva des livres reliés de rouge avec des ornements dorés, et dedans il y avait beaucoup d'images. Il ne pouvait pas en lire les légendes car elles étaient en français. La petite fille qui apparaissait dans ces images s'appelait Sophie ; elle portait de longues culottes terminées par une dentelle. D'une autre armoire creusée dans le mur, pleine de toiles d'araignées et de rouleaux de papiers jaunis, il tira un volume intitulé *Tragédies de Shakespeare* et l'emporta sur la pelouse, à son extrême bord, là où, près du mur vert des buissons, cela sentait la mousse et le serpolet. Il n'était pas seul à aimer ce coin : il y avait aussi de grandes fourmis rousses, et parfois il frottait furieusement ses mollets l'un contre l'autre parce que leurs piqûres faisaient mal. Dans une trouée, entre les sommets des sapins, l'espace vibrait, de minuscules voitures traînaient de la poussière derrière elles, de l'autre côté de la vallée. Dans son livre, des hommes en armures ou court vêtus (ont-ils les jambes nues ou leurs pantalons sont-ils si collants?) croisaient l'épée, se renversaient, transpercés par un poignard. Une odeur de moisi venait des pages tachées de rouille. Son doigt suivait l'alignement des lettres. Mais bien que ce fût écrit en polonais, il se découragea et reconnut qu'il s'agissait là d'affaires de grandes personnes.

Il trouvait plus de joie dans les livres de voyages. Des nègres, nus, se tenaient debout, avec leur arc, sur des canots de roseaux, ou bien ils tiraient avec des cordes un hippopotame comme celui de son histoire naturelle. Leurs corps étaient couverts de rayures et il se demandait si leur peau était vraiment toute zébrée ou si on les avait seulement dessinés ainsi. Il rêvait souvent qu'il voyageait avec eux sur l'eau, jusqu'à des baies de plus en plus inaccessibles, parmi des papyrus plus hauts que les hommes, et ils se construisaient là un village où nul étranger ne trouverait jamais accès. Deux de ces livres étaient en polonais et il put les lire (c'est là, en somme qu'il apprit à lire car ils le passionnaient), et alors commença pour lui une ère tout à fait nouvelle.

Pour ses arcs, il choisissait des noisetiers, mais pas ceux qui poussent au soleil parce qu'ils sont en général tordus. Il rampait dans l'ombre, sous les buissons, là où il n'y a pas d'herbe, mais seulement des couches emmêlées de ramilles mortes, et où les roitelets apparaissent un instant et disparaissent avec un *tchik-tchik-tchik* peureux. Là le noisetier grimpe très haut pour atteindre la lumière, bien droit, sans aucune branche; c'est celui qui convient le mieux. Dans une grotte obscure de ce genre, il installa sa cachette, celle où il gardait ses armes.

Il emportait ses flèches, auxquelles il fixait des barbes en plumes de dindon pour perfectionner leur vol, et partait à la chasse. Le gibier, il l'inventait; ce pouvait être, par exemple, la touffe ronde d'un groseillier. Il passait beaucoup de temps assis sur la petite passerelle d'où l'on puisait avec un arrosoir l'eau de l'étang, pas de l'étang Noir, non, de l'autre, celui qui se trouvait entre l'aile de la maison, du côté du verger, et les dépendances. Il croyait naviguer et tirait sur les canards, ce qui entraîna une fois une instruction judiciaire parce qu'on avait trouvé l'un d'eux mort au milieu de l'eau; mais il n'avoua pas. Peut-être d'ailleurs le canard était-il mort pour une autre raison. Les Indiens chassent les poissons avec un arc, il épiait donc ceux qui nageaient dans les hauts-fonds de la rivière (afin de ne pas perdre ses flèches), mais ils filaient toujours à temps.

Dans le porche vitré où se trouvait une petite table fixée au plancher, il dessinait, les jours de pluie, des glaives, des lances et des cannes à pêche. Et maintenant, remarquons un trait de son caractère: il se mettait à dessiner des arcs, mais tout d'un coup il s'arrêtait et déchirait son papier. C'est que ses arcs, il les aimait, et il lui était en quelque sorte venu à l'esprit que ce qu'on aime, il ne faut pas le représenter, que cela doit rester absolument secret.

La grand-mère Misia, un jour, monta au grenier avec lui et lui montra une caisse remplie jusqu'au bord de vieilleries. Il s'y trouvait aussi des reliures. Il tomba sur l'histoire d'un garçon qui s'était glissé sur un navire; caché sous le pont, il se nourrissait de biscottes et se trouvait en grand danger à cause des rats. Il avait trouvé de l'eau dans des tonneaux: de l'eau douce. Est-ce que cela veut dire qu'elle contient du sucre? C'est ainsi que Thomas imagina la chose et qu'il s'expliqua la joie du garçon lorsqu'il eut réussi à faire un trou dans le tonneau.

Pour rêver aux histoires qu'il avait lues, il trouvait les cabinets particulièrement propices. On s'y rendait par un petit sentier resserré entre des buissons de groseilliers. La porte se fermait du dedans par un crochet et, à travers un cœur qui y était découpé, on pouvait voir qui se dirigeait par là. Le soleil brillait à travers les fentes et tout autour se faisait entendre sans trêve la musique des mouches, des abeilles et des bourdons. Un bourdon bourdonnant et velu se laissait parfois tomber lourdement derrière, vers le fond de la fosse dont Thomas aspirait la puanteur avec délectation. Dans les coins, des araignées tissaient leurs toiles. Les bougies que l'on collait à la poutre transversale y avaient laissé de petites stalactites de stéarine. Dans les murs latéraux, il y avait aussi des ouvertures, mais on n'y voyait rien que du feuillage de sureau.

Si, à travers le cœur, Thomas apercevait Antonine, il interrompait ses méditations et boutonnait vite sa culotte. À l'autre bout du sentier, près de la fosse à ordures, Antonine égorgeait des poules. Elle gonflait alors le bas du visage en pinçant les lèvres et se préparait à frapper avec son couperet la poule qu'elle disposait sur le billot. La poule, effrayée, mais pas trop, se demandait sans doute ce qui allait arriver, ou peut-être ne pensait-elle à rien. Le couperet brillait, les traits d'Antonine se contractaient de douleur (mais aussi d'une sorte de sourire), puis il y avait un battement d'ailes, les sursauts d'une boule de plumes sur le sol. Thomas était alors secoué par un frisson et c'est pourquoi il restait là, à regarder. Une fois, cela se passa de façon vraiment peu ordinaire. Le coq — énorme, au plumage hérissé d'or resplendissant — s'envola alors qu'il n'avait plus de tête, le moignon rouge de son cou dressé en avant. Ce vol sans cri laissa Antonine bouche bée d'étonnement et presque d'admiration, car le coq ne tomba que lorsqu'il heurta le tronc d'un tilleul.

Thomas n'allait plus aussi souvent maintenant vers la

rivière avec sa canne à pêche, ni chez les Akulonis. Peut-être était-ce à cause de Magdalena, peut-être à cause des livres. Les coins écartés au bord de l'Issa commençaient à lui sembler redoutables. Quant aux parties de chasse à l'arc, il n'avait pas envie, à dire vrai, d'y convier aucun de ses camarades : il aurait tout de suite prêté à rire, ce n'était pas une occupation sérieuse comme de pêcher des poissons ou de façonner un flûteau de saule. Il préférait aussi que personne ne vînt voir en quoi consistaient certains de ses jeux, trop enfantins pour un grand garçon : il disposait deux armées de bâtons enfoncés dans le sable et battait tantôt l'une, tantôt l'autre, concentrant sur les soldats de l'ennemi le tir de son artillerie de pierres.

20

Au commencement de l'hiver, la grand-mère Dilbin arriva de Dorpat en Estonie et la chambre qu'elle occupa exerça sur Thomas une forte attraction. La grand-mère n'était pas beaucoup plus grande que lui. Elle était rose. En contraste avec la grand-mère Misia, elle veillait à tout : elle raccommodait les chaussettes et les culottes de Thomas, l'aidait à faire ses devoirs et lui faisait réciter son catéchisme. Mais le plus important, c'est qu'elle n'était pas comme les autres. Elle fumait des cigarettes russes à long tube, habitude qu'elle avait prise, comme elle le disait elle-même, à cause de ses chagrins ; les cigarettes, alors, aident un peu. Dans la malle qu'elle avait apportée avec elle, il y avait tout dessus un carton pour les robes, qu'il fallait d'abord sortir. On atteignait alors diverses boîtes de fer-blanc ou de bois, de petits paquets noués d'une faveur, toutes sortes d'objets soigneusement enveloppés de journaux. La cérémonie où l'on étalait les trésors de la malle ne se déroulait pas souvent ; elle conservait sa solennité.

Chaque fois, Thomas recevait quelque cadeau, par exemple une tablette d'encre de Chine authentique ; la grand-mère lui expliquait à quoi elle servait, mais ce qui l'impressionnait le plus, c'était sa forme, sa noirceur et ses arêtes aiguës.

Jamais, jusqu'alors, il n'avait appris autant de choses sur le vaste monde. La grand-mère avait passé sa jeunesse à Riga et elle lui racontait les excursions au Majorenhof, et les bains dans la vraie mer, et comment, une fois, une vague l'avait presque emportée. Elle lui parlait de son propre père, l'arrière-grand-père de Thomas, le docteur Ritter, qui soignait les enfants et ne prenait pas d'argent si leurs parents étaient pauvres ; elle disait combien on l'avait aimé et quelle renommée de farceur il avait parce qu'il jouait souvent des tours inoffensifs : il se costumait, faisait des grimaces ; et même, une fois, sa mère à elle avait jeté une pièce de monnaie dans le chapeau de son mari, le prenant pour un mendiant, tellement il s'était bien déguisé. Thomas l'entendit aussi parler de théâtre et d'opéra : sur la scène un cygne apparaissait, il nageait en se balançant et l'on aurait juré que l'eau, véritablement, le portait. La grand-mère prononçait le nom de la cantatrice — Adelina Patti — et elle soupirait. Elle soupirait aussi lorsqu'elle rappelait les soirées, à la maison, à Riga, où se réunissait toute une jeunesse, et on jouait, on chantait, on faisait des tableaux vivants. Et il y avait encore la campagne : le domaine de Imbrody, près de Dynaburg, qui appartenait aux Mohl, la famille de sa mère. Là, c'étaient les voyages en carrosse à travers les forêts pleines de brigands, les auberges éloignées dont les tenanciers étaient complices des brigands, le lit-guillotine dont le baldaquin tombait la nuit et tuait le voyageur ; le lit, alors, avec le cadavre, s'enfonçait sous le plancher, c'était une machinerie comme cela. Le carrosse traversait une rivière sur un bac, les chevaux prenaient peur et tous se noyaient. Il y avait une demoiselle de compagnie, à Imbrody, à qui les garçons faisaient peur ; ils mettaient derrière son miroir — où elle aimait se faire des grâces — des pipes aux tuyaux énormes, et lâchaient soudain sur elle une épaisse fumée. Un jour, ils l'avaient emportée avec son lit et avaient déposé le lit sur la rive, les pieds dans le lac ; elle ne s'était pas éveillée — elle n'avait crié qu'ensuite, ne comprenant pas où elle était. Et les promenades sur ce lac, en voilier blanc. Tels étaient les récits que Thomas retenait, parmi des événements et des noms qui ne l'intéressaient pas autant.

Il devait aussi à la grand-mère des anecdotes touchant les bons tours d'un goinfre, original célèbre par toute la Lituanie, Bitowt. Quand venait l'été, Bitowt faisait mettre son char en état et charger à l'arrière du fourrage pour les chevaux. Il revêtait son cache-poussière, prenait place derrière le cocher et partait en voyage. Ce voyage durait plusieurs mois car il allait, toujours avec le même attelage, visiter les domaines qui se trouvaient sur son chemin. On l'y recevait comme un roi — c'est que sa mauvaise langue faisait peur, on craignait ses calomnies. Sur son véhicule, il fumait des cigares dont il jetait les mégots derrière lui : un jour, il avait eu tout juste le temps de sauter à terre parce que le foin, derrière, était en flammes. Une fois, au marché du bourg, il s'approcha d'un petit juif qui vendait des oranges et lui demanda combien on pouvait en manger d'un coup. Le juif répondit cinq ; Bitowt, qu'il en mangerait soixante ; le juif, qu'il les donnerait pour rien à qui pourrait faire ça. Bitowt en engloutit cinquante et le juif déjà de crier : « Au secours, il a mangé soixante oranges, il va mourir ! » Il gardait chez lui un excellent cuisinier avec lequel il se disputait sans cesse. Le soir, Bitowt le faisait venir et gémissait : « Coquin, je vais te chasser, tu as de nouveau tellement bien cuisiné, c'était si bon, je me suis empiffré et je ne peux pas dormir. » Mais il le rappelait tout de suite et lui demandait ce qu'il y aurait le lendemain pour le déjeuner.

En causant avec sa grand-mère, Thomas apprenait aussi un peu d'histoire. Elle avait tiré de sa malle et suspendu au-dessus de son lit une plaque de métal en forme d'écu représentant la Vierge, et au-dessus de sa table, il y avait un petit portrait d'une belle demoiselle dont le cou nu sortait d'une collerette ouverte par-devant. La belle demoiselle s'appelait Émilie Plater, et il existait, entre elle et Thomas, par les Mohl, une lointaine parenté dont il devait être fier car elle était restée une héroïne dans la mémoire des gens. En 1831, elle était montée à cheval et avait pris la tête d'un détachement d'insurgés au fond des forêts. Elle était morte des blessures qu'elle avait reçues dans une bataille contre les Russes. Quant à la plaque de métal, elle avait appartenu au grand-père Arthur Dilbin qui, dans sa jeunesse, avait également choisi la forêt — c'était en 1863 (souviens-toi, Thomas : dix-huit cent soixante-trois). La devise des insurgés : « Pour notre liberté et la vôtre » signifiait qu'ils luttaient aussi pour la liberté des Russes, mais le tzar était alors puissant et ils n'avaient à lui opposer que des fusils de chasse et des sabres. Le chef du grand-père Arthur, Sierakowski, le tzar le fit pendre. Quant au grand-père, il fut envoyé en Sibérie, d'où il ne réussit à sortir que bien des années après, et alors il se maria. Le père et l'oncle de Thomas étaient maintenant en Pologne, dans l'armée, et ils se battaient aussi contre les Russes.

La grand-mère Dilbin allait et venait dans les chambres, habillée comme pour aller en ville, elle portait même une broche d'ambre jaune. Par-dessous, comme il réussit à s'en assurer, elle mettait plusieurs jupons de laine et se serrait la taille dans une sorte de corset à busc. Ses yeux d'un bleu pâle s'effarouchaient, sur ses lèvres apparaissait une moue de désarroi, lorsque la grand-mère Misia, à son habitude, levait sa jupe devant le poêle. Elle était agacée par la manière dont la grand-mère Misia semblait railler tous les sentiments humains ou en faire la caricature. Disait-elle de quelqu'un qu'il aimait une certaine jeune fille, la grand-mère se frottait le postérieur contre les carreaux du poêle et demandait en étirant les syllabes à la mode lituanienne : « Et pourquoi s'il vous plaît, Madame, l'aime-t-il ? » Toujours cet « et pourquoi ? », comme si le fait que les gens désirent, aspirent et souffrent n'était pas suffisant en lui-même. Elle haussait alors les épaules avec irritation, grognait quelque chose au sujet de « mœurs païennes » — oui, mais Thomas, intérieurement, ne prenait pas son parti : il devinait en elle une certaine faiblesse. Et cela malgré toute la bonté qu'elle lui témoignait. À sa vue, elle se tordait les mains de désespoir, disant qu'il était négligé, en loques, qu'il poussait comme un sauvageon. Elle le gâtait. Jusqu'alors il lui avait paru naturel de recoudre lui-même ses boutons avec le fil et l'aiguille d'Antonine ; maintenant il demandait de l'aide pour chaque bagatelle puisqu'il y avait désormais quelqu'un pour s'occuper de lui et le servir.

Dans le dos voûté, arrondi, de la grand-mère Dilbin, dans les petites veines de ses tempes transparaissait quelque chose de fragile. Il découvrit qu'à quelque heure du matin qu'on jetât un regard dans sa chambre, à six heures ou à cinq, on la trouvait assise dans son lit en train de réciter des prières, à voix haute, presque en criant ; elle tournait vers vous un regard égaré, plein de larmes, et deux ruisseaux laissaient leur trace humide sur ses joues. La grand-mère Misia, l'hiver, dormait jusqu'à dix heures, et, lorsqu'elle s'éveillait, elle s'étirait encore avec délices dans son lit à la manière des chats. Le soir, dans la chambre de la grand-mère Dilbin, des pas retentissaient pendant longtemps. Tout en marchant, elle fumait ses cigarettes. Ce bruit monotone qui résonnait dans le silence de la maison endormait Thomas. Le jour, pour ses promenades à travers le jardin, la grand-mère ne se mettait jamais en route toute seule. Elle avait besoin de sa présence, car elle souffrait de vertiges ; elle s'arrêtait au milieu du sentier, les bras étendus, criant qu'elle tombait, qu'il fallait la soutenir. Une fois, ils se rendaient en voiture dans le voisinage et la route passait sur le bord d'un ravin ; elle avait fermé les yeux et, au bout d'un moment, elle demanda s'ils avaient déjà dépassé cet abîme.

Thomas était sans cesse démangé par l'envie de lui causer des ennuis et de la mettre à l'épreuve. Lorsqu'elle l'appelait pour qu'il lui donnât le bras à la promenade, il ne répondait pas tout de suite. Il se cachait derrière un tronc d'arbre et inventait toutes sortes de moyens pour tirer de cette petite boule ronde et rose des accents plaintifs : « Oïé, oïé. »

21

La fille du comte von Mohl épousa le docteur Ritter et, de ce mariage, six filles naquirent dont la cadette, Bronislawa, devait devenir avec le temps la grand-mère Dilbin. De la période d'affection, d'amour et de bonheur qui avait duré jusqu'à sa dix-huitième année, elle conservait dans sa malle des cahiers couverts d'une écriture fine. Elle composait alors des vers. Quelques fleurs sèches durèrent plus longtemps que les êtres qu'elle avait aimés.

Constantin jouait très bien du piano, chantait d'une voix de baryton, et, à toutes les soirées de jeunesse, à Riga, il se couvrait de gloire en déclamant des poèmes patriotiques. Mais les parents étaient contre lui : trop jeune, trop léger, et, par-dessus le marché, sans un sou. Peu après la rupture, un nouveau prétendant survint et Bronislawa connut ses premières nuits de larmes solitaires, pleines de cet effroi qui accompagne les décisions du destin. Arthur Dilbin, qui n'était plus alors de la première jeunesse et avait même dépassé l'âge mûr, passait pour un homme solide. Il était en outre auréolé par le nimbe du martyre qu'il avait souffert pour avoir participé à l'insurrection. Sa fortune avait été confisquée, mais il avait de quoi vivre car il gérait les biens de ses proches parents. On l'agréa, et Bronislawa quitta la ville de sa jeunesse pour s'installer dans une campagne abandonnée, entre les soucis domestiques et les comptes à faire pendant les soirées silencieuses, sous l'abat-jour de la lampe, derrière laquelle Arthur fumait sa pipe.

Voici le portrait d'Arthur : le front haut, le visage étroit, un regard plein de violence et de fierté, des joues creuses qu'une énorme moustache blonde accusait encore. Les épaules larges, sec, il passe une main sous sa ceinture de cuir à boucle. Il entretient dans le domaine une meute de chiens ; s'il a un moment libre, c'est pour la chasse. Il raffole aussi des courses de chars, cette épreuve de force entre le cocher et les chevaux, les rênes tendues qui vous écorchent les paumes. Il est un mari affectueux, et, quant aux pensions qu'il paye dans les environs aux mères de ses enfants illégitimes, il les fait remettre de façon que sa femme ne s'en aperçoive pas. Ces enfants, pour la plupart, proviennent, d'ailleurs, du temps où il était célibataire. Tout le monde sait, dans la région, qu'Arthur Dilbin, quand il n'était qu'un jouvenceau, a sauvé le lignage d'une certaine famille aristocratique en rendant visite à la comtesse dont le mari était devenu totalement gâteux. Ces bavardages ne lui font pas tort. Il lisse sa moustache et, lorsqu'il lui arrive de rencontrer le jeune comte, devenu un gaillard costaud, il l'observe d'en dessous.

La résignation et le devoir. Puis les enfants, et c'est sur eux que Bronislawa reporte tout son amour. Quand son fils aîné, Théodore, a sept ans, elle l'emmène pour l'été à Majorenhof, au bord de la mer, mais elle ne retrouve plus là-bas cette beauté qu'elle avait connue jadis. Son fils cadet vient au monde l'année de la mort d'Arthur, qui avait pris froid à la chasse. Elle lui donne le nom de Constantin.

Jamais, si loin qu'on remonte dans l'histoire de la lignée des Dilbin, des Ritter et des Mohl, on ne trouve la moindre trace de ressemblance familiale avec Constantin. Des yeux noirs, des cheveux couleur de suie envahissant le front bas; un teint olivâtre de méridional, le nez arqué. Il est maigre et nerveux. Enfant, il subjugue tout le monde parce qu'il a un cœur d'or; il suffit que quelqu'un lui demande quelque chose, et il est aussitôt prêt à donner tout ce qu'il a, même à enlever son manteau ou sa veste. Il paraît être aussi génialement doué. Pourtant, lorsque Bronislawa se transporte à Vilna pour l'éducation de ses fils (et c'est pour elle une tâche difficile car elle ne peut compter que sur elle-même pour se tirer d'affaire), on découvre que Constantin ne veut rien apprendre. Le moindre effort l'ennuie. Sa mère le supplie, elle tombe à genoux devant lui, promet des cadeaux, menace. Il sait, lui, que les menaces resteront sans effet, et quant aux cadeaux, il n'est rien qu'il ne puisse soutirer à sa mère. Bientôt commencent les mauvaises fréquentations, avec des joueurs et des débauchés. Il boit, fait des dettes, se commet avec les filles des cafés-concerts. On le chasse, pour finir, de la quatrième classe du lycée, et là-dessus s'achève son éducation.

Pendant ce temps, l'aîné, Théodore, fait des études de vétérinaire à Dorpat, et, après avoir obtenu son diplôme, il entretient sa mère et son frère. Il ressemble à son père par les traits et la stature, mais il est plus doux, enclin aux rêves romantiques. Son sens des responsabilités et sa propre honnêteté lui pèsent, il est attiré par les voyages et les aventures — tous les Dilbin étaient un peu des aventuriers, et l'un d'eux avait servi dans l'armée de Napoléon, pendant les campagnes d'Italie et d'Espagne. Il épouse Tekla Surkant, dont il a fait la connaissance alors qu'elle passait ses vacances chez des cousins, non loin de Ginè. C'est le père de Thomas. Quand la guerre éclate, il n'en est pas mécontent, car cela signifie que les choses vont changer : n'est-ce pas là cette « guerre des peuples », annoncée depuis près de cent ans, qui doit briser la puissance du Tyran du Nord ?

Ses larmes, Bronislawa Dilbin commença par les avaler à la dérobée ; puis elles se frayèrent avec toujours plus d'audace un chemin sur ses joues. Dans ses prières, elle appelait la faveur de Dieu sur Constantin et demandait le pardon de ses propres péchés, si c'était à cause d'eux qu'il était châtié. Ses supplications s'élevaient dans l'espace, à l'aube, lorsqu'on apprit qu'il avait imité sur des chèques la signature de son frère, et, plus tard, lorsque, mobilisé dans l'armée russe, il fut envoyé à l'école des sous-officiers pour être ensuite expédié en première ligne. Puis, quand il se battit au front, c'est pour lui qu'elle trembla, et non pour Théodore qui, en sa qualité de spécialiste, se trouvait quelque part à l'arrière. Enfin elle reçut la nouvelle qu'il avait été blessé et fait prisonnier. Dès lors, des boîtes en contre-plaqué, cousues dans de la toile, s'en allèrent régulièrement à la Croix-Rouge. Elles parvenaient à destination Dieu sait où, en un point inconnu de l'Allemagne. La grand-mère comptait les jours entre un paquet et le paquet suivant, confectionnait de petits sacs pour le sucre et le cacao, faisait des calculs pour fourrer dans le paquet les plus grandes quantités possibles. Vint enfin l'an 1918, et une lettre de lui : il ne lui restait, disait-il, de sa blessure de shrapnell, qu'une cicatrice à la poitrine ; il avait essayé de s'échapper du camp en creusant un tunnel, mais on l'avait pris ; il était déjà en liberté et entrait dans la cavalerie polonaise.

Là-bas, la guerre continuait entre la Pologne et la Russie, où l'on avait tué le tzar. Théodore vint avec sa femme voir sa mère à Dorpat ; il se rendait de la région de Pskov dans le sud pour y remplir son devoir de patriote. Bronislawa faisait glisser les grains de son rosaire en imaginant les marches nocturnes, Constantin courbé sur son cheval dans les neiges et la pluie, les charges sabre au clair et sa poitrine, déjà une fois déchirée, à nouveau exposée aux balles. Elle était poursuivie par des visages de cadavres : les Allemands, quand ils avaient occupé Dorpat, avaient fusillé les commissaires bolcheviques et jeté leurs corps sur la place avec l'interdiction de les enterrer. Ils gisaient là, raidis par le givre, vitreux.

Elle priait pour la vie de Constantin. Mais à ces heures de l'aube, une autre angoisse la pénétrait, où s'enchevêtraient le passé et l'avenir. Tous ses mensonges. Tant de fois, il s'était penché sur le tiroir de Théodore pour en sortir à la dérobée des billets de banque. Et comme elle avait tremblé quand elle avait dû se résoudre à lui dire qu'elle l'avait vu. Il avait pâli, puis rougi, il lui faisait pitié. Et toujours, aussitôt après, ce moment où il redressait la tête, recourait à l'insolence. Et, mentant, il croyait lui-même à ce qu'il disait, c'était encore le plus douloureux. Il y avait en lui une sorte d'incapacité à vivre dans le monde tel qu'il est, il le déguisait sous des chimères, toujours convaincu d'avoir trouvé un nouveau moyen de faire fortune, qui justifiait une foule de petites infamies provisoires. Elle savait qu'il ne pouvait pas changer. La supplication qu'elle élevait pour son retour n'était pas pure. Sans cesse revenaient les images de ce qui allait fatalement arriver par suite de sa faiblesse, de son incapacité à fournir un effort, à se fixer dans une profession. Des souteneurs dans les bas-fonds des grandes villes, des hommes qui jouent aux cartes avec des prostituées appuyées à leurs épaules, et, au milieu d'eux, lui, son petit Constantin. Sa supplication n'était pas pure et elle se sentait coupable ; c'est pourquoi elle élevait la voix, et, prononçant les paroles de la litanie, elle se balançait, essayant par le mouvement aussi de chasser la souffrance.

C'étaient ces appels à la Vierge, «ô Tour d'ivoire, ô Arche d'alliance!» que Thomas entendait à travers la porte.

Et ses péchés à elle? Personne n'en saura jamais rien. Peut-être seulement ceci: pénétrant à l'intérieur d'elle-même, jusque dans le mouvement de son sang, dans tout cet être charnel qui était le sien et dont la langue ne sait rien communiquer à autrui, peut-être y découvrait-elle la souillure, la faute même d'exister et d'avoir engendré des enfants? Il se peut. La conscience scrupuleuse, le penchant à se faire des reproches à propos de tout, Thomas les avait sans doute hérités d'elle. D'ailleurs, quand il la tourmentait, il se vengeait de la honte que faisait naître en lui, comme s'il était lui-même en cause, cette plainte: «Oïé, oïé.»

22

Le printemps approchait, la glace s'humectait sur l'étang où s'effaçaient les traces des souliers de Thomas; il y faisait des glissades ou s'amusait seulement à frapper du pied la plaque verte dans laquelle, inaccessibles, s'étaient figés les insectes et les feuilles des plantes aquatiques. La neige était déjà fatiguée; à midi des gouttes tombaient du toit et creusaient tout le long de la maison une ligne de petits trous. Vers le soir, le rose pâle de la lumière sur les bosses blanches s'épaississait en jaune et en carmin. L'eau remplissait les traces des hommes et des bêtes et les faisait paraître noires.

Thomas dessinait avec passion, avec tout l'élan qu'il avait pris en regardant les illustrations allemandes que la grand-mère Dilbin avait apportées. Il y voyait des canons, des tanks et l'aéroplane, le *Taube*, qui lui plaisait beaucoup. L'aéroplane s'était montré deux fois au-dessus de Ginè, mais très haut. Les gens s'assemblaient et montraient du doigt le ciel, d'où venait le bourdonnement. Mais maintenant Thomas savait de quoi il avait l'air en réalité. Sur ses dessins, des soldats couraient à l'attaque (le mouvement des jambes n'est pas difficile à rendre : il suffit de courber les traits à l'endroit du genou), ils tombaient à la renverse, des faisceaux de lignes droites sortaient des fusils et les balles volaient — une suite de petits traits interrompus. Et au-dessus de tout cela, le *Taube* passait.

Avant d'en venir à un événement qui n'était pas, après tout, sans un certain lien avec les scènes que Thomas inventait sur le papier, il convient d'indiquer la disposition des chambres dans l'aile de la maison. On n'habitait en hiver que la partie dont les fenêtres donnaient sur le verger, c'est-à-dire sur l'intérieur de l'angle formé par l'ancien corps du logis et l'aile qu'on y avait ajoutée. D'abord l'atelier de tissage (où travaillait Pakienas), puis rien, le dépôt pour la laine et les semences ; plus loin la chambre de la grand-mère Dilbin, puis celle où dormait Thomas. Ensuite, le repaire de la grand-mère Misia, et, juste dans le coin, le grand-père.

Ce matin-là, Thomas s'éveilla de bonne heure parce qu'il avait froid. Il se mit en boule, mais c'était peine perdue, un air glacé soufflait sur lui. Il tourna le dos à la fenêtre, tira la couverture sur son cou et regarda le soleil sur la paroi. Par terre, sur un grand drap, on avait répandu de la farine pour la faire sécher. Alors qu'il la parcourait paresseusement du regard, il fut soudain intrigué : quelque chose y brillait, comme de petits cristaux de glace ou de sel. Il sauta du lit et s'accroupit, les tâtant du bout des doigts : des éclats de verre. Étonné, il examina derrière lui la fenêtre. Dans la vitre, un trou, grand comme deux poings, et tout autour, le verre s'était étoilé. Il courut aussitôt vers la grand-mère Misia, criant que du verger, pendant la nuit, quelqu'un avait lancé une pierre.

Mais ce n'était pas une pierre. On chercha longtemps. Pour

finir, le grand-père découvrit sous le lit, juste dans le coin, un objet noir auquel il défendit de toucher. On envoya chercher au village un gars qui avait servi dans l'armée. L'objet noir, que Thomas put examiner plus tard à loisir, ressemblait à un gros œuf, il était très lourd. Au milieu, il était entouré d'une sorte de collerette dentelée. Dans le verger, sous la fenêtre, on découvrit des traces de souliers et une amorce. On se souvint aussi que les chiens, dans la nuit, avaient aboyé plus furieusement qu'à l'ordinaire.

La grenade n'avait pas éclaté, mais elle aurait pu éclater, et alors on aurait sans doute mis Thomas sous les chênes, non loin de Magdalena. Le monde aurait continué. Comme chaque année les hirondelles, les cigognes et les étourneaux seraient revenus de leurs voyages au-delà des mers, et les guêpes et les frelons auraient sucé de même le jus sucré des poires. Pourquoi avait-il fallu qu'elle n'explosât pas ? Ce n'est pas à nous, ici, de juger. Elle avait heurté le mur qui l'avait renvoyée, et elle avait roulé vers le lit de Thomas, tandis qu'en elle une décision mûrissait, à la limite du oui ou du non.

Le grand-père Surkant s'attrista. Chaque fois qu'on racontait des histoires d'attaques contre les domaines, attaques inspirées par ce qui se passait plus loin, à l'est, il toussotait doucement et tournait ces effrois en plaisanteries. Même lorsque des troupes de « prisonniers » russes vivant de banditisme se mirent à errer à travers les forêts, il ne prit aucune mesure de prudence. Et qui donc, parmi les habitants du voisinage, aurait l'idée de l'attaquer ? N'était-il pas ici connu de tous depuis l'enfance, et avait-il jamais fait tort à quiconque ? Ou alors, malgré lui ? Quant à ces haines entre Polonais et Lituaniens, il cherchait à convaincre les premiers : les Lituaniens, disait-il, ont droit à leur pays ; et ceux qui, comme lui-même, parlaient polonais, étaient cependant *gente Lituani*. Mais la grenade avait été lancée. Par qui et contre qui ? On compta les fenêtres : une du grand-père, deux de la grand-mère Misia, deux dans la chambre de Thomas. Si le geste avait été fait par quelqu'un qui eût bien connu la maison, il n'aurait pourtant pas visé l'enfant. C'en était donc un qui venait de loin, ou alors qui ne s'orientait qu'à peu près et s'était trompé.

La grand-mère Misia ne fut nullement impressionnée à l'idée qu'elle pouvait être impopulaire à ce point. Elle déversa sur le grand-père sa portion habituelle de reproches au sujet de ses sympathies lituaniennes et paysannes et de la récompense qu'il devait maintenant encaisser. Elle ne paraissait pas non plus se soucier beaucoup de sa propre sécurité, et il était d'ailleurs difficile d'inventer des moyens de protection efficaces : les contrevents se fermaient de l'extérieur. On se contenta de fixer un cadenas à ceux de la grand-mère Dilbin, car elle avait vraiment peur. Après que Thomas eut été ainsi miraculeusement sauvé, elle se mit à le gâter de plus belle et, du fond de la malle qui contenait des trésors inépuisables, elle tira une boîte allongée avec de vraies couleurs et des pinceaux. Sa première peinture représenta un bouvreuil : parce qu'un bouvreuil (il y en avait toujours qui décortiquaient des graines dans les buissons près de la maison), c'est une grande masse de rouge, et on y ajoute du bleu mélangé d'un peu de gris, d'un peu de noir. Le bouvreuil et le pic bariolé à la tête rouge, qui frappe très haut en faisant tomber des arbres des touffes de neige fraîche, sont les plus merveilleuses surprises de l'hiver.

L'incident de la grenade n'entrait pas dans le cadre des fantaisies vagabondes et guerrières de Thomas. Une force rampante, l'obscurité de la nuit — ce n'étaient pas là ses soldats et ses pirates. Pourtant, les traces dans la neige l'incitaient à imaginer de longues bottes, des vestes resserrées par un ceinturon, des discussions à voix étouffée. Une tendance au soupçon s'insinuait en lui, et il prenait peur lorsqu'il rencontrait un de ces jeunes gars dont l'allure gardait, depuis la guerre, quelque chose de menaçant. À vrai dire, en été déjà, chaque fois qu'il s'approchait de l'Issa, il avançait avec une prudence d'Indien, parce qu'ils s'installaient là dans les fourrés, on entendait leurs rires et leurs coups de sifflets. Ils tiraient à la carabine, et les balles piquaient la surface de l'eau comme lorsqu'on fait des ricochets. Leur renommée, dans le village, n'était pas bonne. Ils se tenaient à l'écart. Akulonis les menaçait du poing et les traitait de canailles parce qu'ils faisaient fuir le poisson. Une fois, ils allèrent même jusqu'à en tuer en lançant des grenades : c'est un genre de pêche trop facile, cela ne se fait pas.

On ne prit, en somme, qu'une seule mesure de sécurité. On installa un lit dans l'atelier de tissage, et Pakienas abandonna le grenier pour s'y établir ce qui ne représentait d'ailleurs pas une protection particulièrement sûre. On disait de lui qu'il était un affreux poltron, réputation qui datait peut-être encore des hurlements qu'il avait poussés lorsqu'il avait retrouvé des êtres vivants après sa fuite devant le fantôme du berger. Il arrive d'ailleurs que quelqu'un provoque des jugements de ce genre par son seul aspect physique, et, dans le cas présent, il y avait les yeux saillants de Pakienas, agités comme ceux d'une écrevisse. Outre son bâton noueux, Pakienas possédait un vieux revolver, mais on n'avait plus de quoi le charger.

23

Joseph le Noir gravissait avec effort la route qui monte du village. Il enfonçait dans la neige fondante, mêlée de crottin de cheval, et, dans les ornières polies par les traîneaux, des filets d'eau coulaient. Il déboutonna sa veste de bure grise. Devant la croix, il souleva sa casquette et cligna les yeux sous l'éclat de la lumière : la pente blanche, et, en haut, sur le bord du parc, le mur blanc du grenier domanial. En bas, dans la boucle de l'Issa, au-dessus du Borek, des corneilles tournoyaient avec leurs craillements qui annoncent le printemps.

Il ne tourna pas dans l'allée ; il dépassa son extrémité et, longeant le verger, se dirigea vers les communs. Jadis, dans toutes les maisons situées des deux côtés de la route, habitaient des *ordinarii*, ces ouvriers agricoles permanents qui travaillaient dans le domaine. Maintenant ils n'en occupaient plus que quelques-unes ; dans les autres, gîtaient toutes sortes de gens, des pauvres qui vont d'un côté ou d'un autre chercher du travail. Joseph répondait aimablement aux saluts, mais il n'avait pas le temps de s'arrêter. Derrière les communs, à côté de la croix surmontée d'un petit auvent de tôle, il prit à droite, vers le village de Pogiraï et la ligne sombre de la forêt.

Pogiraï, c'est un long village. Sa rue principale s'étire sur un quart de lieue ; il en a encore une autre, perpendiculaire. Un village assez riche : on n'y trouve ni toits de chaume, ni huttes sans cheminée. Les vergers n'y sont guère moins bons qu'à Ginè. On y fait aussi un grand élevage d'abeilles, qui préparent un miel foncé en butinant le sarrasin, le trèfle et les fleurs des clairières.

Joseph s'arrêta devant la troisième hutte après la maison, peinte en vert, de Baluodis, l'Américain, et regarda pardessus les planches aiguës de la palissade. Un homme âgé, en chandail de laine brune (la plupart des moutons qu'on élève à Pogiraï sont bruns ou noirs), équarrissait un tronc. Joseph poussa la porte de la cour, et, lorsqu'ils se serrèrent la main, il fit remarquer que ce sapin n'était pas mal. Le vieux approuva : pas mal, et il allait être bien utile, parce que l'appentis avait besoin d'être soutenu. Le sapin était sans doute arrivé ici grâce à Balthazar, mais cela ne regardait pas Joseph.

Le jeune Wackonis sortit de quelque part, ensommeillé. Il passa ses doigts dans ses cheveux pour en faire tomber la paille et les plumes, et salua Joseph avec une certaine timidité, tout en l'observant avec des yeux incertains. Il portait un pantalon de cavalerie bleu marine et une tunique militaire. Son large visage s'obscurcit quand Joseph déclara qu'il avait à lui parler.

Reposant son quart d'étain sur la table et essuyant sa moustache du revers de sa main, Joseph scruta le garçon sans un mot. Enfin il appuya ses coudes sur la table et dit :

— Eh bien voilà, je sais.

L'autre, au bout du large banc, dans le coin, battit des paupières, mais aussitôt il les baissa, somnolent. Un haussement d'épaule.

— Il n'y a ici rien à savoir.

— Il n'y a rien, ou il y a quelque chose. Je viens à toi parce que tu es bête. Qui t'a appris à lire ? Peut-être l'as-tu déjà oublié ?

— Vous.

— Tiens, tiens, c'était peut-être pour que tu jettes des grenades sur les gens ?

Wackonis leva les paupières. Il avait maintenant un visage mûr et grave.

— Et si c'est moi, eh bien quoi ? Pas sur les gens — sur les seigneurs.

Joseph posa sur la table sa tabatière de bouleau ambré et roula une cigarette. Il la mit dans son porte-cigarette, alluma, aspira.

— Tu m'as peut-être vu tenir pour les seigneurs ?

— Je ne l'avais pas vu, mais je vois.

— Ton père ne te le dira pas, alors moi je vais te le dire. Il faut que tu écoutes ceux qui sont plus sages que toi, et pas ceux qui sont comme toi. Dans vos têtes, c'est vide.

Wackonis croisa les bras sur sa poitrine, le muscle de sa mâchoire tremblait.

— Les seigneurs ont bu notre sang et nous n'avons pas besoin d'eux. Qu'on en tue un premier, un second, ils se sauveront dans leur Pologne. Et la terre est à nous.

Joseph tournait la tête de gauche à droite avec dérision.

— Des seigneurs, en Lituanie, nous n'en avons pas besoin, la terre est à nous. De qui tiens-tu ça ? De moi. Et maintenant tu vas me donner des leçons. Tu veux tuer et brûler comme un Russe ?

— Ils n'ont plus de tzar.

— S'ils n'en ont plus, ils en auront un. Toi tu es Lituanien. Un Lituanien, ce n'est pas un bandit. La terre, nous la reprendrons quand même aux seigneurs.

— Qui donc la leur reprendra ?

— La Lituanie la reprendra. Et tous les Slaves, qu'ils soient Polonais ou Russes, c'est la même saleté. J'ai travaillé en Suède, nous devons vivre comme eux, là-bas.

Wackonis écoutait, les sourcils froncés, regardant la fenêtre.

— Tout Polonais est notre ennemi.

— Les Surkant sont Lituaniens depuis des siècles.

L'autre rit.

— Quel Lituanien, s'il est un seigneur !

Joseph approcha la cruche et se versa de la bière. Il demanda :

— C'est à lui que tu en avais ?

Le garçon gardait son air indifférent.

— Nnnnon, ça m'était égal.

Joseph tourna de nouveau la tête d'un côté à l'autre.

— Aïe, aïe, c'est du joli. Remercie le bon Dieu qui a

empêché la grenade d'éclater. Et qui elle aurait tué, on te l'a dit ?

— Non.

— Le petit Thomas. On a trouvé la grenade sous son lit.

— Le petit Dilbin ?

— Juste.

Ils se turent. Sans détacher les lèvres de sa chope, Wackonis déclara :

— Tout le monde sait où est son père. Tel pommier, telle pomme.

— Espèce de sot ! Tu serais allé à l'enterrement ?

— Pourquoi y serais-je allé !

La lèvre de Joseph se souleva et ses dents brillèrent. Il rougit.

— Toi, Wackonis, maintenant fais attention. Qui t'y a poussé et qui était avec toi l'autre nuit, je le sais également. Tes copains, je n'en ai pas peur. Vous savez faire la guerre aux femmes et aux enfants.

Wackonis se leva.

— Cela ne vous regarde pas, qu'on m'ait poussé ou non !

Joseph, sur son escabeau, se pencha en arrière et le regarda d'en dessous.

— Pour qui te prends-tu ? Pour un Polonais, sans doute, que te voilà si fier, dit-il avec mépris.

24

La glace éclatait sur l'Issa avec un bruit de canon. Ensuite, les glaçons se mettaient en mouvement, charriant de la paille, des planches, des fagots, des poules mortes, et ils transportaient des corneilles qui s'y promenaient à petits pas. La chienne Murza mit bas à cette époque, dans la grange, et elle ne réussit pas à tenir son gîte caché longtemps car les petits jappaient. Thomas serrait contre son visage ces chaudes boules de chair et plongeait son regard dans leurs yeux enveloppés d'une brume bleue. Murza, roussâtre, un peu loup, un peu renard, le museau moucheté, haletait, la langue pendante, et laissait faire avec indulgence.

Pakienas mit les chiots dans une corbeille et on enferma Murza dans le bûcher, avec un seul de ses petits, le plus grand et le plus dégourdi, qu'on lui avait laissé. Thomas courut derrière Pakienas et le rattrapa sur la falaise, au-dessus de la rivière. Les berges abruptes brillaient d'une glaise jaune, trouée par les hirondelles de rivage. Les glaçons avaient disparu, et, dans la masse gonflée des eaux, se creusaient de petits tourbillons.

Pakienas leva le bras pour prendre de l'élan et lança le chiot. L'eau rejaillit, plus rien, un cercle, vite déchiré et chassé par le courant, puis la tête du chiot émergea plus loin, il se débattait avec ses petites pattes ; il disparut à nouveau et reparut encore une fois au coude de la rivière. Maintenant Pakienas en choisissait deux à la fois dans le panier, et, en lançant le premier, il tenait le second serré sur sa poitrine. Le dernier ne s'enfonça que pour une seconde ; il lutta bravement, jusqu'au moment où il fut entraîné vers le milieu du courant, et Thomas le suivait des yeux.

Tirés hors de la chaleur, du sein des choses qu'ils ne discernaient pas encore, jetés dans l'eau glaciale, ils ne savaient même pas qu'une eau pareille existât quelque part. Thomas revenait, pensif. Dans sa curiosité se glissait l'ombre du rêve qu'il avait eu au sujet de Magdalena. Il ouvrit la porte du bûcher et caressa Murza qui se plaignait avec inquiétude et lui échappa tout de suite en reniflant.

Les premiers beaux jours. Dehors, à l'endroit où l'on fendait le bois, des poules se grattaient. Le vieux Grégoire était assis sur son banc et coupait quelque chose. Son couteau, tellement usé que la lame avait presque la minceur d'une alène, coupait la branchette d'un seul coup. Ce n'était pas comme Thomas : il avait beau prendre ce même couteau, il lui fallait faire des entailles d'un côté, puis de l'autre, pour que la branchette finît par casser.

La femme Malinowski vint trouver le grand-père Surkant. Elle voulait obtenir l'*arenda*, c'est-à-dire la garde du verger pendant l'été, contre la récolte des fruits, une partie restant réservée pour le domaine. Ce n'était pas là une petite tâche, mais elle dit qu'elle voulait essayer : son fils Dominique avait déjà quatorze ans et ils se débrouilleraient ensemble. Le grand-père lui promit le verger et elle fut récompensée d'être venue à temps. Quelques jours plus tard, on entendit rouler la carriole de Chaïm qui venait demander le bail pour des parents à lui. Chaïm avait pour lui les garanties professionnelles et l'usage, car un bail de ce genre est toujours confié à des juifs. Mais une promesse est une promesse et tout se termina par la bagarre ordinaire, avec force cris et poings levés vers le ciel.

La femme Malinowski, une veuve, la plus pauvre de tout le village de Ginè, ne semait ni ne récoltait. Elle ne possédait qu'une hutte à côté du bac, sans terre. Elle était petite, large, son fichu formait un bec sur son front couvert de taches de rousseur, un auvent plus grand qu'elle. Sa visite devait marquer pour Thomas le début d'une nouvelle amitié.

Quelques mois plus tard, s'étant avancé dans la partie du verger qui se trouve derrière la rangée des ruches (le sentier s'en venait tout près des ruches et les abeilles, souvent, passaient à l'attaque), il vit une cabane. Une cabane magnifique, pas comme celles que se construisent, dans les prés, pour la nuit, les gardiens de chevaux. Quand on se tenait debout au milieu, on n'avait pas besoin de baisser la tête, et, pour la couvrir, on s'était servi de grosses gerbes de paille maintenues par de jeunes troncs ébranchés. La cabane avait la forme d'une lettre *V* à l'envers; ses deux pans formaient un angle aigu et la ligne où ils se coupaient était renforcée par des clous. À l'entrée brûlait un feu auprès duquel un jeune garçon était assis; il grillait des pommes vertes au bout d'un bâton. Il fit à Thomas les honneurs de la cabane, de tous les côtés et à l'intérieur.

Dominique Malinowski, plein de taches de rousseur comme sa mère, mais grand, les cheveux roux en broussaille, établit aussitôt sa domination sur Thomas qui, en lui disant «tu», se sentait gêné; quelque chose dans ce privilège, le mettait mal à l'aise, alors que l'autre était presque une grande personne. Dominique lui apprit à fumer une petite pipe : une balle de carabine dans laquelle on avait fait un trou pour y glisser le tuyau. Thomas n'avait encore jamais fumé, mais il aspirait, bien que cela lui grattât la gorge, s'efforçant de faire brûler la feuille roulée de tabac du pays. Il tâchait par tous les moyens — et désormais il en fut ainsi — d'obtenir l'approbation de ces yeux gris et froids.

Naguère, s'il disparaissait, Antonine répondait aux questions : «Thomas a de nouveau couru chez les Akulonis.» Maintenant elle disait : «Thomas est dans la cabane.» Charme invincible de la petite fumée s'élevant entre les arbres, odeur, au-dedans, des pommes pourrissantes, de la paille. Et ces heures près du foyer. Dominique savait lancer la salive entre ses dents à quelques toises, expirer la fumée par le nez et la faire monter en deux colonnes dans les airs, tendre des pièges aux oiseaux et aux martres (dans le parc une martre avait poursuivi un écureuil autour du tronc d'un tilleul, mais on ne tend pas ces pièges en été et il fallait donc attendre l'hiver suivant); en outre, il apprenait à Thomas toutes sortes de jurons. De son côté, il exigeait de Thomas le récit de ce qui s'écrit dans les livres. Il ne savait pas lire et tout l'intéressait. Au commencement, Thomas avait honte, le savoir puisé dans les lettres imprimées lui paraissait inférieur. C'était une honte semblable à celle que lui inspirait sa solidarité avec la grand-mère Dilbin. Mais Dominique exigeait et ne se contentait jamais de peu. Toujours : « Mais pourquoi faire ? », « mais comment ? », « mais si c'est comme ça, pourquoi ? », et pour Thomas, il n'était pas toujours facile d'expliquer, car il n'y avait pas réfléchi auparavant.

L'attrait, la dépendance. Peut-être l'attrait de ce qui est rude et méchant ? Dominique faisait figure d'archiprêtre de la vérité, car son ironie, ses railleries tacites rendaient ridicule le savoir de Thomas, dont Thomas sentait bien qu'il était tout en surface et qu'il fallait descendre au-dessous, là où bouillonne enfin quelque chose de réel. Par-delà même ces longues limaces qu'ils ramassaient pour les rôtir sur les braises et les voir se recroqueviller ; par-delà les bourdons qu'ils transformaient en avions en leur fourrant un brin d'herbe dans l'abdomen et en les laissant voler ainsi ; par-delà le rat que Dominique introduisit un jour dans un tunnel, au milieu de charbons ardents. Encore plus loin et plus profond. Comment y atteindre ? Chacune de ses courses vers la cabane du verger contenait une promesse.

D'ailleurs il devinait juste, car Dominique ne lui dévoilait qu'une partie de ce qu'il était et le traitait avec toutes sortes de ménagements. Il n'avait pas besoin de trop souligner qu'il le dominait et acceptait ses hommages avec condescendance. En outre, il l'épargnait. Pour quelles raisons ? Parce que la confiance naïve désarme, ou parce qu'il était plus raisonnable de ne pas se faire de tort au domaine ? Ses grognements, « hum », la manière dont il entourait ses genoux de ses bras lorsque Thomas insistait pour pénétrer jusqu'à des connaissances interdites, qui n'étaient pas pour lui, impliquaient bien des choses — celles-là mêmes dont le petit avait soif. Si, pour finir, cette réserve se trouva soudain brisée, la faute en fut aux diables de l'Issa, ou aussi à la bêtise de Thomas qui négligea d'obéir au principe interdisant de s'accrocher partout et toujours à ceux que l'on vénère. Où aurait-il pu d'ailleurs apprendre le tact, lui qui vivait à sa fantaisie et que personne, à vrai dire, n'avait jamais mouché ?

La femme Malinowski venait rarement à la cabane. À midi, elle apportait le repas de son fils, et encore, pas tous les jours. Dominique se faisait de la soupe aux choux, coupait avec son canif, dans une grosse miche, des tranches de pain noir, et les dévorait avec des morceaux de lard. Et puis les pommes et les poires grillées. Les poires dans la cendre, il n'y a rien de meilleur ; les pommes de terre — ils s'en préparaient aussi — se couvrent d'une écorce croustillante, et pour voir si elles sont cuites, on y enfonce un bâtonnet pointu. Antonine, parfois, apparaissait, soit pour emmener Thomas par la peau du cou, soit avec des paniers, pour emporter la part de fruits qui revenait au domaine pour l'usage courant, et alors, on l'aidait à les porter. Elle appelait Dominique d'un nom ironique et même vilain : *riapuzukas*, disait-elle, ce qui veut dire : fils de crapaud.

25

Dominique, il faut le révéler ici, était un roi déguisé. Il gouvernait à l'aide d'une terreur silencieuse et il veillait à ce silence. Il s'était élevé à cette fonction royale grâce à sa force et à la vocation qu'il avait du commandement. Ceux qui avaient été frappés par son poing dur se soumettaient à ses interdictions, et jamais ils n'auraient osé se plaindre à leurs parents. La cour qui l'entourait sur le pâturage communal se composait, comme il convient, de ses plus proches confidents ou ministres, et de simples courtisans, utilisés pour les tâches subalternes, comme par exemple celle de courir après les vaches lorsqu'elles causaient des dommages. Quant aux recherches sérieuses qu'il organisait, il n'y admettait que ses confidents.

Son sens critique lui interdisait d'admettre quoi que ce fût pour vrai sans l'avoir soumis à une vérification scientifique. Il était attentif à tout ce qui va, court, saute et rampe. Il coupait des pattes et des ailes, essayant ainsi de pénétrer le mystère des machines vivantes. Il ne négligeait pas non plus les êtres humains, et alors ses ministres tenaient l'objet, c'est-à-dire Véronique, âgée de treize ans, par les jambes. Les produits de la technique aussi l'intriguaient; il observa longtemps la structure du moulin, jusqu'au jour où il réussit à en fabriquer une réplique exacte, à laquelle il avait même apporté des perfectionnements, et qu'il plaça à l'endroit où un ruisseau va se jeter dans l'Issa.

Imposant sa volonté aux garçons de son âge, Dominique se vengeait de ce qu'il avait eu à souffrir de la part des adultes. Tout petit déjà, rien que des humiliations : sa mère et lui travaillaient chez les autres, le plus souvent pour des riches qui possédaient jusqu'à soixante ou quatre-vingts hectares, et ceux-là, ce sont les pires. Les regarder dans les yeux, deviner leurs désirs, bondir et exécuter d'avance, d'un air joyeux et empressé, l'ordre qui va tomber de leurs lèvres, trembler à l'idée qu'en fin de compte ils ne donneront pas le boisseau de seigle promis ou la paire de vieux souliers — cela fait croître la haine, ou bien on en vient à se demander si ce monde ne repose pas tout entier sur quelque mensonge.

Au commencement de l'été en question, avant que Dominique se fût installé dans la cabane du verger, un fait important s'était produit dans sa vie. Il s'était acharné, il avait satisfait les caprices des autres, il s'était agité tant et si bien que l'un des anciens soldats avait fini par consentir à lui prêter de temps en temps sa carabine. Cela représentait d'ailleurs le prix de son silence sur certaines affaires.

Or ce privilège — le libre usage de la carabine — coïncida avec des cas de rage dans les environs. Au village, on soupçonna un certain chien d'avoir été mordu par une bête malade. On déclara qu'il fallait le tuer; mais il ne se trouva personne pour exécuter cette décision jusqu'au moment où Dominique se présenta et offrit de l'achever. On le lui remit, à regret, car après tout il n'avait peut-être pas été mordu. Le chien, grand, noir, la queue dressée et des poils gris sur le museau, se frottait à lui, heureux d'être délivré de sa chaîne et, au lieu de bâiller et de s'épouiller, d'aller à travers champs. Il lui donna à manger, puis le conduisit au-dessus du petit lac. C'est un étang, au milieu de la presqu'île formée par la boucle de l'Issa; au moment des fontes printanières, la rivière l'alimente à travers un fossé boueux. Alors, sur ses hauts-fonds plats et chauds, les brochets s'assemblent pour le frai. L'été, tout cela sèche peu à peu, et il reste dans le lac plus de vase que d'eau; seules des épinoches y vivent en permanence. Tout autour, des roseaux, un mur épais, haut comme un homme à cheval. Sur l'un des bords, à l'intérieur de ce cercle de roseaux, un poirier croissait, Dominique attacha le chien à ce poirier par une corde épaisse. Lui-même s'assit non loin de là avec sa carabine. Il retira les balles des cartouches et y introduisit des balles de bois, qu'il avait taillées tout exprès. Le chien remuait la queue vers lui et poussait des aboiements joyeux. Voici l'instant: il pouvait tirer ou ne pas tirer, il appuyait la crosse à son épaule et tardait encore pour jouir du possible. D'abord: le chien ne se doute de rien, et lui, Dominique, a le choix, il décide. Et encore: par un seul mouvement de son doigt, le chien se transformera certainement en toute autre chose que ce qu'il a été jusqu'ici, mais en quoi ? Tombera-t-il ? Sautera-t-il ? Du même coup, tout changerait, sous le poirier et alentour. Cette manière de tuer avec une balle est incomparable : c'est le calme, le silence, comme si l'homme était absent ; et sans colère, sans effort, il dira : maintenant.

Les roseaux bruissaient, la langue rouge et humide pendait hors de la gueule ouverte. La gueule se ferma avec un claquement : il avait attrapé une mouche. Dominique visa, dans la fourrure luisante.

Maintenant. Pendant une fraction de seconde, le chien fut secoué par une sorte de stupeur. Et aussitôt, il se jeta en avant avec un aboiement rauque, tendant la corde. Mis en colère par cette hostilité, Dominique lâcha une deuxième balle. Le chien se renversa, se releva, et, soudain, comprit. Le poil hérissé, il reculait devant une vision terrifiante. Il recevait de nouvelles balles, espacées, afin qu'il ne mourût pas trop vite, et, après chacune d'elles, il était différent, jusqu'au moment où il ne put que se traîner sur le sol, jusqu'aux râles, jusqu'aux mouvements convulsifs de ses pattes, alors qu'il gisait déjà sur le flanc.

Devant le feu, dans le verger, Dominique s'adonnait à des pensées théologiques, appuyées sur les souvenirs de cet instant. S'il avait à tel point dominé le chien, lui dispensant un destin selon son bon plaisir, n'était-ce pas justement ainsi que le Seigneur se comportait envers les hommes ? Il avait du ressentiment contre Dieu. D'abord, à cause de son indifférence pour les plus sincères appels à l'aide. Une fois, à la maison, avant Noël, on avait manqué même de pain ; sa mère pleurait, agenouillée devant l'image sainte en prononçant des prières. Il avait alors exigé un miracle. Il était monté au grenier, s'était mis à genoux, s'était signé et avait dit avec ses mots à lui : « Il n'est pas possible que tu ne voies pas le chagrin de ma mère.

Fais un miracle, et moi je me donne à toi, tue-moi tout de suite, permets-moi seulement de voir un miracle. » Il avait sauté au bas de l'échelle, certain du succès. Il s'était tranquillement assis sur le banc et avait attendu. Mais Dieu avait manifesté une indifférence totale et ils étaient allés dormir sans avoir mangé.

En outre, Dieu, tenant la foudre dans sa main, une arme encore meilleure que la carabine, favorise nettement les menteurs. Le dimanche, ils mettent leurs habits de parade, les femmes lacent leurs corsages de velours vert et nouent sous leur menton des fichus bariolés qu'elles tirent des coffres. Ils chantent en chœur, lèvent les yeux au ciel et joignent les mains. Mais dès qu'ils rentrent à la maison ? Ils ont tout ce qu'il leur faut, mais on peut crever sur leur seuil, ils ne donneront rien, et ils mangent en famille leurs beignets au fromage avec de la graisse et de la crème. Ils sont capables de vous battre, après vous avoir attiré dans une grange afin qu'on n'entende rien. Ils se haïssent les uns les autres et se calomnient à qui mieux mieux. Méchants et bêtes, ils font semblant, une fois par semaine, d'être bons. Et leur récompense ? La plus grande richesse dans le village, le Seigneur l'a envoyée à celui qui couche avec sa fille ; il les avait épiés : dans la fente, le genou nu de la femme, le halètement du vieux, et elle avec ses plaintes d'amour.

Le prêtre enseigne qu'il faut être charitable. Mais pourtant chaque bête chasse et tue d'autres bêtes, chaque être humain en broie un autre. Quand Dominique était encore petit, tous faisaient de lui leur souffre-douleur. C'est seulement lorsqu'il eut grandi et qu'il eut pris assez de force pour faire couler le sang des mâchoires et des narines qu'ils s'étaient mis à le respecter. Dieu veille à ce que tout aille bien pour les forts, et pour les faibles, mal.

Si seulement on pouvait s'élever comme ça au ciel et Le

saisir par la barbe ! Les hommes ont déjà inventé des machines volantes et ils en combineront sûrement encore de meilleures. En attendant, Dominique se perdait malgré tout dans des complications. Car qui les diables emportent-ils en enfer ? Peut-être Dieu feint-il seulement de n'être touché par rien ; rusé, il détourne la tête comme un chat qui laisse passer une souris, puis lui tombe dessus. S'il n'y avait pas la peur de l'enfer, on pourrait vivre tout autrement, réaliser ce qu'on veut, et quiconque se mettrait en travers, alors sus, à la carabine !

Les genoux serrés entre ses bras et écoutant avec condescendance le babillage de Thomas, il cherchait à sortir de ces sentiers tortueux. Or, une fois, une nouvelle idée l'éblouit. Et si les prêtres racontent des histoires, si Dieu ne s'occupe pas du tout du monde ? S'il n'est pas vrai qu'il voit tout, parce qu'il n'en a lui-même aucune envie ? L'enfer existe évidemment quelque part, mais ça c'est une affaire qui se règle entre les hommes et les diables — ces derniers, comme la sorcière transparente Laumè, qui peut revêtir à son gré telle ou telle apparence, s'en prennent aux sots, prêts à se commettre avec eux. Peut-être même Dieu n'existe-t-il pas et personne n'habite dans le ciel ? Mais comment s'en convaincre ?

Dominique, on l'a dit, appréciait l'expérimentation. Il développa peu à peu le raisonnement suivant. Si l'homme est pour le chien ce que Dieu est pour l'homme, alors, quand le chien mord l'homme, celui-ci saisit son bâton, et Dieu mordu par l'homme se mettra aussi en colère et le châtiera. Il suffisait d'inventer quelque chose qui offensât Dieu assez pour l'obliger à se servir de sa foudre. Si alors il ne se passait rien, la preuve serait administrée qu'il ne vaut pas la peine de se soucier de Lui.

26

L'alène aiguë — Dominique tâtait sa pointe du doigt tandis qu'il la portait dans sa poche. Ce dimanche-là, le soleil se leva dans les brumes, puis les brumes tombèrent et on vit traîner dans l'air les fils brillants de l'été de la Saint-Martin. Non loin de l'une des pentes abruptes qui descendent vers l'Issa se trouve une très grande pierre recouverte de lichens crissants. Dessus, elle est plate, en forme d'autel. Les ministres de Dominique — portant des souliers et vêtus de chemises propres parce que c'était après l'église — étaient assis face à cette pierre, sur l'herbe. Ils tiraient sur leurs cigarettes et chacun faisait bonne mine devant les autres. Peut-être des créatures se massaient-elles déjà autour d'eux, tendant le cou et se pourléchant dans l'attente du spectacle.

Dominique cependant se tenait au-dessus de la rivière et jetait pensivement des cailloux dans l'eau. Il pouvait encore reculer. Et si ce qu'ils racontent, c'est vrai ? Dans ce cas, la foudre tombera tout de suite et le tuera. Il leva la tête. Un ciel sans l'ombre d'un nuage, le soleil haut, midi. La foudre dans un ciel clair comme celui-là, s'il pouvait au moins voir ça, mais non, alors il sera déjà trop tard. Les petites vagues qui se chassent l'une l'autre en cercles de plus en plus larges balançaient des feuilles étalées, une feuille se tordit et l'eau inonda sa peau verte. Eh bien quoi ? Il a peur ? Il lança une pierre au loin, jusque dans l'ombre de l'autre bord, serra les poings dans ses poches et tâta son alène.

Il s'approcha du rocher. Alors, ce furent eux, ses vassaux, qui commencèrent à reculer. Ils se déplaçaient vite, toujours plus loin de lui, toujours plus loin, et il les regarda avec mépris. Il sortit de sa poche un mouchoir bleu chiffonné. Il le déploya avec précaution et en lissa les coins sur la surface rugueuse.

Sitôt après l'église, Thomas avait voulu s'approcher de lui, mais l'avait perdu de vue. Quelqu'un l'avait aperçu se dirigeant vers le pâturage, et Thomas se jeta donc sur cette piste. Il n'aurait pas dû. Rien que de le voir lui courir ainsi après aurait mis Dominique en fureur. Mais le pire, c'est qu'il apparut au moment où tout avait mûri jusqu'à la tension suprême, où la ride verticale entre les sourcils exprimait la volonté d'oser. Pourquoi Dominique se serait-il soucié de quiconque en dehors de ce qu'il s'agissait d'accomplir ? En un moment pareil, les comptes se règlent. Par exemple, un tel croyait à votre sympathie — il s'aperçoit que vous supportez à peine sa présence.

Dominique hurla contre Thomas, qui ne comprenait pas, bien qu'il pressentît déjà une inconvenance, il ne savait quel répugnant ridicule de sa personne, rendu manifeste par les visages, tournés vers lui, de tous les garçons. Sur un signe, les ministres se jetèrent sur Thomas, le renversèrent et s'assirent sur lui. Il se débattait, et leurs pattes, qui puaient le tabac, le pressaient contre le sol. Il ne pouvait lever que le menton. Ils lui ordonnèrent le silence.

La table de pierre arrivait à Dominique un peu plus haut que la ceinture. Au milieu du mouchoir il y avait la blancheur ronde de l'hostie : le corps de Dieu. Il s'était avancé pour la sainte communion ; s'éloignant, les bras croisés sur la poitrine, il portait l'hostie sur sa langue, et tout de suite il l'avait adroitement crachée dans son mouchoir. Maintenant il allait savoir. Il sortit l'alène et la tourna vers le bas, contre Dieu. Il l'abaissa lentement, puis l'éleva de nouveau.

Il frappa. Il maintint la pointe dans cette blessure et regarda autour de lui, espérant le châtiment. Mais il n'arriva rien. Un vol de petits oiseaux chatoyèrent en battant des ailes, rasant les chaumes. Pas l'ombre d'un nuage. Il se pencha et regarda si, de l'hostie transpercée, sous l'alène, ne jaillirait pas une goutte de sang. Rien. Alors il se mit à piquer et piquer encore, déchirant la mince chose blanche en lambeaux.

Thomas, libéré, se mit à courir, avec des soupirs convulsifs qui l'étranglaient. Il fuyait et il avait l'impression de fuir devant tout le mal du monde, comme si rien de pire n'avait pu lui arriver. Pas seulement l'épouvante du péché mortel. Il avait soudain saisi son inutilité, toute la fausseté de ces moments où il s'était cru l'ami de Dominique. Il n'était l'ami d'aucun d'entre eux. Il se sauvait pour toujours. À la maison, il tremblait et s'accrochait aux bras de la grand-mère Dilbin, il avait maintenant besoin d'aide. Elle lui demandait ce qui était arrivé, mais n'en tirait rien que des sanglots spasmodiques. Le soir, il cria qu'il avait peur, qu'il ne fallait pas éteindre la lampe. Il délirait aussi à travers son sommeil ; la grand-mère se leva plusieurs fois et, inquiète, lui posa la main sur le front.

L'abbé Monkiewicz, auquel il se confessa sans attendre le dimanche suivant — il était d'ailleurs presque hors d'état d'articuler les mots nécessaires au récit de cet acte affreux — fut si ému par un tel sacrilège commis dans sa paroisse qu'il s'agita et fit des bonds dans son confessionnal ; il essaya de le faire parler afin d'arracher au plus vite le mal avec la racine. Thomas pourtant ne trahit pas, et le prêtre lui expliqua en vain qu'il est du devoir d'un chrétien, en de telles circonstances, de parler. Ce nom, d'une manière ou d'une autre, ne voulait pas passer sur ses lèvres. Il reçut l'absolution et cela le tranquillisa un peu.

Il évita désormais la cabane du verger, bien que ce fût le meilleur moment pour la récolte des fruits, et il recourait à des échappatoires lorsque Antonine lui mettait un panier dans les mains. Toujours, en pareil cas, il disparaissait quelque part. Apercevait-il entre les arbres les pantalons de grosse toile de Dominique, il se cachait, et, s'il le rencontrait par hasard, il baissait les yeux et feignait de ne pas le voir.

En fait, toute la cérémonie sur les bords de l'Issa s'était terminée assez mal. Les garçons, plutôt déçus — s'il y avait eu du tonnerre ou si l'on avait au moins vu du sang, alors cela aurait été différent —, incapables d'approfondir la signification scientifique de la découverte, admirent tout de suite que l'occupation la plus indiquée, à ce moment, c'était de jouer aux cartes. Dominique — il vaut la peine de prêter attention à ce détail — recueillit les débris de l'hostie et les mangea ; tant qu'on pique, on pique, mais disperser cela au vent ou le piétiner, ça n'allait pas. Il s'assit, jambes pendantes, au bord de la falaise, donna des coups de talon dans l'argile et fuma sa petite pipe faite d'une balle de carabine. Une sorte de vide l'accablait. Se battre contre son père, briser sur lui son bâton ou même tirer sur lui, c'est encore mieux que s'il n'y a personne contre qui plaider. Il était envahi par la tristesse d'être orphelin, doublement orphelin. Donc, personne à qui demander quoi que ce soit. Seul, tout à fait seul.

À la surface de l'Issa, délicatement, une trace vibra — le serpent d'eau se transportait d'une rive à l'autre, dressant la tête bien droite en l'air, et une double traînée de rides se déployait de biais derrière lui. Dominique mesurait la distance et sentait dans son épaule que s'il lançait une pierre, elle l'atteindrait. Mais le serpent d'eau est sacré et quiconque le tue appelle sur soi le malheur.

27

Chaque automne, Thomas assistait au battage du blé. La machine est intéressante surtout lorsqu'elle se met en mouvement, ou bien quand on en fait sortir la vapeur. Sur la chaudière cylindrique, un peu de côté, plus près du foyer où l'on jette les bûches, on voyait tourner deux grosses boules fixées à deux tiges de métal, baissées comme des mains. Ces mains se lèvent-elles parfois ? Il ne put jamais s'en rendre compte. Il se laissait fasciner par ces boules, oubliant tout le reste. Quand le mouvement est lent — *prou-tak prou-tak* — on les distingue très bien l'une de l'autre ; mais s'il est très rapide, elles se confondent en un seul cercle tournoyant et passent à toute vitesse — *tef-tef-tef* — laissant à peine deviner leur masse noire. Dans un coin du hangar peint en jaune (on voyait la cheminée de la locomobile se dresser au-dessus du toit), il y avait deux bancs. Thomas s'asseyait sur l'un, et les hommes de la grange venaient un instant y fumer une sèche. Sur l'autre, on trouvait le plus souvent, installé sur une peau de mouton, le jeune Sypniewski, le neveu de Satybelka, qui surveillait la chaudière. Les jambes repliées, il appuyait sa tête sur sa main et songeait — mais à quoi, voilà qui restera son secret. De temps en temps, il se levait, vérifiait le manomètre, ouvrait la petite porte et, dans le gouffre d'où jaillissaient des flammes, il lançait des bûches de chêne ; parfois, il mettait de l'huile dans les rouages, avec sa burette dont le fond saute sous la pression du doigt, — bien qu'à vrai dire le soin de la machine incombât au forgeron.

Le visage échauffé, le nez plein de l'odeur des lubrifiants, Thomas sortait pour retrouver la brise qui moussait dans les feuilles des peupliers. Un autre mouvement l'attirait à l'extérieur : celui de la courroie. Large d'une aune, faite d'un cuir épais et rapiécé, elle reliait la grande roue de la locomobile à la petite roue de la batteuse. Comment ne glissait-elle pas hors de cette grande roue ? Il lui arrivait d'ailleurs de tomber lorsque la rotation devenait plus lente, et alors retentissaient les cris et les avertissements : c'est qu'elle tombait avec tant de violence que si quelqu'un s'était trouvé trop près, il eût pu s'y casser les os. Lorsqu'on interrompait le travail, le forgeron et Sypniewski appuyaient sur la courroie avec des bâtons (il fallait presser très fort), modérant ainsi ses soubresauts ; puis ils sautaient en arrière, et elle, dès lors, se décrochait lentement et sans bruit. On savait que la machine ralentissait son allure lorsqu'on commençait à distinguer au passage les pièces de la courroie.

Dans la grange, des tourbillons de poussière, le bourdonnement de la batteuse, l'agitation. On suspendait les sacs à des crochets de fer et ils se gonflaient vite, Thomas plongeait la main dans le torrent de grains frais qui coulait des ouvertures. Quand un sac était plein, le forgeron le traînait jusque sous le peuplier, où se trouvait la bascule. En haut, sur les gerbes entassées (la poussière piquait les yeux et l'on y voyait à peine), les fichus blancs des femmes et les visages trempés de sueur. La gerbe, au bout de la fourche, décrivait un arc dans l'espace, et alors la batteuse avalait de travers avec un *wwwch*. Derrière, les lattes d'un rouge pâli (la batteuse, jadis, avait été rouge) brandillaient gauchement, et, entre elles, s'effilochaient des brins de paille.

Il faut plusieurs paires de chevaux pour déplacer la locomobile ou la batteuse. Parfois — rarement — on les amenait dans le voisinage, à grand renfort d'appels, de claquements de fouets, de branches glissées sous les roues. Dans la région, le domaine et Baluodis — l'Américain de Pogiraï — étaient les seuls à posséder une telle machine. Partout ailleurs, le battage se faisait avec des fléaux. Si l'on se résignait à la prêter, ce n'était jamais en bas, vers la rivière, parce que descendre, cela aurait encore été possible, mais remonter, c'était trop lourd pour les chevaux.

Thomas, qui avait toujours assisté au battage avec un plaisir sans mélange, s'y sentit, pour la première fois, après son aventure avec Dominique, un étranger. Les brèves répliques des hommes qui, d'un air ensommeillé, faisaient siffler entre leurs dents une salive jaunie par le tabac et ne prenaient pas garde à lui, le séparaient d'eux. Les méditations de Sypniewski; les grognements impatientés des femmes lorsqu'il les dérangeait en montant sur les gerbes entassées; les enfants de son âge, aux visages sales, qui avaient pour tâche déterminée de retirer de sous la batteuse, en la traînant sur le sol, la lourde bâche remplie de son; — tout cela le rejetait en quelque sorte à l'écart.

Peut-être aussi d'autres échecs prenaient-ils maintenant un sens plus net. Par exemple, la condescendance amusée avec laquelle les hommes le traitaient lorsqu'il s'essayait à faucher ou à labourer. Il y avait aussi le *baraban*, une plaque de fer suspendue entre deux pieux que Satybelka faisait sonner avec un marteau, — le matin, l'heure d'aller au travail, — à midi, l'heure du déjeuner, puis de nouveau, l'heure du travail, — et le soir, quand on quittait les champs (lors du battage, on donnait le signal avec la locomobile, elle sifflait si fort qu'on se bouchait les oreilles). Satybelka jouait toute une mélodie sur le baraban et les gens riaient, disant qu'on entendait: « patron-fripon, patron-fripon. » Ils riaient sans colère, mais Thomas se sentait un peu vexé.

À l'office, Antonine et les autres femmes parlaient souvent des seigneurs, de ce qu'ils étaient autrefois, comment ils se moquaient des pauvres gens. L'un de leurs jeux frappa surtout l'imagination de Thomas; ils ordonnaient à une fille de grimper à un arbre et de faire coucou, et alors ils lui tiraient dessus. Les filles qui grimpent aux arbres, cueillir des cerises ou des pommes, Thomas les aimait bien. Il s'efforçait alors de percer du regard l'obscurité, sous leurs jupes (depuis que le monde est monde, les filles n'avaient jamais porté de culottes à Ginè). Elles pouffaient et lui chantaient pouilles, mais elles avaient l'air contentes. Alors quoi? Avec un fusil, sous l'arbre — et ils tiraient? Dans les soupirs d'Antonine, il perçut non seulement une vieille rancune, mais le sentiment qu'elle avait de lui être supérieure, — un seigneur, lui aussi.

Pour des raisons pareilles ou pour d'autres, il se réfugia désormais plus souvent auprès de son grand-père et, se balançant, les mains glissées sous les cuisses, il écoutait ses leçons sur l'azote que les plantes aspirent et l'oxygène qu'elles expirent; il apprenait comment on avait autrefois incendié la forêt et semé des céréales année après année, jusqu'au moment où le sol était devenu stérile; alors on avait inventé le système d'assolement triennal, et il apprit en quoi cela consistait. Le grand-père devint peu à peu son meilleur camarade, et Thomas tournait les pages des livres, réclamant des explications. Il pénétra dans le vert royaume des plantes au moment où les feuilles jaunissaient et tombaient des arbres — un autre royaume que celui de la réalité. Il s'y trouvait en sécurité, les plantes ne sont pas mauvaises. Là, rien ne le repousserait.

Rien ne le menaçait non plus du côté du grand-père. Jamais impatient, jamais occupé d'on ne sait quelle affaire, comme en ont les adultes, au point de négliger les désirs de Thomas, il lui répondait avec sérieux, avec cette manière de s'éclaircir la voix où il y avait de l'humour et de la sympathie. Même s'il était en train de se laver ou de se mettre du fixatif pour maintenir ses cheveux sur sa calvitie, il répondait aux questions. Le fixatif, sorte de savonnette dans un étui de papier, Thomas s'en frictionnait les mains et en aspirait l'odeur. Le grand-père se lavait d'ordinaire à l'eau chaude; il se ceignait alors les reins d'une serviette; sa poitrine et son ventre étaient couverts de poils gris.

La grand-mère Dilbin déplorait que Thomas ne se préparât pas au lycée, comme il l'aurait fallu, car qu'est-ce que c'était que ces leçons de Joseph le Noir? Elle lui donnait aussi des leçons elle-même; seulement, depuis les jours d'autrefois, tant de choses ont changé. Elle lui promettait que sa maman allait venir et les emmènerait avec elle, mais il y avait toujours de nouveaux délais. Le savoir de Thomas, il est vrai, restait très inégal. Il lisait bien, poussé qu'il était par sa curiosité. Il écrivait, comme une poule avec un bout de bois, des gribouillages indistincts ; il parlait le patois du pays, usant çà et là d'expressions lituaniennes (plus tard, à l'école, il devait subir de ce fait bien des humiliations). S'étant soudain attaché au grand-père, il acquérait maintenant d'assez bonnes connaissances en botanique, et celui-ci se réjouissait à la pensée que peut-être, au lieu de devenir soldat ou pirate, il deviendrait agriculteur. Aucune photographie de lui, prise en ce temps-là, n'a été conservée, pour la bonne raison qu'on n'en avait fait aucune. Alors déjà, il s'examinait dans le miroir, mais il était incapable de se voir en se comparant aux autres. L'idée de donner une forme à sa chevelure à l'aide d'un peigne et d'une brosse ne lui était jamais venue. Un chaume dur et épais d'un blond foncé retombait sur son front, et il y promenait la brosse au hasard, de haut en bas. Joufflu, les yeux gris, le nez petit et retroussé comme celui d'un verrat (le même que sur la photographie mauve de l'arrière-grand-mère Mohl). Grand pour son âge.

« Thomas a la figure comme un cul tatare » — entendit-il l'un des fils Koreva souffler à l'autre. Ce qui porta sa haine à son comble. Deux de ces garçons Koreva, des voisins de l'autre rive de l'Issa, avaient été reçus une seule fois à Ginè avec leurs parents. Les jeux ne réussissaient pas, ils voulaient le commander, et il se sentait offensé par leurs chuchotements, leurs coups de coude et leurs petits rires.

Le soupçon point : peut-être avait-il hérité de quelqu'un une certaine difficulté de contact avec les gens, l'autosuffisance de la grand-mère Surkant ou le caractère craintif de la grand-mère Dilbin. Ou peut-être n'était-ce là qu'un manque d'habitude. Une fois, les grands-parents l'emmenèrent avec eux rendre une visite éloignée. Il jetait sur la fillette de la maison des regards de biais et se mit à trembler lorsqu'elle le prit par la main pour le guider à travers le parc. Il faisait des pas pleins de raideur et retenait son souffle, redoutant ces coudes minces, nus, qui l'émouvaient. Sur la passerelle qui enjambait un ruisseau, ils s'appuyèrent à la barrière faite de troncs de bouleau, et il sentit qu'elle attendait quelque chose, mais il ne sut que se taire. Car à vrai dire un souffle passa, celui des jeux de jadis avec Onutè, et il fut saisi de frayeur.

Ses manières : pour saluer des invités, il claquait des talons en rougissant. Il s'était rendu plusieurs fois au bourg, mais cela ne pouvait guère passer pour une connaissance du vaste monde. Pendant le marché, il restait planté près du char et aidait Antonine à ranger les pommes qu'elle vendait. Certaines maisons du bourg trempaient presque dans l'Issa, qui était ici différente, largement étalée ; les rues étaient pavées de galets si gros qu'on s'y tordait les pieds ; des juifs se tenaient sur les marches de bois et invitaient les gens à entrer dans leurs boutiques. L'édifice le plus grand — le palais blanc des princes, au-dessus des étangs recouverts de lentilles d'eau — maintenant vide, était à l'intérieur en cours d'aménagement pour servir d'école ou d'hôpital. À cause de la gare, sise un peu en dehors du bourg, il était content lorsqu'on prenait pour revenir la route légèrement plus longue, mais meilleure, qui traversait la voie ferrée, parce qu'alors il lui arrivait d'apercevoir un train. Il accueillait l'heure du retour avec soulagement. Antonine lui confiait les rênes et il faisait claquer le fouet. Lorsqu'ils se mettaient en route seuls, elle veillait à faire atteler les chevaux les plus apathiques : on risquait de rencontrer une automobile. Thomas, en de telles occasions, enlevait la couverture qui maintenait le rembourrage de paille et courait en couvrir la tête des chevaux — sinon ils risquaient de s'affoler.

Avec le grand-père, sans souci des manières et des contraintes qui vous guettent dès qu'on fréquente les humains, il errait dans la fable des semences qui germent sous la terre, de la montée des tiges, des corolles, des pétales, des pistils et des étamines. Il décida en lui-même que, l'été suivant, il aurait déjà une connaissance suffisante des familles végétales pour entreprendre un herbier.

28

Lorsqu'il était tout petit, on le mettait sur une peau d'ours, et alors on avait la paix : il soulevait les bras pour éviter le contact de la bête velue et restait ainsi, immobile, à demi épouvanté, à demi ravi. La peau, usée et rongée par les mites, provenait d'un ours qui avait dû être le dernier dans la région ; on l'avait tué à la chasse, il y avait bien longtemps, dans l'enfance du grand-père. Les ours — il les connaissait par cette peau et par les images — suscitaient chez Thomas des sentiments tendres. Il n'était pas le seul, sans doute, car les adultes en parlaient souvent. Jadis, on en gardait dans les domaines, et on les dressait à diverses tâches, comme par exemple à faire tourner les moulins à bras ou à porter le bois. Il arrivait à leur sujet de drôles d'histoires. Ici, à Ginè, on avait conservé le souvenir d'un ours très chatouilleux sur l'honneur : il aimait les poires douces, et, si son maître l'admettait à un festin commun, il lui fallait veiller à ce que le partage fût équitable, sinon l'ours, recevant des poires trop mûres ou encore vertes, s'offensait et se mettait à rugir. Thomas se redressait, tout excité, sur sa chaise, quand il entendait raconter la ruse d'un autre ours, qui avait l'habitude d'étrangler les poules ; on l'attacha donc à une chaîne ; mais il inventa un stratagème : assis, il laissait couler du sable entre ses pattes de devant, et ces sottes de poules s'approchaient jusqu'à être à sa portée ; lui, alors, d'un coup de patte, en frappait une et, dissimulant sa proie sous lui, faisait une mine innocente, comme si de rien n'était. Le héros de l'aventure la plus bizarre (racontée par la grand-mère Dilbin), c'était un ours qui, voyant devant le porche la voiture d'un domaine voisin, dont le cocher s'était égaré on ne sait où, monta à l'intérieur. Les chevaux s'emportèrent, et lui, aussi effrayé qu'eux, n'eut pas le temps de sauter à terre. Ils débouchèrent ainsi sur la grand-route. Au carrefour se dressait une croix. La voiture versa, l'ours s'accrocha à la croix ; mais, comme il s'y agrippait de l'autre patte, il l'arracha et fit irruption avec elle dans la rue du village, y semant l'épouvante car le spectacle était vraiment diabolique.

Un certain grand seigneur se servit des ours pour témoigner son mépris aux Russes. Le gouverneur était venu lui rendre visite ; il vit la scène suivante : devant le porche, deux ours avec des hallebardes, et, sur les marches, le grand seigneur en question, vêtu d'une blouse paysanne russe, le saluant très bas. Le gouverneur comprit que cela signifiait : « Nous, les sujets sauvages de l'Empereur, mi-bêtes, mi-hommes, vous saluons sur le seuil de notre humble demeure. » Il serra les lèvres et fit demi-tour.

Les ours, dans toutes ces histoires, apparaissent comme des êtres doués d'une intelligence presque humaine, et peut-être avait-on tort de les tourmenter comme on le faisait dans cette Académie des Ours que décrivait le grand-père. Le sol y était de tôle ; dessous, on allumait un feu, et on y lâchait les ours, chaussés de sabots de bois. La musique jouait, la tôle brûlait, et les pauvres Martins se dressaient sur leurs pattes de derrière parce que leurs pattes de devant étaient nues. Par la suite, chaque fois qu'ils entendaient cette musique, elle leur rappelait la tôle brûlante et ils se mettaient à danser.

Ce qui les rendait encore plus sympathiques, c'est qu'étant si grands, si forts, ils étaient d'humeur débonnaire et même craintifs. Preuve en soit ce qui advint un jour, à l'époque où l'on en rencontrait encore beaucoup dans les forêts. Un paysan avait perdu une vache qui, récalcitrante, s'écartait souvent du troupeau. En colère, il saisit un gros bâton et, la trouvant étendue au milieu des framboisiers, il frappa de toute sa force. Un rugissement retentit, c'était un ours. Le gars se sauva d'un côté, l'ours de l'autre, encaquant tous les framboisiers — on appelle même « maladie de l'ours » la colique provoquée par l'effroi.

Le grand-père se souvenait que, lorsqu'on avait tué l'ours dont il restait encore la peau et qu'on en avait fumé les jambons, les chiens reconnaissaient cette viande à son odeur et leur poil se hérissait.

La grand-mère Misia, en hiver, mettait au pied de son lit une fourrure d'élan. Mais ce que l'élan fournit de meilleur, c'est son cuir qui, une fois tanné, est très épais et moelleux ; quand Thomas avait usé les semelles de ses babouches, la grand-mère tirait une peau d'une cachette, elle prenait mesure, et, avec des ciseaux, elle la découpait en suivant exactement le contour tracé au crayon. Cela aussi provenait des temps anciens, car, des élans, il en restait peu. Au fond des forêts, à quelque cinq lieues de Ginè, des braconniers en tuaient encore.

Cette peau d'ours, si on la rappelle ici, c'est en liaison avec un amour de Thomas. Un jour, Balthazar parut ; il dit qu'il lui avait apporté un présent et lui demanda de l'accompagner jusqu'à son char. Là, sur une litière de paille, se trouvait une cage aux barreaux de bois, et dedans — un grand-duc.

La grand-mère Surkant, bien sûr, ne manqua pas de bougonner que ce sale oiseau allait souiller toute la maison, mais le grand-duc resta. Balthazar l'avait pris alors qu'il ne volait pas encore et l'avait élevé. Le rapace n'était pas si sauvage que cela : il se laissait prendre sous le ventre, et il poussait alors des piaillements aigus de poulet, raison pour laquelle Thomas le dénomma Cuicui. Qu'un son pareil pût sortir de lui, c'était difficile à croire. Il n'était à vrai dire pas plus gros qu'une poule, mais ses ailes, lorsqu'il les ouvrait, étaient plus longues que les deux bras écartés de Thomas. Il avait un bec recourbé, puissant, et des serres meurtrières. Désormais, Thomas s'en fut chaque jour à la recherche des rats, dans toutes les trappes. Cuicui tenait la viande dans ses serres et la déchirait du bec. Il le faisait claquer si l'on approchait la main des barreaux, mais jamais il ne saisissait un doigt. Au crépuscule, on le lâchait dans la pièce. Un vol silencieux, le mouvement de l'air, rien de plus. D'ordinaire, il lâchait au beau milieu un tas de fiente qui s'étalait avec un bruit mouillé (on supprimait aussitôt avec un chiffon les traces de ce forfait afin de ne pas irriter les adultes) et déjà, perché sur le poêle, il bouboulait d'une voix de basse. Lorsqu'il avait pris ses ébats, on le remettait dans sa cage.

Le moelleux de ses plumes, ses yeux rouge-or, ses mouvements de tête de haut en bas, comme ceux d'un myope essayant de lire une inscription. Thomas s'attacha à lui et l'observa. Lorsqu'il le mettait sur la fourrure d'élan, le comportement du grand-duc était si drôle qu'on éclatait de rire : des frissons nerveux le parcouraient, ses serres se refermaient d'elles-mêmes, il pétrissait le poil, sous lui, sur une patte, puis sur l'autre. Le contact de ce pelage court réveillait sans doute en lui les souvenirs de tous ses ancêtres qui déchiraient faons et lièvres. Au contraire, si on le mettait sur la peau de l'ours, il ne se passait rien de particulier.

Thomas aurait sûrement eu honte d'avouer certaines des

associations qui jouaient dans son esprit. Ainsi, par exemple, il songeait à tout ce qui est poil. Pourquoi, comme on l'a vu, levait-il les bras quand on l'asseyait, tout petit, sur cette fourrure épaisse ? Pourquoi les ours sont-ils sympathiques à tout le monde ? Ne serait-ce pas parce qu'ils sont tellement velus ? Magdalena, jadis, dans la rivière. Le grand-duc, lorsqu'il subissait ses spasmes, ne ressentait-il pas la même chose que lui, ce frisson pendant le sommeil ? S'identifiant en quelque sorte avec le grand-duc, se transformant en lui tandis qu'il tressaillait sur l'élan, il s'en fallait de peu qu'il ne se demandât s'il n'avait pas aussi envie de déchirer Magdalena, ou si les délices qu'il éprouvait ne venaient pas de ce qu'elle était déjà morte. S'il ne se le demandait pas, tant mieux.

Les poulets aussi piaillent, mais cela leur ressemble. Tandis que la nature du grand-duc est double : sans défense, confiant, un cœur qui bat sous les doigts, les pattes pendent, maladroites, les yeux que la paupière vient recouvrir d'en bas lorsqu'on le gratte derrière l'oreille — et lui, effroi de la forêt, la nuit. Mais peut-être n'est-il pas du tout un bandit ? Ou bien, s'il en est un, c'est comme si cela ne changeait rien à sa nature intime. Peut-être y a-t-il en chaque Mal une vulnérabilité cachée ? Pressentiment, à peine l'ombre d'une pensée.

La tante Héléna, lorsqu'elle arriva au printemps et qu'elle vit le grand-duc, se mit à chuchoter avec la grand-mère Surkant. On décida de le vendre car les chasseurs en donneraient un bon prix : ils le juchent sur un poteau, eux se dissimulent dans une hutte de branchage, et, de là, ils tirent sur tous les oiseaux qui descendent pour battre le brigand. Thomas subit docilement la sentence, comme s'il comprenait qu'aucun amour ne doit être prolongé au-delà de la limite fixée. Il est juste de dire que, de l'argent qu'on lui promit, il ne vit jamais un sou.

29

Quand il se rendait dans la bibliothèque, il mettait sa veste de mouton, car il n'y avait pas de chauffage. Ses mains devenaient bleues de froid tandis qu'il fouillait parmi les vieux parchemins dans l'espoir de trouver quelque chose touchant les plantes ou les animaux. Le plus souvent, il prenait au hasard quelques volumes et se sauvait vers la chaleur pour les examiner. L'un des livres qu'il avait ainsi emportés avait un titre écrit en lettres tordues comme des serpents, et il déchiffra avec peine : *Du pouvoir employant le glaive*, mais il ne put continuer. Il alla donc trouver le grand-père, lui demandant de lui expliquer de quoi il s'agissait. Le grand-père mit son pince-nez et lut lentement : *Profession de foy des frères de N.-S. Jésus-Christ, résidens en Lithuanie, conformément à l'Escripture Sainte briesvement résumée. Item, deffense de cette communauté envers tous ses adversaires, establye par Simon Budny. Aux mesmes fins, preuves évidentes, tirées de l'Escripture Saincte, du faict qu'il est licite à un chrestien avoyr pour subjects des hommes francs et des serfs pourveu qu'il en use avecques eux selon la crainte de Dieu. L'an de N.-S. 1583.*

Il donnait, avec l'étui de cuir de son pince-nez, de petits coups sur la couverture moisie et tournait les pages. Puis il s'éclaircit la voix.

— Ce n'est pas un livre catholique. Vois-tu, il y a longtemps, longtemps, vivait Jérôme Surkant. Ce livre vient sans doute de lui. Car il était calviniste.

Thomas le savait : le mot « calviniste » désigne quelqu'un de très mauvais, c'est même une insulte. D'ailleurs ces sans-Dieu, qui n'allaient pas à l'église, mais au temple, appartenaient au monde lointain des villes, des trains, des machines. Ici, à Ginè ? Il appréciait l'honneur d'être initié à quelque secret indécent.

— Hérétique ?

Les doigts du grand-père glissaient le pince-nez dans l'étui. Il regardait la neige derrière la fenêtre.

— Hum, oui, oui, hérétique.

— Et ce Jérôme Surkant habitait ici ?

Le grand-père parut s'éveiller.

— S'il habitait ici ? Sans doute, mais nous ne savons pas grand-chose de lui. Il restait surtout à Kieïdany, chez le prince Radziwill. Les calvinistes avaient là-bas leur communauté et leur école.

Thomas devinait en lui une sorte de retenue, une résistance, un de ces faux-fuyants d'adultes qui, lorsqu'il s'agit de certains membres de la famille, baissent la voix, ou se taisent quand on entre soudain dans la chambre. Les visages de ces réprouvés, impossibles à imaginer, se perdaient dans l'ombre, comme sur des portraits noircis — à peine un contour des sourcils ou la tache d'une joue. Les fautes qu'ils avaient pu commettre, assez graves pour que les grandes personnes en eussent honte, le temps où ils avaient vécu, leurs degrés de parenté, se noyaient dans les chuchotements, ou bien on lui demandait en grognant de quoi il se mêlait. Cette fois, néanmoins, il en fut autrement.

— Il existe une branche allemande des Surkant. Justement, celle de Jérôme. Il y a presque trois cents ans, en 1656, les Suédois pénétrèrent jusqu'ici. Alors Jérôme passa du côté du roi de Suède Charles-Gustave.

— C'était un traître ?

Le grand-père serrait volontiers le bout de son nez aux petites veines violettes entre deux doigts ; il gonflait les narines, et lorsqu'il ouvrait brusquement les doigts, cela produisait un son comme *tch-tch*.

— Oui, — et de nouveau *tch-tch*. — Seulement, s'il s'était battu contre les Suédois, il aurait trahi le prince qu'il servait.

Et il aurait été un traître aussi. Radziwill se rallia à Charles-Gustave.

Thomas fronçait les sourcils et pesait les termes compliqués du dilemme.

— Alors c'est Radziwill qui est coupable, prononça-t-il enfin.

— Lui, c'était un homme ambitieux. Il pensait que Charles-Gustave lui donnerait le titre de Grand-Duc et qu'il cesserait d'être vassal du roi de Pologne. Alors il aurait régné sur la Lituanie et ordonné à tous d'adopter la religion de Calvin.

— Et s'il avait réussi, nous serions calvinistes ?
— Probablement.

Maintenant il observait Thomas avec attention et son sourire signifiait on ne sait quoi, — peut-être lisait-il la pensée en train de se former à travers ces brèves questions. Comment se fait-il qu'on soit ce qu'on est ? De quoi cela dépend-il ? Et qui serait-il s'il devenait quelqu'un d'autre ?

— Mais Jérôme Surkant n'était pas exactement calviniste. Il était socinien. C'est encore une autre espèce parmi ceux qui ne reconnaissent pas l'autorité du pape.

Il se mit à lui parler des sociniens, appelés aussi ariens, qui inventèrent une nouvelle doctrine : selon eux, il n'est pas permis d'assumer une fonction, d'être préfet, juge ou soldat, parce que le Christ l'a défendu. Et, de même, il n'est pas permis d'avoir des sujets. Pourtant, sur ce point ils se disputaient entre eux ; beaucoup disaient que les Saintes Écritures en donnent explicitement l'autorisation, et c'est aussi, semblait-il, ce que disait ce livre. Quant à Jérôme Surkant, après que les Suédois eurent été chassés d'ici, il partit et ne revint jamais. Il s'installa en Prusse, quelque part près de Königsberg.

Ainsi fut jetée une graine, et le grand-père ne savait pas

combien de temps elle allait se conserver dans le sommeil végétal de toutes les graines qui attendent patiemment leur heure. Il y avait là, roulé en un petit nœud, tout un avenir : les craquements du parquet des bibliothèques sous les pas des lecteurs qui se déplacent le long des rayons où les carrés de papier blanc, avec leurs numéros, brillent sur le fond sombre des reliures alignées, les coudes appuyés sur les tables, dans le cercle de clarté tombant de l'abat-jour vert, et le crayon — la main le balance en l'air pour accompagner la pensée qui n'est d'abord rien de plus qu'un brouillard, sans ligne ni contour. Personne ne vit seul : chacun parle avec ceux qui ont disparu, leur vie s'incarne en lui, il gravit les marches et visite sur leurs traces les recoins de la maison de l'histoire. Leur espoir et leur défaite, les signes qui persistent après eux, ne fût-ce même qu'une seule lettre gravée dans la pierre, font naître la paix et imposent la retenue dans le jugement qu'on voudrait porter sur soi-même. Un grand bonheur est donné à ceux qui savent conquérir ce lien. Jamais, nulle part, ils ne se sentent en exil, ils sont soutenus par le souvenir de tous ceux qui ont tendu, comme eux, vers un but inaccessible. Ce bonheur, Thomas l'atteindrait un jour ou ne l'atteindrait pas, mais, en tout cas, des instants comme celui qu'il avait passé avec le grand-père continuaient à vivre en lui, attendant l'âge où les voix étouffées par l'éloignement prennent leur valeur.

30

L'Espagnol Michel Servet agonisait depuis plus de deux heures. Il ne pouvait pas mourir parce qu'on avait mis trop peu de bois, et il poussait à travers les flammes des plaintes sur l'esprit d'économie de la ville de Genève : « Misérable de moi qui ne peux en finir avec ma vie sur ce bûcher ! Les deux cents ducats et la chaîne d'or qu'on m'a pris après m'avoir emprisonné, et qu'on n'a pas donnés pour mon brûlement, auraient suffi pour acheter assez de bois et le jeter ici pour me brûler, misérable*. »

Quant à Calvin, assis avec raideur sur sa chaise, dans la pénombre de sa chambre, il lisait la Bible, et seul son aide, Guillaume Farel, auquel la fumée arrachait des larmes, criait à l'hérétique en train de brûler vif : « Crois au Fils éternel de Dieu, Jésus-Christ ! »

Tel fut le sort que Michel Servet, après s'être caché pendant vingt ans en France, parmi les papistes, devait subir par la volonté d'un réformateur du christianisme à qui il avait donné sa confiance, avec lequel il échangeait secrètement des lettres et auprès duquel il avait cherché refuge. Mais son âme était forte, et sa langue s'agitait encore dans sa bouche à demi carbonisée, et sa voix témoignait pour une vérité sacrilège : « Je crois que Christ est le véritable Fils de Dieu, mais point éternel. »

Après lui, une rumeur persista, se propageant dans divers pays, et les plumes d'oie grinçaient à Bâle, Tubingue, Wittenberg, Strasbourg, Cracovie, recopiant les textes clandestinement prêtés par des amis, où se trouvaient les thèses attaquant la Trinité. Le prince jugeait dédaigneusement : *Schwaermerei !* lorsque chez les étudiants polonais de Tubingue on découvrait les écrits interdits. L'Université tremblait et s'efforçait d'étouffer l'affaire. On ne prononçait

---

* Le récit de la mort de Servet s'inspire d'un texte conservé par un auteur anti-trinitarien, Wiszowaty, et cité par Stanislaw Kot, *L'influence de Michel Servet sur le mouvement anti-trinitarien en Pologne et en Transylvanie*, dans la collection *Autour de Michel Servet et de Sébastien Castellion*, 1953. H. D. Tjeenk, Willing and Zoon. Haarlem. Le texte original pourrait être apocryphe.

pas le nom de Servet, et celui-là même qui, à son retour de Padoue, répandit l'idée nouvelle parmi les communautés de Pologne et de Lituanie, Petrus Gonesius, veillait à ne pas rappeler au public la mémoire de son maître. Mélanchton cependant le perça à jour : « J'ai lu le livre du Lituanien qui s'efforce de rappeler Servet de l'enfer » — écrivait-il. En Transylvanie et en Moravie, Jacob Paléologue composait déjà le grand œuvre de sa vie, ouvertement consacré à la défense de l'Espagnol : *Contra Calvinum pro Serveto*, mais la Sainte Inquisition mit la main sur le coffre contenant ses manuscrits lorsqu'il fut arrêté et amené à Rome pour y mourir supplicié.

Au fil du récit, on recrée les hommes et les événements à l'aide de menus détails parvenus à notre connaissance : il ne serait guère honnête d'affirmer que Jérôme Surkant a été petit ou grand, brun ou blond, s'il ne reste de cela aucune trace, comme ont aussi disparu les dates de sa naissance et de sa mort. Une chose est sûre : il tenait Rome pour le siège de l'Antéchrist ; et lorsque, vêtu de sa courte veste d'élan, il parcourait à cheval la route qui longe l'Issa, il considérait avec mélancolie ce peuple, incapable d'embrasser la vraie foi. La voilà bien, la chrétienté faite sur mesure pour les superstitions papistes : après leurs pieux cantiques à l'église, les femmes couraient offrir un sacrifice aux serpents, parce que, sans cela, leurs hommes perdraient leur force et deviendraient incapables d'accomplir leurs devoirs conjugaux. Ce qui comptait, ce n'étaient pas les Saintes Écritures, mais on ne savait quels racontars sur le dieu du vent et le dieu de l'eau qui secouent le monde, se le jetant l'un à l'autre, de la main à la main, comme une assiette. Et ces rites païens, quand les chasseurs, armés d'un javelot, se réunissaient pour la battue du gros gibier. Ou encore les rassemblements clandestins sous les chênes — rien n'avait pu y mettre fin.

Il avait sans doute l'esprit incisif, creusant chaque idée jusqu'au fond, et il cherchait des compagnons semblables à lui — qu'il trouva à Kieïdany. Il dut probablement beaucoup étudier là-bas pour se sentir enfin leur égal, dans les discussions à la lueur des bougies, au cours desquelles on cherchait sans cesse appui sur des citations de l'Écriture : « Mais non, cette dialectique trop astucieuse que vous chérissez, mes frères, mériterait plutôt le nom de sophistique, parce que ce passage en hébreu a un autre sens. » — « Quel but poursuivez-vous, mon frère, n'est-il pas clairement montré en grec et en latin quel en est le commentaire véritable ? » À cette époque, les trinitaires, qui continuaient fidèlement Calvin, et les dithéistes, et même ceux qui, à la suite de Simon Budny, refusaient d'adorer le Christ, ne se combattaient pas entre eux ; leurs haines s'apaisaient sous l'influence du prince Radziwill qui, bien qu'il prît pour modèle l'Église de Genève, n'interdisait pas les disputes théologiques et avait même un penchant pour les nouveautés. Quelques ariens de Pologne trouvèrent refuge à sa cour, et il ne leur fut fait aucun mal ; il est vrai qu'ils gardèrent une certaine prudence.

Jérôme Surkant fut-il submergé, reçut-il à l'âge adulte le baptême prescrit par les Frères, qui déniaient toute valeur au baptême des enfants ? On ne sait. En tout cas, il cessa d'être trinitaire, et le supplice de Servet, depuis lequel près de cent ans s'étaient alors écoulés, ne s'effaça jamais de sa mémoire. Que ce Cerbère à trois têtes, mis, sur un conseil diabolique, à la place du Dieu Un, fût un monstre insultant la raison, c'était à ses yeux une vérité révélée. Il saisissait toute la portée de la thèse qui renversait de fond en comble l'ordre jusqu'alors établi : Dieu est un et une son Écriture ; elle est claire et n'a besoin d'aucune exégèse officielle ; celui qui la lit apprend par lui-même comment il doit vivre et revient au temps des Apôtres, par-delà les siècles où la scolastique avait servi à obscurcir les paroles simples des prophètes et du Christ.

Calvin s'était arrêté à mi-chemin, il avait tué Servet par peur de la vérité. Qui ne détruit pas le Cerbère ne se délivrera jamais complètement des marmottages, des indulgences, des messes célébrées pour l'âme des morts, des prières pour l'intercession des saints et autres sorcelleries.

Les maigres données dont on dispose permettent de croire que, dans la dispute qui, depuis bien des dizaines d'années, opposait les Frères les uns aux autres, il était enclin à assumer l'héritage légué par Petrus Gonesius. Dès lors, fondant l'espoir du salut de son âme sur Jésus-Christ (« je suis comme un chien pourri devant la face de mon Seigneur », pouvait-on déchiffrer sur l'un de ses livres), il soutenait que le Christ n'était pas consubstantiel à la divinité du Père, que le Logos, Verbe invisible, immortel, s'était fait chair dans le sein de la Vierge, et qu'ainsi, c'était du Verbe seulement que le Christ avait pris naissance. La simple humanité de Jésus le pénétrait de détresse, de gratitude et de douceur, mais non comme ceux qui, refusant de l'adorer, ne faisaient aucune différence entre Jérémie, Esaïe et Jésus et se réclamaient plutôt de l'Ancien Testament que du Nouveau.

Mais que pensait-il alors de l'œuvre de Gonesius, intitulée *De primatu Ecclesiae Christianae*, qu'il avait probablement étudiée, et des écrits de ses successeurs ? Jérôme Surkant ne pouvait pas négliger leurs arguments dans un autre domaine, pratique celui-ci, ces arguments qui firent longtemps grand bruit dans les Synodes de Lituanie. En effet, leurs exigences s'appuyaient fortement sur les Évangiles. N'a-t-il pas été dit : « À celui qui te frappe sur une joue, présente encore l'autre, et celui qui t'enlève ton manteau, ne l'empêche pas de prendre aussi ta tunique » ? N'a-t-il pas été dit : « Laisse les morts ensevelir leurs morts ; pour toi, va annoncer le royaume de Dieu » ? N'a-t-il pas été dit : « Celui qui entend et ne met pas en pratique est semblable à un homme qui a bâti sa maison sur le sable, sans fondement ; le torrent s'est rué contre elle, et elle s'est écroulée aussitôt, et grande a été la ruine de cette maison » ? Juifs, Grecs, esclaves et seigneurs doivent être des égaux et des frères. Un chrétien ne verse pas le sang, il dépose le glaive. Il donne la liberté à ses serfs. Il vend ses biens et distribue l'argent aux pauvres. C'est ainsi seulement qu'on devient digne du salut, ainsi seulement qu'on se distingue des infâmes dont les actes contredisent les paroles.

À l'époque dont il est ici question, le Synode de Lituanie avait déjà rejeté ces exigences absolues, provoquant beaucoup d'amertume chez les Frères polonais. Ainsi donc, Surkant, pour sûr, réfutait les arguments à l'aide de l'Ancien Testament et d'exemples puisés dans l'expérience du passé. Libérer les esclaves ? Certes, la contrainte et la misère qu'ils supportaient étaient grandes. Mais c'eût été les libérer pour le paganisme, la barbarie et le brigandage. Lorsque, du temps où Rekut était le chef du district de Samogitie, on avait fait une tentative de ce genre, ils s'étaient dispersés à travers les forêts sauvages, n'en sortant que pour le pillage et le meurtre. Et plus près, cette révolte des paysans qui, ressuscitant les dieux anciens, en avaient fait voir de toutes les couleurs aux seigneurs, jusque dans la vallée de l'Issa. Déposer le glaive ? Ils choisissaient mal leur moment, les adeptes de Gonesius, pour faire admettre une telle proposition : à l'est, au-delà du Dniepr, les guerres contre Ivan le Terrible étaient presque ininterrompues. Ils furent mis en minorité dans les synodes et ne se relevèrent plus de cette défaite. Et voilà que Charles-Gustave brandissait le glaive, fondant l'Empire de tous les protestants. Quelles heures de doute, quels instants décisifs Jérôme Surkant avait-il vécus ? Son prince déployait devant ses partisans une vision grandiose. Il n'y avait pas de raison, pour les Lituaniens, de dépendre du roi de Pologne plutôt que du roi de Suède ; avec l'aide de celui-ci, ils arracheraient des territoires et des âmes aux papistes. Plus loin, vers le levant et le midi, jusqu'en Ukraine, partout où des popes mornes, qui ne savent plus le grec, radotent au sujet de la Sainte Byzance et égarent le peuple ignorant, ils porteraient, eux, la lumière. Il n'y avait d'ailleurs pas d'autre voie : l'invasion des jésuites, leurs astucieuses méthodes de séduction, leurs théâtres, leurs écoles, détournaient chaque année de nouveaux fidèles ; la racaille des étudiants, à Vilna, profanait les temples, attaquait les cortèges funèbres. Encore un peu, et de la Réforme, en Lituanie, il ne resterait rien. Le prince jouait sa dernière carte, au service de la vraie foi qu'il avait vocation de protéger. Et le but lointain, c'était : la couronne. Et qui sait ? peut-être : les troupes suédoises, lituaniennes et polonaises aux portes de Moscou.

Sa loyauté envers le prince n'était pas, on est tenté de le croire, le seul sentiment qui poussât Jérôme Surkant. Il y avait aussi son mépris pour la masse de ces nobles à grande gueule que les prêtres excitaient à entreprendre la sainte croisade contre les hérétiques. Incapables d'un raisonnement à froid, incapables d'ouvrir l'Écriture Sainte ; l'état élémentaire, l'aveuglement de l'instinct.

Fidèle jusqu'à la fin. Pourtant ses expériences avaient été terribles : les plus dévoués en apparence chancelaient dès les premiers revers ; une lutte fratricide ; un pays dévasté par les armées ; l'insouciance rapace de l'allié. Le prince mourut au moment où les papistes pénétraient dans la forteresse, la dernière. Le moment était venu pour Jérôme de faire le bilan de sa propre défaite, l'instant où tout homme répète après le Christ : « Seigneur, pourquoi m'avez-vous abandonné », tandis que sa volonté et son orgueil s'effritent dans le néant.

Espérons que l'Écriture fut pour lui un soutien. Et peut-être aussi la mémoire du martyr cher à tous les anti-trinitaires, dont la tête avait été ceinte d'une couronne de paille aspergée de soufre, dont le corps était lié au poteau par une chaîne, tandis que son livre, attaché à sa jambe, attendait la première flamme. La description exacte de l'agonie de Servet ne s'est conservée que grâce aux coreligionnaires de Jérôme Surkant, dans les communautés de Pologne et de Lituanie. Ce sont eux qui copièrent le manuscrit, perdu partout ailleurs, intitulé *Historia de Serveto et ejus morte*, dont l'auteur était Pétrus Hyperphragmus Gandavus. Non, l'exil n'égalait pas la torture physique.

Mais Surkant connut la torture de l'âme, le stigmate de la trahison, et il soupesait ses actes sans arriver jamais à savoir avec certitude s'il avait agi comme il le devait. Pris entre son devoir envers le roi, envers l'État et envers le prince qui ne lui en avait pas voulu de ses divergences théologiques. Entre son dégoût des papistes et sa répulsion pour les envahisseurs dont il était contraint de souhaiter le succès, non la défaite. Hérétique pour les catholiques. Renégat tout juste toléré pour les protestants. Certes, il ne pouvait que répéter : « Je suis comme un chien pourri devant la face de mon Seigneur. »

On a pu découvrir par hasard que le dernier descendant de Jérôme, le lieutenant Johann von Surkant, étudiant en théologie, était tombé en 1915 dans les Vosges. S'il repose sur le versant oriental, là où les rangs serrés des croix, qu'on pourrait prendre de loin pour des vignobles, s'abaissent vers la vallée du Rhin, l'herbe sur sa tombe est peignée par des vents secs, venus de la terre familiale, la Lituanie.

31

L'apiculture, à Ginè, c'était l'affaire de la tante de Thomas, Héléna Juchniewicz. Comme elle prenait soin des ruches, on lui donnait en échange une part du miel et de la cire — bien qu'elle fût de la famille, il fallait obéir à l'ancienne coutume. Son arrivée était un signal : on sortait les ustensiles d'une armoire et on passait des vêtements spéciaux. Elle agrafait ses manches en les serrant bien autour des poignets et enfilait sa tête dans un masque — sorte de panier en mousseline verte. D'ailleurs, les abeilles ne la piquaient guère, et elle ne se servait pas toujours de gants. Elle chargeait Thomas de remplir de braises, à la cuisine, l'enfumoir de fer-blanc à manche de bois ; sur la braise, on répandait de la vermoulure, et il fallait l'agiter longtemps pour qu'elle se mît à rougeoyer. Avec son masque, le couteau et le seau dans une main, l'enfumoir dans l'autre, elle ressemblait à — on eût voulu trouver une comparaison, mais c'était difficile ; en tout cas Thomas restait bouche bée tandis qu'elle s'éloignait par l'allée en direction des ruches, et il la suivait d'un regard plein de ferveur. Lorsqu'elle revenait, elle puisait avec un chiffon, dans une écuelle, du lait caillé qu'elle appliquait sur les endroits où elle avait été piquée. Châtrait-on une ruche, Thomas faisait marcher l'extracteur, un récipient de métal tournant autour d'un bâton ; alors le miel s'écoulait des rayons placés dans les cadres.

Le nez de la tante Héléna, grand, en forme de pyramide, se montrait entre deux pommes saillantes, ses joues — tout à fait comme chez la grand-mère Misia, à laquelle elle ressemblait, mais elle était plus grande et ses yeux étaient bleus. Un sourire sucré, une mine dévote lui procuraient bien des avantages en lui permettant de donner à ses passions un air d'innocence. Parmi celles-ci, l'avarice dominait ; non pas celle qui exagère seulement l'esprit d'économie, mais celle qui, installée au plus profond d'un être, le fait agir de telle ou telle façon en invoquant des motifs d'un tout autre ordre. Si elle avait affaire au bourg, elle ne s'y rendait jamais en voiture. Elle disait : « Quel beau temps, ça me fera une promenade!», et elle parcourait à pied dix kilomètres, enlevant ses chaussures dès qu'elle était sur la route «parce qu'il est plus sain d'aller pieds nus». La vraie raison, c'est qu'autrement elle aurait dû donner quelques sous de pourboire au cocher, et que les souliers s'usent. Partageait-elle le miel ou la farine, elle veillait à faire aux autres la part la plus large et s'attendrissait séraphiquement sur sa propre bonté ; seulement, il se trouvait que cette part la plus large était de qualité inférieure. Chez elle, à ce qu'on disait, sur la table de l'office, elle distribuait le jambon quand les vers s'y étaient mis, mais en même temps elle se réjouissait sans doute de son bon cœur, de la sollicitude qu'elle témoignait ainsi aux gens, qui doivent bien, n'est-ce pas, outre les pommes de terre et les pâtes, recevoir aussi de la viande.

De la grand-mère Misia, elle avait hérité une endurance et une résistance à toute épreuve. Elle n'était jamais malade (et d'ailleurs, si elle était tombée malade, elle eût crié que les docteurs n'entendent rien à rien afin que personne n'osât se risquer à en faire venir un). Parcourir vingt kilomètres en quelques heures, ce n'était vraiment pour elle qu'une petite promenade ; elle eût pu sans doute en parcourir cent, de son pas léger de paysanne. Et naturellement, elle se baignait dans la rivière jusqu'en novembre. Thomas ne vit jamais chez elle aucun livre, même pas des livres de piété, comme si elle avait fait serment de ne jamais toucher d'imprimé ; et pourtant, il avait dû y avoir un temps où elle avait étudié, puisqu'elle savait même un peu le français.

Son mari, Luc Juchniewicz, ne venait jamais sans déchaîner toute une scène théâtrale à laquelle on était forcé de prendre part, tellement c'était contagieux. Sur son char déjà, il hurlait, levait les bras au ciel, puis il sautait à terre et se mettait à courir, tandis que les pans de son manteau ou de sa casaque de bure flottaient derrière lui ; et, prêt à l'embrassade, il criait d'une voix de fausset : « Maman ! Oh, oh, oh, je suis tellement heureux de vous voir ! Enfin ! Oh, oh, oh, il y a tellement longtemps que nous ne nous sommes pas vus ! » Et bécot par-ci, bécot par-là, et mm, mm. Mais le plus important, dans tout cela, c'était son visage : rond, avec une petite frange sombre sur le front, il se plissait de cordialité, de tendresse ; aucun autre visage n'eût pu se chiffonner à ce point. « Brave petit Luc », répliquait la grand-mère Misia, étouffée et mouillée de salive, bien que, derrière son dos, elle ne fît que soupirer avec condescendance : « Ce brave imbécile de Luc. » D'autre part, pour la grand-mère Dilbin, Luc était la preuve vivante de la vérité du vieux dicton selon lequel, sur les bords de l'Issa, ne naissent que des possédés ou des niais.

L'été où Thomas se fit un herbier (à force de prières, il avait fini par obtenir de Pakienas les cartons dont il avait besoin), sa nouvelle dignité de naturaliste ne lui permettait plus, selon lui, d'éviter les abeilles. Il insista tellement que la tante consentit à l'emmener avec elle aux ruches. Pour être sûr qu'aucune abeille ne pourrait se faufiler jusqu'à son corps il se vêtit de longs pantalons du grand-père, bien serrés autour de la cheville, d'un vieux masque de fil de fer rouillé et de gants de caoutchouc. Les abeilles, appréciées pour leur sagesse et sur lesquelles retombe toute la poésie du goût du miel, offrent cependant un tout autre spectacle lorsqu'on ouvre la ruche que lorsqu'elles bourdonnent dans les branches du tilleul. Odeur aiguë, fièvre, bouillonnement de folie, cruauté de la loi. Jusqu'alors Ginè avait, semble-t-il, assez mal préparé Thomas à la vie en société, s'il fut à tel point saisi par il ne savait quoi d'innommé, d'impitoyable. Elles se précipitaient pour le piquer, s'installaient sur ses gants. L'abdomen convulsivement recourbé, elles vibraient, s'accrochant au caoutchouc avec leurs pattes, sifflant — rien que pour accomplir l'acte qui leur serait fatal, qui les livrerait, sans force, aux convulsions de l'agonie, dans l'herbe. La tante travaillait avec calme, les faisant tomber de temps en temps d'une secousse nonchalante. Elle l'avertissait : « Surtout, pas de violence ! » Mais plus que la douleur, Thomas subissait l'enfer même de la ruche, dont le rythme propre s'imposait à lui et qu'il ne pouvait supporter. Il se mit à fuir, et alors les abeilles derrière lui (dans le sifflement de leur poursuite on sent déjà le meurtre) ; il poussait des cris de cochon, agitait les bras, si bien que son grand désir d'accomplir un exploit utile sombra dans le déshonneur.

Les plantes sont meilleures car elles sont calmes. Certaines d'entre elles, quand on consulte à leur sujet le gros *Herbier économico-technique*, donnent envie de préparer des creusets et des mortiers et de se constituer une pharmacie, tellement leurs propriétés médicinales y sont décrites de façon attrayante. On croit les voir, ces décoctions de couleurs variées qu'il faut transvaser et filtrer, ces essences obtenues en plongeant la plante dans de l'esprit-de-vin, ces confitures faites avec des racines qui passent en général pour inutilisables. L'imagination vous plonge dans un clair-obscur aromatique, comme celui de la dépense de Ginè. Mais Thomas, pour l'instant, préférait s'adonner à un travail moins pratique en collectionnant des espèces.

Il avait un faible pour les orchis. Ils ont la séduction mystérieuse des êtres qui vivent au sein de la chaleur et de l'humidité ; ils sont, dans les contrées du Nord, comme un écho du Sud tropical. Leur tige, la substance charnue de son corps vert, et tout près d'elle, dissimulant un chandelier à multiples branches, leurs fleurs qui sentent la terre sauvage et la pourriture, mais faiblement, demandent qu'on les flaire assez longtemps pour que cette odeur se précise et qu'on puisse lui donner un nom, ce qui ne réussit jamais. Ils apparaissent dans les prairies, sur les bords de l'Issa, en juin, alors que, du milieu des herbes crues, montent encore en vapeur les eaux laissées par l'inondation dans les creux remplis de vase et les débris de roseaux. L'orchis maculé, un cône d'un mauve pâle moucheté de sombre violet est difficile à surprendre dans sa pleine floraison, car il est atteint aussitôt, ça et là, par la rouille de la flétrissure. Thomas se mettait à genoux et creusait avec un canif la terre noire. (Ses canifs qui, hélas, se perdaient de temps en temps, marquaient les diverses étapes de sa vie. Il en avait eu un à manche de bois ; celui de maintenant était plat, en métal.) Il soulevait la motte avec précaution afin d'extraire tout entier le bulbe qui écartait ses gros doigts. L'orchis jaillit de ce bulbe pour sa brève rencontre avec le soleil. Puis il continue à durer là-bas, dans la profondeur, jusqu'à l'année suivante. Pressé entre les cartons, l'orchis se couvrait de rouille, tandis que le bulbe s'aplatissait, prenant des formes bizarres.

L'orchis blanc, c'est la légèreté, et cet éclat qui brille dans les crépuscules d'été, comme celui du narcisse. Le pré qui en est couvert, sous la brume vespérale venue de la rivière, se remplit de petits fantômes. Hélas, l'orchis blanc séché dans l'herbier perd toute sa grâce. Il ne reste de lui qu'un svelte dessin marron. Il en va de même de l'arum. Thomas découvrit que les fleurs qui croissent dans les endroits secs se conservent parfaitement, elles ne s'altèrent presque pas ; mais il était attiré par la végétation luxuriante des recoins humides. Même les insectes qui se déplacent dans le sable chaud, dans l'emmêlement des pousses fibreuses, sont sans intérêt, cuirassés, prompts dans leurs mouvements. Dans la jungle pleine d'ombre, c'est autre chose. Car l'excès de lumière diminue l'existence.

Sur les dunes, Thomas récoltait des molènes, mais elles étaient trop grandes pour l'herbier, il devait les casser en zigzag. Et il recherchait avidement, bien sûr, les fleurs que le livre disait rares. Justement parce qu'ils étaient rares, il appréciait les trolles cueillis au milieu des chênes, près du cimetière, sorte de grandes renoncules semblables à des roses jaunes.

Il aidait le grand-père à aménager les plates-bandes, au pied du mur, des deux côtés du porche — il sarclait donc, transplantait, allait chercher de l'eau à l'étang. On descendait vers la petite passerelle sur les marches de gazon consolidées par des piquets. On passait par un petit portail (nul ne saura jamais pourquoi il se trouvait là), pris dans une clôture de branches sèches qui disparaissait sous la masse du houblon et des liserons. Il plongeait l'arrosoir dans une couche de lentille d'eau, et de grosses grenouilles vertes, qui avaient bondi, en pleine panique, lorsqu'il était apparu, s'immobilisaient sur des débris de bois qui flottaient au milieu de l'étang. Puis il transportait l'arrosoir, ahanant un peu parce que c'était loin, et il observait le grand-père en train d'arroser, pour voir quand il faudrait encore lui apporter de l'eau. Le soir, les petites étoiles bleu gris qui bordaient les plates-bandes répandaient leur fort parfum. Le grand-père cultivait surtout des giroflées — leurs fleurs ont les reflets profonds du velours — et ces asters qui fleurissent tard dans l'automne, jusqu'au jour où le givre vient les recouvrir.

Le réséda ne paye pas de mine et n'a rien de bien joli. Pourtant Thomas lui donnait la première place parce que, de même que l'orchis, il donne envie de se noyer en lui quand on le respire, et c'est dommage qu'il soit si petit — une fleur de réséda grosse comme un chou, ça, ce serait un parfum !

Comme, aux yeux de la grand-mère Misia, la maladie était une chose qui ne pouvait arriver à des gens normaux, on ne profitait pas des vertus médicinales du monde des plantes. Autrefois, il est vrai, la dépense était appelée «pharmacie», mais on ne conservait plus de remèdes dans les tiroirs, à l'exception de fleurs d'arnica pour les foulures, et de framboises séchées — le grand-père en buvait une décoction pour transpirer quand il avait pris froid. Thomas, souvent égratigné et écorché jusqu'au sang, savait que le meilleur remède, ce sont les feuilles de plantain ; il appliquait une feuille et pansait la plaie avec un bout de toile. Si elle tardait à se cicatriser, Antonine humectait de salive un morceau de pain et le mélangeait en le pétrissant avec des toiles d'araignées ; c'était un remède infaillible. La grand-mère Dilbin avait introduit l'usage de la teinture d'iode, il faisait la grimace parce que ça brûlait.

Les goûts botaniques de Thomas n'étaient pas destinés à durer plus d'une saison. Son herbier, préparé pour devenir une œuvre monumentale, s'enrichit de plus en plus rarement d'un spécimen nouveau, et il ne fut pas nécessaire d'ajouter de nouveaux cartons. Déjà son attention s'en allait vers les oiseaux et les animaux ; il finit par oublier tout le reste. La tante Héléna y fut pour beaucoup. Mais ce n'est pas elle qui importe ici : c'est monsieur Romuald.

32

Romuald Bukowski, en chemise et en caleçon, finit dans l'après-midi de faucher son trèfle ; il planta la faux à côté de la rigole et alla se baigner dans le ruisseau. Il se reposa, se dévêtit et, dans l'eau jusqu'aux genoux, se lava avec soin ; le cordon noir de sa petite médaille se balançait chaque fois qu'il se penchait en avant. Il se savonnait le creux du ventre et les cuisses avec plaisir : ce n'était pas encore la vieillesse. Il enfila ses nippes sur son corps humide et s'en fut par le sentier, la faux sur l'épaule, à travers le verger, vers la maison. Barbara rapportait une terrine de lait caillé de la cave creusée dans le sol. Elle lui donna un bon coup de coude sous les côtes — devant les gens elle ne se permettait pas de familiarités. Il lui appliqua une claque sonore sur le derrière, et elle de crier qu'il allait lui faire renverser son lait.

Les chiens glapissaient dans leur enclos et, comme il avait encore du temps, il décrocha le cor de chasse suspendu au mur, au-dessous du fusil et de la cravache dont la poignée se termine par un sabot de chevreuil. Il retourna devant le porche et se mit à jouer du cor ; les gémissements et les pleurs des chiens lui répondirent, implorant la liberté de la chasse. Puis, dans son alcôve de vieux garçon, il ouvrit son coffre, se rasa devant le petit miroir — il avait le poil dur, bleuâtre — et se brossa la moustache. Un visage brûlé par le soleil, couleur de brique, sec ; quelques fils blancs dans la moustache noire, mais ce n'est rien.

Il mit ses bottes à la tige luisante et boutonna sous son menton le collet droit de son dolman bleu marine. « Et où Monsieur court-il comme ça ? » demanda Barbara. « Attraper des ours, sans doute. Toi, donne-moi quelque chose à mordre, et tais-toi. » D'un tas de courroies accumulées dans un coin, il dégagea deux selles : « Cours, appelle-moi Pierrot, qu'il selle Tzigane et Alezane. » Pierrot parut, avec ses taches de rousseur et ses mains qui ne cessaient de gratter, par l'ouverture, à l'intérieur de sa culotte ; et Romuald le suivit pour veiller à ce que les selles fussent bien sanglées. Il sauta légèrement sur Tzigane, les molettes de ses éperons tintèrent, et il emmena la jument sans cavalier par la bride, vers le bas de la combe, puis, en remontant, par le chemin pierreux qui traverse le bois. Une gelinotte gloussa ; il s'allongea sur le cou du cheval et tenta de voir derrière lui où elle s'était posée.

La chevalière au doigt de Romuald n'était pas en or, mais en fer. Son dolman foncé était fait de toile tissée et teinte à la maison. Les princes Radziwill, jadis, dès le seizième siècle, attirèrent les colons dans la vallée de l'Issa, et les Bukowski s'en vinrent, avec des fourgons, à travers bois, gués et lieux impraticables, du Royaume de Pologne jusque dans les immenses forêts d'ici. Ils connurent des hauts et des bas. Parmi les hommes, beaucoup restèrent dans les régions où l'on avait livré bataille aux Suédois, aux Turcs ou aux Russes, batailles proches ou éloignées de l'endroit où ils s'étaient installés. Quelques branches de la famille s'appauvrirent et les descendants devinrent des artisans ou des paysans. Mais Romuald, lui, conservait la tradition. Son père régnait sur une ferme familiale, non loin de Wendigala, puis il y eut des partages, des ventes, des marchés, et ils se transportèrent ici. Pas de biens : qui l'on est, cela ne dépend pas de l'argent.

Après le petit bois, le chemin descendait vers les maigres pâturages à moutons, par un emmêlement de clôtures faites de branches sèches liées. La grue du puits, les toits des dépendances ; lorsqu'il passa devant la maison, Masiulis et lui portèrent la main à leur casquette. Le sorcier était assis, le dos contre le mur, et fumait sa petite pipe. Ils ne s'aimaient guère. Masiulis avait autant de terre que Romuald, mais quel voisin était-ce là ? Un simple paysan, et un Lituanien. Celui-ci suivit le cavalier de ses yeux à demi fermés, tira une bouffée, toussota et cracha.

Un beau soir. Encore la clarté, à peine teintée de rose derrière la masse noire à l'horizon, avec le découpage aigu des pointes de sapins, et déjà la lune, comme une oublie. L'écho répète la mélodie qu'un berger, quelque part, joue sur une longue trompe de bois liée d'écorce de bouleau. Romuald lâche son cheval au trot. La terre ondule, on ne pense à rien, il n'y a que la joie du mouvement, de sentir contre sa jambe la chaleur et la souplesse de l'animal. Et voici qu'apparaissent déjà les pâturages et les champs plats ; sur le bord le bouquet du parc, et derrière, dans une trouée d'air, dans la brume bleuâtre, on devine à peine les collines, de l'autre côté, par-delà la vallée de l'Issa.

À la lisière du parc, sur un banc qu'envahissaient les barbes d'une mousse grise, Héléna Juchniewicz regardait la lune prendre des forces. Elle était sortie afin de se reposer et de respirer l'air du soir d'été — que nul n'aille prétendre que ce fût en vue d'une promenade en compagnie de monsieur Romuald, car dans ce cas, n'est-il pas vrai, elle aurait mis un pantalon ? Non, elle ne se rappelait plus du tout que, comme ça, en plaisantant, elle lui avait donné rendez-vous ; aucune intention coupable n'avait guidé ses pas. Lorsque Romuald, qui avait attaché les chevaux à un arbre, plus bas, près de la route, monta et s'approcha du banc, elle poussa un petit cri, étonnée. Il la salua d'une manière galante, s'inclina et lui baisa le bout des doigts. Ils parlèrent du beau temps, des travaux agricoles, il fit quelques plaisanteries et elle rit. Elle se défendit lorsqu'il lui proposa une promenade, disant qu'elle n'avait plus l'habitude d'aller à cheval et que d'ailleurs elle n'était pas habillée comme il convenait. Elle finit cependant par consentir et mit le pied dans l'étrier comme si elle était née à cheval. « Où irons-nous ? demanda-t-il. Essayons là-bas — il montra une direction devant lui — voulez-vous ? »

La route, avec ses traînées de poussière, s'en va à partir de Ginè, longeant l'Issa, jusqu'à des lieux où les champs en terrasses deviennent de plus en plus abrupts. Elle sinue d'abord au milieu des prairies, puis, pressée par les hauteurs, cherche refuge sous les saules surplombants. Puis, ayant dépassé un premier hameau, et un deuxième où, devant les maisons, sèchent de longues gerbes de roseaux coupés, elle se divise en deux : pour ceux qui désirent passer sur l'autre rive il y a là un gué ; quant à ceux qui poursuivent leur route en ligne droite, il leur faut gravir le mont Vilaïniaï. Le courant rapide ronge et sape les bancs de sable, au milieu desquels poussent les osiers. Le gué est commode, l'eau n'y atteint pas les essieux ; mais en automne et dans la saison des pluies, il devient dangereux

— les chevaux renâclent, ils avancent craintivement, et il n'y a rien à faire qu'à compter sur leur sagesse. Le mont Vilaïniaï, parsemé d'énormes blocs de pierre et de buissons de genévrier semblables à des silhouettes sombres, descend à pic vers la rivière qui s'y creuse une gorge. D'en haut, la vue s'étend, enchanteresse, sur les méandres bleus, en bas, et les îlots près du gué. Mais la montagne, sauvage et déserte, jouit, on ne sait pourquoi, d'une mauvaise renommée.

Déjà, c'est le silence. En passant devant l'enclos des fermes, on sent l'odeur vespérale du lait qu'on vient de traire. Çà et là, on entend encore le chuintement du lait tombant dans le seau et le cri impatienté de la fermière : « Eh ! Marga », quand la vache lui a envoyé un coup de queue en plein visage. Ils allaient parmi le crépuscule ; éclat épars des portes de huttes ouvertes, aboiement des chiens derrière les clôtures. Le gué resplendissait, l'onde se couvrait d'écailles. Lorsque les chevaux frappèrent de leurs sabots les cailloux délavés par les pluies, au-dessus de l'escarpement du Vilaïniaï, Héléna tira sur les rênes d'Alezane.

— J'ai un peu peur.

Il rit.

— Et qui donc vous fait peur ?

— Dieu me garde de prononcer son nom.

— S'il s'agit de *lui*, j'ai un moyen.

— Quel moyen ?

— Lui adresser gentiment la parole, l'inviter à se joindre à nous. Alors il ne nous fera rien.

— Jésus Marie, peut-on dire des choses pareilles ! Je m'en vais.

— Voyons, c'était pour rire.

Ils grimpaient, l'ombre sur la pente s'épaississait, une légère brise tournoyait dans les herbes. Ils s'arrêtèrent sur le bord du précipice. La rivière, à leurs pieds, luisait faiblement.

Un oiseau jeta un *tin-tin-tin* plaintif en volant quelque part, très bas.

Ils restent immobiles, le mors tinte. Maintenant Héléna soupire; parce que c'est ce qui est convenable en de telles circonstances et qu'on ne choisit guère soi-même ses expressions et ses gestes, ou parce qu'on voudrait parfois qu'il en soit autrement?

La Voie Lactée, qu'on appelle dans ce pays la Voie des Oiseaux, disposait ses signes rayonnants dans le ciel.

33

Une sombre statue, une perpendicularité en mouvement sur le dos du cheval — c'est ainsi que monsieur Romuald apparut à Thomas, coiffé d'une petite casquette bleu marine à visière, sa cravache accrochée à la selle, lorsqu'il arriva par l'allée devant le porche. En peu de temps, il noua avec lui les meilleures relations. À table, dans la salle à manger, la tante Héléna offrait de la confiture, le grand-père posait des questions concernant les récoltes. Thomas savait cependant, ne fût-ce qu'à certains signes presque imperceptibles dans le comportement des grand-mères, qu'on gardait ses distances. Monsieur Romuald pouvait bien venir en visite, mais il n'appartenait pas au même monde. Cela n'avait aucune importance, Thomas subissait violemment son charme. Ses visites, ce qu'il lui racontait du monde animal, lui ouvrait un nouveau domaine rempli de merveilles.

Pour commencer, Borkunaï même. Thomas n'y était jamais allé, et pourtant c'était à une lieue à peine. Cette fois, il s'y rendit avec sa tante qui devait justement aller voir le sorcier au sujet d'un remède pour les brebis; et à cette occasion, l'on eut soudain l'idée de faire une visite à Bukowski.

Sous la croix, derrière les communs, on tournait, non pas à droite comme pour aller à Pogiraï, ni un peu à droite et tout droit comme pour aller chez Balthazar, mais à gauche ; la ligne de la forêt se rapprochait, et dès qu'on s'était engagé parmi les premiers arbres, on voyait s'ouvrir un univers tout à fait différent : de monticule en vallon, ici un boqueteau, là un bout de marais, de petits chemins tortillés avec une seule ornière parmi les touffes de verdure. La maison et la cour de monsieur Romuald apparaissaient soudain en contrebas, après la sapinière — une ferme, avec les colonnes de bois de son porche envahi par les sureaux. Caché derrière, le verger, puis un bouquet d'aunes, puis, en rangs échelonnés, de jeunes arbres, jusqu'à la haute futaie des pins. À l'intérieur, ça sentait le cuir ; dans les coins s'entassaient courroies, selles et harnais, et dans ces tas, et sur les murs, il y avait quantité d'objets extraordinaires — cors de chasse, sifflets, besaces, cartouchières, Thomas demandait à quoi chacun d'eux pouvait servir, et il eut même en main un fusil. Romuald l'avait ouvert pour s'assurer qu'il n'était pas chargé ; mais quand Thomas fit claquer le chien, il sursauta et dit qu'il ne fallait pas le faire — quand on abaisse le chien sans cartouche on risque de détraquer le fusil. C'était un fusil de seize, un calibre moyen ; le calibre douze, avec un canon à large ouverture, est quelquefois préférable, surtout pour le gros gibier, tandis que le calibre vingt, le plus petit, n'est utilisé que pour les petits oiseaux. Monsieur Romuald l'avait hérité de son père, et bien que ce fût une arme ancienne, elle tirait bien. Elle était entièrement recouverte d'un motif décoratif sinueux en argent — c'est ce qu'on appelle une arme damasquinée.

On mit une nappe sur la table, et une jeune fille, la tête modestement baissée, s'acquitta du service. Thomas resta bouche bée à sa vue et, comme on dit, il ne pouvait en détacher les yeux, sans doute à cause des couleurs : une blancheur qui, délicatement, graduellement, tournait au rose sur les joues, une natte d'un or foncé, et lorsque, le temps d'un éclair, elle lui jetait un regard, la lueur mystérieuse d'un sombre azur. Il lui semblait que, dans ces regards, il y avait de la sympathie, et il s'assombrit lorsque, plus tard, au moment de sortir, il l'entendit chuchoter en passant à l'oreille de monsieur Romuald, *choutas* — il s'agissait de lui — ; il eut terriblement honte : en lituanien, c'est comme de montrer son front du doigt. Cela lui gâta tout le plaisir de la visite. Mais, en même temps, il fut désormais attiré vers Borkunaï, par défi, ou par désir de réparer quelque chose.

Monsieur Romuald prit place avec eux dans la carriole. Il insistait, disant que c'était à deux pas, que sa mère serait ravie. Borkunaï groupe trois fermes qui n'ont pas de noms séparés ; les terres y sont divisées de telle manière que celles de Masiulis enfoncent un coin entre le bien de monsieur Romuald et celui de la vieille Bukowski. La maison de celle-ci s'élève sur une hauteur. Du porche, la vue s'étend sur un petit lac, au fond d'une cuvette marécageuse. Mme Bukowski mère, en effet, se confondit en amabilités et en prévenances. Mais son visage ! Couvert de verrues, sur lesquelles se dressaient des touffes de poil, les sourcils fauves et hérissés — le grand-duc de Thomas était certainement plus beau qu'elle. Et sa voix ! Une basse virile. Son apparence, d'ailleurs, correspondait à sa manière de gouverner, comme il eut tôt fait de s'en apercevoir. La ferme était administrée par son fils Denis, célibataire, mais plus très jeune. Il ne la contredisait jamais et endurait tout avec patience chaque fois qu'elle lui sonnait les cloches. Aux yeux de Thomas, il n'avait rien de particulier, si ce n'est les bottes qu'il portait : leur tige molle, froncée au-dessous des genoux par des lacets de cuir, s'élargissait à la hauteur des cuisses en forme de coupe. Le troisième fils, Victor, un adolescent presque adulte, avait des yeux à fleur de tête, des traits grossièrement taillés, et il bégayait. Si même il réussissait à dire en balbutiant ce qu'il voulait, il avalait encore une partie des mots et ne prononçait guère que les voyelles, mêlées de bruits de gorge qui pouvaient signifier n'importe quelle lettre. Ainsi, par exemple, «on a déjà rentré le foin», devenait chez lui : « on a guégua gangué gue goin ».

Naturellement, on se remet à table, on vous force à manger ; on fait circuler une grosse bouteille de *krupnik*, esprit-de-vin bouilli avec du miel et des épices ; et «buvez seulement, mon jeune monsieur, vous n'êtes plus un enfant», et «buvons à vos chères santés » ; on lève sa coupe, le verre tinte. Thomas trempa ses lèvres et ses yeux se remplirent de larmes. La boisson brûlait comme le feu, mais Mme Bukowski vida le sien d'une gorgée glouglourante (elle guignait souvent, comme il put s'en convaincre plus tard, du côté de la dame-jeanne — la voilà qui cherche soi-disant quelque chose dans l'armoire, et plouf, elle repousse brusquement le battant avec un visage échauffé). Denis versait à la ronde. La tante Héléna non plus ne laissait pas passer son tour. Elle buvait, à la vérité, autrement que les autres : elle fermait à demi les yeux et sirotait lentement le contenu de son verre.

Bientôt les voix montèrent. Vinrent les plaisanteries qu'il ne comprenait pas, toute la bêtise des adultes. Il s'ennuyait. Ils se mirent à fredonner. Mme Bukowski se leva soudain, courut au mur, et, d'un petit tapis où était brodé un chaton, elle décrocha une guitare. Au milieu de la chambre, battant du pied la mesure, elle mugit de sa voix de basse :

> *Annie, ma mie, Annie chérie,*
> *Pourquoi maman t'a-t-elle punie ?*
> *À cause du sucre, ou du café,*
> *Ou de l'honneur qu'on t'a volé ?*

*Pas pour le sucre, ni le café
Ni pour l'honneur qu'on m'a volé.
Maman a tiré mon chignon
Pour que je n'aime plus les garçons.*

Encouragée par son succès, elle s'assit et, passant les doigts sur les cordes, attendrie, elle roulait des yeux blancs tandis qu'elle chantait la chanson de Worzel. Cette chanson, Thomas la connaissait — il avait entendu Antonine la chanter — et s'étonnait. Est-il possible que quelqu'un soit jeune comme une baie s'il a été amoureux pendant quarante ans ? Car les paroles sont comme suit :

*Ô Worzel, toi Worzel, ô tyran de ma vie,
Insensible et froid devant mon cœur meurtri,
Voilà bien cependant quarante ans que je t'aime,
Preuve en soit, preuve en soit
De lettres ma cassette pleine.*

*Marie-toi, marie-toi, le diable vous unira,
Et moi, aussi jeune que la baie des bois,
Un prince viendra qui me cueillira.*

À dire la vérité, chez Mme Bukowski, ce ton de romance devenait quelque chose de très drôle, et ce fut plus drôle encore lorsqu'elle passa à *Attelez quatre chevaux car je dois aller chez elle*, avec le refrain *je dois — je dois — je dois — je dois*. De toute façon, il aimait encore mieux voir les adultes s'amuser ainsi que lorsqu'ils se contentaient de remettre de la nourriture dans les assiettes et de remplir les verres jusqu'au bord. Il se résignait à supporter tout cela car, il le comprenait, il faut avoir de la patience : ils ne savent jamais concentrer leur attention sur un seul objet. Déjà sa curiosité était éveillée : Denis parlait d'une portée de loups, non loin de là, il en avait vu un vieux, un soir, au bord du marais, c'est donc qu'ils élevaient presque sûrement des petits dans le voisinage. Mais lorsque Thomas se mit à l'interroger pour avoir des détails, tout s'effrita aussitôt dans le brouhaha, les rires et les bruits d'assiettes. Il restait encore cependant bien des choses à découvrir à Borkunaï. D'ailleurs, ici, il ne se sentait pas aussi mal à l'aise que lorsqu'on allait faire une visite dans quelque domaine. La tenue à table n'exigeait pas, comme là-bas, une vigilance constante. Il se sentait rassuré en voyant leurs ongles bordés de noir et leurs mains rendues calleuses par le travail des champs, et aussi les égards qu'ils avaient pour sa tante et pour lui.

De ces deux Borkunaï, celui de monsieur Romuald était le plus intéressant : chez sa mère on s'occupait surtout de savoir comment venaient les céréales, ce qu'il fallait semer, quel était le prix du lin, tandis que chez lui : les chevaux, les chiens, les fusils. Il eût voulu se retrouver au plus vite là-bas, et en même temps il sentait la piqûre du souvenir, car vraiment, par son regard, il n'avait fait qu'exprimer combien elle lui plaisait — mais peut-être convient-il, chaque fois que quelqu'un vous plaît, de feindre qu'il ne vous plaît pas ?

Ils s'en retournèrent le soir. La tante, les rênes en mains, encourageait le cheval. Elle était gaie, bien qu'elle ne laissât pas voir dans son comportement qu'elle avait beaucoup bu. Le crépuscule, ici, parmi toutes ces surprises qui surgissaient des deux côtés du chemin, était différent de celui de Ginè, il retentissait d'une foule de voix venues du maquis et des prairies gonflées d'humidité. Cela butissait, cela caquetait — grenouilles, canards sauvages ou autres oiseaux ? Des engoulevents battaient des ailes, volant de biais devant eux. Thomas était pénétré d'une pieuse admiration pour ce bouillonnement dans l'obscurité, pour tant de créatures dont les habitudes et les entreprises cachées, demandaient à être découvertes et suivies de près. C'est une sottise des gens que d'aménager partout des cultures. Dès qu'on est au milieu des champs, c'en est fait de toute cette beauté. Si cela dépendait de lui, il interdirait les labours. Que partout croissent les forêts et que les bêtes y courent en liberté ! Songeant ainsi, il décida que lorsqu'il serait grand il créerait un État qui ne serait tout entier qu'une forêt. On n'y laisserait pas pénétrer les hommes, excepté, peut-être, quelques-uns. Qui, par exemple ? Ceux qui seraient comme monsieur Romuald.

34

L'occupation à laquelle Thomas s'adonnait avec complaisance, à Borkunaï, lorsqu'on lui permettait d'y passer quelques jours, pourrait paraître un peu suspecte. Certaines créatures sont protégées par la peur qui s'empare des êtres humains à leur vue, une peur ou un dégoût qui ne viennent pas nécessairement d'un danger déterminé : ce sont des traces, qui persistent jusqu'à nos jours, de conventions tacites ou de rites anciens. S'en prendre ouvertement à ce monde-là, où tout échappe à l'emprise des mots, c'est peut-être indiqué, et peut-être pas tout à fait. Lorsqu'on s'y résout, ce doit être à la condition de ne pas attirer sur soi quelque vengeance inconnue. Thomas cependant surmontait les craintes qui l'habitaient : il se considérait comme un chevalier, exterminateur du Mal.

Il s'agit de vipères. Il y en avait à Borkunaï en quantité extraordinaire. Elles rampaient jusqu'au porche et se glissaient jusque dans la maison. M. Romuald en avait trouvé une, un jour, sous son lit. Leurs résidences principales étaient au nombre de deux. Près du sentier qui menait au ruisseau, les bouleaux poussaient serrés et la terre était recouverte d'une couche de feuilles sèches. Là, elles s'évanouissaient parmi les feuilles et devenaient aussitôt introuvables. Le sentier leur servait de terrasse ; elles s'y chauffaient au soleil, et c'est aussi par là, sans doute, qu'elles s'en allaient chasser les souris dans les champs. Leur seconde cité, elles l'avaient installée dans un coin que le marécage enfonce parmi les champs, et où des monticules de mousse se gonflent sous les pins rabougris. Pour les atteindre là-bas, il fallait mettre les longues bottes de Romuald et s'aventurer en pays ennemi, avec un petit serrement de cœur au moment de passer devant ces monticules qui vous arrivaient presque à la hauteur du visage.

La vipère, selon les livres *vipera berus*, sécrète, lorsqu'elle mord, un venin qui vous rend gravement malade et dont, parfois, on meurt. Comme remède à cette morsure, on connaît des incantations, ou bien on brûle la blessure avec un fer chauffé au rouge, ou bien il faut boire jusqu'au délire ; et le mieux, d'ailleurs, c'est d'utiliser ces trois recettes à la fois. Les vipères de Borkunaï étaient grises, avec une raie noire en zigzag sur le dos ; mais dans la forêt, on en rencontrait encore d'autres, plus petites, couleur marron, avec une raie en zigzag, non plus noire, mais brun foncé. Monsieur Romuald disait que la vipère ne pond pas d'œufs comme les autres serpents, mais que, suspendue à une branche, elle enfante directement de son ventre ; et tandis que ses petits sortent ainsi d'elle, sa tête les guette pour essayer de les manger ; mais eux, ils sont tout de suite agiles et se cachent en se faufilant dans l'herbe. D'ordinaire, elle ne grimpe pas sur les arbres. Pourtant cela arrive, car l'une mordit un jour au visage une jeune fille qui récoltait des noix. À Borkunaï, elles étaient un véritable fléau, et rien d'étonnant si Thomas s'enflamma pour son rôle d'exterminateur.

Romuald parlait aussi d'autres serpents. À quelque six

lieues de là, au milieu des forêts, s'étendaient de vastes fondrières qui ne gèlent jamais et auxquelles l'homme n'a pas accès. D'ailleurs nul ne s'y fût risqué, à cause des serpents qui ne vivent que là-bas. Ils sont noirs avec une tête rouge. Ils vous attaquent les premiers, sautent et vous mordent au visage ou aux mains. Alors il n'y a plus de salut : on meurt avant d'avoir eu le temps de dire «Jésus Marie» — comme par la foudre. Thomas aurait voulu aller là-bas et voir un peu de quoi ces bêtes avaient l'air. On raconte que les élans réussissent à s'y réfugier lorsqu'ils sont poursuivis.

Dans les grandes chaleurs, monsieur Romuald s'en allait dormir sur le foin. On ne savait pas d'ailleurs si c'était à cause de la température, car dans la maison, à l'abri du feuillage, on ne manquait jamais de fraîcheur. Mais il aimait mieux ça, il y avait plus d'air. Thomas, au commencement, ne pouvait s'habituer à la multitude des moucherons ou des scarabées minuscules qui marchaient sur lui et le chatouillaient. L'odeur du foin frais l'endormait pourtant bientôt. Et le matin, ces réveils ! Le vacarme des oiseaux, qui remplissait d'abord le rêve, devenait de plus en plus fort. Thomas ouvrait les yeux et, au-dessus de lui, il y avait les fentes dans les bardeaux du toit, enflammées par le soleil. Sur ces bardeaux, de petites griffes grattent, des ailes battent, et on cherche à deviner qui marche là-haut — peut-être seulement des moineaux, ou quelque chose de plus grand, ou même des pigeons sauvages. Il se levait, et ils allaient, avec Romuald, se laver au puits. Devant lui la joie, le long jour d'été. Ils mangeaient du pain noir en le faisant descendre avec des gorgées de lait. Thomas mettait ses bottes (on en portait ici pour plus de sécurité), prenait son bâton de noisetier — et en chasse.

L'art, c'était de s'approcher tout doucement et d'éviter que les vipères, effarouchées, ne bondissent trop vite dans la boulaie. Il voyait d'ordinaire de loin plusieurs de ces fouets étendus sur le sol. Elles prenaient leur bain de soleil. Il les assaillait brusquement et les frappait de son bâton, visant la tête. Alors elles sursautaient, se tordaient, rampaient vers le fourré où était le salut, mais déjà il leur coupait la retraite. Il avait encore un second bâton, fendu à son extrémité, avec une branchette passée dans la fente pour en maintenir l'écartement; il appuyait cette fourche sur le cou de la vipère, puis retirait la branchette. C'est ainsi qu'il emportait la vipère à la maison, tandis qu'elle tressaillait et se tordait — la vie en elle est exceptionnellement résistante. On la suspendait à sécher au bout de ce même bâton — les vipères séchées sont un remède pour les maladies des vaches, remède souvent demandé par les gens des bords de la rivière, où l'on n'en trouve pas.

La chasse dans le marécage, elle, exigeait de la prudence: et si l'une d'elles se cachait dans ce buisson de romarin ou parmi les airelles? Et il était difficile, à cause de la mousse moelleuse, d'étourdir la vipère, comme il faut, d'un seul coup. Aussi, pour poursuivre avec succès, avec le bâton fourchu, le cou rapide et zigzaguant, fallait-il être entraîné. Lorsqu'il eut enfin un fusil (non cet été-là, mais le suivant), il rencontra devant lui, à quelque huit pas, une vipère roulée en boule. Il tira sur elle et alors se passa quelque chose d'étrange: elle disparut comme si elle s'était dissipée dans l'air. Pourtant la grenaille, à cette distance, arrive dru.

D'une manière générale, la lutte contre les vipères ne prouve nullement que Thomas se fût libéré des préjugés qui les entourent, ou plutôt du frisson désagréable suscité par cette énergie dont nul ne sait jamais comment elle va se manifester. La force qui parcourt ce petit morceau de corde, la glissade répugnante des anneaux sur le ventre, le dessin vertical de la prunelle — quelle bizarre exception parmi toutes les créatures vivantes! S'il est vrai que quelque chose paralyse les oiseaux lorsqu'elle s'approche, il est facile de le comprendre, car sa puissance réside en quelque sorte au-delà d'elle-même, comme si elle n'était qu'un accessoire ou un instrument.

Au printemps, il fut donné à Thomas d'observer dans la forêt, près de Borkunaï, un spectacle sans doute assez rare : une noce de vipères. Cela se passait au milieu d'une percée. Il s'arrêta, non qu'il eût aperçu quelque chose. Rien, une vibration, une décharge électrique. Une danse d'éclairs sur le sol. À peine avait-il eu le temps de reconnaître que c'étaient deux serpents, ils avaient déjà disparu.

Ce genre de chasse ne fut pas le seul qu'il pratiqua en ce premier été où il était devenu l'ami de monsieur Romuald. Il accéda à l'honneur de tirer sous sa direction avec un fusil de chasse. D'abord contre le mur du fenil, afin de se familiariser avec le recul du fusil au moment du tir. Puis sur une cible vivante. Ils entendirent le cageolement du geai. Un doigt sur les lèvres, ils s'approchèrent à pas de loup. Jeune et bête, au lieu de se faire entendre du fond du feuillage, il se tenait sur une branche qui dépassait. Feu ! et Thomas poussa un cri, se précipitant pour le ramasser. Lorsqu'il le tint par les pattes, les ailes s'ouvrirent et du petit bec tomba une goutte de sang. Une déception, qu'il refusait de s'avouer. Mais il faut être viril et étouffer en soi toute sensiblerie si l'on veut mériter le titre de naturaliste et de chasseur.

Admis aux activités des professionnels, il évaluait le plomb avec une mesure de métal lorsque Romuald fabriquait des cartouches. Avec des bourres trempées dans de l'huile, il nettoyait les canons des fusils, si bien qu'ils brillaient comme des miroirs lorsqu'on regardait par ces longues lunettes contre le jour. Il apprit aussi à enlever la peau des oiseaux. Souvent, des éperviers attaquaient les poules, et alors retentissaient les cris de Barbara : « Oiseau ! Oiseau ! » (c'est ainsi qu'on appelait tous les rapaces ailés). L'un d'eux, un jour, fut tué : au lieu de s'envoler, après avoir été chassé loin des poules, il s'était mis à observer la cour du haut d'un aune. C'est lui qui servit à l'entraînement de Thomas. On fend la peau sur la poitrine et le ventre, on l'écarte des deux côtés en tranchant par-dessous, avec un canif, ce qui l'attache à la chair. Elle s'enlève facilement. La difficulté ne commence que près de la queue — il ne faut pas couper les plumes —, et près des pattes — les griffes aussi doivent s'enlever avec la peau —. Lorsqu'on a dépassé ces endroits, la peau se tire comme un bas. Du crâne, on arrache le cerveau et les yeux — encore une opération difficile : à ce moment, il suffit d'un coup de canif maladroit et on déchire les fines paupières. Frottée de cendre et bourrée d'étoupe, la peau sèche. On peut lui donner la forme d'un oiseau perché sur une branche, mais pour cela il faut du fil de fer et des boutons de verre pour les yeux.

Thomas assista pour la première fois aux subterfuges de l'homme à l'égard du gibier lorsqu'il vint pour quelques jours à Borkunaï aider à la cueillette des champignons. Les matins étaient beaux, le ciel d'un bleu pâle. Sur l'herbe, il y avait ici une froide rosée, là déjà du givre. Dans le petit bois de sapins, juste à côté de la maison, on trouvait dans la mousse tant de lactaires qu'ils suffisaient à remplir des paniers entiers. Monsieur Romuald avait le bras passé dans l'anse du panier, il maintenait de la main la courroie de son fusil ; dans la poche de son dolman, attaché à une ficelle, il avait un pipeau d'os qui, comme il le disait, pourrait peut-être servir. Les pipeaux, on les fabrique avec l'aile d'un hibou, parfois avec l'os d'un lièvre, mais alors le timbre en est moins pur. Ils servent à imiter le trille de la gelinotte, sinon on ne pourrait pas la repérer ; dès qu'il y a danger, elle se blottit contre un tronc, si bien qu'on ne la distingue plus de l'écorce. À un signal donné, Thomas s'immobilisa, son canif appuyé à un champignon, et, dans le silence où tombaient des aiguilles de sapin, s'éleva un sifflement tremblant. Ils se glissèrent sans bruit à l'intérieur d'un fourré, dans la pénombre. M. Romuald porta le pipeau à ses lèvres, souffla délicatement et fit passer son doigt sur les trous. Le silence. Le cœur de Thomas battait si fort qu'il avait peur qu'on pût l'entendre. Soudain, une gelinotte répondit, puis encore une fois, plus près. Un battement d'ailes et, devant eux, sur une branche de sapin, il vit, dans les ténèbres rousses, une ombre qui tournait la tête de tous côtés, cherchant un compagnon. Le bras fut lancé en avant si vite que l'écho du coup de feu se propagea presque en même temps; et lorsque la fumée se dissipa (Romuald utilisait de la poudre noire), la gelinotte était immobile sous l'arbre, à peine distincte du lit d'aiguilles desséchées sur lequel elle gisait.

Romuald aurait mérité d'être admis dans le Royaume dont l'accès eût été interdit aux hommes ordinaires. Car la présence du gibier le transportait, un muscle remuait dans sa joue, il devenait tout entier une vigilance unique, et certes, en de tels moments, rien d'autre au monde ne l'intéressait plus. Barbara, sa gouvernante, c'était différent — elle appartenait au monde des adultes; dommage, si jolie et l'air presque enfantin. Que les gens vivent en n'ayant que de l'indifférence pour ce qui est le plus important, voilà qui devrait nous attrister — on ne sait pas, à vrai dire, de quoi ils remplissent leur vie. Sans doute s'ennuient-ils. Barbara pourtant consacrait beaucoup de temps à soigner le jardin — elle cultivait de très jolies fleurs, des massifs entiers de réséda odorant, de hautes mauves et de la rue à laquelle elle savait garder sa couleur verte pendant tout l'hiver. Pour aller à l'église, elle s'en épinglait dans les cheveux, comme toutes les demoiselles. Mais son regard luisant, où il y avait de la curiosité et comme une évaluation liée à quelque pensée secrète — cela, c'était étranger et adulte. Thomas lui pardonna sa première offense de naguère et feignit désormais de ne pas faire attention à elle. Il était pourtant agacé par son indulgence, quand, par exemple, elle paraissait considérer le nettoyage d'un fusil comme une sorte de jeu. Si seulement il avait pu arracher de sa bouche un mot de surprise élogieuse, d'estime — mais il n'y réussissait pas. Le butin qu'il rapportait de ses expéditions contre les vipères n'éveillait en elle que du dégoût. Elle disait «pouah!» et tordait les coins de ses lèvres avec un drôle de petit rire, comme si, dans cette occupation, se cachait quelque indécence.

35

Romuald avait quatre chiens : trois chiens courants et un chien d'arrêt. Taché de noir de fumée, les sourcils jaunâtres, Zagraï, dont le nom rappelait les aboiements mélodieux, avait une voix de basse. D'âge mûr, apprécié pour son obstination et son endurance, il compensait par là un flair médiocre. S'il perdait la piste, il ne se jetait pas chaotiquement d'un côté ou d'un autre, mais traçait des cercles, en courant selon un plan bien raisonné. Le ténor Dunaï (nom qui signifie rivière rapide), assez semblable, mais plus maigre, ne s'était pas fait respecter parce qu'il était un être fantasque. Une fois il méritait les plus grands éloges, une autre il n'était bon à rien. Son zèle dépendait de ses sautes d'humeur, et parfois il faisait comprendre clairement, comme s'il parlait : «Je peux chanter, mais qu'ils trouvent sans moi — moi, aujourd'hui, j'ai mal à la tête.» Douée d'un flair infaillible, pleine d'ardeur, la chienne jaune de Kostroma, Lutnia (nom qui veut dire luth), n'avait que des vertus. La flamme de ses yeux d'or prenait des teintes violettes et bleues, ses belles pattes pesaient amoureusement sur la poitrine de monsieur Romuald lorsqu'elle essayait de lui lécher le visage. Ce trio passait l'été dans l'ennui, dans les chaînes, car une fois lâchés en liberté, ils étaient capables d'organiser leur chasse à eux, se relançant le gibier l'un à l'autre. Les toiles d'araignées automnales sur les sentiers annonçaient la délivrance, cependant que s'ouvrait alors pour le pointer Karo l'ère de ces méditations sous le poêle, où, le museau sous la queue, on aspire sa propre odeur.

Toute la semaine avant ce dimanche-là, Thomas avait compté les jours. Le samedi, il partit avec la tante, qui revint le même soir tandis que lui restait à Borkunaï pour la nuit. Plein d'excitation, il se tournait, se retournait, arrachait son drap à force de coups de pied, et la paille le piquait. Pourtant, réchauffé par le poids de la peau de mouton dont il était couvert, il finit par s'endormir profondément. Dans l'obscurité à peine grise, un coup frappé à la vitre l'éveilla. Deux visages s'y appuyaient, Denis et Victor. Ils entrèrent en bâillant. Barbara, encore tout endormie, les cheveux défaits dans le dos, apporta une petite lampe à pétrole dont le verre était noir de suie; elle alluma le feu à la cuisine et mit à frire des crêpes de pommes de terre. Dehors, c'était le brouillard et rien que de grosses gouttes tombant une à une des branches, près du porche.

Au petit déjeuner, les frères vidèrent un verre chacun. Victor demanda : « Bagaga, gon gon guegou », ce qui voulait dire : « Barbara, montre ton genou. » Telle est la coutume : cela porte chance. Mais elle lui tira la langue. Les chiens étaient fous de joie, on les mit en laisse, Thomas reçut en charge Dunaï et il dut s'arc-bouter de toute sa vigueur en arrière pour ne pas courir, tellement il le tirait fort. Ils descendirent par le sentier vers la petite rivière et franchirent la passerelle, jusqu'à la forêt d'État. Romuald entretenait de bons rapports avec le forestier et celui-ci lui permettait de chasser, officieusement.

Une grande paix. Le brouillard tombait et les plantureux

herbages mouillés, la rousseur des feuilles sur les sentes en émergeaient peu à peu. L'écho du cor de chasse que M. Romuald avait porté à ses lèvres se répandait au loin ; il gonflait ses joues au point que le sang lui montait aux yeux. Thomas, quand il essayait, arrivait bien à tirer certains sons du cor, mais il n'avait jamais réussi à les lier en une mélodie.

Odeurs d'automne : d'où elles viennent, les mélanges qu'elles forment, impossible de le définir ; feuilles et aiguilles pourrissantes, humidité des fils blancs des moisissures, dans la noirceur, sous les ramilles glissantes dont l'écorce pèle. Il y avait de bons endroits un peu partout autour du point où ils s'étaient arrêtés. Clairières séparées par la brosse des bosquets de pins ; la percée, à la lisière du grand bois de sapins ; puis, après cette percée, une autre, de biais, conduisant vers le fond du bois, lisse comme une grande route, envahie par la mousse, avec un sentier au milieu. Le gibier s'en tient à ses habitudes. Mis en fuite, il fait un tour, essayant de se débarrasser de ses persécuteurs, et s'engage en courant dans l'une des pistes qu'il emprunte tous les jours. À la voix des chiens, on reconnaît la direction, il faut deviner la passée qu'il choisit et s'y trouver à temps. Son attention est tellement concentrée sur les chiens, derrière lui, qu'il ne s'attend pas à un danger devant lui, et il tombe droit sur l'homme.

Thomas ne portait pas de fusil, il n'était là que comme simple apprenti de bas rang. Il devait se tenir près de Romuald. Ils lâchèrent les chiens glapissants, qui plongèrent aussitôt dans le fourré. Ils écoutaient. Zagraï apparut, flairant, passa devant eux en leur jetant un regard interrogateur. « Toi, Denis, si tu allais à la percée, dit Romuald. Et toi, Victor, au Pré-Rouge. Nous, avec Thomas, ici. » Les autres s'éloignèrent. Leurs dos, avec le métal du canon, disparurent derrière les arbres. « Tu vas voir, Lutnia va rencontrer », annonçait Romuald.

Un pivert cognait par là-haut; quelque chose bruissait, grattant l'écorce. Soudain, dans l'éloignement, ils entendirent la voix aiguë d'un chien : « Aï, aï. » « Je l'avais bien dit ! Lutnia ! » Puis rien. Et de nouveau : « Aï, aï. » « Elle quête, la piste n'est pas nette, il faut qu'elle travaille un peu. » Alors, Thomas entendit, pour la première fois de sa vie, le chœur de la meute. « Ach, ach, ach, ach », maintenant cela sonnait régulièrement, et bientôt il s'y ajouta une deuxième voix. « Dunaï ! » s'écria Romuald, arrachant son fusil de son épaule. Puissante, à de longs intervalles, se faisait entendre la basse de Zagraï. Et Thomas s'étonnait qu'une telle musique pût sortir du gosier des chiens, une musique qui se répandait quelque part à l'intérieur de la forêt, un véritable chœur, à demi étouffé par la distance. « Ils ont éventé un lièvre. Mais il ne sortira pas par ici. Allons, Thomas, courons ! » Et Thomas courait derrière Romuald, d'abord léger, puis il s'essouffla, à peine pouvait-il le suivre. De la percée, ils tournèrent de côté, par les noisetiers du ravin, puis par le fond, et remontèrent sur le talus. « Là » — Romuald lui montrait du doigt un sapin bas où il devait se poster; et, seul, le cou tendu par l'attente, le fusil prêt à tirer sous sa paume, immobile, il attendit. Le talus, bruni par les aiguilles tombées, s'abaissait doucement vers un creux verdoyant. On le voyait en détail, puis, derrière, de nouveau une ceinture fauve entre les hautes parois de la forêt. Le chœur des chiens éclata violemment sur leur gauche, désir, obstination, instinct sauvage, et se tut. « Aï, aï », reprit Lutnia, se rabattant.

Ce ne sera pas. C'est. Il parut à Thomas énorme, presque rouge sur le fond de l'herbe, lorsqu'il surgit brusquement du fourré, dans le creux, juste en face. Bouche bée, il fut heureux pendant cet instant de n'avoir pas, lui, à tirer; sa fièvre, tandis que cela s'approchait et grandissait, dépassait ses forces; et c'est ainsi, la bouche ouverte, qu'il entendit le coup de feu, le lièvre fut projeté en l'air, tourna sur lui-même, et voici déjà l'agitation convulsive des pattes. Thomas courut et arriva le premier près de lui. Romuald accrocha le fusil à son épaule et s'approcha lentement, en souriant. Non, les premiers arrivés, ce furent les chiens. Dunaï le déchiquetait déjà, il tendait vers Thomas un museau plein de poils. Romuald tira son couteau, trancha les pattes de derrière et les jeta aux chiens ; il caressa Lutnia pour son bon travail. Il alluma une cigarette. « Ce Dunaï est capable de dévorer la moitié d'un lièvre s'il le trouve blessé et qu'on n'arrive pas à temps », dit-il.

Thomas essaya de se faire expliquer comment Romuald avait fait pour savoir où il fallait se poster. Celui-ci se mit à rire. « Il faut connaître. Du moment qu'ils l'avaient éventé là — il désignait le ravin aux noisetiers — et que lui avait tourné par là — il montrait une direction à gauche — il devait nécessairement sortir par ici. Il revient au lieu qu'il habite. »

Il joua du cor pour appeler Victor et Denis. En les attendant, ils s'assirent sur des souches. Un pâle soleil se frayait un chemin à travers les brumes. Thomas demanda quelles bêtes ils pouvaient encore trouver. « Un brocard. Parfois un renard, mais pas souvent, il est trop rusé. »

Lorsque les autres émergèrent enfin du taillis, écartant les branches humides des sapins, ils tinrent conseil et se dirigèrent par le talus vers l'endroit où des sentiers en terrasses, renforcés de pierres, formaient comme de larges degrés. Et là — ils s'en venaient, tranquilles, en devisant — quand les chiens éclatèrent d'une plainte violente, d'un gémissement offensé. « Aï, aï » — ils saisissaient leurs fusils. « Ils chassent à vue ! » hurla Denis, et Thomas vit luire comme l'éclair, sur la pente, la queue d'un lièvre, et, derrière, les silhouettes étirées de Lutnia, Dunaï et Zagraï. « Passé, constata Romuald. Maintenant, inutile de courir. » Et il se mit à raconter une histoire de chasseurs qui, alors que les chiens étaient sur la voie, si loin qu'on les entendait à peine, s'étaient mis à jouer aux cartes sous un arbre; et le lièvre avait bondi au milieu des cartes étalées. Cette histoire provoqua l'indignation de Thomas : elle illustrait justement cette attitude blasphématoire qui est celle des gens devant les tâches vraiment essentielles. Des soupçons, non dénués de tout fondement, lui soufflaient que pour certaines personnes la chasse n'a pas plus de signification que l'eau-de-vie ou les cartes, elle représente tout juste un divertissement.

La plainte acharnée devint un cri régulier, et celui-ci s'éloignait. Sans hâte, chacun alla occuper son poste. Les geais, inquiets de leur présence, cageolaient. Thomas fixait passionnément la ligne que faisait le sentier devant lui. Mais deux coups de feu se firent entendre, que l'écho propagea à travers le bruissement des arbres. « Denis », devina Thomas, car Victor ne pouvait pas tirer deux coups avec sa *berdanka** à canon unique.

Quand le sentier tourna, tout le spectacle apparut entre les troncs, à une échelle réduite comme dans un cristal : Denis, le lièvre à ses pieds, les chiens. Romuald le railla pour avoir manqué le lièvre la première fois et but un bon coup à une gourde plate recouverte de feutre ; Thomas refusa lorsqu'il la lui tendit, et il se demandait si ce liquide était compatible avec la dignité de Romuald le Magnifique.

« Dis donc, Thomas, tes souliers ne valent rien. » En effet, les souliers qu'il mettait pour aller à l'église ne se prêtaient pas à des vagabondages dans la rosée. Maintenant que le voilà presque un initié, il lui faut des bottes à longue tige, si possible avec un tirant qu'on boucle sous le genou — à moins qu'il ne lui soit permis de rêver à des bottes comme

---

* *Berdanka :* ce qu'on appelle en France fusil Gras.

celles de Denis, qui couvrent même le genou. S'il est quelqu'un qu'une telle supplique aurait des chances d'émouvoir, c'est le grand-père. La grand-mère et la tante, elles, la considéreraient sûrement sans complaisance, pour des motifs identiques d'économie.

36

Le grand-père examinait les tomes de *L'Histoire de l'ancienne Lituanie*, de Narbut. Avant que Thomas se fût mis à fouiller dans les armoires qui contenaient les vieux livres, lui-même ne se souciait guère de ce qui pouvait s'y trouver. Sur son conseil, Thomas porta ces volumes à Joseph le Noir, puis ils vinrent dans les mains de l'abbé Monkiewicz. Sûrement chacun d'eux y trouva quelque chose de différent, selon ses propres intérêts. Le curé faisait des bruits de gorge irrités en s'agitant sur sa chaise lorsqu'il était question de la foule inouïe de déesses et de dieux jadis vénérés dans le pays, et il retrouvait là des superstitions qu'il ne connaissait que trop, étrangement durables, malgré tout le mal qu'il se donnait pour les extirper. Il est difficile de savoir si des lectures de ce genre sont bonnes pour la santé de l'âme. Par exemple, on ferme le livre, en enlève ses lunettes et on passe à d'autres occupations ; et alors, tout à fait à l'improviste, surgit l'image de Ragoutis, tel qu'on l'avait fait sortir, quelque part, du sable de la forêt. Grosse divinité de l'ivrognerie et de la débauche, sculpté dans un lourd bloc de chêne, il sourit d'un air espiègle. Ses pieds, dans ses sabots, sont énormes ; ils le soutiennent sans qu'il ait besoin d'autre appui ; on le représente minutieusement, dans toute son obscénité, *in naturalibus*. Et on ne peut s'empêcher de penser à lui.

Quant à Joseph, certains chapitres paraissaient écrits exprès pour lui, ne fût-ce que ceux qui traitaient de la déesse Liethua, semblable, selon l'auteur, à la Freya des Scandinaves, et protectrice de la liberté. La patrie, après des siècles, avait retrouvé son indépendance, mais il n'était rien resté, rien, pas le moindre grain de poussière, de Leïcis, empalé ou pendu par les seigneurs. Jusqu'à la fin du monde on ne retrouverait rien de lui, sauf son nom sur un bout de parchemin, dans le privilège royal de l'an de grâce 1483. Par ce privilège, le seigneur Rynwid recevait sa terre « afin de le recompenser d'avoyr reprimé les tumultes des païsans lesquelz pretendoient à plus de libertez que ne leur en asseuroient les loix ; item pour s'estre saysi du chef des rebelles qui avoit nom Leïcis, ledict chef, sans esgard à la dignité et majesté royales, ayant osé arborer comme enseigne, à l'encontre du Roy, le chat, symbole de licence payenne de Liethua. »

L'historien Narbut, un noble comme le Rynwid en question, ou comme Surkant, donna en 1805 sa montre à un homme qui lui avait répété dans une foire les paroles d'une très vieille complainte à la déesse, tellement sa curiosité de collectionneur avait été excitée. « Ma petite Liethua — dit la chanson — Liberté chère ! Tu t'es cachée dans le ciel, où donc te chercher ? La mort sera-t-elle notre seul refuge ? Qu'il regarde où il veut, le malheureux — qu'il regarde au levant, qu'il regarde au couchant, misère, contrainte, oppression. La sueur du travail, le sang jailli sous les coups, ont inondé la vaste terre. Ma petite Liethua, liberté chère, descends du ciel, prends-nous en pitié. » Évidemment, c'était pour Joseph. Et comme ça, chacun tirant de son côté, on discutait ce livre à la cure, dans la chambre où l'horloge faisait son tic-tac et où, dans la fenêtre, se montraient les visages des dahlias. C'est que Magdalena avait planté tout un beau jardin, et il suffisait maintenant de l'entretenir.

Un certain après-midi d'automne, Joseph, moins enclin à se plonger dans le passé par suite d'une nouvelle désagréable dont il avait eu vent au bourg, étalait ses doléances ; et le curé, les mains sur son ventre, fermait à moitié les paupières. À vrai dire ces plaintes faisaient partie de leurs entretiens habituels. Mais maintenant, on était forcé de se demander nettement ce qu'il fallait faire. Et cette question, elle aussi, concernait les seigneurs.

Joseph émanerait les terres arables, les prés et pâturages de Surkant et mettait l'abbé au courant de ce qu'il avait appris. Ce seigneur, rapportait-il, dont on eût pu croire qu'il était le meilleur de tous, usait, lui aussi, d'astuce et de ruses qui méritaient tout juste un haussement d'épaules.

Et à quoi bon ? demandait Joseph. Est-ce qu'il emportera son bien avec lui dans la tombe ? S'ils vont partout se tirer d'affaire de cette façon, qui donc alors recevra de la terre ? Pourquoi ne veulent-ils pas comprendre que leur temps est passé ? En Lettonie, on ne leur laissait que quarante hectares, et c'était mieux comme ça. L'abbé grogna : la vraie question, ce n'était pas le nombre d'hectares, mais le peuple était corrompu et les fonctionnaires s'inclinaient devant quiconque était riche. Selon Joseph, c'est aux villages voisins qu'aurait dû revenir le droit de décider ce qu'il fallait enlever à un tel ou à un tel. Mais l'abbé répliquait que ce serait l'anarchie. Peut-être était-ce vrai, mais quel autre moyen trouver ?

Cependant, il fallait faire quelque chose. Certes, Joseph n'approuvait pas les dénonciations, ni tous les actes qui, sous un autre nom, reviennent au même. Mais il arrive qu'on ne voie pas d'autre issue. On balance alors : faut-il se rendre coupable par indifférence, ou accomplir son devoir, même désagréable ? Il s'agit de prévoir les conséquences qui en résulteront pour autrui. De toute façon, on n'allait pas tuer Surkant, on ne le mettrait pas en prison, on ne confisquerait pas son domaine — simplement il aurait moins de terre.

C'était à peu près ce qu'il expliquait au prêtre, lui demandant son avis.

L'abbé réfléchit, caressa sa calvitie, et trouva enfin la solution.

— Est-ce que Surkant a promis de donner du bois pour la construction de l'école ? demanda-t-il.

— Il l'a promis, pour le premier gel, dès qu'on pourra le transporter.

— Et quand il te l'aura donné, et que les fermiers t'en auront donné, combien qu'il t'en manquera encore ?

— Comme ça autour de trente cordes.

— Hum.

Dans ce « hum » se cachaient bien des choses. Jamais jusqu'alors cette idée n'était venue à Joseph, mais maintenant il voyait bien. Il lui suffisait de s'asseoir avec Surkant et, tournant autour du pot, mine de rien, de lui montrer qu'il était au courant et fermement décidé à ne pas lui permettre d'échapper au morcellement. L'autre alors serait prêt à n'importe quelle concession pour se le concilier, et la question des trente cordes se trouverait réglée d'un seul coup.

Il n'en demanda pas davantage et ils s'engagèrent dans une discussion politique, se demandant si le Grand-Duc, en se décidant à marcher avec les Chevaliers Teutoniques contre les Polonais au lieu de marcher avec les Polonais contre les Chevaliers Teutoniques, aurait pu sauver la patrie. Débat important, si l'on considérait les conséquences. Ne fût-ce que l'existence d'une Michalina Surkant, qui eût préféré mourir que de se reconnaître Lituanienne. Et Surkant lui-même, et des milliers d'autres comme eux. Ainsi, à la suite d'un événement qui s'était produit quelques centaines d'années plus tôt, des cercles allaient s'élargissant, comme après la chute d'une pierre dans l'eau.

— Et le père de Thomas ? demanda le curé.

Le sourire de Joseph, plutôt amer.

— Pas la peine d'en parler. Il ne reviendra pas. Maintenant, chez nous, il irait en prison pour avoir servi dans leur armée. Et son fils, il le fera sans doute venir dans leur Pologne.

Le curé soupira.

— Ils ont honte d'être d'un petit pays. Pour eux, il n'y a que la culture, les grandes villes. Mais Narbut, lui, se déclarait des nôtres. Il est vrai qu'alors, la nationalité, c'était autre chose.

— C'est à croire qu'on leur a jeté un sort.

L'abbé Monkiewicz disait non de la tête.

— Pour dire la vérité, c'est un grand mélange. La vieille Dilbin, la grand-mère de Thomas, vient de chez les Allemands. Et en Prusse il y a des noms lituaniens ou polonais, et pourtant ce sont tous des Allemands. Pourvu que rien de mal ne sorte de ce mélange.

L'Histoire de la Lituanie, Joseph la rendit à Thomas après quelques mois, et, bien sûr, les entretiens qu'elle avait provoqués ne laissèrent aucune trace, ni sur le dos de cuir, ni sur les pages rigides. Rejetée à nouveau dans son armoire, l'œuvre continua à s'imprégner d'un relent de moisi, parcourue par ces minuscules insectes qui se plaisent à vivre dans l'humidité et la pénombre.

Joseph n'alla jamais trouver Surkant et lui proposer son silence en échange du bois nécessaire à la construction de l'école, bien qu'il eût nourri longtemps ce dessein. Ce n'était pas du tout une décision facile. Sur un plateau de la balance, on met son but immédiat: l'école; sur l'autre, un principe, et l'intérêt des miséreux, qui habitent la commune et doivent recevoir une terre grâce au morcellement. Le principe l'emporta. Cela ne préjugeait encore rien des moyens auxquels il convenait de recourir. Le premier moyen: déclarer nettement à Surkant qu'on sait ce qu'il en est et qu'on ira dire en ville, à qui de droit, que ce qui n'est pas vrai n'est pas vrai. Donc, la guerre ouverte. Le second moyen : ne rien dire, agir en cachette, porter plainte secrètement auprès des autorités. Le troisième moyen : attendre et voir, avant de passer à l'action, quel allait être le résultat de ces ruses. Cette dernière méthode paraissait préférable, puisque la hâte est toujours l'ennemie du bon sens et que bien des choses s'arrangent comme elles le doivent par la seule patience.

37

Thomas avait un État rien qu'à lui. À vrai dire, sur le papier seulement, mais il pouvait tout y disposer à son gré et tout modifier chaque jour selon son bon plaisir. Ce qui lui en avait donné l'idée, c'étaient les longs rouleaux de papier transparent que le grand-père et la tante Héléna (qui venait souvent maintenant) déployaient sur la table. On y distinguait, teintées à l'aquarelle, toutes sortes de figures géométriques, et les limites formaient le plan des terres appartenant à Ginè. Les surfaces claires, coloriées d'une façon égale, se voyaient à travers le papier.

Le royaume de Thomas était absolument inaccessible, entouré de toutes parts de marécages semblables à ceux qu'habite le serpent à tête rouge. D'abord, il devait être, sur toute son étendue, recouvert de forêts, mais, réflexion faite, Thomas y introduisit un peu de la claire verdure des prés. Les routes sont superflues. Ce n'est plus du tout une vraie forêt vierge, celle que traverse une route. Donc, les seules voies de communication étaient les rivières, reliées entre elles par les bandes bleues des canaux et des lacs. Les gens spécialement invités y auraient accès, oui, parce qu'à travers les marécages, il avait marqué des passages secrets. Tous les habitants — peu nombreux, le pays devant servir avant tout au confort des animaux, bisons, élans, ours — vivraient exclusivement de la chasse.

Les froids de l'automne étaient revenus et il n'avait pas de table; celle qui se trouvait dans la partie de la maison qu'on fermait pour l'hiver avait été transportée dans l'aile plus récente. C'est autour de cette table, en effet, qu'on examinait longuement les fameux plans et que se déroulaient les entretiens au cours desquels le mot « réforme » revenait sans cesse. Héléna aimait mettre son nez partout et il craignait ses interrogatoires. Aussi, lorsqu'il se sentait menacé, déménageait-il sa carte avec d'autres travaux sur la petite table, dans la chambre de la grand-mère Dilbin. Celle-ci ne l'inquiétait pas, et d'ailleurs elle restait le plus souvent étendue dans son lit, malade. En revanche, il lui fallait écouter ses plaintes et ses grognements. Tous, disait-elle, l'avaient oubliée, elle était là, abandonnée chez des étrangers, elle allait périr dans ce trou et elle ne reverrait jamais ses fils, jamais. Elle maudissait aussi les Lituaniens pour leur noire ingratitude. Si Constantin et Théodore et toute l'armée polonaise ne se battaient pas contre les bolcheviks, ils verraient ce qui en resterait, de leur Lituanie. Et le père de Thomas, et son oncle, étaient bien récompensés: ils ne pouvaient même pas revenir dans leur contrée natale, fût-ce pour quelques jours, — de vrais criminels. Leurs lettres ne pouvaient arriver qu'après de longs détours, à travers la Lettonie, avec des retards considérables: entre la Pologne et la Lituanie, cela même avait été interdit. Et pour les lettres, elle faisait des tas d'histoires. Thomas observait les subterfuges dont elle usait pour forcer quelqu'un à se rendre à la poste. Lorsque pendant longtemps on n'avait pas eu l'occasion d'aller au bourg, elle faisait semblant de mourir pour que quelqu'un allât chercher le docteur Kohen, même sous la pluie la plus torrentielle. Et ensuite, ses doigts tremblaient en déchirant les enveloppes, elle clignait des yeux, et sur ses joues apparaissaient des taches couleur de brique.

Thomas ne pouvait pas la prendre au sérieux. Il ne prêtait aucune attention au murmure de ses plaintes, et en même temps il éprouvait une sorte de dépit, car elle ne cessait de parler de son fameux Constantin. La grand-mère Misia et la tante disaient que c'était « un pas grand-chose ». Maintenant il était devenu officier de carrière, un lieutenant de uhlans, donc il n'avait sûrement pas avoué qu'il n'avait fait que trois ans de lycée ; car pour être officier, il faut avoir fini l'école. Cette manière qu'elle avait de prononcer son nom à tout propos, c'était ridicule. Ridicules aussi ses grognements pleins de mépris sur Ginè, sur le fait qu'elle était désormais livrée au bon plaisir des Surkant, dans cette maison où personne ne mangeait même un dîner convenable, où elle n'avait personne à qui dire un mot, sur Antonine qui y régnait en maîtresse, jusque sur le tabac du pays, que Thomas découpait pour elle en bandes étroites pour en faire des cigarettes — celles-ci n'avaient bonne façon que lorsqu'on avait coupé avec des ciseaux la touffe qui sortait de la cartouche ; bien égales, déjà dans leur boîte, il se plaisait à les changer de place. Il n'écoutait attentivement la grand-mère que quand elle décrivait combien ce serait magnifique quand enfin sa maman viendrait et les emmènerait tous deux, elle et lui.

Thomas se rendait plusieurs fois par semaine au village pour sa leçon chez Joseph. Lorsqu'il calligraphiait des chiffres, il se donnait beaucoup de peine, car il tenait à l'éloge de son maître ; et que la grand-mère et la tante ne fissent toutes deux aucun cas de Joseph n'y changeait rien. Les épaules de celui-ci se soulevaient tandis que ses coudes reposaient sur la table ; dans son cou noueux la pomme d'Adam montait et descendait, et sa lourdeur était sérieuse, on sentait qu'on pouvait compter sur lui. Peut-être était-ce justement ce qui manquait à Thomas : quelqu'un qui pût dire : ceci est bien, cela est mal, et alors on sait qu'il en est ainsi.

De temps en temps, on voyait apparaître des fonctionnaires lituaniens. Alors la grand-mère Misia et la tante se cachaient ; les recevoir trop poliment n'eût pas été convenable, elles ne voulaient pas se commettre dans la compagnie de ces « gardeurs de cochons », comme elles les appelaient, car ce sont soi-disant des fonctionnaires, et en réalité des paysans. Thomas, jetant un regard par la porte entr'ouverte, les voyait assis avec le grand-père qui, par diplomatie, faisait semblant de boire de l'eau-de-vie afin de les y inciter eux-mêmes. Après, il prenait place dans leur voiture et les accompagnait au grenier où Pakienas chargeait sur leur carriole un ou deux sacs d'avoine pour leurs chevaux.

Ces visites intensifiaient les discussions « d'affaires », auxquelles prenait part jusqu'à la grand-mère Misia, se balançant d'un pied sur l'autre devant le poêle. Toujours pour ces « affaires », le grand-père organisait des expéditions à la ville. Il mettait de l'argent et des documents dans un petit sac de toile qu'il suspendait à son cou, et, pour plus de sûreté, il le fixait encore avec des agrafes à sa camisole bien chaude. Pardessus, il enfilait sa chemise, un chandail de laine et un gilet. Entre les cornes de son faux col raide, il serrait le nœud de sa cravate, maintenue par un élastique. La chaîne de sa montre pendait d'une poche à l'autre de son gilet.

À la suite de ses visites à Borkunaï, Thomas, soit dans la chambre de la grand-mère Dilbin, soit, lorsqu'il n'en pouvait décidément plus, sous la lampe de la salle à manger, travaillait à un cahier spécial qui ressemblait à un livre. Il coupait bien droit des feuilles de papier dont il collait ensuite les bords, et il avait ajouté une couverture de carton sur laquelle il avait inscrit : « Oiseaux. » Si on l'eût feuilleté (chose que nul n'avait pu faire; toute la valeur de l'entreprise reposait sur son caractère secret et il eût pris en haine quiconque s'y fût risqué), on y eût trouvé des titres en gros caractères, soulignés, et dessous, en lettres plus petites, des descriptions. Il avait du mal à vaincre sa tendance aux gribouillis informes, il lui fallait conduire sa plume avec lenteur et il s'aidait en tirant la langue. Il réussit cependant: l'ensemble était proprement présenté.

Prenons par exemple les pics. D'abord celui qui le ravissait le plus et qui faisait son apparition dans le parc en hiver — grand, bariolé. Il n'y a qu'une seule espèce de cette taille dont la tête soit rouge, donc:

Pic à dos blanc — Picus leucotos L. Et dessous: habite les forêts d'arbres à feuilles caduques pourvu qu'il y trouve en abondance de vieux arbres pourrissants, comme aussi les régions de vieux conifères. Se rapproche en hiver des habitations humaines.

Ou:

Pic noir — Picus martius L. — le plus grand des pics. Noir avec une tache rouge sur la tête. Fait son nid dans les forêts de conifères ou de bouleaux.

Le pic noir, Thomas l'avait vu à Borkunaï — pas de près, car il ne se laisse pas approcher, il apparaît seulement pour une seconde, tout juste comme on le dit, entre les troncs de bouleaux, et l'écho porte son appel perçant *kri-kri-kri*.

Il ignorait, à la vérité, qu'on écrit en latin *L.* ou *Linni* après le nom de l'oiseau en l'honneur du naturaliste suédois Linné, qui, le premier, classa les espèces; il mettait pourtant scrupuleusement cet *L.* afin que son livre sur les oiseaux ne différât pas des autres classifications systématiques. Les noms latins lui plaisaient à cause de leur sonorité — par exemple, le bruant se dit *Emberisa Citrinella*, ou la grive litorne *Turdus Pilaris*, ou encore le geai *Garrulus Glandarius*. Certains de ces noms se distinguaient par le nombre extraordinaire de leurs lettres, et ses yeux devaient sauter sans cesse de son cahier à la page du vieux livre d'ornithologie, afin de n'en omettre aucune. Cependant, si on les répétait plusieurs fois, eux aussi sonnaient bien — et celui du casse-noix était tout à fait magique : *Nucifraga caryocatactes*.

Ce cahier prouvait que Thomas était capable de concentrer son attention sur ce qui le passionnait. Cela en valait la peine, car nommer un oiseau et l'enfermer dans l'écriture, c'est presque l'avoir pour toujours. Une variété infinie de couleurs, de nuances, de sifflements sourds ou perçants, de bruits d'ailes qui battent — tournant les feuillets, il les avait là, devant lui, il agissait et il ordonnait en quelque sorte la surabondance de ce qui est. Chez les oiseaux, à vrai dire, tout fait naître l'inquiétude : bon, ils existent, mais peut-on simplement constater cela, et puis, rien ? La lumière chatoie sur leurs plumes quand ils volent ; de l'intérieur jaune, chaud, des becs que les petits ouvrent tout grands au fond du nid enfoui dans le fourré, un courant de communion amoureuse nous atteint et nous traverse. Et les gens considèrent les oiseaux comme un petit détail, juste un quelconque ornement mobile, à peine s'ils daignent le remarquer, alors que, se trouvant sur la terre avec de semblables merveilles, ils auraient dû consacrer leur vie entière à ce seul but : méditer sur le bonheur.

Ainsi (à peu près) songeait Thomas, et ni «la Réforme» ni «les affaires» ne le touchaient de plus près, bien que l'acharnement plein de passion qu'on mettait à en discuter le fît forcément réfléchir. Sans cesse : «Pogiraï», «Balthazar», «le pré», et, n'étant pas un sot, il comprenait un peu de quoi il s'agissait, mais sans sympathie. Il souhaitait sûrement au grand-père de réussir, mais il eût préféré que celui-ci ne tînt pas ses conciliabules avec la tante Héléna.

38

Balthazar prenait de la graisse. Certaines souffrances de l'âme ont cet effet; elles sont sans doute plus cuisantes que celles dont on maigrit. Lorsqu'il entendit parler du célèbre rabbin de Sylelaï, au commencement il ne fit qu'en rire, mais ce rire se figea en angoisse, et il se demanda s'il convenait de rejeter une aide, peut-être envoyée tout exprès. Il attendit donc seulement que les routes devinssent praticables aux traîneaux. Dès la première neige, le gel prit. Il avait eu froid sur son traîneau; il entra dans une auberge pour se réchauffer, se saoula et passa la nuit sur un banc. Le matin, il avait mal aux cheveux — la route où le vent, sourdement, hurle et fait tourbillonner une poussière de neige, ses poteaux si rigides que rien qu'à les voir on a déjà mal — et il parvint ainsi à Sylelaï. La maison du rabbin, grande, avec un toit de bois qui s'affaissait de vieillesse, se trouvait en contrebas de la rue. On descendait vers la porte par une cour en pente. Dès l'entrée, trois ou quatre personnages l'assaillirent et il y en avait d'ailleurs toute une foule, jeunes et vieux, qui s'affairaient à l'interroger: d'où il venait, ce qu'il voulait. Il déposa son fouet dans un coin, déboutonna sa peau de mouton, tira de l'argent du fond de sa poche et compta pour son offrande la somme qu'on lui avait dite être convenable. On l'introduisit enfin dans une chambre où un homme barbu, la casquette enfoncée sur le front, était assis à une table et écrivait dans un grand livre. Il dit à Balthazar qu'il n'était pas lui-même le rabbin, mais qu'il fallait lui exposer à lui tous les motifs de sa venue, car telle était la règle; et il expliquerait l'affaire au rabbin. Gestes embarrassés de Balthazar; il fourrage dans sa crinière ébouriffée et ne sait plus que faire. Il avait cru malgré tout à un rayon qui le transpercerait et lui dévoilerait toute la vérité. Parler? À peine un son sera-t-il sorti de sa bouche, il saura déjà qu'il est faux ; les moyens lui manquent pour exprimer quoi que ce soit. Il eût fallu s'arracher des aveux tout à fait contradictoires, et cela où ? Ici, devant un juif inconnu qui ne cessait pas de faire courir sa plume sur le papier et ne l'avait même pas invité tout de suite à s'asseoir ; ce n'est qu'après un moment qu'il lui indiqua une chaise. De ce que Balthazar marmotta, on pouvait comprendre qu'il ne parvenait pas à se trouver une place en ce monde, qu'il vivait et ne vivait pas, qu'il allait périr si le saint homme lui refusait son conseil. Le juif posa sa plume et fouilla de la main sous sa barbe : « Tu as une ferme ? demanda-t-il. Une femme, des enfants ? » Et ensuite : « Tes péchés t'empêchent de vivre ? De grands péchés ? » Balthazar répondit par l'affirmative, bien qu'il ne fût pas sûr que ce fussent ses péchés, ou la peur, ou quelque autre chose, qui lui enlevaient la paix. Priait-il Dieu ? interrogea le juif. Cette question, il ne la comprit pas. Évidemment, quand ça va mal, on veut que ça aille mieux, et c'est à Dieu qu'il appartiendrait d'améliorer les choses. Mais s'Il n'y est pas enclin ? Il n'y a pas moyen d'arriver jusqu'à Lui. Balthazar allait à l'église comme il convient. Il fit donc un signe de tête affirmatif : oui, il priait.

Puis il attendit longtemps, dans la même entrée que tout à l'heure, debout contre le mur, tandis que des gens venaient, sortaient, secouaient la neige de leurs bottes. Le brouhaha allait croissant, l'air devenait épais à force de bouches jargonnantes et de mains gesticulantes. Jusqu'à ce qu'enfin un cri venu de la profondeur déferlât sur eux, et toute la foule, entraînant Balthazar, se précipita d'un seul coup dans la chambre où il avait été reçu par le secrétaire. La porte suivante s'ouvrit, et, après y avoir été compressé, il émergea dans une longue pièce sombre dont une table noire occupait presque entièrement le fond. Au milieu du vacarme, des bruits de semelles, de l'excitation, un ordre tomba : « Chut ! » et « Chut, chut ! » répétèrent toutes les voix.

Par une porte latérale, le rabbin entra, et, derrière lui, le secrétaire barbu. Le rabbin : tout petit, au visage de jeune fille — sainte Catherine telle qu'elle apparaissait dans un tableau de l'église, à Ginè. Près des joues, il avait de petites boucles de poils blonds et duveteux. Il portait des vêtements sombres ; sous son menton, dans la chemise blanche, saillait, luisant, le bouton de son col, sa tête était coiffée d'une petite calotte de soie. Il avait l'air gêné, ses yeux étaient baissés. Mais lorsque son second eut fait signe à Balthazar de s'approcher et que les paupières se furent entrouvertes, le regard s'enfonça comme une vrille, et il le contempla longtemps en renversant un peu la tête et caressant de la main le revers de sa redingote. Balthazar, devant lui, se sentit immense et sans force.

Le rabbin, le regardant ainsi, prononça quelques mots dans leur langue. Des chuchotements éclatèrent. Ceux qui se serraient derrière Balthazar se balancèrent. Et, de nouveau, « chut ! chut ! » Le secrétaire traduisit en lituanien :

— Il dit : Aucun-homme-n'est-bon.

Et de nouveau, derrière la table, doucement, le rabbin se fit entendre, et le barbu annonça :

— Il dit : Ce-que-tu-as-fait-de-mal — homme — cela-seulement-est-ton-propre-destin.

Balthazar sentait sur son dos la pression de la foule. Dans le silence plein de souffles et d'attente, il entendait le barbu :

— Il dit : Ne-maudis-pas — homme — ton-propre-destin — car — quiconque-pense-avoir-le-destin-d'un-autre — et-non-le-sien — périra-et-sera-condamné — ne-pense-pas — homme — à-ce-qu'aurait-pu-être-ta-vie — car-toute-autre-n'aurait-pas-été-tienne. — Il a dit.

Balthazar comprit que c'était fini. Un autre se trouvait maintenant en face du rabbin. Forçant le passage à travers la masse qu'ils formaient, il sortit violemment de la maison, furieux. Ainsi, c'était pour ça qu'il avait fait cinq lieues dans ce froid glacial ? Maudits juifs. Et maudite sa propre bêtise. Pourtant, une fois hors du bourg, tandis que sa botte pendait au dehors, par-dessus la traverse basse du traîneau, et creusait un sillon dans la blancheur, sa colère tomba. Ce fut autre chose : la peine. Qu'avait-il donc espéré ? Un sermon d'une heure ou quelques mots, cela ne faisait aucune différence. Le pire, ce n'était pas cela, mais un manque plus vaste qui vous donne envie de hurler : ni trompettes d'anges, ni langues de feu, ni glaives qui se fourchent à leur extrémité comme le dard du serpent. Bon, il avance sur la route. Derrière lui, des maisons ; devant lui, les broussailles bleuâtres et la forêt ; au-dessus de lui, les nuages. Et qu'y a-t-il ? Il est né, il mourra, il doit supporter le sort qui lui est échu. Toujours la même rengaine, que ce soit le curé ou le rabbin, et jamais jusqu'au fond. Si, maintenant, à la lisière du ciel, émergeait lentement la tête d'un géant ; s'il se mettait à aspirer l'air, et si tout allait s'engloutir dans sa gueule, et lui, Balthazar, avec le reste, ce serait le bonheur. Mais on peut toujours courir. Pourquoi se mettre en colère contre le juif ? Un homme comme un autre, des paroles creuses. Et y a-t-il quelqu'un, en ce monde, qui puisse vous donner autre chose ? Vous vous déchirez de douleur, ils viendront, ils vous consoleront avec leurs phrases vaines. Ils ont inventé des machines, mais en dehors de ceci : « Il est né et il est mort », ils ne savent rien de rien.

Un peu plus tard, il était déjà prêt à reconnaître qu'il avait gagné de la sagesse à Sylelaï. La première parole du rabbin l'avait, il est vrai, rempli d'espoir. Peut-être chacun se torture-t-il, chacun regrette, mais se refuse à l'avouer ? Et s'ils se rassemblaient et s'avouaient leurs péchés l'un à l'autre, ne serait-ce pas plus facile ? Seulement, qui oserait ? Comment : personne n'est bon ? Sûrement il en viendrait aussi dont les péchés sont légers. Pourtant, être sans péché, est-ce que cela suffit ? Mmm, il s'apercevait maintenant que le juif était très fort. Il vous en reste pour longtemps en tête, à tourner et à retourner.

Il enleva ses gants et roula une cigarette. Le cheval courait à vive allure, les grelots sur l'attelage cliquetaient dans le vide de l'espace. D'entre les verges d'osier, un lièvre bondit et courut, faisant voler la neige le long du ruisseau gelé. Le crépuscule tombait. Dans la forêt, il fut saisi par l'obscurité, pas si soudaine cependant qu'il ne pût remarquer les entailles sur les troncs des pins. On allait en abattre beaucoup. Balthazar avait lu dans le journal que le gouvernement avait vendu le bois d'un bon nombre d'années à l'Angleterre. Ce pin-là, par exemple, n'était pas marqué. Pourquoi ? C'est qu'il était courbé. Le tronc, d'abord vertical, penchait ensuite de côté et, de ce coude, un mât s'étirait en hauteur, droit comme un cierge. Peut-être le rabbin avait-il pensé à un destin comme celui-là. Le pin, il ne lui est pas permis de tout recommencer depuis le commencement. Il lui faut recommencer à partir de ce qui est déjà — même si c'est tordu. Mais le reste est droit. Et à l'homme, un recommencement absolu est-il permis ? Pas davantage.

Il fouetta le cheval, mécontent. Un homme, ce n'est pas un arbre — l'arbre sait de quoi il a besoin : de lumière. Tandis que l'homme, il lui semble qu'il pousse droit, et il pousse de travers. Et c'est là toute la difficulté. Ma vie est comme ceci et comme cela, et maintenant j'irai dans ce sens-ci ou dans ce sens-là, pour la changer. Droit devant soi, comme un boulet de canon. Puis, quand il est trop tard, on voit qu'on n'est pas monté du tout, qu'on est descendu. Et alors leur sagesse juive tourne court.

Fermement décidé à ne pas s'arrêter en route, il tira sur les rênes lorsqu'il vit, dans la lumière qui tombait des fenêtres d'une auberge, étinceler les grumeaux de neige. Les chevaux à l'attache, au coin du bâtiment, secouaient les sacs d'avoine fixés à leurs museaux, et, à chaque secousse de leur tête, répondaient les grelots des harnais. Non, ce n'était pas le sort d'un autre, c'était bien le sien. Soit. Il mit la main sur le loquet. Est-il entré ? Il est entré.

39

Si l'on admet la théorie selon laquelle les habits et les bas des diables témoignent de leur sympathie pour le XVIIIe siècle, la Réforme agraire, consistant à prendre de la terre aux uns pour la donner aux autres, doit se trouver hors du champ de leur connaissance. Le diable qui surveillait Balthazar (telle une corneille tournant autour d'un lièvre blessé) ressentit sans doute comme un devoir pénible l'obligation d'étudier ce problème. Il convient donc que nous nous en occupions aussi, ne fût-ce que par souci d'exactitude, rien qu'un instant.

Les terres de Surkant se répartissaient comme suit :

Terre arable	108,5	hectares
Pâturages au bord de l'Issa, terrains vagues, etc.	7,9	»
Pâturages contestés près du village de Pogiraï	30	»
Bois, prés et terre défrichée par Balthazar	42	»
Total	188,4	hectares

Or, d'après la réforme nouvellement proclamée, tout ce qui dépasse quatre-vingts hectares doit être divisé en parcelles et réparti entre les paysans qui n'ont pas de terre ; l'indemnité à payer aux propriétaires est si basse qu'elle est pratiquement négligeable. Quel moyen de défense Surkant a-t-il choisi — ou plutôt sa fille, soucieuse de ses biens ? Lorsqu'une propriété foncière a été partagée entre les membres d'une famille, qu'ils y ont construit des bâtiments et l'exploitent eux-mêmes, chacun d'eux a le droit de posséder jusqu'à quatre-vingts hectares. Surkant décida de consacrer les trente hectares de pâturages contestés à fermer la gueule du gouvernement, et pour le reste, soit 158,4 hectares, de le partager entre Héléna et lui-même. Oui, mais la date ? La loi dit, en autant de termes, que les partages accomplis après telle date déterminée ne sont pas valables. Pour qu'on ferme les yeux sur une petite irrégularité et qu'on inscrive dans les livres, comme par erreur, une date plus ancienne, il faut la bienveillance de fonctionnaires qui ne restent pas insensibles aux amabilités dont ils sont l'objet. C'est ce qu'il s'efforçait d'obtenir.

Puis, une autre difficulté : la forêt. D'après la loi, toutes les forêts passent dans les mains de l'État. Il a donc inscrit des prés à la place de la forêt. Ici déjà, tout dépend de ce que les taxateurs voudront regarder : regarderont-ils en bas, ou lèveront-ils les yeux vers une herbe étrange dont la tige ne se laisse pas étreindre entre les deux bras d'un homme adulte ? D'ailleurs il ne restait vraiment plus grand'chose de la vieille chênaie — c'étaient surtout des bosquets ombreux de jeunes charmes, un peu de sapins et beaucoup d'abatis au sol marécageux. Pourtant, tout ce morceau était contigu à la forêt d'État, qui s'étendait sur des dizaines de kilomètres, ce qui augmentait le danger.

Deux fermes — la sienne et celle d'Héléna. Mais où donc se trouve cette autre ferme ? De façon tout à fait inattendue, Balthazar venait à la rescousse. Aucun calcul ne guidait Surkant lorsqu'il permettait à Balthazar de faire tout ce qui lui passait par la tête. Aucun calcul, simplement un faible qu'il avait pour ce garçon (car il suffit de le regarder, vous verrez bien que cet homme de trente ou quarante ans ne cesse pas d'être un garçon). Et maintenant la maison forestière et ses dépendances venaient à point nommé : on établirait dans les documents qu'Héléna administre elle-même sa ferme.

Voilà donc esquissés la situation et les efforts déployés pour y faire face. La meilleure sorte de bière et l'eau-de-vie aromatique faite à la maison avec neuf espèces d'herbes des bois apparaissaient sur la table chaque fois qu'Héléna Juchniewicz venait à l'improviste passer un moment à la maison forestière, mais Balthazar, qui, comme toujours, souriait de toutes ses dents avec bonhomie, l'observait un peu trop attentivement. Ne la connaissait-il pas ? Très doucettement, comme par hasard, elle allait mettre le nez tantôt dans l'étable, tantôt dans le grenier. Avoir affaire à une personne de ce genre, ce n'est pas agréable.

Selon certains, le diable n'est rien de plus qu'une sorte d'hallucination, le produit de souffrances intérieures. S'ils préfèrent penser qu'il en est ainsi, le monde doit leur paraître encore plus difficile à comprendre, car de telles hallucinations, quel être vivant, en dehors de l'homme, en éprouve ? Admettons-le : la créature qui, parfois, se promenait en sautillant près de la traînée de liqueur que le doigt de Balthazar étirait sur la table ne devait son existence qu'à l'ivresse. Impossible d'en rien conclure. Il y avait des jours où Balthazar retrouvait la joie, il sifflotait en suivant sa charrue — et voici soudain, au dedans, le sursaut qui annonce l'approche de la terreur. À peine avait-il fait quelques pas hors du cercle tracé autour de lui que déjà la force étrangère le chassait de nouveau et l'y faisait rentrer. Exactement : étrangère. Car sa souffrance, il ne l'éprouvait pas du tout comme une partie de lui-même ; lui, sûrement, dans la profondeur, continuait toujours à être une pure joie. L'attaque venait du dehors. Terreur, car la subtilité et la pénétration des raisonnements qu'il développait lorsqu'il était au désespoir, il n'en était évidemment pas capable par lui-même. Il se trouvait comme frappé de paralysie par une clairvoyance surhumaine. Son propre ridicule — cela aussi figurait dans les comptes, et le persécuteur s'entendait à en tirer parti.

— Eh bien, Balthazar, disait-il. Une seule vie. Des millions de gens s'occupent des affaires les plus diverses, et toi : Surkant, Héléna Juchniewicz, la terre, cet accident, hmm, avec la carabine — tout cela, c'est bien petit. Et pourquoi est-ce là justement ton lot ? Tu aurais pu tomber ailleurs, comme une étoile. Il fallait que ce fût ici. Et tu ne naîtras jamais plus une seconde fois.

— Le rabbin disait vrai.

— Vrai ? Toi pourtant, d'un côté, tu te mords les poings à l'idée que cette Juchniewicz va te mettre à la porte, et de l'autre, tu te les mords, tellement tu es en colère contre toi-même en te voyant les mordre. Tu consens soi-disant à ton sort, mais tu n'y consens pas. Le rabbin, je le reconnais, a deviné, il a de l'expérience. Mais ce n'est pas si difficile à deviner. Le Balthazar souillé regrette que tout cela soit tombé sur le Balthazar pur, qui n'existe pas. Magnifique, ce Balthazar pur. Mais il n'existe pas.

Les doigts s'enfonçaient dans la table. Pouvoir frapper, briser, se changer en feu ou en pierre.

— Mais non, tu renverseras la table, et puis quoi ? Je sais qu'à vrai dire, ce n'est pas cela que tu veux ; tu veux demander quelque chose. Demande, cela te soulagera. Tu te verses ça dans le gosier, mais tu ne cesses de penser que pendant un instant, tant que ça brûle dans ta gorge. Tu veux savoir ?

Balthazar s'affaissait, les coudes largement écartés sur les planches de la table, à la merci d'une belette, faible et cruelle.

— Quand on fait une chose, est-ce parce qu'on ne peut pas faire autrement ? C'est ça qui t'oppresse, n'est-ce pas ? Si je suis celui que je suis maintenant, c'est parce qu'à tel moment et à tel autre, j'ai agi comme ceci et comme cela. Mais pourquoi ai-je alors agi ainsi et pas autrement ? Est-ce parce que j'ai été celui que je suis depuis le commencement ? C'est bien ça ?

Sous le regard qui venait de l'espace vers lui, empruntant des visages divers, mais lui-même immuable, il répondait oui.

— Dommage que la graine ne soit pas bonne ? Que d'une graine d'ortie ne sorte pas un épi de blé ?

— C'est sans doute bien ça.

— Je vais te donner un exemple. Soit un chêne, debout dans la forêt. Tu le regardes, et qu'est-ce que tu penses ? Qu'il doit nécessairement se dresser là où il se dresse ?

— Nécessairement.

— Mais un sanglier aurait pu déterrer le gland et le manger. Tu regarderais à cet endroit, et penserais-tu alors qu'un chêne devrait s'y dresser ?

Balthazar enroulait autour de son doigt ses mèches tombantes.

— Non. Et pourquoi non ? Parce que tout ce qui est déjà arrivé a l'air d'avoir dû arriver, comme s'il n'avait pas pu en être autrement. L'homme est ainsi fait. Plus tard, tu seras sûr aussi que tu ne pouvais pas aller à la ville raconter à qui de droit que Surkant a inscrit sa forêt comme étant du pré et qu'il essaye de tricher.

— Je ne porterai pas plainte contre lui.

— Ce bon Balthazar, il aime Surkant. Non, tu as peur que ta plainte ne serve à rien. Il paye les fonctionnaires, et il apprendra tout, et alors il ne te défendra plus contre sa fille. Et tu as peur de gagner, aussi. Car dans ce cas, ils t'annexeront à la forêt d'État. Peut-être te nommeront-ils forestier, mais ils te demanderont pourquoi tu as besoin de tant de terres. Ne mens pas. Et tu ne te tireras pas d'affaire en maudissant un prétendu destin.

— Mais puisque je ne sais jamais pourquoi. J'ai envoyé les

marieurs faire ma demande — pourquoi, je ne m'en souviens plus. Et après — ce Russe — j'aurais pu simplement lui faire peur. Je ne sais plus.

— Ah !

Aaah ! Que faire de ce cri qui résonne en nous-mêmes ? La suprême injustice consiste précisément en ceci que nous arrachons un feuillet du calendrier, nous enfilons nos bottes, nous tâtons les muscles de notre bras et nous vivons aujourd'hui. Et en même temps, nous sommes déchirés du dedans par le souvenir de nos propres actions sans avoir le souvenir de leurs causes. Ou bien ces actions viennent de nous, de notre propre essence, celle-là même d'aujourd'hui, et alors il est répugnant de la porter en nous, elle rend puante jusqu'à notre propre peau. Ou bien c'en est un autre, le visage masqué, qui les a accomplies, et alors c'est encore pire, car pourquoi, par suite de quelle malédiction n'y a-t-il plus moyen de s'en détacher ?

Balthazar prévoyait que Surkant allait réussir. Il choisissait l'immobilité par lassitude et par manque de confiance en lui-même, en sa propre nature, ou en tous ceux qui, sournoisement, se substituent à nous. Quand on s'abstient de n'importe quel geste, on a ensuite moins de motifs de regret. D'ailleurs, si tout s'est embrouillé, que tout désormais s'embrouille jusqu'au bout. Pendant un certain temps, il lui était arrivé de battre sa femme ; mais il cessa, s'enferma en lui-même, lourd et silencieux. Décider d'abandonner la maison et faire à temps une demande pour obtenir une terre ailleurs grâce à la Réforme eût peut-être été raisonnable. Mais tout recommencer, loger dans une hutte de branchages, se mettre de nouveau à construire ? Et à quoi bon ? Que ça dure au moins comme cela. Ces partages ne prouvaient pas que les Juchniewicz allaient venir habiter la forêt ; et que tout dépendrait d'elle s'il arrivait quelque chose à Surkant, cela, n'importe comment, il le savait.

Un troisième enfant lui était né, une fille. Lorsqu'une vieille de Pogiraï l'apporta pour la lui montrer, il pensa qu'il ne se souvenait plus ni comment, ni quelle nuit, ni s'il en avait eu du plaisir. Elle ressemblait à un petit chat, et à Balthazar. Il prépara un festin de baptême fastueux. Qu'il se fût alors jeté sur quelqu'un avec un couteau, on n'avait fait qu'en rire. Et lui ne l'avait appris qu'en s'éveillant, le lendemain.

40

Les grelots sonnent, le cheval s'ébroue, le traîneau glisse sans bruit. Sur la blancheur, des deux côtés du chemin, des traces. Un carré déformé — c'est un lièvre. Si le carré s'allonge, c'est que le lièvre courait vite. Le long d'un fil bien droit — une patte après l'autre — s'étire la piste du renard, gravissant la colline là où la neige étincelle dans le soleil, jusqu'à la boulaie bleu violet. Les oiseaux impriment trois traits qui se rejoignent, parfois une trace de queue, ou un signe indistinct laissé par le bout des plumes de leurs ailes.

Le froid faisait apparaître de petites veines sur le nez de la tante Héléna. Ce nez saillait, plus sombre dans le visage rougi, au-dessus du col de peau de mouton. La peau de mouton avait perdu son éclat de naguère, elle avait bruni, tandis que celle de Thomas, toute neuve, rappelait par sa couleur vive le pelage d'été de l'écureuil. Pour cette raison, et aussi à cause de son moelleux, il aimait, de sa joue, en caresser la manche. Il portait le bonnet de fourrure à oreilles du grand-père, qui, trop grand, lui tombait sur les yeux, et il le relevait patiemment. Héléna portait une toque de mouton gris.

À Borkunaï, près de la maison, des sentiers jaunes de neige

piétinée ; des éclaboussures d'eau, rugueuses, figées soudain, au moment où elles se répandaient, par le gel ; de petits tas de crottin de cheval, au milieu desquels sautillent les moineaux. Barbara passait en hâte, en longs bas de laine et sabots de bois. On leur offrait à goûter, ils étaient assis là tous les trois et Thomas s'ennuyait bientôt. Il se levait de table et allait examiner sur le mur les instruments de chasse. Une sorte d'entente entre Romuald et Héléna l'agaçait. Un autre Romuald se montrait alors, moins bon, complice des adultes, semant des plaisanteries qui provoquaient chez la tante de petits rires étouffés. Ce qui lui donnait encore envie de fuir aussitôt que possible, c'était le va-et-vient de Barbara, chargée de colère, on ne savait pourquoi, et qui mordait ses lèvres charnues. S'il lui fallait rester à table, il se perdait à tel point dans ses pensées que l'appel d'Héléna, « Mange ! », le secouait comme si on l'arrachait au sommeil. Elle ne pouvait pourtant deviner ses pensées, qui étaient indécentes. Les sourires et les invitations à manger ou à boire ne lui paraissaient pas naturels. Pourquoi, à vrai dire, jouent-ils tous la comédie, — ils font des grimaces, se singent les uns les autres, alors qu'en réalité ils sont tout à fait différents ? Et ils ne montrent rien aux autres de ce qui, en eux, est véritable. Ils changent dès qu'ils se réunissent à plusieurs. Par exemple ce Romuald, tel qu'il est vraiment, dit : « Il faut un peu chier », il s'accroupit sous un arbre, et, après, il se torche avec une feuille verte, sans se cacher le moins du monde ; et ici, ces gentillesses et ces baise-mains. Héléna aussi écarte les jambes et, entre ses jambes, ça ruisselle, tandis que maintenant elle se comporte comme si elle n'avait rien là, comme si elle avait laissé cette partie d'elle-même à la maison, tellement elle est noble. Même Barbara. Pourquoi : même ? Parce que Barbara, belle à faire peur, comment elle, avec cette rougeur sur les joues, s'accroupit-elle et comment ça lui sort-il, là, d'entre les poils ? Il frémissait en la regardant quand il imaginait cela, car, de son front lisse et de ces éclairs bleu foncé dans son regard jusqu'à cette autre chose, il n'y avait pas, après tout, une lieue ? Enfin quoi, ils savent bien, l'un de l'autre, qu'ils le font ; pourquoi se comportent-ils comme s'ils ne le savaient pas ? À vrai dire, la contrainte de chacune de ces visites, où il était le témoin forcé de leur ennuyeuse politesse, provoquait toujours en lui le même dépit, mais jamais autant que pendant cet hiver-là. Comme ç'aurait été bien s'ils s'étaient mis tout nus, assis à croupetons, l'un en face de l'autre, chacun faisant ses besoins. Est-ce qu'alors ils auraient encore papoté comme cela, disant des bêtises bien trop bêtes pour chacun d'eux pris séparément ? Non, ils auraient succombé sous leur propre ridicule. Le plaisir impudique qu'il prenait à se représenter une telle scène se mêlait au désir de fouler aux pieds chacun de leurs déguisements, de leur arracher leurs prétentions. Il se jurait de ne jamais être comme eux. Pourtant sa protestation secrète visait surtout Héléna, qui contaminait monsieur Romuald, ou même le forçait à ces singeries.

Au crépuscule, quand le ciel, à partir du bas, s'imprègne d'une rougeur sévère et que les branches minces paraissent vous fouetter de froidure, on voyait arriver sur les bouleaux, près du ruisseau, les coqs de bruyère. Thomas distinguait les lyres de leurs queues en plein vol et les dessous blancs de leurs ailes ; le métal noir de leurs plumes chatoyait si l'on avait réussi à venir assez près ; de loin, ce n'étaient que des silhouettes parmi la dentelle des plus hautes ramures. Romuald sortit une fois de l'armoire un leurre de bois, tout à fait semblable à un coq de bruyère vivant. On le fixe à l'extrémité d'une longue perche et on appuie cette perche contre un bouleau. Ils croient voir un de leurs compagnons, s'approchent — et alors on tire. Romuald avait promis à Thomas de l'emmener un jour avec lui, mais, pour une raison ou une autre, cela n'avait rien donné ; il gelait très fort, et, une fois seulement, ils étaient allés se promener dans la forêt — hélas, avec Héléna. Romuald leur avait montré une trace, l'avait examinée longtemps et avait déclaré pour finir que c'était celle d'un loup. Et pourquoi pas d'un gros chien ? Hum, il eût fallu un chien exceptionnellement gros — avait-il expliqué —, et les coussinets, chez le loup, s'impriment mieux.

Romuald ne se montrait pas souvent à l'église. Quand il y allait, il faisait ensuite un saut jusqu'au domaine, — tandis que Barbara, Thomas la rencontrait tous les dimanches. Elle tenait un gros livre de prières, un bout de fichu en triangle tombait sur ses épaules, et alors elle ne l'intimidait plus autant qu'à Borkunaï. L'église a cette propriété que tout ce qui s'y trouve cesse d'être effrayant, même Dominique, dont il distinguait parfois la tignasse enchevêtrée dans la foule des hommes. L'église éteignait en lui toute agressivité ; mais, d'autre part, elle lui donnait certains soucis. Selon Thomas, pendant la messe, les sentiments doivent jaillir de l'homme et s'élancer vers Dieu, sinon il y a tromperie. Il ne voulait tromper personne, il fermait les yeux et s'efforçait de s'envoler en pensée, là-haut, à travers le toit, jusque dans le ciel même. Mais il n'y réussissait pas, Dieu était comme l'air et toute image qu'il s'en formait se dissipait aussitôt. Cependant, il ne cessait de faire des observations bien terrestres sur les gens, près de lui, les vêtements, les mines. Ou bien, s'il s'arrachait à tout cela et se projetait dans l'espace, c'était pour se mettre lui-même à la place de Dieu et regarder d'en haut l'église et tous ceux qui s'y trouvaient rassemblés. Le toit, alors, devient transparent, et transparents les vêtements, ils s'agenouillent avec leurs parties honteuses bien visibles, quoiqu'ils se les cachent les uns aux autres. Ce qu'il y a dans leurs têtes se dévoile aussi. On pourrait alors, avec de grands doigts, les atteindre d'en haut, en saisir un, le poser sur sa paume et observer la manière dont il se meut. Il se défendait de tels rêves, mais ils surgissaient chaque fois qu'il prenait son vol vers les sphères célestes.

Un livre qu'il avait lu sur les premiers chrétiens et sur Néron — celui qui faisait d'eux des torches vivantes sur la gravure, dans la chambre du grand-père — l'avait profondément saisi. C'est à ce livre qu'il faut attribuer un rêve qu'il eut sur la pureté. Thomas se trouvait dans l'arène d'un cirque, à Rome, au milieu d'un groupe de chrétiens. Ils chantaient et des larmes coulaient sur son visage, mais des larmes de ravissement à cause de la bonté dont il faisait preuve en subissant volontairement le martyre. Il se sentait si pur à l'intérieur de lui-même qu'il se transformait tout entier en une rivière sans digues. Un jour, il y avait bien longtemps (cela n'était arrivé qu'une seule fois), à la suite de quelque délit plus grave, il avait reçu une fessée sur l'ordre de la grand-mère. Antonine le tenait, et l'un des garçons de ferme le battait avec une verge, à même la peau. L'opération, malgré les hurlements qu'il avait poussés alors, lui avait laissé le meilleur souvenir. Légèreté de l'âme, joie, effacement des fautes, et ces mêmes larmes de bonheur, de plénitude que dans son rêve sur la mort.

Les lions s'approchaient d'eux. Les gueules pleines de dents sont déjà tout, tout près de lui, les crocs s'enfoncent dans sa chair, son sang s'échappe, mais en lui aucun effroi, rien que la lumière rayonnante et l'union avec le Bien, à jamais.

Tout cela, pourtant, en rêve. Et à l'état de veille, il fit, la même semaine, une scène terrible à Héléna. Le volume à couverture noire, sur les pages jaunes duquel il cherchait, pour les transcrire, les noms latins des oiseaux, s'était égaré quelque part. Il le cherchait partout, harcelait les adultes, leur demandant s'ils ne l'avaient pas pris, mais personne ne savait rien. Qu'était-il devenu ? Il finit par le découvrir, par hasard, dans la chambre où, parmi les graines répandues sur des bâches et les tas de laine, Héléna avait son lit. Mais où l'avait-il découvert ? Il manquait un disque au pied tourné du lit, et c'est là qu'elle avait mis le livre. En criant, il menaçait Héléna de ses poings et elle se demandait quelle mouche l'avait piqué et de quoi il s'agissait. L'idiote ! Pour elle, naturellement, ça ou une brique, c'était tout un. Aucune bête, aucun oiseau ne l'intéressait et elle ne distinguait pas un moineau d'un bruant. Le grand-duc, oui, elle s'en était occupée, parce qu'il lui avait fait gagner de l'argent. Et si elle avait l'air d'écouter attentivement ce que Romuald lui racontait sur la chasse, c'était un ignoble mensonge, elle faisait seulement semblant, pour ses amours. Un froid mépris — est-il chrétien de le nourrir en soi ? Mais Thomas ne se posait pas cette question. Son mépris pour Héléna lui soufflait toutes sortes de moyens de la punir, non seulement pour ce crime-là, mais, en général, pour sa bêtise. Par exemple, cueillir des baies de belladone et les lui verser dans la soupe. Pourtant, alentour, c'était la neige, où trouver du poison ? — et la tension de sa haine, après quelques jours, se relâcha. D'ailleurs, si elle est comme elle est, aveugle à tout ce qu'il faut aimer, il ne vaut même pas la peine de l'empoisonner, pas la peine de s'occuper d'elle.

Sur la pelouse, maintenant blanche, devant la maison, il faisait des boules de neige qui devenaient de plus en plus grosses, s'enroulant dans des ceintures de duvet arrachées par leur mouvement. Puis il superposait trois de ces cylindres ; dans le plus petit, la tête, il introduisait les charbons des yeux et une brindille en guise de pipe. Mais il avait les paumes gelées, et d'ailleurs, une fois la statue mise debout, on ne sait plus qu'en faire. Le matin, il aidait Antonine à allumer les feux. Au milieu du silence de la maison, comme enfermée dans un coffret capitonné, le bruit qu'elle faisait avec ses bottes en traversant le vestibule retentissait allégrement. Elle apportait avec elle une bouffée de froid, et la glace, sur les bûches qu'elle répandait avec fracas sur le sol, leur donnait l'éclat du verre. Alors il disposait sur l'âtre des feuilles d'écorce de bouleau, et, par-dessus, il dressait une tente de petit bois, bien séché dans l'interstice entre le poêle et le mur. La mince flamme léchait l'écorce, qui s'enroulait en forme de trompe. Prendra, prendra pas ? Antonine, chargée de bois, Thomas derrière elle, faisait irruption dans la chambre de la grand-mère Dilbin, où l'on ne distinguait encore rien, et elle allait tout droit à l'extérieur pousser les contrevents. Alors il clignait des yeux, frappé par l'éclat du jour, et clignait aussi des yeux la grand-mère, assise, le dos rond, contre l'oreiller. Sur la table de nuit, à côté d'un gros livre de prières, de petites fioles de médicaments répandaient dans la chambre des odeurs écœurantes. Il n'aimait plus à s'y attarder, comme il l'avait fait souvent en automne, et sautait sur le premier prétexte venu pour s'échapper, car il en avait assez de tous ces gémissements. Il se balançait sur la chaise, près du lit, sachant que, par devoir, il devait rester ; mais il n'y tenait pas longtemps et s'évadait avec un sentiment de culpabilité. Ce sentiment, la fuite ne l'augmentait pas : du moment qu'elle était malade et plaintive, elle tombait au rang des choses qu'on examine avec indifférence et même avec agacement ; et, tandis qu'on les examine, on éprouve de la satisfaction et, en même temps, de la honte.

Un événement important : Thomas reçut des bottes, exactement celles qu'il désirait. Cousues par un cordonnier de Pogiraï, à la vérité trop grandes (pour pouvoir servir longtemps), mais, quand même, commodes. La tige molle, en cas de besoin, se resserrait par des tirants à la cheville, de façon à empêcher le pied de glisser à l'intérieur. D'autres tirants, passés dans des brides, la resserraient sous le genou.

41

Un printemps vint enfin, qui ne ressembla à nul autre dans la vie de Thomas. Non seulement à cause de la soudaineté exceptionnelle de la fonte des neiges et de la violence du soleil. C'est aussi que Thomas ne resta pas là à attendre passivement le moment où les feuilles se déplieraient, où apparaîtraient sur la pelouse les clés de Saint-Pierre jaunes et où se feraient entendre, le soir, dans les buissons, les trilles des rossignols. Il sortit à la rencontre du printemps dès que la terre nue se fut mise à fumer sous la lumière sans nuages, et, sur le chemin de Borkunaï, il chantait et sifflait, brandissant son bâton. La forêt, derrière Borkunaï, dans laquelle il s'enfonça dès le début de l'après-midi, donnait envie de sortir de sa peau et de se changer en tout ce qui se trouvait alentour. Quelque chose au-dedans de lui le dilatait jusqu'à la douleur, jusqu'au cri de ravissement. Mais au lieu de crier, il glissait à pas de loup, sans faire craquer aucune brindille, et, au moindre son, au moindre souffle, il se pétrifiait. C'est seulement de cette manière qu'on pénètre dans le monde des oiseaux ; ceux-ci ont peur, non de la forme de l'homme, mais de son mouvement. Près de lui se promenaient des grives draines, tachetées, qu'il savait distinguer des grives litornes (celles-ci ont la tête gris bleu et non gris brun) ; il découvrit, en faisant le tour d'un haut sapin, que des gros-becs y avaient déjà fait leur nid ; quant à celui des geais, il lui aurait échappé s'il n'avait perçu leur cajolement anxieux. Oui, le voilà, mais si bien caché que, d'en bas, personne ne l'eût deviné. Les branches du jeune sapin commençaient tout près du sol ; il grimpa d'abord facilement, mais plus il montait, plus c'était difficile, le branchage devenait dense, les aiguilles lui fouettaient les joues, et, en sueur, égratigné, il sortit enfin la tête, au sommet, tout près du nid. Il se balançait, suspendu au tronc effilé, et les geais l'attaquaient d'en haut, désespérément, avec le dessein bien clair de le frapper du bec. Ce n'est qu'à la dernière seconde que, la peur prenant le dessus, ils se repliaient sur place et rebroussaient chemin, pour renouveler leur assaut un moment plus tard. Il trouva quatre petits œufs bleus tachetés de roux, mais n'y toucha pas. Pourquoi la plupart des oiseaux des bois pondent-ils des œufs bleus ? Personne ne savait le lui expliquer. C'est ainsi. Mais pourquoi ? Il se laissa glisser en bas, content d'avoir atteint son but. Il s'en retournait, ivre de tout ce qu'il avait aperçu, mais surtout du printemps en forêt, dont la beauté ne réside en rien isolément, mais en un chœur d'espérance composé de mille voix. Sur les cimes des arbres, noires sur le fond du couchant, les grives étiraient leurs mélodies (*turdus musicus*, et non pas *turdus pilaris*, ni non plus *turdus viscivorus* ! Il n'y a que les imbéciles pour confondre ces espèces). En haut, les bécassines bêlaient, comme de petits moutons qui paîtraient çà et là, quelque part, très loin, par-delà cette soie teintée de rose et de vert. Antonine, il est vrai, lorsqu'elle entendait ces bruits, prétendait que c'était la sorcière Ragana, chevauchant un diable changé en bouc ailé et le torturant de ses éperons. Mais Thomas savait que ce bêlement n'est rien d'autre qu'un sifflement spécial de leurs plumes.

À Barbara, il offrit un bouquet de daphné, dont les fleurs roses sentent un peu comme des jacinthes. Elle les accepta d'un air bienveillant. Monsieur Romuald examinait contre la lumière de la lampe l'intérieur du canon de son fusil. Il prononça quelques mots, à la suite de quoi Thomas perdit la parole et dut pâlir de jalousie. Peut-être fut-ce par pitié, ou parce qu'il savait Thomas capable du même silence que les esprits des forêts, que Romuald demanda : « Viendras-tu ? »

Le bonheur était troublé par la responsabilité. Se glisser jusqu'au grand tétras en profitant de son chant passe pour un exploit difficile. Un pas maladroit, et déjà c'est la défaite du chasseur. Or Romuald l'emmenait approcher avec lui le grand tétras. L'honneur de Thomas était maintenant en jeu : il s'agissait de ne pas trahir cette confiance.

Il connaissait les coutumes de cet oiseau, mais ne l'avait jamais vu ; il n'y en avait pas près de Borkunaï, ils ne séjournaient que dans la profondeur des bois, loin des hommes : un oiseau qui est le symbole de la vraie grande forêt. On ne peut faire que deux ou trois pas vers la fin de chacun de ses chants, lorsqu'il devient sourd et indifférent à ce qui se passe dans les ténèbres, au-dessous de lui — car il ne chante qu'à l'aube, pendant la brève période qui s'écoule entre la fonte des neiges et la première verdure.

On peut éprouver des doutes quant au genre d'exaltation qui s'emparait de Thomas chaque fois qu'il apprenait quelque chose touchant les grands tétras et, d'une façon générale, la nature. Était-ce l'image de l'oiseau, grand comme un dindon, avec son cou tendu et l'éventail ouvert de sa queue, qui l'excitait ainsi, ou bien plutôt sa propre image, se faufilant dans la pénombre ? Plongeant dans le fourré, muet et sur ses gardes, ou écoutant la musique des chiens courants, ne s'émerveillait-il pas à l'idée qu'il lui était donné de prendre part à des aventures extraordinaires, comme à un vrai chasseur ? Probablement. Ainsi donc il ne voyait pas seulement les détails autour de lui, mais aussi lui-même voyant ces détails, ce qui signifie qu'il se délectait du rôle qu'il avait à jouer. Cette cambrure de son pied, par exemple, lorsqu'il approchait le gibier — par cette cambrure s'exprimait la conscience un peu trop aiguë de sa propre adresse. Mais dans les jeux des adultes, il n'en va pas autrement. Il faut qu'ils l'avouent enfin : ils sont curieux de savoir comment on se sent dans le rôle d'un amant, et cette curiosité est parfois plus importante pour eux que l'objet de leur amour. Ils veulent (n'est-il pas vrai ?) savourer la situation où ils se trouvent et acquérir de cette manière un titre d'orgueil. Leurs paroles et leurs gestes doivent être dès lors un peu faussés, puisqu'ils ne cessent de jouer leur rôle devant eux-mêmes, sous contrôle, au nom d'un idéal auquel ils ont décidé de tendre. Ils exigent de leurs sentiments à l'égard de leurs proches qu'ils correspondent à leur propre représentation de l'amour, et si les sentiments dont ils ont besoin font défaut, ils se les fabriquent et se persuadent habilement qu'ils sont vrais. L'art de l'acteur, qui consiste à être quelqu'un, et, en même temps, avec une autre partie de lui-même, à constater que ce quelqu'un, il ne l'est pas tout à fait, est leur spécialité; et ici il faut prendre la défense de Thomas.

Du reste, le fanatisme avec lequel il divisait les hommes en dignes et en indignes, selon qu'il devinait ou non une passion en eux, témoignait des exigences exorbitantes de son cœur. Ayant reconnu que les oiseaux sont la beauté suprême, il jurait de leur rester fidèle et de s'en tenir à sa vocation. Sa volonté s'exprimait dans des mouvements par trop exemplaires, dans ce serrement de dents: je veux être exactement ce que j'ai décidé.

La carriole de Romuald attelée à un seul cheval, ils se mirent en route le lendemain, tôt après midi. Le chemin sablonneux, aux ornières profondes, coupait la forêt, puis se tortillait à travers une large étendue de bruyères où, de loin en loin, se dressaient des baliveaux ou des bosquets de jeunes pins transparents, dont beaucoup avaient été brisés, comme des herbes, par les neiges et les vents de l'hiver. Les bruyères n'éveillaient aucune sympathie chez Thomas à cause de leur apparence stérile, si différente de la végétation sur les bords de l'Issa et aussi près de Borkunaï. Après venait une forêt mixte, et Romuald y chercha un raccourci qui servait au transport du bois. Le sol était déjà assez sec, on n'enfonçait plus. Dans l'ombre, les sabots du cheval résonnaient par moments contre la surface de la neige durcie. Ils débouchèrent sur la grande route bordée de fossés, et, au bout d'une demi-heure, la vue s'ouvrit sur une clairière étendue où fumaient les cheminées d'un village. « C'est Jaugelaï, dit Romuald. Ici, il n'y a que des braconniers. »

Sur le fond noir de la forêt, les bosquets nus et les broussailles bleuissaient dans la lumière vespérale ; au-dessus s'allongeaient des traînées de brume. Parmi des bouquets d'aunes, ils tombèrent sur un petit pont et un chemin surélevé conduisant à la maison forestière. Dans le nid, sur le toit, les cigognes, qui venaient sans doute de rentrer de voyage, laissaient déborder un pêle-mêle d'ailes et de becs. Un chien aboyait, tirant sur sa chaîne, et Romuald descendit de son siège, devant la porte, avec soulagement, s'étirant pour redresser ses os. La femme de haute taille, vêtue d'une jupe vert foncé, qui se montra dans la porte, expliqua que son mari n'était pas là, qu'il était allé chasser au chant et qu'il passait la nuit en forêt. Elle les invita à entrer, mais ils devaient aller plus loin s'ils voulaient le trouver avant la nuit. Ils burent donc seulement un peu de lait, qu'elle leur apporta dans une cruche d'argile. Suivant ses indications — à droite, puis, après un pin qui portait une ruche, à gauche, puis, près du marécage, de nouveau à droite — ils finirent par trouver une piste recouverte de sciure et d'une couche de branches coupées. Il faisait déjà tout à fait nuit. Des blocs de bois écorcés luisaient çà et là sur les côtés. Enfin ils aperçurent de loin un feu.

Le toit, c'était un seul plan incliné, formé de demi-troncs de pins et soutenu devant par deux pieux ; le reflet des flammes lui donnait la couleur d'un cuivre foncé. Deux paysans étaient assis sur les peaux de mouton étalées, et, évidemment, Thomas remarqua aussitôt les canons de deux fusils appuyés contre la pente. Le garde forestier et son compagnon assurèrent que le chant des tétras battait son plein, à moins que la pluie ne s'en mêlât, mais c'était improbable. Le coucher du soleil annonçait le beau temps. « Et lui, demanda le forestier en montrant Thomas, quoi, aussi pour le grand coq ? » et il se caressait la moustache, sous laquelle il cachait un sourire offensant. Il secoua la tête, le dévisagea avec attention, et Thomas se troubla sous ce regard.

Des gerbes d'étincelles éclataient, s'élevaient en tournoyant, se dissipaient dans une molle noirceur. Thomas étendit ses jambes vers le feu, et ça chauffait fort à travers les semelles de ses bottes. Étendu sur un lit de branches de sapin, il se couvrit de sa peau de mouton. Un grondement se propageait à travers la forêt invisible, un hibou criait quelque part au loin. Les hommes bavardaient, tirant en longueur les syllabes, des noces de l'un, du procès de l'autre, ou bien de quelqu'un qui, avec sa charrue, avait dépassé les limites d'un voisin. De temps en temps, l'un d'eux se levait et émergeait de l'ombre, traînant un tronc sec qu'il jetait dans le feu. Assoupi par le murmure de la conversation, Thomas, tourné sur le flanc, sommeillait, et à travers ce demi-sommeil lui parvenaient leurs voix et le crépitement des flammes.

Secoué par l'épaule, il sursauta. Le feu s'éteignait au milieu d'un large cercle de cendres. En haut, les étoiles étincelaient, plus pâles d'un côté du ciel. Il tremblait de froid et d'attente.

42

Ils marchaient dans une obscurité complète. Le silence. Rien que, de temps en temps, le heurt d'une botte contre une racine, le frottement d'un canon de fusil contre les branches pendantes. Ils étaient trois ; l'ami du forestier tentait sa chance sur d'autres affûts. Le sentier se resserrait. Au lieu de l'odeur des aiguilles, l'air commençait à porter celle du marécage. Des flaques luisaient dans la lueur grise qui précède l'aube. Ils avançaient en pataugeant dans l'eau ou l'évitaient avec peine en s'accrochant aux aunes. Plus loin, ils basculèrent sur des troncs glissants, jetés là en guise de passerelles, parmi les fantômes des roseaux secs.

C'était quelque chose entre un remblai et une percée. À gauche, un fossé, d'où se répandait dans le silence le coassement d'une grenouille. Derrière le fossé, on voyait vaguement les pins nains du marécage. À droite, la masse sombre de la forêt, celle qui pousse sur les terres détrempées. Thomas y distinguait des troncs plus clairs, des trous profonds, l'emmêlement d'osiers nus, d'arbres effondrés, de racines. Devant eux le ciel s'imprégnait de rose, et, lorsqu'on y fixait son regard, tout le reste, alentour, paraissait plus sombre.

Ils s'arrêtaient de temps en temps pour écouter. Soudain Romuald lui serra le bras. « C'est lui », souffla-t-il. Mais Thomas ne perçut pas tout de suite ce son. Rien de plus qu'un soupir étouffé par la distance, un signal mystérieux qui ne ressemblait à aucun autre bruit au monde. Une sorte de martèlement — mais non, comme si on débouchonnait des bouteilles, et encore, ce n'était pas ça. Ils serrèrent la main du forestier, qui disparut aussitôt.

— Pour le moment, on peut approcher comme ça, mais prudemment. Il est loin, il n'entendra pas, murmura Romuald. Après, prends garde.

Portant d'une main son fusil, maintenant l'équilibre de l'autre, il s'enfonça dans le maquis. Thomas derrière lui, son attention concentrée pour éviter tout frôlement, tout heurt. Mais comment les éviter ? Le pied, avant d'atteindre le sol, rencontrait des couches superposées de brindilles sèches qui se rompaient avec fracas. Avant de faire un pas, du bout de sa botte, Thomas se forait un trou dans leur réseau, ou bien il repérait des touffes de mousse. Oui, le grand tétras avait besoin de la vraie grande forêt pour le protéger. Des barricades de troncs gisant l'un sur l'autre leur refusaient le passage et Romuald hésitait — ramper dessous ou passer par-dessus ? Le son maintenant devenait plus distinct. Comme s'il était arraché avec effort, il sonnait, *tek-ap, tek-ap*, de plus en plus rapide.

Une telle scène dure dans la mémoire, à jamais. Avant tout, l'immensité des trembles, encore agrandis par l'éclairage gris perle de cette heure entre chien et loup, et, dans leur ramure, déjà un éclat qui annonce le lever du soleil. Les racines, comme des doigts géants pris dans l'ombre humide, l'élan des fûts vers le haut, vers la lumière. Romuald, à peine une fourmi à côté d'eux, se frayant difficilement un passage, le fusil levé. Et ce son. Thomas comprit le prestige de cette chasse. La nature n'eût pu trouver aucun autre chant pour exprimer avec une égale précision la sauvagerie du printemps. Ce n'était pas une mélodie, pas un trille séducteur — rien de plus qu'un roulement de tambour accélérant son rythme, et les artères battent dans les tempes, si bien que le chant du tétras et le tambour qui fait éclater la poitrine se confondent. Sans ressemblance avec la voix d'aucun autre oiseau, ne se laissant pas décrire, un son.

Thomas imitait en tout Romuald. Quand celui-ci se retourna et fit un signe, il s'arrêta. C'était donc le moment. Maintenant, ils allaient seulement faire des bonds. Le tétras se tut. Le silence. Très haut, de petits oiseaux les survolèrent avec un gazouillis aigu. Il reprit — *tek-ap*, et toujours plus vite, toujours plus vite, jusqu'à ce qu'un nouveau timbre s'ajoutât à son chant — comme si quelqu'un aiguisait un couteau, et alors Romuald fit un bond, un autre, et resta immobile. Thomas n'avait pas bougé : il n'osait pas, tant qu'il n'avait pas saisi le rythme. Mais au moment où le tétras commença une nouvelle série, il était déjà préparé, et, lorsqu'il entendit l'aiguisement final, il bondit en même temps que Romuald. Un, deux, trois — il se rendait compte que c'était le temps dont on disposait ; car l'oiseau, alors, devient sourd, et on peut même faire du bruit, pourvu qu'on sache devenir instantanément chose morte.

Un, deux, trois. Il se concentrait tout entier sur cet acte et priait : « Mon Dieu, fais que cela s'accomplisse. » Il est interdit, quoi qu'il arrive, de faire un geste pour améliorer sa position. Là où tu t'es arrêté, tu restes. Un pied de Thomas s'avança, cherchant l'appui d'une touffe de mousse, et, déjà après « trois », glissa dans l'eau ; la vase rejaillit avec un glouglou. Il eût pu retirer son pied en saisissant un arbrisseau derrière lui, mais celui-ci aurait sans doute émis un craquement. Il s'enlisa donc, plein de désespoir, et Romuald le menaça du doigt.

Il perdit un chant à retirer son pied de la vase et se remit à sauter à une certaine distance de Romuald, s'inquiétant à l'idée qu'il allait tomber sur le tétras, car le chant paraissait maintenant tout proche. Calculant où il allait mettre le pied, il se préparait, mais il ne se produisit rien. Des minutes passèrent, et, soudain, dans le fourré, devant eux, un battement de larges ailes. Fini. Il s'était envolé. Terrifié, Thomas appelait du regard Romuald, pour le faire se retourner.

Non, le tétras, le même, reprit son chant, d'un peu plus haut, semblait-il. Avait-il seulement changé de branche ? Aux accroupissements de Romuald, aux regards attentifs qu'il jetait autour de lui, Thomas devina qu'il dressait un plan, qu'il cherchait par où il pourrait s'approcher en risquant le moins d'être découvert. Sur le toit de la forêt, le ciel était déjà clair, des rayons teignirent de rouge un groupe de trembles. C'est là-bas que Romuald se dirigea, à larges sauts rapides, et il lui fit de la main signe de venir.

Le tétras, haut, dans une trouée, parmi les sapins. La tête

renversée en arrière, à demi agenouillé sur la mousse, Thomas l'observait de derrière un tronc. Il paraissait petit, presque comme un merle. Les ailes basses, l'éventail de la queue dressé de biais, gris sur le fond du sapin tout à fait noir où il était perché. Romuald, courbé en deux, avait les épaules enfouies sous des rideaux d'aiguilles ; il opérait un mouvement tournant.

Feu. Thomas voit le tétras arraché à la branche sans que ses ailes aient eu un mouvement, la longue trace de sa chute, il entend le fracas du heurt contre le sol, un second écho après l'écho du coup. Il passe sa langue sur ses lèvres desséchées. En lui, c'est la félicité, et il rend grâces à Dieu.

D'un éclat métallique, le sourcil rouge, le bec comme s'il était fait d'un os blanchâtre, — lorsque Thomas l'eut pris par la tête et soulevé à bout de bras, il lui pendait jusqu'aux pieds. Sous le bec, il avait comme une barbe de plumes. Il ne connaissait pas les hommes, peut-être avait-il une ou deux fois entendu leurs voix de loin. Ni la tante Héléna, ni les livres, ni les bottes, ni la structure d'un fusil ne le préoccupaient en rien, et il ne savait pas que vivaient quelque part Romuald et Thomas, il ne l'avait pas su et ne l'apprendrait jamais. La foudre l'avait frappé et tué. Et lui, Thomas, séjournait derrière la foudre, de l'autre côté. Ils s'étaient rencontrés comme ils pouvaient se rencontrer ; et c'était un peu triste de penser qu'ils ne se rencontreraient jamais autrement, seulement comme cela. À vrai dire, il avait la nostalgie d'une entente avec diverses créatures vivantes, telle qu'il n'en existe pas. Pourquoi cette barrière, et pourquoi, si l'on chérit la nature, faut-il devenir chasseur ? Même son grand-duc : il avait rêvé en secret qu'un jour le grand-duc prononcerait une parole ou ferait un geste prouvant que, pour un instant, il avait cessé d'être un grand-duc. Et, du moment que cela ne s'était pas réalisé, que peut-on encore en faire, une fois qu'on l'a mis en cage ? Prendre soi-même une autre forme, mettons celle d'un tétras, cela aussi est impossible, et il ne reste qu'à saisir l'oiseau mort en aspirant son odeur, l'odeur sauvage du fond du fourré.

Le soleil se lève. Ces mêmes racines emmêlées et ces taches de vase sous les houppes enchevêtrées des osiers paraissaient déjà moins extraordinaires. Ils se retrouvèrent bientôt auprès du fossé, dont ils ne s'étaient pas éloignés autant qu'il le croyait. Il trouva du plaisir à leur marche le long du bord : l'aurore rapace dans le chaos des pins tordus, appuyés les uns aux autres, l'homme avec la barre de son fusil et la fumée bleue de sa cigarette, et lui, portant le butin.

43

La vie des gens qui, sortant le matin de leur maison, n'ont jamais entendu le gargouillis du coq de bruyère, doit être triste, car ils n'ont pas connu le véritable printemps. Il ne leur vient pas à l'esprit, dans les moments d'angoisse, de songer aux noces qui se célèbrent quelque part, indépendamment de ce qui les oppresse eux-mêmes. Et, du moment que l'extase existe, importe-t-il vraiment qu'ils ne soient pas, eux, ceux qui l'éprouvent, que ce soit quelqu'un d'autre ? Des fleurs violettes, avec du pollen jaune à l'intérieur, émergent des aiguilles sèches, sur leurs tiges recouvertes d'un duvet de velours, quand les coqs dansent dans les clairières, traînant leurs ailes sur le sol et dressant verticalement leur queue-lyre, couleur d'encre avec un revers blanc. Leurs gosiers ne peuvent contenir le trop-plein de leur chant ; ils se gonflent, roulant la rondeur du son.

Romuald ne les tirait pas à Borkunaï même, soucieux qu'il était de préserver le gibier dans les environs immédiats. La boulaie où résidaient les vipères était contiguë à un jeune bois de pins, et c'est lui qu'ils avaient adopté pour leur parade. Les arbres y étaient plus espacés, mais touffus, avec des branches étalées sur le sol. À terre, c'était comme un parquet, des mousses rases, des lichens de couleur grise, çà et là des touffes d'aiguilles. Pour la chasse, on construit d'ordinaire en de tels lieux des huttes extérieurement semblables à des buissons ; le chasseur s'y cache avant l'aube et attend, avec, sous ses yeux, la salle de bal des coqs. Thomas mettait son point d'honneur à ne se servir que de sa propre adresse. Il chassait sans fusil et se fixait pour tâche d'approcher furtivement assez près pour être sûr que, s'il avait eu un fusil, il n'aurait pas manqué son coup.

Brumes laiteuses et rose enfantin du ciel. Des brumes peuvent survenir à n'importe quel moment de l'année — en quoi celles-là diffèrent-elles des autres pour ainsi vous couper le souffle par leur sérénité ? Parmi elles, sur le blanc de la rosée ou du givre, les coqs d'un noir éclatant, énormes scarabées de métal. Le lieu qu'ils ont choisi pour leurs escarmouches amoureuses est un jardin enchanté. Thomas rampait à quatre pattes et les épiait de tous ses yeux, mais il ne réussit qu'une seule fois à venir tout près. Un autre jour, un coq faisait *tchou-schi!*, perché sur un jeune pin. Des gouttes transparentes étincelaient en chatoyant à l'extrémité des aiguilles. L'oiseau était au centre de l'espace, l'égal, aux yeux de Thomas, d'une planète. Et le plus important, c'est qu'il s'envola de lui-même, et non parce qu'un pas imprudent l'aurait effrayé. Thomas aurait voulu avoir la casquette de la vieille fable, celle qui vous rend invisible ; mais, même sans elle, il réussissait parfois à passer inaperçu.

Le printemps prend des forces et les putiets fleurissent. Sur les bords de l'Issa, on est étourdi par leur odeur amère. Les jeunes filles se dressent sur la pointe des pieds et cueillent des grappes de leurs fleurs frêles, qui tombent vite. Le soir, sur le pré, derrière le village, un petit tambour et une trompette répètent sans cesse le même air pour la danse monotone du pays. Et déjà la maison, à Ginè, disparaît sous les nuées de lilas.

Cette année-là, Thomas ne prit pas une seule fois en main la foëne à quatre dents, à longue hampe, qu'il portait lorsque Pakienas ou Akulonis allaient pêcher le brochet à la saison du frai, et la rouille des hameçons gagna le fil de ses lignes. Il en eut même du remords. Mais il avait trop à faire. Aussi bien chez monsieur Romuald que chez la vieille Mme Bukowski, où il n'était, à vrai dire, attiré ni par elle, ni par Denis, ni par Victor, mais par le lac.

Le lac était petit, mais aucun pré ne le bordait, nulle part aucun chemin n'y donnait accès, et c'est ce qui faisait sa valeur. Alentour, c'étaient les fondrières. Pour approcher de la rive, il n'y avait qu'un unique sentier, et l'on y barbotait encore jusqu'aux chevilles. La rive était envahie par de hauts roseaux, mais Thomas découvrit une petite baie où la vue s'ouvrait et il prit l'habitude d'y rester longtemps, immobile, assis sur le tronc d'un aune. Une surface parfaitement lisse, morceau d'un autre ciel; un oiseau aquatique, la traversant à la nage, traînait derrière lui de longs plis. Le lac, en effet, avait des habitants dont Thomas guettait toujours l'apparition. Des canards descendaient en faisant siffler l'air et rasaient longuement la surface, la frôlant jusqu'au tourment du triangle de leurs ailes; et alors de petites ondes s'en venaient de là-bas jusqu'à lui. Ces canards, des éperviers aux aguets les épiaient en piaulant très haut dans les airs, et, une fois, il fut témoin d'une attaque: un épervier piqua sur un malard multicolore, qui réussit à fuir dans les roseaux. Il désirait surtout surprendre les coutumes des grèbes. Ils émergeaient parfois si près de lui qu'il eût pu lancer une pierre: un bec rosâtre, une huppe, et, sur le cou blanc, des favoris couleur de rouille. Que signifiaient leurs étranges cérémonies au milieu du lac ? Ils transformaient leurs cous en serpents, filaient au ras de l'eau à une vitesse extraordinaire, et, ces serpents, ils les courbaient en forme d'arc, la tête basse. Leur élan étonnait, car d'où naissait-il, du moment qu'ils ne volaient pas et touchaient à peine l'eau ? Comme les canots à moteur sur les illustrés de la grand-mère Dilbin. Et pourquoi ? Il interrogea Victor, mais celui-ci se mit à rire et répondit seulement à sa manière bégayante : « Ils se pourchassent parce qu'ils sont bêtes », ce qui n'était certes pas une explication suffisante pour un naturaliste.

D'une façon générale, d'ailleurs, Victor n'était pas le compagnon rêvé : il bégayait et il était comme un morceau de bois. Pourtant il labourait, hersait, jetait dans les rateliers la nourriture du bétail et trayait même les vaches avec une fille de ferme, toujours au travail et aux ordres de chacun. Peut-être s'était-il mis à bégayer par peur de sa mère ? La vieille Bukowski, assise, écartait largement les genoux ; entre eux, un énorme ventre ; sur ses genoux, elle appuyait ses poings fermés. Entre cette attitude, qui lui était familière, et celle qu'elle prenait pour jouer de la guitare en roulant des yeux blancs lorsqu'elle était de bonne humeur, il y avait une telle différence que ses chants choquaient Thomas comme si un bœuf imitait un rossignol.

Mme Bukowski élevait un grand nombre de canards, et un détail donna à penser à Thomas. Les canards erraient autour de la maison en picorant de l'herbe, ou bien ils essayaient de se baigner dans un creux où l'eau ne s'amassait qu'après la pluie ; autrement, on n'y trouvait rien qu'un peu de vase humide qui, les jours de sécheresse, se fendait selon des lignes en zigzag. — Pourquoi n'allaient-ils pas jusqu'au lac ? demanda-t-il. Victor fit une grimace méprisante, et sa réponse, telle qu'elle résultait de son bafouillage, se réduisit à ceci: «Ah, s'ils savaient.» Ils ne savaient pas que, juste à côté, il existe un paradis où l'on peut plonger dans l'eau chaude pleine de tiges vertes, des feuilles étalées sur la profondeur somnolente, des coins secrets parmi les joncs. À la vue de ces becs plats, rasant le sol avec un clappement, de leur mine (ces joues gonflées), Thomas était pris de pitié pour leur ridicule limitation. Quoi de plus facile que de se mettre en route vers le lac? Ils y seraient en dix minutes. La pensée philosophique, confuse, en train de naître, il ne devait la suivre jusqu'au bout que quelques années plus tard. Pauvres hommes. Tout à fait comme ces canards.

La beauté du printemps où il eut ses douze ans ne préserva pas Thomas de certaines inquiétudes, au contraire. Pour la première fois, il remarquait que lui-même n'était pas tout à fait lui-même. L'un, tel qu'il se sentait du dedans — l'autre, extérieur, charnel, tel qu'il était né, où rien ne lui appartenait en propre. Barbara, quand elle l'avait appelé «sot» ne savait rien de l'admiration qu'il avait pour elle; si elle l'avait su, elle ne lui aurait pas fait si grand tort. Elle l'avait jugé de l'extérieur, et le fait de dépendre de son propre visage («Thomas a un visage comme un cul tatare»), de gestes dont on vous tient à tort pour responsable, lui pesait cruellement. Et s'il n'était pas comme les autres, mais moins bien, fabriqué autrement? Romuald par exemple est tout en muscles, sec, il a les genoux pointus — Thomas se tâtait les cuisses, les trouvait trop grosses, il se mettait devant une glace et examinait son derrière saillant, et, aussitôt, si des pas se faisaient entendre, il feignait de passer seulement devant la glace, sans s'arrêter. Chez d'autres, les cheveux se divisent par le milieu, des deux côtés de la raie; il prenait donc une brosse et essayait de les coiffer, mais autant peigner un chien à rebrousse-poil, le résultat était nul.

On habite donc en soi-même comme dans une prison. Si les autres nous raillent, c'est qu'ils ne pénètrent pas jusqu'à notre âme. On porte en soi une image où l'on se confond avec son âme, mais il suffit d'un regard extérieur pour mettre en pièces cette unité et montrer que non, que nous ne sommes pas tels que nous en aurions envie. Et ensuite, on va, étant à l'intérieur de soi et en même temps s'observant du dehors avec peine. Il pensait avec d'autant plus de nostalgie à son Royaume de la Forêt, dont il conservait le plan, enfoui dans un tiroir fermé à clé. Après réflexion, il finit par conclure qu'on n'y laisserait entrer aucune femme : ni celles qui sont comme Héléna, ni comme Mme Bukowski, ni comme Barbara. Les hommes, eux aussi, sont capables de cligner des yeux et de jeter un regard froid ; mais cela reste encore, d'une certaine manière, lié aux femmes, cela se passe le plus souvent en leur présence. Les hommes, si leur esprit est dirigé vers des fins dignes d'eux, ne se soucient pas de bêtises telles que l'apparence des gens.

Les feuilles des tilleuls, à côté de la maison, à Ginè, sortirent des menus bourgeons, se développèrent en larges mains vertes, cachèrent la clochette qui pendait sous un abri vermoulu placé haut dans la fourche d'un tronc. De mémoire de Thomas on ne s'était jamais servi de cette clochette ; aucune ficelle n'y était attachée et personne n'eût pu grimper là-haut. L'après-midi, pendant les exercices du mois de Marie, à l'église, la lumière qui tombait de la fenêtre était jaune. Des fleurs répandaient leur parfum à côté de la Sainte Vierge vêtue de bleu.

Des pluies chaudes. Après, sur les sentiers, il reste des bancs de boue couleur chocolat, à travers lesquels les derniers filets d'eau se creusent un passage. On pose le pied, et une pâte molle vous sort entre les orteils. Ensuite l'eau vient remplir l'empreinte concave laissée par le talon nu.

44

La fenêtre, chez la grand-mère Dilbin, était grande ouverte, et les rossignols, bien qu'il fît encore clair, chantaient dans les broussailles au-dessus de l'étang. Elle s'éveilla d'un lourd sommeil rempli de fantômes. Il lui semblait que quelqu'un se tenait à son chevet. «Arthur!» appela-t-elle. Mais il n'y avait personne, et elle sut qu'elle était ici, que les années avaient fui, et que les lettres dorées, sur la dalle funéraire, devaient être délavées par les saisons.

Bronislawa Ritter, qui avait eu deux tresses blondes et attrapait, pour le délivrer, un papillon en train de se débattre contre la vitre, regardait les ombres du soir sur le plafond, et deux mèches blanches gisaient sur son oreiller. Les murs de la maison, à Riga, la protégeaient du mal, le temps n'avait pas prise sur eux. Une enfance trop heureuse, et après, on tombe dans l'abîme: comment admettre désormais que cela seul soit vrai, qu'on n'entendra pas retentir le rire joyeux réduisant l'irrévocable à une plaisanterie? Qu'est-ce que tout cela voulait dire? La cuiller étend la confiture, la robe soyeuse de sa mère chatoie, sa sœur lui noue un ruban, on entend sonner à la porte d'entrée et son père dépose sur la console le sac bariolé qu'il rapporte de chez ses patients. Pourquoi, ensuite, cette route-ci devait-elle lui être assignée, et non une autre? Impossible d'accepter que ce soit là justement son sort à elle. Il faut reconnaître ce qui est, mais on ne le saisit pas vraiment. Juste un roman triste, qu'on va tout de suite mettre de côté — non, on ne peut pas le mettre de côté. Pourquoi *moi*?

Cette longue chute. Ce qui s'était passé alors, quand ils étaient revenus de l'église, avec Arthur, et qu'elle sentait la neige fondre dans ses cils. Les flammes des bougies vacillaient dans les candélabres et les planchers craquaient dans cette maison qui devait désormais être la sienne. «Non, non!»

C'était comme de découvrir que la mort existe. Les guirlandes de papier dont on orne l'arbre de Noël, et le son des vieux chants repris en chœur, et les fleurs, et le cerceau qui roule dans le jardin, éclatent, se désagrègent, et, des décombres, la cruauté monte, seule réelle. « Non, non ! » C'en était fait pour les siècles. Arthur était bon. Mais elle ne cédait qu'à la force, à l'ordre monstrueux d'un monde où il était le maître. L'odeur du tabac et du cuir l'introduisait dans un pays où chacun cesse d'être autre chose qu'un objet, où les ornements voulus par de chères traditions apparaissent comme des mensonges, cherchant en vain à cacher la nudité de la loi. Et stupéfaite elle demandait : c'est donc ça ? Personne ne se révolte contre cette réalité, une fois pour toutes sanctifiée et reconnue, alors qu'aucune parole rituelle, ici, n'a créé l'union ni changé rien à rien.

Qui était Arthur, elle l'ignorait encore quand, sur son visage de cire, la moustache jetait son ombre, tandis qu'elle rectifiait les mèches des cierges près du cercueil, pensant malgré elle : « une chose. » Un ressort bandé d'énergie, qui fonctionnait selon son propre principe. Il maîtrisait sa violence en suçant le tuyau de sa pipe. Il n'aimait pas parler de lui. Sur son dos, il avait des cicatrices de knut. « Une révolte au bagne » — quelques mots prononcés en grognant, c'était tout son récit. Il avait voyagé avec un attelage de rennes là où la nuit ou le jour sont sans fin, dans les toundras de Sibérie. À travers les forêts, à l'époque du soulèvement, droit et mince comme toujours, vêtu d'une redingote à brandebourgs avec un ceinturon à boucle. Il racontait volontiers et avec orgueil comment il avait abattu sur son cheval un officier de dragons russe : il avait tiré sur lui avec son fusil de chasse, à balle, comme sur un sanglier. Il avait toujours été fier de la sûreté de son tir. Après lui, il était resté des notes et des comptes. « À Mathilde Zidonis cinquante roubles. » « T. K. vingt roubles. »

Elle devinait qu'il la trompait, mais n'en laissa jamais rien voir. Dans le testament, des legs sans motivation claire, à des paysans des villages voisins : ses fils.

Les dates se brouillent, des hivers, des printemps, de petits incidents, une maladie, des visites. Théodore naquit en 1884, oui, elle n'avait pas encore dix-neuf ans. Elle avait sans doute gardé les yeux secs à la nouvelle que Constantin, en se baignant, s'était noyé, Constantin, avec qui elle eût pu être heureuse. Probablement, oui. Elle fixait d'un regard immobile l'intérieur de quelque chose, comme on regarde les tourbillons du ruisseau ou la flamme. Dans la malle, il y avait son cahier du cours de dessin, avec un dessin de lui. Ici, encore aujourd'hui, dans la malle.

Un rossignol criait, un autre lui répondait. De la fenêtre venait un courant d'air humide. Quel qu'ait pu être le passé, il faiblit, se fane, se dissipe, et l'homme alors prie, demandant du secours, car il doute d'avoir vécu. Si l'étoile qui s'allume dans le ciel verdâtre est vraiment si lointaine, à des millions de lieues, si tournent derrière elle d'autres étoiles et d'autres soleils, tandis que tout ce qui naît disparaît sans laisser de trace, seul Dieu peut sauver le passé de l'insignifiance. Fût-ce un passé de douleurs. Pourvu qu'on puisse le distinguer du rêve.

— Ferme la fenêtre, Thomas, il fait froid.

Sa voix grinçait : les gonds d'une porte qu'on ouvre peu à peu. Thomas perçut ce ton inusité. Il la regardait déjà depuis un moment. Les doigts entrelacés, les joues affaissées, séparées du menton par une ligne concave. Le cou maigre, avec deux plis dans la peau. Elle tourna son visage vers lui. Les yeux, comme toujours, n'étaient pas tout à fait occupés par ce qui était devant elle.

Son petit-fils. Bon sang ou mauvais sang ? La virilité et la fougue d'Arthur, ou sa peur à elle devant la dureté de ce qui nous frappe ici-bas ? Était-ce le sang de ceux-là — ces barbares ? Que Théodore n'eût pas été comme son père, mais mou et, à vrai dire, faible, c'était seulement de sa faute à elle. Constantin, c'était de sa faute aussi. Et ce garçon pourrait devenir quelqu'un du genre de Constantin, s'il avait hérité quelque chose d'elle.

— Satybelka a apporté une lettre, elle est là, regarde.

Sur le coin de la petite table aux médicaments, il y avait des feuillets et, dessous, une enveloppe. L'écriture penchée, sautante, dont il ne savait pas déchiffrer un seul mot, c'était celle de son père. L'écriture où certaines lettres étaient repassées à l'encre une seconde fois, comme par scrupule qu'elles pussent être illisibles, celle de sa mère.

— Maman écrit que maintenant c'est sûr, elle va venir, au plus tard dans quelques mois.

— Par où ? demanda-t-il.

— Elle a déjà tout préparé. Tu sais que la frontière est fermée, elle ne peut pas passer légalement. Elle écrit qu'elle connaît un petit bourg où il est facile de traverser.

— Partirons-nous avec elle par là ou par Riga ?

La grand-mère cherchait autour d'elle son chapelet. Il se baissa et le ramassa.

— Toi, tu partiras. Moi, je n'ai plus besoin de rien.

— Pourquoi parler ainsi ?

Il éprouvait de l'indifférence, et, à cause de cette indifférence, de la colère.

Elle ne répondit pas. Elle gémit et essaya de se soulever. Il se pencha et la soutint. Son dos rond dans la camisole de futaine, les sillons de son cou vers la nuque.

— Ces oreillers. Regarde comme ils se tassent. Peut-être pourrais-tu les redresser.

La pitié de Thomas manquait de plénitude, il l'eût voulue meilleure, mais, pour cela, il aurait dû se forcer ; et, la sentant artificielle, il s'irritait de n'en pas trouver d'autre en lui. Maintenant la grand-mère lui paraissait moins irritante que d'habitude — pourquoi, il ne se le demandait pas : moins transparente, en quelque sorte, sans toutes ses ruses trop faciles.

— Il y a beaucoup de rossignols cette année, constata-t-elle.

— Oui, grand-mère, beaucoup.

Elle commença à faire glisser les grains de son chapelet et il ne savait s'il devait rester ou partir.

— Tant de chats, dit-elle enfin. Comment ces oiseaux n'ont-ils pas peur de chanter !

45

N'y a-t-il vraiment pas de témoins ? L'herbe drue écrasée sous la semelle se redresse lentement alors que le pied foule déjà d'autres brins, que d'autres graminées rugueuses bruissent contre la tige des bottes, et la grive mise en fuite revient à l'endroit même où elle avait auparavant cherché des chenilles. Ces deux, les voilà assis côte à côte dans le puits étroit dont les cloisons sont faites d'un feuillage épais ; au-dessus d'eux passent les nuages. Un bras foncé entoure les épaules sous leur corsage blanc. Une fourmi tente de se dégager de la masse soudain jetée sur elle. C'est le moment de l'année où le coucou chante encore, mais souvent déjà il s'esclaffe, avant de se taire jusqu'au printemps suivant. Nul ne compte en ce moment ses appels, annonçant le nombre d'années qui vous restent à vivre. Chuchotements au fond de la verdure et faible tintement des éperons.

Et voilà que, sans bruit, s'approche le sorcier Masiulis. Il porte, passée à son épaule, une musette de toile où il met les plantes qu'il ramasse. Il se penche, pose son bâton et, avec un canif, extrait une racine dont il a besoin. Une voix humaine vient jusqu'à lui. Quelques pas, il écarte le rideau des feuilles ; invisible, il fronce ses yeux railleurs. Car le geste avec lequel la femme, maintenant, remet sa robe en ordre signifie : il ne s'est rien passé. Un acte isolé à jamais, et elle va se mettre à parler de choses indifférentes, comme si elle revenait d'une de ces aventures où l'on tombe en cheminant à travers les espaces de la nuit. Il lâche les branches, se retire jusqu'à la lisière du bois, s'assied sur une pierre et allume une pipe.

Masiulis n'était pas sans passions. Tel qu'on le connaît, il nourrissait sa sagesse de petits rires étouffés et, en somme, de mépris. Mépris pour la nature humaine en général, comme aussi pour la sienne propre. N'avait-il pas dit un jour à quelqu'un (il est assurément difficile de deviner pourquoi) que l'homme est semblable à une brebis au-dessus de laquelle le bon Dieu aurait construit une seconde brebis faite d'air pur, et la brebis véritable ne veut à aucun prix être elle-même, mais seulement l'autre. C'était là sans doute la clé de ses sorcelleries. Du moment qu'on se fait de l'homme une image comme celle-là, rien de plus naturel que d'aider la brebis chaque fois qu'elle rencontre certaines difficultés à se maintenir dans les airs.

Masiulis n'avait aucune raison de penser au couple, dans le fourré, avec sympathie. Chaque fois que deux êtres se séparaient ainsi des autres, cela, en quelque manière, l'offensait : il leur semblait, en effet, qu'une chose pareille n'était jamais arrivée qu'à eux. Cela ne l'offensait peut-être pas, mais cela l'amusait, éveillait sa malice. Après tout, on y va du bâton lorsque des chiens se comportent de manière indécente sous les yeux de tous — parce que leurs langues pendantes et leurs mines tendres permettent de supposer qu'ils ne sentent pas leur propre ridicule, qu'ils ne font que savourer leur plaisir, comme s'ils étaient sûrs d'être seuls au monde à éprouver en ce moment ce qu'ils éprouvent. Quant à ces deux, dans le bois, Masiulis grogna avec colère pour lui-même : « Voyez-moi cette jument ! », paroles qui se rapportaient au geste pudique d'Héléna Juchniewicz arrangeant sa robe.

Par suite d'un concours de circonstances, quelques jours plus tard, Barbara vint chez Masiulis lui demander conseil ; il n'y avait personne d'autre auprès de qui elle pût chercher de l'aide. Il ne demande pas, comme le curé au confessionnal : « Et combien de fois, mon enfant ? » parce qu'il sait que beaucoup de fois. À la vérité, l'abbé Monkiewicz, recevant la confession de ses paroissiens, n'attendait d'eux que le ferme propos de s'amender. En effet, le ferme propos de s'amender, c'est ce soupir que nous poussons vers Dieu, pour qu'il voie combien ardent est notre désir de nous délivrer du goût du péché ; pour qu'ensuite, quand nous retomberons dans nos vieilles ornières, il ne nous en veuille pas. Puisqu'il voit tout, il voit aussi que nous sommes réellement des anges, que nous succombons aux besoins de la chair contre notre volonté, sans jamais consentir pleinement à notre chute, en regrettant d'être faits ainsi, et non autrement. Au sortir du confessionnal, Barbara, comme les autres, se sentait libérée d'un fardeau et déjà prête à recommencer.

Pour ce qui lui arrivait, il existe des moyens éprouvés de bonne femme : il suffit d'ajouter à la nourriture un peu du sang des règles, et l'homme qui en aura mangé vous restera attaché par des fils invisibles. Cela n'avait pas réussi, ou peut-être éprouvait-elle le besoin de se plaindre une bonne fois tout son saoul auprès de quelqu'un. Le sorcier lui fit bon accueil, lui parla longuement, et les larmes ruisselèrent entre ses doigts. Aussi de honte. Si Romuald avait appris qu'elle courait pour ça chez Masiulis, il l'aurait battue, et à bon droit. Car Masiulis l'excitait contre lui. À sa rancune ancienne s'ajoutait la vision de ces deux qu'il avait surpris là-bas. Et il ne lui donna pas le philtre d'amour qu'on fait bouillir, et qu'on verse ensuite, peu à peu, dans les plats, mais il lui conseilla de ne plus se laisser mettre la tête à l'envers par un sale vieux, un gentilhomme félon, attiré par les belles dames.

Sur le chemin du retour, elle avait les yeux gonflés. Pourtant, dans le sentier qui traversait la sapinaie, elle s'arrêta soudain, et, pensive, se mit à effacer de son pied nu les traces d'un sabot de cheval. « Hé-hé, qu'est-ce qu'il en sait. » Connaissait-il seulement Romuald ? Non. Elle, elle le connaissait. Il y a des secrets qu'on ne peut révéler à personne. Un vieux ? Mais qui comme lui... ? Elle recourba son gros orteil, souleva du sable et des aiguilles. Non, il faut faire autre chose.

Barbara a vingt-deux ans. Sa jupe froufroute et se frotte à ses cuisses, ses pas reprennent de l'assurance. Elle lève le menton et ses lèvres se gonflent en un sourire plein de force. À l'endroit où la vue s'ouvre sur les bâtiments de la ferme, elle s'arrête et embrasse du regard les toits, la grue du puits, le verger, comme si elle les voyait pour la première fois.

Sûrement : autre chose. Quoi — ça, on verrait bien. Pour le moment elle n'a en tête qu'une ébauche vague des décisions à prendre, mais c'est assez. Pleurer à chaudes larmes comme elle venait de le faire chez Masiulis, cela fait du bien. On regarde tout d'un œil neuf et on voit en un éclair combien il est faux de subir son sort avec humilité. Se laisser chasser de Borkunaï ? Non.

Sa visite au sorcier n'avait donc pas été vaine, mais elle eut un effet inverse de celui qu'il voulait. Il s'était trop laissé aller à ses passions ; celles-ci ne sont bonnes que tant qu'elles vous poussent à la sagesse, et non lorsqu'elles gouvernent à la place de celle-ci. Il s'était comporté d'une manière nettement contraire à sa vocation.

Romuald donnait des coups de marteau devant l'étable, il

réparait la charrue. Dans la cuisine, Barbara puisa dans un seau de l'eau avec sa main, se baigna le visage et se regarda dans un bout de miroir. Ne rien laisser voir. Du moment que ça devenait une affaire d'adresse, il y fallait la surprise. Et elle se lécha les lèvres afin qu'elles n'eussent pas l'air sèches.

46

Luc Juchniewicz pleurnichait, assis sur un coin du canapé. Il était porté au sentiment, et aussi à la tristesse. « Mais mon petit Luc, disait la grand-mère Misia, essayant de le consoler, il n'est encore rien arrivé, peut-être n'y aura-t-il pas de morcellement du tout. » « Il se fera, gémissait-il. Maintenant c'est tout à fait sûr. Ces salauds, ces voleurs, ils nous enverront sur les routes avec des besaces. Où aller, malheureux que nous sommes ! » Et il s'essuyait les yeux du revers de la main.

Le bien que les Juchniewicz tenaient à ferme depuis longtemps devait effectivement être divisé en vertu d'on ne sait quel paragraphe de la fameuse Réforme agraire, et il était difficile de contredire Luc. La tante Héléna était assise à côté de lui, le regard embué de douce résignation. Le grand-père, sur une chaise, en face d'eux, s'éclaircissait la voix.

— Mais vous emménagerez ici, évidemment. C'est même mieux : vous nous aiderez. Et, de toute façon, à cause de la Réforme, il est préférable qu'Héléna habite ici.

— Mais Joseph nous a dénoncés, soupira Héléna.

— Ce vaurien, eh bien, ne l'avais-je pas dit ? Tes Lituaniens sont tous les mêmes, et toi — la grand-mère Misia se tournait vers le grand-père et l'imitait, pleine de dérision — : ces braves, ces fidèles, non, ils ne feront rien de mal. Ah, moi, un fouet, un fouet, et je leur apprendrais !

Le grand-père arrangeait ses boutons de manchettes, comme chaque fois qu'il ne se sentait pas sûr.

— L'employé a promis d'arranger l'affaire. Après tout, on y mettra un peu de beurre et ce Joseph ne fera pas grand mal.

— Moi, il me semble que le plus intelligent, c'est d'aller habiter la maison forestière. Comme ça ils verront que père est sur son bien et moi sur le mien. Quand on est chez soi, on est chez soi — disait Héléna, savourant les syllabes.

Thomas levait les yeux de son livre, les écoutait un instant, et aussitôt leurs voix se brouillaient à nouveau en un bruissement vide de sens. Il avait réchauffé un creux dans le fond froid du canapé, sous la fenêtre. Dehors, les moineaux gazouillaient dans la vigne vierge dont les vrilles atteignaient déjà les châssis. Les feuilles de l'agave se dressaient sur la pelouse, dorées par le soleil d'après-midi.

— Ce pauvret, ce petit poulet, il va périr, ricanait la grand-mère Misia. Peuh ! un taureau comme ça, il reste assis à ne rien faire, il fabrique en cachette de l'alcool qu'il vend à Pogiraï, maudit ivrogne. Et avec ça, gras, que ça vous dégoûte. Le flanquer dehors, et fini.

— Mais voyons, hum, il a construit lui-même la maison, disait le grand-père pour se défendre. Et il surveille la forêt. Comment peut-on traiter un homme comme cela ?

— Un homme ! C'est que justement il ne s'agit pas du tout d'un homme, mais du bien-aimé petit Balthazar, cette perle, cette prunelle de tes yeux, plus précieux que ta propre fille !

— Mais Dieu me garde — et Héléna levait les mains avec horreur — de faire du tort à n'importe qui ! Je n'y ai pas pensé un seul instant. Par exemple il pourrait être logé ici, au domaine. Il aiderait Satybelka, qui se fait vieux. Ou bien on pourrait même lui préparer une maison dans les communs.

Ici Thomas dressa l'oreille, curieux de voir comment le grand-père allait s'en tirer.

— Oui, ce serait possible, consentit le grand-père. C'est même un bon plan. Seulement vois-tu, ma petite Héléna, hum, quand les temps sont comme ça, tu comprends toi-même, blesser quelqu'un, l'irriter... Tu es sans doute, toi aussi, d'avis qu'à présent l'essentiel..., c'est que ces partages soient validés. Donc, ce n'est pas le moment de se faire des ennemis. Il connaît la forêt et il pourrait... On a déjà bien assez de soucis avec Joseph.

La vision du danger agit efficacement sur l'esprit d'Héléna et de la grand-mère. Elles ne répondaient rien. Luc se tenait la tête entre les mains.

— Dans quelle affreuse époque il nous faut vivre! Devant chaque brute de paysan, attention, cajolez-le! Oh, comme j'ai le cœur lourd!

— Pauvre Luc. Peut-être lui faut-il de la valériane? proposa la grand-mère, ce à quoi Héléna ne prêta aucune attention.

Pour Thomas, Luc est un personnage énigmatique. Aucun des adultes ne se comporte comme lui et sa seule vue vous donne envie de vous esclaffer, mais personne ne rit, ce qui vous amène à douter de vous-même. Il porte pourtant des pantalons longs, c'est le mari d'Héléna, il sait où et quand il faut semer et récolter chaque chose. Thomas soupçonne donc que derrière ce visage de gutta-percha, qui tantôt fond dans les sanglots d'une sympathie sans mesure, tantôt se crispe dans une totale détresse, séjourne un autre Luc, le vrai, moins bête qu'il n'en a l'air. Cet autre Luc, jamais pourtant il n'a réussi à le rencontrer. Mais il n'est sûrement pas possible qu'il se réduise tout entier à celui-ci. Thomas lui attribue donc une ruse toute particulière: il fait semblant. Et Luc ne s'habille pas non plus comme les autres. Peut-être cela l'aide-t-il à jouer la comédie: il porte des pantalons étroits, à carreaux marron, avec une bride passant sous la semelle de ses souliers, et un chapeau semblable à ceux qui gisent dans le grand coffre, saupoudrés de naphtaline, d'avant la guerre de 1914.

La tante Héléna est cordiale avec lui, mais Thomas a pourtant remarqué qu'il n'a pas la moindre importance à ses yeux. Luc ne donne jamais son propre avis sur rien.

— Après tout, si nous pouvions avoir là-bas, chez Balthazar, une seule chambre, ça nous suffirait. Rien qu'une chambre. Pour les autorités — qu'ils viennent voir, qu'ils regardent, disait maintenant Héléna.

La grand-mère s'ébroua, fâchée.

— Héléna, comment, comme ça, dans la forêt, à la grâce de ce rustre sans terre ? Pouah !

— Mais ce n'est pas pour de bon, juste pour y aller tous les trois ou quatre jours. Il vaudrait mieux faire courir le bruit que Mme Juchniewicz a sa propre ferme. Père pourrait au moins exiger ça.

— Hum, je vais lui en parler, oui, lui en parler. Oui, je lui en parlerai — se tortillait le grand-père.

Thomas revint à son livre, mais aussitôt il en fut arraché à nouveau par des invectives à l'adresse de Joseph. Que c'était un chauvin ? un fanatique ; qu'il les torturerait s'il le pouvait ; que, comme un chien, il mordait par surprise ; qu'il recevait du bois rien que pour enseigner l'arithmétique au garçon, et qu'on l'avait traité avec tant de bonté. Mais le grand-père ne prononça pas un seul mot, et ce ne fut qu'après un assez long silence qu'il marmonna timidement :

— De son point de vue, peut-être a-t-il quand même un peu raison.

La grand-mère Misia joignit les mains et leva les yeux au plafond, prenant le ciel à témoin.

— Grand Dieu !

47

Le jour solennel approchait. On estima à Borkunaï qu'il ne valait pas la peine d'aller sur les étangs formés par l'Issa près du village de Joniskaï : d'abord, ils sont tellement envahis d'acorus que c'est à peine si un canot peut s'y frayer un passage ; en outre, dès l'ouverture de la chasse, il s'y rassemble quantité de paysans des environs, qui tirent à qui mieux mieux. On finit par se décider pour le lac Alunta, éloigné il est vrai, mais « tu verras, Thomas, ce qu'il y a de canards là-bas, des nuées entières ! » On décida aussi que Thomas prendrait la *berdanka* de Victor, tandis que celui-ci tirerait avec un fusil à piston, ce qui nécessitait toute une sacoche d'accessoires : dans l'un des compartiments la poudre, dans un second le plomb, dans un troisième les pistons, et encore l'étoupe. La poudre, on la versait avec une mesure de métal tout droit dans le canon, puis on enfonçait fortement un tampon d'étoupe à l'aide d'une longue baguette de bois, puis venait le plomb, et un second bouchon d'étoupe, moins gros. Le chien levé découvrait la petite pointe où se met le piston. Thomas savait abaisser doucement le chien d'un fusil de chasse — on appuie un doigt sur la détente, et, de l'autre, on retient le chien, de façon à le faire descendre lentement ; mais un fusil à piston, c'est autre chose : on voit le fond de cette minuscule casserole et on est pris de crainte : le chien risque de vous échapper au dernier moment et de provoquer la décharge.

Karo devait rester à la maison, car la chasse aux canards ne fait que gâter les pointers ; après, ils arrêtent mal. Pour provoquer l'envol des canards, il suffisait de Zagraï, méthodique et sérieux. Quant à Dunaï, la fantaisie eût pu lui prendre de filer dans la forêt. Lutnia — c'était au-dessous de sa dignité, une besogne trop facile pour elle ; d'ailleurs, elle portait.

Voilà donc le char à ridelles avec sa litière de foin,

transportant Romuald, Thomas, Denis, Victor et Zagraï. Claque le fouet, vole la poussière sous les roues! Thomas est étendu, et les pierres, les arbres, les haies des hameaux fuient en arrière. Romuald siffle et Thomas le seconde, on voyage, c'est gai, une heure ne s'est pas écoulée que déjà ils tirent les provisions du sac, et chacun reçoit un morceau de saucisson. Ils y mordent, tressautant sur les creux du chemin. Il leur faut arriver avant le soir, ils coucheront là-bas et, au point du jour, vivement sur l'eau. Trouveront-ils là-bas des canots? s'inquiète Thomas. Sans aucun doute; dans ce village, chacun en a au moins un.

Les eaux, on les a vues de loin, bleuâtres et rougies par le couchant. La rive qu'ils suivent est haute et on aperçoit le dessin du lac: ovale, avec une extrémité pointue. De ce côté-ci, des champs sur les collines; de l'autre, à partir du milieu de l'ovale, une masse noirâtre d'où dépasse, çà et là, sur le fond du ciel, la plume d'un pin. Il y a là-bas de vastes marais où ils iront chasser. Ici, près de la route, sur un monticule, circulaire comme s'il était fait de main d'homme, s'élèvent les ruines d'un château, et déjà on arrive par une pente descendante au village d'Alunta.

Dans la hutte, ils mangent du lait caillé dans une énorme écuelle; puis Thomas, à travers le crépuscule, gravit avec effort la colline du château. La pleine lune se lève sur le silence des herbes échauffées par le jour et pleines du grillotement des grillons. Et voilà que brille, presque à ses pieds, l'écaille des vagues minces. Il touche les blocs qui subsistent des murs ou des fondements. C'est d'ici qu'elle était partie en courant pour sauter dans l'eau et s'y noyer. Romuald lui avait rapporté au sujet de ce château une histoire venue du fond des temps: quand les Chevaliers teutoniques l'avaient pris d'assaut, une prêtresse païenne avait préféré le suicide à la reddition. On ne savait rien de plus. Thomas l'imagine levant les bras, elle criait, et son élan faisait flotter derrière elle un manteau blanc. Mais cela avait pu se passer autrement. Peut-être avait-elle marché avec lenteur, serrée dans une ceinture de toile, une couronne verte sur la tête, chantant des hymnes à son dieu, et s'était-elle penchée peu à peu quand elle avait atteint le bord. Et son âme, où est-elle ? Maudite à jamais pour s'être défendue du baptême ? Les Chevaliers teutoniques étaient des ennemis. Ils mettaient le feu partout, infligeaient des tortures, et pourtant ils croyaient en Jésus, et le baptême qu'ils donnaient protégeait de l'enfer. Peut-être son âme erre-t-elle là autour, ni en enfer, ni au ciel ? Et Thomas sursaute parce qu'il y a eu un bruissement derrière lui. Probablement une souris, et pourtant, quoiqu'il soit monté vers les ruines un peu à la recherche de ce frisson, il redescend bien vite vers les toits, les voix des gens, des vaches et des poules.

Dans la grange, Zagraï, à côté d'eux, soupirait à travers son sommeil. Thomas glissait peu à peu vers le trou qui s'était creusé sous le poids de Victor. Dans l'obscurité, quelqu'un gravit l'échelle, marcha sur eux, « qui est là ? » demanda Romuald, « ami » répondit-on, jusqu'à ce qu'enfin ce fût le silence, et, regardant une étoile par une fente du toit, il s'endormit.

Quand on s'éveille dans le foin, on s'aperçoit toujours qu'on est couché à un autre endroit qu'on ne le pensait. Thomas se trouvait tout au bord, et un peu plus il tombait. Victor n'était pas près de sa tête, mais de ses pieds — en ce moment il ronflait et sifflotait du nez. Dans l'aube grise, les plis d'une couverture chiffonnée où il n'y avait plus personne ; Romuald et Denis, profondément enfouis ; sur eux, Zagraï. Thomas bâilla nerveusement, se demandant s'il fallait les réveiller. Mais à cet instant, les larges battants de la porte grincèrent et s'écartèrent, la lumière, le froid, et quelqu'un, d'en bas, criait : « Monsieur Bukowski ! C'est l'heure, debout ! »

Sur le banc, devant la hutte, on fit des préparatifs. Romuald et Denis fixèrent leurs gibernes. Thomas se bourrait les poches de cartouches. Ils ne burent qu'un peu de lait pour ne pas réveiller les femmes, car c'était dimanche. Le paysan et son fils, qui allaient sur le lac avec eux, retroussèrent leurs pantalons en les roulant jusqu'au milieu des mollets. Ils décrochèrent des perches et de longues rames qui se trouvaient suspendues par des crochets, sous l'avant-toit.

Le lac se voilait d'un brouillard étiré en écheveaux. Du sentier en pente raide, ils aperçurent les canots, à demi tirés sur les cailloux — autour d'eux la brume montait en vapeur et laissait transparaître une nappe lisse, sans la moindre ride. On voyait l'intérieur des canots avec leurs côtes, et, pris dans cette matière dense, ils paraissaient immobiles à jamais. Lorsqu'ils furent descendus déjà tout près d'eux, des pans se découvrirent çà et là sur le lac et prirent l'éclat du ciel.

48

Devoirs et plaisirs ne sont pas également partagés. Vêtu de ses plumes magnifiques, le malard préfère la solitude à l'ennui de couver les œufs et de veiller sur les petits. La cane passe les meilleurs mois de l'année — mai, juin, juillet — à s'aplatir sur le nid, et ensuite à traîner partout derrière elle une chaîne de créatures qui poussent des coins-coins éperdus, et la vitesse de ses mouvements se trouve freinée par le dernier chaînon, dont les pattes brandillent avec effort. Le premier art un peu sérieux qu'acquièrent les petits consiste à se cacher en cas d'alarme sous les feuilles étalées sur l'eau, en ne laissant dépasser que l'extrémité du bec. Ensuite ils s'exercent à voler, mais il ne suffit pas d'apprendre le mouvement des ailes : le plus difficile, c'est de s'arracher de l'eau. Longtemps, ils en restent incapables, et font jaillir une poussière de gouttelettes en se hâtant, dans l'air, mais pas encore tout à fait. L'ouverture de la chasse les surprend pour la plupart justement dans cette phase-là.

Les canots sentaient le goudron. Dans l'un d'eux, Thomas se tenait accroupi à la proue. Romuald était assis derrière lui avec le chien, et, plus loin, le batelier faisait passer en mesure sa rame d'une main dans l'autre. Ils glissaient ainsi à travers l'étendue vierge. Des vaguelettes clapotaient contre le bord. L'autre canot se découpait avec les têtes des hommes sur les brumes et les rayons, comme suspendu dans le vide. Ils se dirigeaient droit vers la rive opposée. On discernait déjà les promontoires de roseaux. Le batelier s'arrêta, posa sa rame, prit une perche, et, l'appuyant sur le fond, il se courbait à chaque poussée.

Cette cité flottante, cette agglomération de points sombres dans la fumée des eaux : une troupe de canards. Le canot prit de l'élan, leur coupa la retraite des roseaux. Ils se déployèrent en une longue file derrière la mère, mais très vite perdirent l'alignement, échangeant des cris qui signifiaient sans doute « que faire ? ». Romuald s'exclama en riant : « Attention, tu vas prendre un bain. » Thomas s'appuyait sur la proue, prêt à tirer. Ils prirent leur vol au moment où ils étaient déjà tout près, une tempête de battements d'ailes et d'éclaboussures, feu, Thomas a tiré, feu, feu, Romuald a tiré, la surface frémit sous le plomb, il reste des cercles, trois virgules immobiles, et une quatrième tournoie sur place.

Quiconque n'est jamais allé lui-même chercher un canard tué de sa main aura du mal à comprendre ce dont il s'agit. Il convient d'ailleurs de distinguer : on s'en approche à la nage, laissant ses vêtements sur la rive, et alors il grandit au niveau des yeux, bercé par la vague qu'on soulève soi-même; ou bien on manœuvre de façon qu'il se trouve juste à côté du canot, et il ne reste qu'à étendre le bras. Dans un cas comme dans l'autre, cependant, tout s'accomplit entre l'acte de le voir de près et celui de le toucher. Il est d'abord sur la surface de l'eau un objet vers lequel la curiosité nous pousse. Touché, il se change en un canard mort, rien de plus. Mais le moment où, là, à portée de la main, se balance la rondeur de son petit ventre moucheté, nous promet une surprise. Car nous ne savons pas qui nous avons tué. Peut-être un canard-philosophe, un canard lucide, nous nous attendons un peu (sans tout à fait y croire) à trouver sur lui un message. Et d'ailleurs l'attente, lorsqu'il s'agit d'oiseaux aquatiques, se trouve parfois, quoique rarement, récompensée: à la patte un anneau, avec les chiffres et les signes d'une station scientifique, dans quelque pays lointain.

Ils levèrent quatre cols-verts et, longeant les joncs, explorèrent les baies. Thomas aperçut un canard sous les tiges enchevêtrées; il tira, le canard battit des ailes et se renversa. «En voilà, un coup d'œil!» approuva Romuald, et, au même instant, on vit monter en bouillonnant et éclater vers les hauteurs une colonne de jeunes, déjà bien entraînés au vol, et Romuald en descendit deux d'un seul coup. Non loin de là se fit entendre le tir de Denis et de Victor.

La limite entre la terre et l'eau était, à cet endroit, indistincte, il n'y avait pas de bord, mais une fourrure d'herbes affaissées. Ils lâchèrent Zagraï. Il enfonçait à chaque pas, quelque chose entre la marche et la nage, il barbotait laborieusement et aboyait. De jeunes canards filaient de toutes parts comme des rats, à peine si on avait le temps de tirer. Les joncs froissés crissaient, le batelier poussait le canot vers les nappes d'eau peu profonde que les racines pourrissantes emplissaient de leurs odeurs. Dans l'un de ces étangs, il arriva ce qui suit.

Thomas, cherchant du regard autour de lui une cible nouvelle, découvrit (il fallait pour cela avoir bon œil) que la légère courbure d'une feuille dissimulait la tête d'un canard. Ce qui avait trahi sa présence, c'est qu'au lieu de rester immobile, celui-ci s'était légèrement redressé. Thomas avait déjà levé son arme, mais il changea d'idée et fit grâce. L'oiseau devait être mort de peur, et en même temps si sûr de s'être bien caché. En s'abstenant de le tuer, il faisait preuve d'une puissance plus grande qu'en le tuant. Lorsqu'ils se dégagèrent des laîches, tirant sur les tiges pour aider le rameur, et qu'ils se retrouvèrent sur le lac, il se réjouit à la pensée que le canard était là-bas et ne saurait jamais rien du cadeau qu'un être humain lui avait fait ; ne saurait jamais qu'il l'avait regardé, qu'il pouvait, mais qu'il avait fait un autre choix. Désormais, ils étaient en quelque manière liés pour toujours.

Thomas ne tirait pas sur les canards qui passaient au-dessus de leurs têtes : il avait une fois essayé et honteusement raté son coup. Il admirait Romuald, que ne dérangeait même pas le balancement du canot. Il l'admirait surtout pour les sarcelles. Celles-ci, à cette saison, vont déjà si vite que l'air en siffle ; elles sont, en outre, plus petites que le col-vert ; mais Romuald n'en manquait pas une, et il en avait déjà mis trois sous le banc.

— Comment est-ce allé ? demanda Romuald à ses frères. Victor bégaya, Denis se moqua de lui :

— Qu'est-ce que tu veux, avant qu'il ait chargé son arme, les canards peuvent bien s'installer sur sa tête.

Et Thomas fut troublé un moment par cette remarque, car Victor était privé de sa *berdanka* à cause de lui.

Un vent léger ridait la surface du lac, plongé maintenant tout entier dans l'éclat bleu du jour. À Alunta, une cloche sonnait pour la messe. Des mouettes piaillaient en tournoyant au-dessus des pieux qui émergeaient obliquement de l'eau.

Une buse volait lourdement sous la nue, en direction de la forêt.

Les bateliers conseillaient un crochet par la rivière. Celle-ci sort du lac derrière le château, de sorte que le village, situé au bord de son extrémité pointue, se trouve resserré entre elle et le monticule de l'ancienne forteresse. À l'endroit où commence le tunnel des joncs, ils levèrent quelques oiseaux au vol tourbillonnant. Romuald en tua un — la plus petite espèce de canards, une sarcelle d'hiver.

Une eau lisse, à l'abri des tempêtes et des orages, un endroit semblable à ceux du fond de l'Afrique, où Thomas construisait ses cabanes inaccessibles aux humains. Dressés hors de l'eau, de gros pieux noirs avec leur bande d'algues balancées par le courant — jadis, très anciennement, il y avait eu ici un pont. Plus loin, des huttes, juste à côté d'une bordure d'acorus, froissée et trouée aux endroits où l'on tirait les canots à terre. Devant les vergers de pommiers, on avait mis des filets à sécher sur des poteaux, étendu des nasses. Des canards blancs et des oies barbotaient près de petits débarcadères où l'on faisait la lessive. Un village, vu d'une rivière aussi retirée, prend les dimensions d'une province ; c'est alors seulement qu'on y découvre une foule de détails qu'en passant dans la rue on ne remarque même pas, ou qui paraissent alors trop familiers.

Victor et Denis, qui maintenant allaient devant, découvrirent des cols-verts ; ils n'osèrent pas tirer ; peut-être étaient-ce des canards domestiques. Mais ils se laissèrent tenter par le vol maladroit des halbrans et en tuèrent un, après avoir fait feu de trois canons. Ce fut la fin de la chasse. Ils firent demi-tour et comptèrent leur gibier. Romuald et Thomas avaient vingt-trois pièces, dont sept revenaient à Thomas. Les autres en avaient quinze, pas seulement des cols-verts, mais aussi un milouin et une harle grise à tête rousse, avec un crochet au bout du bec.

Tournés vers la colline, ils clignaient des yeux dans l'éclat des eaux. Les ruines se rapprochaient, vibrantes dans la brume pleine de lumière. La prêtresse païenne qui avait vécu là jadis, si présente le soir, s'évanouissait pour toujours parmi les fantômes et les fables. Thomas se détourna et retint par son collier Zagraï, qui frétillait et se dressait sur ses pattes contre le bord. La crosse de l'arme appuyée au banc, le canon près de la poitrine. Il est désormais un vrai chasseur. Mais là-bas, près de l'autre rive, il a laissé son canard. Que fait-il maintenant? Du bec, il nettoie ses plumes, il bat des ailes en faisant coin-coin et remercie pour la joie qui vient après le danger. Qui remercie-t-il? Est-ce Dieu qui a décidé qu'il ne devait pas périr? Si c'est lui qui l'a voulu, alors il a dû lui souffler à l'oreille de ne pas tirer. Mais pourquoi, dans ce cas, lui avait-il semblé que cela dépendait uniquement de son propre vouloir?

49

Par le ciel, au-dessus de la terre où tout ce qui vit finit par mourir, on voit errer Saulè (le Soleil) dans sa robe rayonnante. Les peuples qui discernent en elle des traits masculins ne peuvent susciter que l'étonnement. Ce large visage est celui de la mère du monde. Son temps n'est pas notre temps. Nous connaissons d'elle seulement ce que parvient à en pénétrer une pensée en proie aux soucis de sa propre solitude. Immuabilité de ses apparitions et de ses disparitions — et pourtant Saulè a, elle aussi, son histoire. Comme le dit la vieille chanson: il y a longtemps, très longtemps, lors du premier printemps (avant lequel il n'y avait sans doute que le chaos), elle épousa Ménuo (la Lune). Quand elle se leva de bon matin, l'époux avait déjà disparu. Il se promenait solitaire, et alors il était tombé amoureux de l'Aurore. Voyant cela, le dieu de la foudre, Perkunas, s'emporta, et, de son glaive, il trancha Ménuo en deux.

Peut-être le châtiment était-il mérité car l'Aurore est la propre fille de Saulè. La colère de Perkunas, qui se tourna contre elle par la suite, s'explique sans doute par le fait qu'elle n'avait pas repoussé assez fermement les hommages de son beau-père. Les chants composés par ceux qui ont perpétué le souvenir de ces événements lointains ne disent rien des motifs. On constate seulement que lorsque l'Aurore célébra ses noces, Perkunas entra par la grande porte et fracassa un chêne vert. Le sang jaillit du chêne, éclaboussa la robe et la couronne virginale. La fille de Saulè se prit à pleurer et demanda à sa mère : « Où donc, mère chérie, puis-je laver ma robe, comment enlever ce sang ? » « Va-t'en, ma fille chérie, va-t'en au lac où se jettent neuf rivières. » « Où dois-je sécher ma robe ? » demandait l'Aurore. « Ô ma fille, dans le jardin où fleurissent neuf roses. » Et la dernière, la craintive question : « Quand donc seront les noces où je mettrai ma robe blanche ? » « Le jour, ma fille, le jour où brilleront neuf soleils. »

Nous en savons si peu sur les coutumes et les soucis de ces êtres qui se meuvent au-dessus de nous. Le jour des noces n'est pas encore venu, bien que chaque millénaire qui s'écoule ne dure pas nécessairement plus d'un clin d'œil. Nous avons eu quelques vagues nouvelles par une jeune fille dont l'une des brebis s'était perdue. Cela se passait en un temps où les mortels entraient plus facilement en rapport avec les déités du ciel. « Je suis allée trouver l'Aurore, chantait la jeune fille, et celle-ci répondit : le matin, je dois attiser le feu pour Saulè » (d'où l'on conclut que l'Aurore n'est pas mariée et qu'elle habite chez sa mère). «Je suis allée trouver l'Étoile du soir — raconte la jeune fille, énumérant ses tentatives vaines — et celle-ci m'a dit: le soir, je dois préparer la couche de Saulè.» Et Ménuo, lui aussi, refusa son aide: «J'ai été tranché par le glaive et la tristesse est sur ma face.» (C'est seulement Saulè qui finit par fournir des indications selon lesquelles la brebis s'était égarée quelque part au loin, dans les régions glacées, peut-être dans le nord de la Finlande.)

L'abbé Monkiewicz est-il une planète? Oui, sûrement, pour le papillon qui bat des ailes au-dessus des plates-bandes de capucines et de réséda. Sa calvitie brille, et qui sait dans quelles ivresses le papillon peut être plongé à la vue de ce sommet, reflété et brisé par la multitude de ses yeux. À peine quelques jours de vie, mais il est impossible de dire avec certitude si cette existence éphémère n'est pas compensée par une extase de formes et de couleurs qui nous reste, à nous, refusée.

L'abbé Monkiewicz: une surface, et, par-dessous, le travail de machines planétaires, la circulation du sang, le frémissement d'un milliard de nerfs. Il existe à la vérité des gens pour lesquels il n'a pas plus de signification qu'une fourmi et qui riraient à la vue de ses caleçons et d'une chose qui jadis avait ressemblé à une robe de chambre (à la maison il enlève sa soutane pour ne pas l'user). Il se balance en marchant, son bréviaire à la main, mais il pourrait être maintenant en train de brandir la faux si sa mère n'avait pas décidé que l'un au moins de ses fils échapperait au sort du paysan. Des circonstances plus fortes que son vouloir ou son non-vouloir ont fait de lui un fidèle serviteur de l'Église. Et c'est pourtant lui qui s'acquitte chaque jour de ces devoirs consistant à renforcer chez tout être humain la conviction qu'il a plus de valeur qu'une montagne, qu'une planète et que l'univers tout entier. Conçus dans le désir, les nouveau-nés bavent et miaulent quand il leur donne une pincée de sel signifiant qu'une vie pleine d'amertume les attend ; des produits de la nature, il fait des demeures de l'Esprit Saint ; avec l'eau du baptême, il leur imprime le sceau du Verbe. À partir de cet instant, arrachés à l'ordre de ce qui reste immuable, ils ont le droit de découvrir, entre eux-mêmes et la Nature, une opposition. Plus tard, lorsque la demeure de chair s'effrite, que le mouvement du cœur faiblit, l'abbé Monkiewicz, ou quelque autre muni du même pouvoir, les purifie de leurs péchés, traçant avec de l'huile des croix sur les membres qui vont tout de suite tomber en poussière : le contrat de la matière et du souffle est désormais rompu.

Il n'emploie pourtant pas tout son temps à méditer sur ces devoirs. En ce moment, par exemple, il a fait peur à un papillon, dans l'herbe, pour le voir s'envoler. Il observe une abeille qui vibre au-dessus de la coupe d'un lys blanc et, retenant le feuillet du doigt, il dit : « Les salauds. » Cela se rapporte au dernier baptême. Ils ont trop peu payé. Ils cherchaient des excuses, disant qu'ils n'avaient pas de quoi, mais ils auraient pu donner davantage. La colère le prend à l'idée qu'il s'est laissé attendrir et qu'il n'a pas maintenu le prix normal.

Thomas a enlevé sa casquette, tout en appuyant sur le loquet de la porte du jardin. Il se tient devant le prêtre, conscient du sérieux de sa mission. Les mots qu'il prononce rendent un son profond et tragique, comme il convient.

— La grand-mère Dilbin, monsieur l'abbé, est très faible. Le docteur est venu et il a dit qu'elle ne survivrait pas.

— Ah, fit l'abbé en recevant cette nouvelle. Alors, bon, je viens, tout de suite, me voilà.

Et déjà il trottinait vers l'escalier.

— J'ai amené la carriole. Le cheval est attaché en bas.

— Bon, bon. Attends-moi ici.

Il convenait d'envoyer la carriole, bien que ce fût à deux

pas. La mimique de la grand-mère Misia, qui ne parlait plus qu'en chuchotant, ses conciliabules avec le grand-père et Héléna, la transformation complète de leur comportement à l'approche de Cela, donnaient à Thomas de l'orgueil : il se sentait participer à la chose la plus sérieuse qui puisse se produire. Comme tout le monde était occupé — c'était la moisson —, c'est lui qu'on avait chargé d'amener le prêtre. Il était censé savoir atteler les chevaux, mais les courroies s'embrouillaient toujours, et le grand-père dut lui venir en aide. Pour se rendre à la cure, il n'y a pas de chemin qui passe par les Remparts Suédois ; il faut descendre près de la croix, on serre les rênes de toutes ses forces en appuyant ses pieds contre l'avant de la carriole, et on va ainsi, très doucement, d'autant plus qu'en bas, il y a tout de suite un tournant. C'est seulement derrière la croix qu'on relâche les rênes, un peu parce qu'on ne peut plus retenir le cheval, un peu pour obéir à la règle, qui le permet.

À cause de la grand-mère Dilbin, couchée immobile dans la pénombre, plus petite que jamais, il marchait sur la pointe des pieds ; et quant aux sentiments, le fait de jouer un rôle dans le drame — et un rôle de premier plan, celui du petit-fils et de l'homme de la maison, désormais à l'abri du fameux « qu'est-ce que tu y comprends » — l'absorbait tout entier. Il imaginait le son de la clochette, les visages qui regarderaient derrière les palissades, les têtes pieusement inclinées, et lui-même sur le siège du cocher.

Et maintenant, tout se passait comme il se l'était représenté. Le curé appela un petit garçon de la hutte la plus proche, celui-ci grimpa sur le banc avant, à côté de Thomas, et secoua la clochette. Tout en conduisant avec précaution (conscient de sa responsabilité), Thomas jetait à la dérobée des regards à droite et à gauche pour savoir si les gens les voyaient. Hélas, les maisons étaient presque vides, tout le monde était aux champs, çà et là seulement une vieille ou un vieux se montraient à l'entrée de la cour, se signaient et, les coudes appuyés au palis, suivaient des yeux celui qu'un jour — dans un mois ou un an — on irait chercher pour eux.

Le soleil de l'après-midi chauffait ferme, sur la calvitie du curé perlaient des gouttes de sueur. En vérité, ni le Soleil, ni la Lune, ni l'Aurore ne peuvent égaler l'abbé Monkiewicz. Il est un Homme, et s'il se trouvait quelqu'un à qui cela ne parût pas suffisant, ce qu'il tient dans ses mains fera pencher la balance; les étoiles et les planètes ne pèseront pas plus que le sable de la route. Sa chemise de grosse toile écrue avec des taches mouillées sous les aisselles pue la bête, mais grâce à lui la promesse va s'accomplir : « Semé dans la corruption, le corps ressuscite, glorieux; semé dans la faiblesse, il ressuscite plein de force; semé corps animal, il ressuscite corps spirituel. »

50

— Une lettre ?

C'est un grincement à peine perceptible, dans la pénombre où brille la fente du contrevent.

— Non, grand-mère, il n'y a pas eu de lettre.

Il ment, car la lettre se trouve sur la petite table, dans la chambre de la grand-mère Surkant. Depuis quelque temps on avait introduit la censure et, comme les événements le montrèrent, non sans raison. Thomas écoutait les conversations provoquées par cette dernière lettre, qui portait un timbre allemand et qui était venue non par la Lettonie, mais par Kœnigsberg. Dieu vous garde de la montrer ! On y rapportait, avec le plus de ménagements possible, ce que la mère de Thomas avait déjà écrit à part, dans une lettre à ses parents. Constantin n'avait pas pu rendre compte de certains fonds militaires, il était resté quelque temps en prison et on l'avait chassé de l'armée, il s'efforçait maintenant de trouver une situation dans la police. Théodore, à ce qu'il semblait, ne prenait pas assez au sérieux la nouvelle de la maladie de la grand-mère Dilbin, puisqu'il ne lui cachait pas les déboires de son frère.

Ainsi donc, cela restera non dévoilé pour toujours. C'est arrivé et en même temps ce n'est pas arrivé, car la nouvelle n'a atteint que des indifférents, qui ne verront là qu'un nouveau délit après d'autres et passeront outre avec un haussement d'épaules. Comme si une balle, capable de percer le cœur, s'était fichée dans un arbre.

— Je meurs. Le prêtre.

Si souvent, au cours de sa maladie, elle avait répété qu'elle mourait, exagérant le moindre malaise, telle la princesse de la fable se plaignant du petit pois qui la blessait à travers sept édredons. Et les soupirs familiers de l'hypocondrie lui procuraient peut-être un certain soulagement parce qu'ils étaient désormais bien à elle, incorporés à sa vie normale. Tant que nous nous prouvons à nous-mêmes que nous dominons notre propre anéantissement en parlant de lui, il nous semble qu'il ne se produira jamais.

— Chère Madame, vous nous enterrerez tous, se hâta d'assurer la grand-mère Misia. Mais le prêtre ne fera pas de mal, ça c'est vrai, il ne fera pas de mal. Il y a tant de gens que ça a guéris. Il y a longtemps qu'on aurait dû le faire venir, on vous verrait déjà vous promener dans le jardin.

Rassurer. Car les malades, quand ils savent, ne savent pas encore, et ils sont reconnaissants pour le son des paroles, pour le ton qui exclut la possibilité d'un passage de frontière au delà duquel il n'y a plus de paroles. Thomas fut désagréablement atteint par la douceur que la grand-mère Misia avait mise dans sa voix. Pourquoi exagérer ainsi ?

Ce même jour, le curé gravit les marches, entre les colonnettes recouvertes de vigne vierge. Il convient de se souvenir que les quarante ou cinquante ans écoulés depuis son enfance n'avaient pas produit en lui de changements assez considérables pour faire disparaître complètement le garçon de village qui menait jadis paître le bétail. Ses pieds, dans ses souliers, avaient été autrefois rougis et bleuis par les givres de l'automne. Appuyé sur le manche de son long fouet, avec la curiosité que suscite la vue d'animaux rares, il observait les seigneurs qui passaient sur la route, à cheval ou dans des voitures brillantes, avec des cochers en livrées. Maintenant, il ne pénétrait pas dans ces chambres aux plafonds bas uniquement en sa qualité de représentant du Christ ; il traînait aussi par la main celui qu'il avait été autrefois et qui ne franchissait qu'avec timidité le seuil de la maison domaniale. Le respect qu'on lui témoignait ne le délivrait pas de la crainte des humiliations. Il s'abritait donc sous le surplis et l'étole, qui lui donnaient de l'assurance et conféraient de la dignité à ses mouvements — si toutefois il est permis à qui est rond et court sur pattes de se sentir plein de dignité.

Puis la porte se referma et la grand-mère Dilbin resta en tête à tête avec lui. Malgré les apaisements de la grand-mère Misia, on ne conserve guère d'illusions lorsque, de là-haut où se déplacent les taches des visages, un murmure descend sur vous et que l'on voit vaciller le blanc et l'éclat du violet. *Cela*, qui avait annoncé la fin à tant d'autres humains, qui restait parmi les choses extérieures, voilà maintenant que cela s'empare de *vous* ; et il n'est certes pas facile, et à vrai dire presque impossible, d'admettre qu'étant vous, il ne vous restera pas une zone exclusivement réservée, et de se soumettre à l'inévitable : un simple numéro qui met l'imagination en échec. «Avez-vous la force de vous confesser, ma fille?» Ma fille — disait à Bronislawa Ritter, de Riga, ville hanséatique, un petit pâtre lituanien.

— Au nom du Père, du Fils et du Saint Esprit. Amen. Ne vous tourmentez pas, ma fille, repentez-vous de vos péchés, cela suffit à Dieu.

Mais Bronislawa Ritter allait à travers le brouillard, le déchirant avec effort de ses deux mains, tendant à quelque inaccessible centre de clarté.

— Un péché, murmura-t-elle.
— Quel péché? — il penchait l'oreille au-dessus d'elle.
— J'ai douté — que Dieu existe-et-qu'il-m'entende.

Elle referma ses doigts sur la manche du prêtre.
— Un péché.
— J'écoute.
— Je n'ai pas aimé mon mari — qu'il-me-pardonne.

À travers le brouillard il est très difficile d'avancer. Encore, à peine un bruissement de feuilles:

— Mon fils... Je dirai...

Il leva la main: *Ego te absolvo*, prononça-t-il à haute voix. Le disque blanc de l'hostie s'abaissait dans la faible lumière du contrevent incliné.

La balle frappe le gravier de l'allée, elle rebondit, rencontre la paume de la main qui l'attend, l'herbe brille de rosée matinale, les oiseaux chantent, des générations d'oiseaux ont passé depuis ce moment-là, la grand-mère Mohl, ensevelie dans le caveau familial à Imbrody, dévide la laine, elle crie: «Bronia, écarte les mains, voilà, comme ça» et elle lui passe le mol écheveau autour des poignets. Bronislawa a reçu d'elle en cadeau une croix de corail avec une toute petite fenêtre au milieu. Quand on y colle son œil, le regard pénètre dans la chambre où se passe justement la Sainte Cène. Jésus rompt le pain, et des rayons immatériels se tordent autour de sa tête, sur le fond d'un mur fissuré. Les grandes choses et les petites s'égalisent, ce regard à l'intérieur du corail aux veinules plus claires, une voix de femme dans le petit jour las de l'accouchement : « Un fils », un traîneau crisse sur la neige, la peur de l'espace, les mouvements du Christ ne sont pas du passé, ils existent maintenant, le temps se resserre, ni la montre, ni le sable dans le sablier ne mesurent rien. Les lèvres n'ont pas la force de s'ouvrir, de là-bas, du dehors, vient de l'aide, l'hostie colle à la langue, le corail s'ouvre et, devenue toute petite, elle y pénètre, jusque devant la table, et Lui-même lui tend une moitié du quignon de pain qu'il a rompu. Loin, loin, dans un autre pays, gisent ses pieds que touche l'abbé Monkiewicz ; comme une spatule, le gros doigt de ce fils et petit-fils de laboureurs et de moissonneurs humecte d'huile sa peau.

Le curé, chaque fois qu'il se trouvait auprès d'un mourant, pressentait qu'il n'était pas seul auprès du lit ; les Invisibles sont assis en rangs, à croupetons, sur le sol, ou bien ils s'ébattent dans l'air — un bouillonnement, des coups de glaives. Ceux que le tourment attire se complaisent dans les effluves du désespoir qui s'élèvent toujours là où l'avenir s'abolit. Tout ce qu'ils insinuaient par leurs chuchotements tendait à renforcer chez l'homme le souci de sa propre personne, à le prendre dans ses propres filets ; et en même temps, déployant devant lui des visions de bonheur, ils lui montraient la nécessité qu'il n'avait pas su rompre. Rien d'étonnant s'ils attendent que s'arrache de ses lèvres une parole de malédiction pour la fraude qui a dominé sa vie, pour la promesse fallacieuse de liberté à laquelle il a ajouté foi.

D'un signe de croix il les chassait, ceux qui ordonnent d'exiger des preuves, toujours des preuves, afin de remporter la victoire au moment où se trouve mis en cause le Dieu Caché. Montre la trace de ta puissance, et je croirai que je ne m'en vais pas dans le néant, dans la pourriture de la terre

— ils rampent et font tout ce qu'ils peuvent pour que cette pensée-là survive au dérèglement de toutes les pensées.

Mais la lettre qui était restée sur la table de chevet de Michalina Surkant apportait la nouvelle que les prières ne sont pas exaucées. Si le fait d'avoir produit un fruit souillé renforçait chez Bronislawa Ritter le sentiment d'être pire que les autres, cette lettre était destinée à la confirmer encore dans son chagrin. Est-il bien juste qu'elle ne lui soit pas parvenue ? Peut-être était-ce ce qu'on exigeait d'elle : traverser la difficulté suprême, et faire confiance alors que toutes les raisons d'avoir confiance lui étaient clairement refusées ? Poussés par la pitié, lui épargnant ce coup, les gens l'aidaient comme ils le font d'ordinaire : en se distribuant des illusions. C'est qu'ils estiment tout de même excessive la cruauté des sentences d'en haut.

— Elle dort ?

— Elle vient de s'endormir.

Le docteur Kohen laissa de la morphine et expliqua comment il fallait se servir de la seringue au cas où les douleurs ne cesseraient pas. Lorsqu'on l'interrogeait sur la nature de la maladie il répondait, au cours de ses fréquentes visites, d'abord « sans doute le cancer », puis « cancer ». Sa présence désormais ne pouvait plus servir à grand'chose. Plutôt celle de l'abbé Monkiewicz, car, maintenant qu'il partait, un souffle régulier soulevait la poitrine de la grand-mère. Il rassembla sous lui les pans de sa soutane et s'assit dans la salle à manger, plus sûr de lui derrière la table. Après quelques remarques de circonstance, il émit l'opinion que le seigle était très bien venu cette année.

— Le baromètre est à la pluie, soupira le grand-père, pourvu qu'on ait le temps d'engranger.

Et il lui tendit la confiture.

Le curé grillait d'envie de s'informer un peu au sujet des complications familiales et politiques.

— Eh, la pauvre madame Dilbin. Toute seule, sans ses fils. Mais que faire, ils sont tellement loin.

Il n'osa pas poursuivre.

— Loin, approuva le grand-père. Que voulez-vous, l'homme est jeté là où il trouve du travail.

— Et, bien sûr, le monde n'est pas partout comme dans notre trou, — la grand-mère ne perdait pas une occasion de lancer une pointe contre le pays.

— On le sait bien : service, service.

Le sac de farine qu'il trouva dans la carriole — cadeau bienvenu juste avant la moisson —, le curé pensa évidemment qu'il le devait à M. Surkant, car elle, l'avare chipie, savait assez qu'il n'aurait osé leur réclamer des biens terrestres. Thomas mettait le licou au cheval et lui enfonçait le mors entre les lèvres, vertes du foin qu'il avait mâchonné. Une odeur de miel venait des tilleuls, les abeilles y travaillaient, s'accrochant aux fleurs bourdonnantes. Bronislawa Ritter errait avec lenteur sur l'extrême bord du temps.

51

Pour charger les gerbes sur le long char à ridelles, il faut du savoir-faire, c'est presque comme de construire une maison. Quand l'édifice est déjà prêt, on passe un nœud coulant à l'avant, au bout d'une poutre que bien des années d'usage ont rendue glissante ; elle pressera le chargement, empêchant qu'il ne s'effondre lorsque le char penche de côté. Deux hommes, d'ordinaire, tirent sur la corde par derrière, pour que la poutre appuie ferme ; ce qui n'est pas sans danger, car si la poutre leur échappe, elle risque de briser le dos des chevaux. Pour finir, le cocher grimpe au sommet, et, en conduisant, il voit sous lui les chevaux, devenus petits comme des écureuils. Au moment de passer par la porte de la grange, il se couche — c'est le seul moyen d'entrer. Ces meules jaunes, carrées, se balancent tout le jour par l'allée, et, là où elles se frottent aux buissons de noisetiers, on voit pendre de longs brins de paille. L'air est lourd, les nuages bas se gonflent ; vers le soir, il se met à pleuvoir, la pluie prend de l'élan et se déverse toute la nuit.

À la maison, Thomas perçut une certaine impatience. La grand-mère Misia et Antonine se relayaient auprès du lit de la malade, et, sans se l'avouer, elles lui en voulaient. On a pitié d'un être qui crie et pleure de douleur, mais on a aussi envie de dormir et on voudrait que tout soit au plus vite fini. Le beau temps revint, l'air vibrait de chaleur, on faisait à la malade des piqûres de morphine. Thomas pensait à Borkunaï et ne voyait pas du tout quand il pourrait y retourner. Pour aérer la chambre, on avait ouvert les contrevents et la fenêtre ; une hirondelle entra et se mit à voler en rond.

Le troisième jour après la visite du prêtre, dans l'après-midi, Antonine, sur le porche, appela d'une voix irritée : «Thomas!», et il se leva de la pelouse. Il n'était pas content qu'elle l'eût surpris à cet endroit, comme s'il ne faisait qu'attendre. Dans la pénombre, il trouva la grand-mère Misia aux prises avec le couvercle de la malle d'où la grand-mère Dilbin avait si souvent tiré de petits cadeaux. Tout dessus, elle avait mis un cierge : «Quand je mourrai, souvenez-vous qu'il est là.»

Le regard de la malade rappelait ce qu'il y avait eu d'incertain, de relâché, de grinçant dans sa voix des dernières semaines. Antonine, à genoux, psalmodiait, en lituanien, en suivant dans un livre. Le museau de la grand-mère Surkant, semblable à celui d'une grande souris, s'inclinait au chevet du lit. Elle trottinait d'un côté, d'un autre, retournant dans sa main le cierge de cire.

Thomas, à côté de la fenêtre, frottait ses pieds nus l'un contre l'autre, debout dans la tache chaude que le soleil mettait sur le plancher peint en brun. Il se sentait lui-même plus distinctement que jamais : le cœur fait tic tac, le regard saisit chaque détail, il s'étirerait bien maintenant, il lèverait les bras et aspirerait l'air jusqu'au fond. L'effondrement de la grand-mère faisait croître en lui un sentiment de triomphe, monstrueux à ses propres yeux, et soudain rompu par un bref sanglot. La mourante luttait pour un souffle encore, il la voyait petite, désarmée devant l'horreur qui l'écrasait avec indifférence, et il se jeta au pied du lit en criant « Grand-mère ! Grand-mère ! », plein de regret pour tout ce dont il s'était rendu coupable envers elle.

Mais elle, qui paraissait consciente, ne remarquait personne. Il se releva donc et, avalant ses larmes, s'efforça de retenir pour toujours chacun de ses gestes, chaque frémissement. Les doigts s'ouvraient et se fermaient sur la couverture. De sa bouche s'échappa un son rauque. Elle luttait contre la fuite du langage.

— Con-stan-tin.

Une allumette craqua, et, à la mèche du cierge, une toute petite flamme s'alluma. L'agonie commençait.

— Jésus, dit-elle distinctement.

Et tout bas, mais Thomas entendit bien ce murmure qui se perdait :

— Se-cours-moi.

L'abbé Monkiewicz, s'il avait été là, aurait pu constater la défaite des Invisibles. Car, à la loi qui affirme que l'homme meurt, tombe en poussière et périt pour l'infini des siècles, elle n'opposait qu'un seul espoir : en celui qui peut rompre la loi. N'exigeant plus de preuves, malgré les raisonnements qui démontrent le contraire, elle croyait.

Le blanc des yeux immobile, le silence, la mèche du cierge pétille. Mais non, la poitrine bouge, une aspiration profonde, et de nouveau les secondes passent, et la respiration soudaine de ce corps qui paraissait déjà mort surprenait, étrangère, avec ces râles à intervalles irréguliers. Thomas avait des frissons d'horreur devant cette déshumanisation. Elle n'était plus la grand-mère Dilbin, mais la mort en général. La forme de sa tête, la nuance de sa peau ne comptaient plus, cette crainte qui avait été à elle, rien qu'à elle, avait disparu, comme aussi sa manière à elle de se plaindre, «oïé, oïé». Peu à peu — cela dura bien une demi-heure (et pourtant, selon une autre mesure, cela dura peut-être autant que toute sa vie) — sa bouche se figea dans une demi-aspiration, ouverte.

«Que la lumière éternelle brille sur elle, *amen*», murmura la grand-mère, et elle abaissa doucement du doigt les paupières de la morte. Le grand-père se signa lentement, solennellement. Puis ils se demandèrent où il fallait la transporter. Dans le lit, des creux si profonds s'étaient formés que le corps, si on l'y laissait, allait se raidir en sa position à demi assise. Ils tombèrent d'accord pour introduire dans la chambre une longue table, et Thomas aida à la pousser à travers la porte. On étendit sur le plateau une couverture foncée.

Il aida aussi à transporter la grand-mère Dilbin du lit sur la table. La chemise, au moment où il tendait les bras pour soulever le corps, se retroussa et il se hâta de détourner la tête. Sur le drap, alors qu'il la tenait déjà en l'air et qu'Antonine la supportait par les bras, il remarqua une traînée d'excréments, écrasés dans le spasme de l'agonie.

Il revint alors qu'elle était déjà lavée et habillée. Mains croisées sur la poitrine, talons joints, pieds écartés, la mâchoire attachée par un bandeau de toile. Par la fenêtre, maintenant ouverte, tombaient les échos de la fin du jour : coin-coin des canards, craquètement lent d'une charrette, hennissement d'un cheval. Si différent, si serein, tout cela, qu'il se prenait à douter que se fût vraiment passé ici ce dont il avait été témoin.

On l'envoya chez le charron et sa peine se dissipa. Le charron habitait les communs (il travaillait à la fois pour le domaine et pour le village). Thomas le ramena et le regarda prendre les mesures. Et, le soir, il fut longtemps sans pouvoir s'endormir, parce que, derrière la porte, reposait le cadavre, tandis qu'elle, dans cette autre région, supra-terrestre, où elle se trouvait, pénétrait sa pensée à lui et connaissait déjà sa lâcheté. De l'avoir observée alors qu'elle mourait, il tirait du plaisir. Un plaisir âcre, comme le goût de ces baies qui brûlent la langue et pourtant vous donnent envie d'en manger encore. Des cierges, dans deux hauts chandeliers, brûlaient maintenant là-bas à côté de la table-catafalque, il entendait les prières, mais elle, elle était seule dans la nuit noire.

Le lendemain matin (sur la bobèche de verre du chandelier, dans les coulées de cire fondue, les ailes d'une phalène se sont enfoncées ; entre les paupières de la grand-mère brille une mince ligne de blanc), il alla chez le charron, curieux de voir comment il ferait le cercueil. Dans la cour, devant l'atelier, des roues de bois sans bandage étaient appuyées les unes contre les autres et des planches s'entassaient. Il connaissait bien cet établi, tout rugueux à force d'entailles, avec, sur les côtés, les manches des étaux passés librement dans les trous, et cette odeur de sciure. Il pouvait rester longtemps immobile, assis sur une bille, fasciné par le mouvement du rabot. Maintenant aussi. « Le pin, ça ne vaut rien, je vais prendre du chêne » disait le charron (Kielps, par son nez et les bosses de son visage, ressemblait un peu à la grand-mère Misia). Des veines s'enchevêtraient sur ses mains : montagnes et vallées. Par la fente du rabot se déroulait un ruban clair, et cette maîtrise de l'artisan sur le bois faisait plaisir : s'il est possible de polir ainsi une planche, il semble possible de polir, d'arranger tout ce qui existe. Ainsi donc, les cernes de l'arbre allaient se trouver près des tempes de la grand-mère Dilbin, désormais pour toujours. Et après ? Le rêve avec Magdalena le remplissait de nouveau tout entier. Les vers, est-ce qu'ils peuvent pénétrer à l'intérieur par les fentes du cercueil ? Le crâne, blanc, avec de profondes cavités à la place des yeux, et les planches continueront à durer. La grand-mère était sans doute morte pour de vrai. Elle lui avait raconté des cas terribles de léthargie, où, après la fermeture du cercueil, on entendait cogner à l'intérieur, et parfois quelqu'un cognait même dans la tombe ; on enlevait la terre, on soulevait le couvercle, et on trouvait des êtres déjà étouffés, tordus par l'effort. Se réveiller ainsi et comprendre — ne fût-ce qu'une toute petite seconde — qu'on est enseveli vivant, c'est ce dont elle avait peur ; elle répétait toujours qu'il valait déjà mieux, comme un membre de sa famille, se faire briser la tête avec un marteau pour être sûr qu'il ne s'agit pas d'un sommeil léthargique.

La croix aussi devait être en chêne. Le charron tira de sa poche un gros crayon, le mouilla de salive et dessina sur un morceau de planche la forme qu'elle allait avoir. Il lui tendit son dessin, lui demandant son avis. Thomas apprécia à nouveau le privilège d'être le petit-fils. Une sorte d'auvent reliait les deux bras de la croix. «Pourquoi cela ?» demanda-t-il, le doigt sur le dessin. «Il le faut. Comme ça, fixer deux planches, ce n'est pas beau. Et puis il y a la pluie, elle s'écoule par là, elle n'abîme rien.»

Selon Antonine, l'âme de l'homme tourne longtemps autour de l'enveloppe qu'elle a abandonnée. Elle tourne et regarde ce qu'elle a été, s'étonnant de ne s'être pas connue jusqu'alors autrement que liée au corps. Et cependant, d'heure en heure, le visage qui a été son miroir change, ressemble davantage à la moisissure de la pierre. Le soir, Thomas remarqua que la grand-mère était différente de ce qu'elle était le matin, mais soudain il se retira en panique parce qu'elle l'avait regardé. Il bondit vers la porte, déjà prêt à crier qu'elle se réveillait de sa léthargie. Mais non, elle n'avait pas bougé du tout. Les paupières s'étaient seulement écartées un peu plus l'une de l'autre et le reflet des cierges tremblait dans la ligne du blanc. L'âme n'habitait plus ici à l'intérieur. Si Antonine avait raison, elle traînait seulement par là, touchant les objets familiers, attendant que les funérailles fussent accomplies, afin de pouvoir partir en paix, rassurée sur ce qui était bien, n'est-ce pas, sa propriété.

52

Les nuages se disposent en figures ventrues, un dragon erre maintenant à travers le ciel avec une queue tordue et des nageoires, sa gueule se disperse, s'étire, il s'en arrache une petite pelote de blancheur et elle file, chassée par son souffle. Sur ce dragon glisse une croix fine entre les mains du bedeau, puis vient le curé, et le cercueil, c'est Balthazar, Pakienas, Kielps et le jeune Sypniewski qui le portent. Du haut des Remparts Suédois, où s'avance le cortège, on voit distinctement les hommes minuscules qui se déplacent parmi les points des gerbes, sur les champs en pente, de l'autre côté de l'Issa, et les chars avec la moisson.

Luc Juchniewicz, arrivé hier avec Héléna, court remplacer Pakienas, et les pans de sa veste s'écartent sur ses pantalons à carreaux foncés. Il penche la tête de côté sous le fardeau, le cercueil s'abaisse, se balance, et lui, il fait de tout petits pas, dérange les autres. Ainsi donc, encore une fois, Luc ne peut se montrer que ridicule et Thomas est déçu. Seulement Luc est têtu — il fait une grimace comme s'il allait pleurer, mais il tient bon. Satybelka a mis sa redingote bleu foncé, sa femme un fichu de soie avec des fleurs noires.

À l'église, ils prennent place sur les bancs. Thomas essaye de prier, mais il pense à la fosse, déjà creusée. Dans le caveau de famille, il ne restait plus que deux places, pour la grand-mère Misia et pour le grand-père ; on enterrera donc la grand-mère Dilbin ailleurs, non loin de là. Ils étaient tombés sur une racine de chêne, il avait fallu la couper à la hache, et les taches claires de ces blessures ressortaient dans l'argile. Les racines étreindront le cercueil, peut-être même pénétreront-elles à l'intérieur, et la grand-mère sera saisie comme dans les serres d'un oiseau.

Et, alors que les autres en sont encore à se diriger lentement vers la sortie, il se faufile déjà parmi les pierres tombales. Oui, c'est ici. Pour la rapprocher des Surkant, on a choisi l'extrême bord du cimetière, et à quelques pas de là s'élève, rongé par les pluies, avec des touffes d'herbe rare, le petit tertre où repose une personne bien connue de Thomas. Magdalena. Rien de ce qui se passe après la mort n'est vraiment imaginable, mais il faut bien que de quelque manière elles se rencontrent toutes les deux. Elles se tendent la main, la tête tranchée de Magdalena est de nouveau sur son cou et elles éclatent en sanglots : « À quoi bon nous sommes-nous tourmentées, est-ce que cela en valait la peine ? Et pourquoi ne nous sommes-nous pas connues et avons-nous souffert chacune de son côté ? Tu aurais habité chez moi — dit la grand-mère — je t'aurais trouvé un mari, tu m'aurais aidée à vivre, car tu es brave. Comme c'est mal que les gens ne s'aiment qu'après la mort. Est-il difficile de s'empoisonner ? Je voudrais le savoir. » — « Difficile — soupire Magdalena. J'ai prié pour que Dieu me pardonne, et comme ça, à genoux, j'ai avalé le poison, mais tout de suite j'ai pris peur et j'ai appelé au secours. » Elles sont jeunes toutes deux, la grand-mère comme sur ses photographies de jadis, lorsqu'elle portait une robe cintrée à la taille. Et elles se tutoient. « Et pourquoi faisais-tu peur aux gens ? » demande la grand-mère. Magdalena sourit. « Pourquoi demandes-tu cela, maintenant tu le sais bien. » « Oui, c'est vrai, maintenant je sais. »

Thomas se refuse à les situer dans deux mondes différents parce qu'il estime impossible que Magdalena ait été damnée. Ne peuvent être damnés, sûrement, que ceux qui n'éveillent chez personne ni pitié ni amour. Là-bas, les autres se groupent autour du sol fraîchement remué, et lui, ici, commence un *Ave Maria*, prononçant les paroles avec tant d'ardeur qu'il s'enfonce les ongles dans la peau. Il confie Magdalena à la Mère de Dieu.

Le cercueil fut descendu à l'aide de courroies ; il balança un moment, s'accrocha à la racine qu'il avait fallu couper et resta enfin immobile ; et Thomas regardait en bas tandis que l'abbé Monkiewicz prononçait l'oraison. On met toujours les morts comme cela dans la terre, depuis des centaines et des milliers d'années ; s'ils se levaient tous, il s'en dresserait sans doute tant de millions qu'ils se tiendraient debout serrés les uns contre les autres, on ne pourrait pas glisser une épingle. Et chacun des vivants sait qu'il mourra, le grand-père dit que déjà, entre les chaînes du tombeau des Surkant, on l'attend. Ils le savent et le supportent avec indifférence. Évidemment, il n'y a aucun remède, mais, à vrai dire, ils devraient hurler, s'arracher les cheveux de désespoir ; la mort — même passer d'une vie à l'autre est déjà bien assez terrible. Rien. Leur calme, leur manière de dire « c'est comme ça », qu'il s'agît de cela ou d'autres questions, restait pour Thomas incompréhensible. Il croyait à un secret que Dieu eût révélé si les hommes savaient le vouloir très fort : que la mort n'est pas inévitable, que tout est en fait différent. Mais peut-être en savent-ils plus long qu'ils ne le laissent voir, peut-être est-ce pour cela que leur comportement est si tranquille? Ainsi Thomas leur faisait crédit, de même qu'à Luc, qui, s'il ne cachait pas en lui un autre lui-même plus intelligent, eût fait crouler l'ordre tout entier ; les adultes, dans ce cas, ne seraient rien d'autre que des enfants déguisés et ridicules. Ce qui paraît simple ne peut pas être si simple.

Lui aussi, Thomas, un jour, on le descendrait dans un cercueil à l'aide de courroies. Même s'il devenait pape? Même. Mais si une grenade éclatait alors, il ne se verrait pas mourir, il s'éveillerait et demanderait : « Où suis-je ? » Le grand tétras que Romuald avait tué n'avait pas eu le temps de sentir l'épouvante. « Mon Dieu, fais que je ne meure pas lentement, comme la grand-mère. »

« À toi de jeter la première poignée », lui dit à mi-voix la grand-mère Misia : lui, le petit-fils, le parent le plus proche et, à vrai dire, le seul. Il ramasse une motte jaunâtre et la lance, la motte frappe le fond et s'effrite, d'autres déjà tombent sur le couvercle avec un son creux, et aussitôt une pelletée laisse sur la planche du dessus une étroite colline de sable. Ils travaillent vite, déjà les intervalles entre les côtés du cercueil et les parois de la fosse sont remplis, on voit encore le bois avec son vernis marron, et bientôt on ne voit plus que la couleur crue de la terre. Si la caisse, une fois fermée, incitait à deviner quel en était le contenu (car le corps devenait quelque-chose-à-l'intérieur), maintenant à plus forte raison : un espace vide, un petit peu d'air séparé du reste de l'air, un fragment de tunnel.

En haut, les chênes. Certains, très vieux, se dressaient là déjà lorsque Jérôme Surkant passait sur la route. En bas, au bout de la pente recouverte d'une herbe courte et drue, le ruisseau coule, disparaît sous un petit pont et s'en va vers l'Issa. Sur l'autre flanc du ravin, des vergers et des huttes.

C'est cette vue-là qui est donnée pour la fin du voyage. « Nous allons commander une plaque » — dit le grand-père. Thomas intervient : « Il faut y mettre l'inscription : veuve d'un insurgé de 1863. » Parce qu'elle en était fière. « On plantera des fleurs, avec Thomas », promet Antonine.

Kielps tient en main sa croix à auvent et il la plante dans le sol, amasse la terre tout autour, pilonne la surface rectangulaire de la tombe. Ici le chroniqueur retient sa plume et s'efforce d'imaginer les gens qui visiteront un jour ce lieu, plus tard, dans des années et des années. Qui sont-ils ? De quoi s'occupent-ils ? Leur automobile brille en bas, à côté du petit pont, et ils font une promenade par ici. « Quelle drôle de vieille croix ! » « Ces arbres, on devrait les abattre, ici ils ne servent à rien. » Sans doute n'aiment-ils pas la mort, son souvenir est humiliant pour leur dignité. Ils frappent le sol du pied et disent : « Nous vivons. » Et pourtant, dans leur poitrine aussi un cœur bat, affolé parfois par l'angoisse, et leur sentiment de supériorité sur ceux qui ont disparu ne les protège de rien. Des lichens bleuâtres pendent de l'auvent façonné par Kielps, toute trace du nom s'est effacée. Et les nuages se disposent en figures ventrues, comme alors, au jour de l'enterrement.

53

Ce son ne rappelle en rien ceux qui peuvent sortir d'un gosier humain, et pourtant Thomas a appris à l'imiter. Il avait eu du mal au début, mais il s'était exercé et il avait lui-même peine à croire qu'il était désormais capable de causer avec eux. Dans la forêt, près de Borkunaï, il y a un creux envahi par les aunes ; au printemps, il se change en lac, et la chose se passait là. Maintenant le soleil s'était déjà couché, les cimes des aunes devenaient noires sur le fond citron du ciel, l'heure était proche. Il avait devant lui le mur compact des jeunes taillis et se tenait debout dans la poix bourbeuse, dans l'odeur des feuilles pourrissantes; avec fureur, mais prudemment, évitant tout geste brusque, il écrasait les moustiques qui se posaient en foule sur son visage et son cou. Ils se saoulaient de sang à tel point que sur ses doigts, lorsqu'il les broyait, restaient des traces rouges. Il leva doucement le cran d'arrêt de la *berdanka*, prêt à tirer. Elle était en quelque sorte devenue une partie de lui-même, il l'avait enlevée à Victor pour l'été. « Pour ce que tu en fais, avait dit Romuald à son frère, tu n'as pas le temps, est-ce que tu t'en sers jamais ? Elle reste pendue au mur, tandis que Thomas, il ira à la chasse et ça sera du bon temps. » Et Victor avait dit oui.

Des éperviers avaient fait leur nid dans le fourré, à un endroit difficile à atteindre parce que le sol y est plein d'eau. Ils avaient élevé des petits et ceux-ci, comme leurs parents, traçaient tout le jour des cercles dans les airs. Le soir, la famille revenait ici à tire-d'aile, pour y passer la nuit. L'avant-veille, il avait essayé son appeau et ils lui avaient répondu de trois ou quatre côtés. Le secret, c'était sans doute de choisir le moment où ils ne sont pas encore tous à la maison, où ils s'appellent les uns les autres. Leur vagissement se fit entendre, toujours plus près, jusqu'au moment où il aperçut entre les feuilles les ailes grises écartées, et aussitôt elles se mirent à battre, tandis que l'épervier s'accrochait à la fine pointe de l'arbre. Il ne voyait pas Thomas, en bas, dans la pénombre, il appelait et attendait la réponse. Alors Thomas, très, très lentement, porta le fusil à son œil et appuya sur la gâchette. Il tombe ! Il le chercha longtemps, craignant déjà de ne pas le trouver, ou peut-être seulement au matin — quand il buta sur lui tout à coup. Pour un peu, il lui aurait marché dessus. Sa teinte grise tranchait sur cette vase pleine de brindilles sombres, elle en devenait presque criarde. Ces longues ailes. Tandis qu'il le soulevait, les pennes s'ouvrirent en éventail, et, comme il s'efforçait de redresser de force les serres spasmodiquement recourbées, il se blessa au doigt. Un seul, c'était trop peu, maintenant qu'il avait pris sur eux un tel avantage. Il laissa passer un jour et essaya de nouveau.

Pii-ii. Ce cri perçant, il faut le produire le gosier serré, et c'est là l'obstacle, car il faut le répéter, et cela fait mal. Il entendait les éperviers, quelque part dans la profondeur de la forêt. Viendront-ils aujourd'hui ou non ? Rien que le bourdonnement des moustiques qui, dans une tache de lumière, dansaient en colonne une danse montante et descendante. *Pii-ii*, répéta-t-il. Le sens exact de ce signal dans leur langage, il ne le savait pas ; ce qui est sûr, c'est qu'il exprime la nostalgie, un pressant appel. Plus près. Oui, plus près. Il lança encore un encouragement, qui se répandit au loin, dans le silence où les autres oiseaux s'étaient déjà choisi une branchette pour y dormir et gonflaient maintenant leurs plumes. Et soudain, de plusieurs côtés, cette plainte qui insiste. Donc, les voici.

Il goûtait son triomphe, bien qu'il s'efforçât de ne rien exagérer. Les éperviers, qui étaient jeunes, n'avaient pas encore appris à distinguer une intonation fausse. En outre, il n'y avait pas là de geais pour dénoncer par leur cajolement la présence de l'homme. Il appela encore, juste une fois, car de près ils risquaient tout de même de reconnaître que ce n'était pas tout à fait ça.

Au-dessus des arbres, une silhouette, une seconde. Non, s'ils volent là-haut, cela ne prouve rien encore. Mais attention : une ombre a passé dans la brosse des jeunes aunes. Il s'est posé. Où ? Les moustiques, sur les mains et le front de Thomas, pouvaient être maintenant tout à fait tranquilles, il ne bougeait pas. L'épervier vagit au sommet de l'autre arbre, mais on ne voyait rien dans le feuillage. Faire quelques pas en avant ? Mais alors l'oiseau le remarquerait certainement et disparaîtrait, de ce vol tout particulier dont il use lorsqu'il rencontre l'homme : le vol du mystère.

Risquer encore un appel, c'était le seul moyen. Oubliant qui il était, il se donna une âme d'épervier, tellement il s'efforçait de réussir. *Pii-ii*. Et l'autre, excité, lança une réponse. Un battement d'ailes, c'était assez pour que Thomas pût le repérer. Il visa à l'aveuglette, devinant plus qu'il ne la voyait une tache couleur de souris dans le noir. Après le coup de feu, l'oiseau s'envola, s'affaissa sur lui-même et tomba, se cognant aux branches, tâchant de se retenir. Thomas bondit vers lui, les branches lui fouettaient le visage. Déjà un deuxième, il en avait tué un deuxième — cela chantait en lui. Il le trouva couché à la renverse, encore vivant, les serres dressées en un geste de défense. Au lieu du camarade ou de la mère dont l'invite lui était si nettement adressée, une créature géante se penchait au-dessus de lui, impuissant. Thomas, à la vérité, se justifiait en pensant aux poulets, aux pigeons que le rapace déchirait pour se nourrir de leur chair et de leur sang. Il le frappa donc à la tête de la crosse du fusil, et une paupière, d'en bas, voila les yeux d'or. La chair, une fois la peau enlevée, serait livrée à Lutnia, et la peau, empaillée, garderait pendant un certain temps l'apparence propre de cet être-là et de nul autre, jusqu'au moment où les mites s'y mettraient.

Si Thomas éprouvait parfois des scrupules (cela lui arrivait), il se disait que la créature que l'on tue mourra de toute façon, qu'il est donc sans doute indifférent qu'elle meure un peu plus tôt ou un peu plus tard. Que les animaux eussent la volonté de vivre, ce n'était pas une raison tout à fait suffisante, car lui, il avait un but : vaincre, empailler, et ce but lui paraissait plus important. Le ciel prenait une couleur bleu marine lorsqu'il sortit de la forêt et prit la passerelle qui traversait le ruisseau. Les fenêtres de la maison brillaient à travers les buissons, Barbara préparait le dîner. Qu'allait-elle dire du second épervier ?

Mais la troisième fois, ce fut un échec, les coups de feu les avaient effarouchés. Par la suite, il tira gloire plus d'une fois de son art de frouer, jusqu'à un certain matin (d'un autre été) où, voulant vérifier s'il en était toujours capable, il émit seulement un son rauque : sa voix était devenue grave, et plus jamais il ne put tirer de sa gorge ce signal aigu, entre le miaulement d'un chat et le sifflement d'une balle.

54

Barbara tapait sur la gueule de monsieur Romuald, si fort que l'écho s'en répandait à travers le verger. « Qu'est-ce qui te prend ? Mais qu'est-ce qui te prend ? » répétait-il, et il reculait. Attaquer l'adversaire par surprise, c'est une tactique généralement recommandée, et ici la surprise était complète. Ce dimanche matin, sans le moindre malentendu, la moindre querelle, soudain : « Cochon. Avec des vieilles femmes que l'envie lui a pris ! Tiens ! Prends ça pour le tort que tu m'as fait ! Tiens ! » L'apparition d'une comète n'aurait sans doute pas suscité chez Romuald une stupéfaction plus grande que cette attaque. Il eût pu saisir un bâton et la chasser sur-le-champ de Borkunaï, mais au lieu de cela il s'amollit, se demandant si elle n'était pas devenue folle. Et elle, elle se sauvait déjà par le sentier, pleurant à chaudes larmes.

Ses pleurs étaient sincères. Quant aux coups, en eux s'unissaient colère et calcul. Barbara sentait vaguement que c'était la seule façon d'agir ; jouer le tout pour le tout. Il n'aurait plus servi à rien de bouder ou de faire l'offensée dans les coins. D'ailleurs, quand on saute, ce n'est pas par l'arithmétique qu'on apprécie la distance. Romuald était un adversaire, mais pas seulement. Il se sentait bien avec elle et elle le savait. D'abord, il n'aurait pas trouvé facilement une ménagère comme elle, aussi propre, aussi ordonnée, capable de faire n'importe quel travail, même de labourer — elle avait une fois labouré toute seule le champ presque entier, alors que lui était malade et que le garçon de ferme, après une dispute, était parti. Et puis, elle faisait la cuisine mieux qu'une autre. Il n'était pas un jouvenceau, il avait ses petites préférences, et une nouvelle venue, il devrait commencer par tout lui apprendre. Il y avait encore d'autres raisons pour lesquelles elle se sentait assez sûre d'elle-même.

Cette vie loin de tout les satisfaisait parfaitement parce qu'ils la vivaient ensemble. Le printemps et l'été passaient vite, remplis par une foule de travaux, à peine s'ils y suffisaient. En automne, elle faisait de la marmelade d'airelles et de pommes, et, lorsque commençaient les longues pluies, elle se mettait à son rouet. Elle savait filer fin. Ils cultivaient leur propre lin, et la laine, on l'achetait chez Masiulis. Avec ce qu'elle avait filé, elle tissait sur son métier de la toile et du drap. L'hiver, son métier marchait jusqu'au crépuscule (on entendait le heurt qui se produit chaque fois qu'on presse la pédale) — on peut filer à la veillée presque sans y voir, mais le tissage exige la lumière et une grande attention. Ce métier, et quelques jupes dans un petit coffre, étaient toute la dot de Barbara.

La semaine laborieuse s'achevait par la cérémonie du bain, le samedi, et le départ pour l'église, le dimanche, en carriole ou à pied. Romuald n'était pas trop zélé ; il manquait parfois la messe plusieurs dimanches de suite, lui préférant la chasse.

Il avait construit lui-même la cabane de bain au bord du ruisseau, et il l'avait construite soigneusement. Elle se composait de deux pièces. Dans la première, il avait fixé à la paroi des crochets pour les vêtements, et il avait même façonné à la hache un banc où on pouvait s'asseoir pour se déshabiller et se rhabiller. Il y avait aussi installé une cheminée ; on y mettait de grosses bûches qui chauffaient à tel point la large dalle de pierre placée de l'autre côté de la cloison que la seille d'eau qu'on y versait se changeait aussitôt en tourbillons de vapeur. Dans cette seconde pièce couraient, d'un mur à l'autre, trois rayons superposés, reliés entre eux de façon à former des marches. Il n'est rien de plus abominable qu'une cabane de bain à l'intérieur de laquelle siffle le vent ; il calfeutrait donc chaque année avec de la mousse les crevasses qui s'ouvraient entre les troncs des parois.

Au début de la cérémonie, Barbara lui lavait les épaules et le dos. Puis il ajoutait de la vapeur, qu'il aimait très forte. Il montait tout de suite sur le rayon le plus haut, et elle avait alors le devoir de mettre à côté de lui une seille d'eau froide, de façon qu'il n'eût qu'à étendre le bras — lorsqu'on s'arrose la tête avec de l'eau froide on tient le coup plus longtemps là-haut. Elle prenait un balai de bouleau feuillu et, se tenant plus bas, elle le lui passait sur la poitrine et sur le ventre, ce qui demande beaucoup d'adresse : la peau, sous l'action de la vapeur, devient sensible et un frôlement la brûle comme un fer chauffé à blanc, un frôlement délicat plus encore qu'un coup ; tout l'art, c'est de frôler et de frapper alternativement. Romuald sifflait et rugissait de douleur : « Aïe ! Encore ! Encore ! » Il se retournait sur le ventre, puisait dans ses mains l'eau de la seille et : « Vas-y ! Encore ! Aïe ! » jusqu'au moment où il se levait soudain et, rouge comme une écrevisse bouillie, courait dehors ; il se roulait dans la neige, s'y vautrait pendant quelques secondes, juste assez pour recevoir le coup de fouet sans sentir le froid. Il revenait et se juchait de nouveau sur le rayon, pour un instant, car c'était le tour de Barbara. Il la tenait là-haut si longtemps qu'elle gémissait : « Oh là là ! Je n'en peux plus ! » « Tu peux. Retourne-toi. » Et il la fouettait, et elle criait en riant : « Allez, ça suffit, lâche-moi ! »

S'il la congédiait, qui l'accompagnerait dans son bain et lui frotterait le dos ?

Que Romuald, aux bains, la regardât avec complaisance, voilà qui ne faisait pas l'ombre d'un doute. La santé et la jeunesse mêmes, des seins ni trop petits ni trop pleins, les épaules et les hanches fortes. Rose clair, presque blanche à côté de lui. Ma foi, de toute manière, elle lui donnait bien des motifs de viril orgueil.

De toute manière. Se soumettant au rite de l'amour, Barbara (ce qui n'est peut-être pas très convenable, mais on ne se demande guère alors ce qui est convenable et ce qui ne l'est pas) invoquait les noms les plus saints de l'Évangile et, rendant le dernier soupir, elle hurlait dans un murmure : « Ro-mua-a-a-ld ! » Lui, immobile, contemplait cette vague qui se brisait contre lui et qu'il avait lui-même soulevée. Il aimait le travail bien fait. Il était satisfait lorsque, après un instant, elle se remettait à haleter et qu'il entendait de nouveau sa litanie désordonnée. Que cela se répétât encore et encore et encore, elle était loin de lui en vouloir. Et une séparation d'avec lui, elle ne pouvait même pas l'imaginer. Si certains remèdes anciens se montraient inefficaces et s'il venait un bébé, eh bien, il serait là. Le monde, le matin, se montrait neuf, la vitre était baignée de rosée et les jambes tremblaient légèrement aux genoux. D'où ces chants devant le métier, à force de joie.

Mais maintenant elle pleure, se demandant ce qu'il fait dans le verger. Il avance sur le chemin, le plancher craquera, il va entrer et dire : « Va-t'en. » Pourtant, s'il la chassait ainsi dans la colère, il agirait contre lui-même. Toute l'histoire avec Héléna Juchniewicz ne lui était nécessaire en rien. Barbara considérait ses caprices de noblesse comme faisant partie de la bêtise des mâles, différente chez chacun et qu'il faut supporter telle qu'elle est. Rien de plus qu'un déguisement, dessous il est comme tout le monde. Il aurait dû d'ailleurs se rendre compte que, poursuivant une vraie dame pour démontrer qu'« il ne valait pas moins qu'eux », il gâchait tout.

Si ce n'avait été la vieille Bukowski... Celle-là, c'était l'ennemi. Elle ne s'opposait pas à son séjour chez Romuald : il ne pouvait pourtant pas vivre tout à fait seul, — mais elle veillait au grain. Parfois, il installait Barbara à côté de lui dans la carriole, ils se rendaient ainsi à l'église, et la vieille alors lui faisait des reproches : qu'est-ce que les gens vont dire. Une servante doit rester à sa place.

Oui, Mme Bukowski était un obstacle. Le bonheur suprême, régner sur Borkunaï, avec la certitude que personne désormais ne l'en délogerait, lui restait à cause d'elle interdit. Jamais aucun Bukowski n'avait épousé une paysanne, même une des riches, alors elle ! Les yeux baissés sur ses genoux, assise, les jambes largement écartées et étirant sa jupe, Barbara se laissait aller à la détresse. Les autres difficultés avaient perdu leur poids. S'il entre, elle se jettera à genoux et lui demandera pardon. Pourvu que tout continue comme jusqu'à présent.

La nuque robuste de Romuald est marquée de petits losanges. Maintenant elle est devenue rouge, presque une fraise de dindon. Il reste immobile, se décide, s'en va vite vers la maison. Mais il s'arrête devant le porche ; au bout d'un instant il gravit lentement les marches de bois et, dans sa chambre, il décroche du mur son fusil.

La forêt, lorsqu'on l'écoute bruire pendant des heures, vous donne des conseils. Ces conseils, ou le fait bien connu que la dureté des hommes est illusoire, firent que lorsqu'il revint, l'après-midi, il ne dit rien. C'est seulement le soir, alors qu'elle avait déjà trait les vaches, que retentit sobrement son appel :

— Barbara !

Tremblante, elle franchit le seuil.

— Couche-toi !

Il tenait à la main la cravache au sabot de chevreuil. Il leva la jupe et fouetta le derrière nu, sans hâte, mais de manière à faire mal. Elle jappait et se tordait sous chaque coup, mordait l'oreiller, mais elle était heureuse. Il ne la rejetterait pas ! Il punit, c'est donc qu'il la reconnaît sienne. Et il punit à bon droit. Cela lui était dû.

Ce qui se produisit ensuite pourrait passer pour une récompense, d'autant plus grande que l'amour acquiert une douceur nouvelle lorsqu'il est lié à la douleur et aux larmes. Il convient ici de souligner l'un des traits les plus étranges de l'être humain : même lorsqu'il approche du sommet de l'ivresse, la pensée ne l'abandonne pas, elle continue à se dérouler, indépendante de l'égarement charnel, et c'est alors, plus qu'en aucune autre circonstance, qu'il ressent sa double nature. Les noms sacrés jaillissaient de la bouche de Barbara, témoignant qu'elle était une fille fidèle de l'Église et qu'elle ne pouvait exprimer la violence de ses sentiments autrement que dans le langage de celle-ci — et sa pensée évaluait son triomphe. Elle, naguère si parfaitement consentante à ce que les choses restassent telles qu'elles étaient, visait maintenant plus loin, prête à lutter contre la vieille Bukowski. La Barbara visible voulait être par lui déchirée et remplie, tandis que la Barbara invisible insinuait que si de tout cela devait naître un enfant, ce ne serait pas si mal. Et les deux maintenaient entre elles une certaine entente.

55

Il devait y avoir, une semaine plus tard, une chasse au coq de bruyère, et l'aventure de la tante Héléna plongea Thomas dans la perplexité. Bien qu'il nourrît une assez vive aversion pour elle, il se sentait pourtant lié par la solidarité familiale. Que s'était-il passé ? Elle se rendait à Borkunaï, et il n'avait pas voulu perdre cette occasion. Il tenait les rênes et le fouet, ils étaient assis côte à côte, déjà ils avaient atteint le petit bois, le cheval se mit à gravir la colline, quand... Impossible de dire s'il avait d'abord vu ou d'abord entendu. Derrière un petit sapin, l'éclat d'une chose blanche et déjà un cri, et ce cri sortait de la bouche de Barbara, qu'il n'avait jamais vue ainsi — il en resta figé de stupeur. Rouge, les sourcils froncés, elle brandissait une baguette de noisetier d'un air menaçant et hurlait :

— Chienne ! Attends un peu ! Je vais t'en donner, des histoires d'amour !

Et toutes sortes de jurons dans les deux langues.

— Que je te revoie seulement une fois à Borkunaï ! Que je te...

Ici la baguette claqua et Héléna porta ses mains à sa joue, la baguette claqua et Héléna leva le bras pour se protéger.

— Mais comment se comporter dans une telle situation, voilà qui dépassait tout le savoir de Thomas, si bien qu'il frappa le cheval et les roues tournèrent avec bruit.

— Demi-tour ! Fais demi-tour ! Ô mon Dieu, et pourquoi, pourquoi ? se plaignait Héléna. Demi-tour, je n'y mettrai plus les pieds !

Bon, c'était facile à dire, mais le chemin était étroit, on écrasait de jeunes arbres et la roue grinçait contre le flanc de la carriole. Ils faillirent verser. De grosses larmes coulaient sur le visage de la tante ; maintenant c'est elle qui était rouge, et elle disait, d'une voix douce, sa stupéfaction. Elle joignait les mains comme pour prier, et l'azur de ses yeux s'en remettait au ciel du soin de venger l'outrage innocemment souffert.

— C'est épouvantable. Je n'y comprends rien. Pourquoi ? Comment a-t-elle osé ? Elle doit être toquée !

Thomas se sentait mal à l'aise et tâchait de ne pas tourner la tête, feignant d'être tout à sa fonction de cocher. Il avait d'ailleurs des sujets de réflexion en suffisance. Des histoires d'amour — c'était quand même la vérité. Toutes ces mines sucrées à l'adresse de Romuald — ses yeux, lorsqu'il était là, devenaient comme des prunes molles et humides. Mais que venait faire Barbara là-dedans ? Cela, il ne pouvait en aucune façon le comprendre. Est-ce que Romuald en avait assez eu de la sottise d'Héléna, avait-il ordonné à Barbara de l'attendre dans le petit bois ? Pourquoi s'alliait-il avec sa servante ? Qu'est-ce que Barbara avait à voir dans ses affaires ?

Ils avaient fixé une date pour la chasse. Leur amitié virile ne pouvait pas être troublée par des bêtises de ce genre, par de frivoles disputes d'adultes. Seulement voilà : elle n'irait plus à Borkunaï, elle interdirait désormais à quiconque de s'y faire voir, et s'il y allait, cela n'aurait pas très bonne façon. Elle interdirait ? Après tout, peut-être ne dirait-elle rien. Il se cachait là-dedans quelque chose de honteux, à la limite d'il ne savait quelles affaires louches, il devinait qu'elle n'avait pas de quoi se vanter. D'ailleurs, le silence qu'elle gardait créait entre eux une sorte d'accord. Son visage s'était assombri, deux plis aux côtés de la bouche, elle vacillait sur la carriole comme un hibou.

— Comment ? Déjà ? demanda la grand-mère Misia.

— Eh bien ouï, nous n'avons pas trouvé M. Bukowski à la maison, mentit Héléna d'un air léger.

Ainsi s'affirma l'avantage qu'il avait pris, en même temps que leur complicité. Hélas, au souvenir de Barbara explosant de colère, il s'en mêlait d'autres, ne concernant plus que lui. Peu auparavant, flânant avec son fusil sur la lisière de la forêt, il était sorti d'un fourré tout près des champs du village de

Pogiraï. Un vieux paysan, sur son char, disposait les gerbes qu'un jeune lui tendait d'en bas avec sa fourche. Apercevant Thomas, qui le saluait poliment d'un *Padek Devu*, c'est-à-dire « Dieu te vienne en aide », il interrompit son travail et, se redressant sur la meule, se mit à déverser sur lui des injures en brandissant son poing dans le soleil. Thomas ne s'y attendait pas du tout, il le connaissait à peine de vue ; et recevoir ainsi cette bordée de haine qu'il n'avait en rien méritée, ce fut pour lui une expérience douloureuse. Quand la colère rencontre la colère, c'est plus facile, mais ici la fureur était tombée sur sa bonne volonté ; c'était seulement qu'il était de la famille des seigneurs. Il ne savait où se fourrer, et il s'éloigna lentement pour n'avoir pas l'air de fuir. Son visage brûlait de honte et de peine, et ses lèvres, bien qu'il ne l'eût avoué à personne, tremblaient et se courbaient en forme de fer à cheval.

Quelque chose dans le brusque assaut de Barbara lui rappelait cet autre jour. On avait beau faire, il y avait d'un côté lui et Héléna dans la carriole, et de l'autre Barbara. C'est pourtant sur Romuald que retombait la responsabilité de l'alliance avec… et sans qu'il s'y attendît, obstinément, Dominique lui apparaissait, bien-aimé, sacrilège, dont il avait rêvé plusieurs fois sous la forme de Barbara. « Quelle fréquentation est-ce là, ce monsieur Romuald — la grand-mère Misia insistait en prononçant le « monsieur » — tous ces gueux qu'on introduit dans la maison ! »

Romuald sentait le tabac et la force. Thomas ne voulait pas le perdre. Et soudain il prit conscience du fait qu'il y allait du coq de bruyère, du fusil, de tout, et il se demanda comment il avait pu avoir un instant de doute. À force de prières, il arracha à la grand-mère Misia des morceaux de toile pour s'en emmailloter les pieds et s'ajusta des semelles de tille maintenues par des lanières, car, évidemment, ils n'iraient pas en bottes dans le marais.

56

Les chaudières pour la distillation clandestine de l'alcool se trouvaient dans la forêt, en un lieu d'accès difficile, et même si la police s'y était montrée, c'eût été sans doute pour pouvoir goûter ensuite chez Balthazar les produits obtenus. Elle serait repartie avec quelques bouteilles reçues en présent pour avoir écrit dans son procès-verbal qu'on n'avait rien trouvé de suspect. Balthazar avait besoin d'eau-de-vie pour son usage personnel (la bière ne lui suffisait pas), et aussi pour la vendre. Mais ce n'était pas tout. Depuis qu'une commission avait visité la forêt sous sa conduite, l'hostilité allait grandissant entre le village de Pogiraï et lui. Il est vrai que les trois fonctionnaires, après avoir été bien traités chez Surkant, étaient remontés dans leur carriole d'excellente humeur, que leurs visages étaient très rouges, qu'ils chantaient en route, et l'un d'eux faillit tomber, ce qui ne passa pas inaperçu de tout le monde. Ils se réconfortèrent encore dans la maison forestière, si bien qu'ils ne voyaient sûrement plus des arbres, mais seulement de l'herbe. Pour des motifs mûrement réfléchis, ceux de Pogiraï souhaitaient que la forêt devînt propriété de l'État, bien que cela entraînât la perte de certains avantages : par exemple, on ne pourrait plus descendre un arbre, de temps en temps, avec la permission de Balthazar. Personne ne savait au juste, à l'exception de Joseph, ce qu'il en était de la date du partage entre Surkant et sa fille, mais ils devinaient que la forêt avait une grande importance quant aux pâturages litigieux entre eux et le domaine. Ils en voulaient à Balthazar de se faire ici l'allié de Surkant, et l'alcool clandestin servait à arroser les gosiers les plus bruyants. D'ailleurs, s'il refusait de leur en donner pour rien, ils pouvaient se venger en conduisant la police à l'endroit même où l'alambic fumant était caché dans le taillis.

En ce temps-là, près du mur de l'église, à Ginè, quand la messe avait pris fin et que les hommes s'assemblaient en petits groupes, on parlait souvent de la forêt.

— C'est un malin, disait le jeune Wackonis.

Il avait cessé depuis longtemps de porter sa tunique militaire ; il était vêtu, comme Joseph le Noir, d'une veste tissée à la maison, qui se boutonnait sous le cou. Lorsqu'ils se rencontraient, aucun indice n'eût pu faire supposer qu'ils se souvenaient de l'histoire de la grenade. C'était du passé, englouti comme une pierre au fond de l'eau.

— Lui — il passait la langue sur le papier de la cigarette qu'il venait de rouler — il ne remettra sa terre à personne.

C'était dit sur un ton indifférent. Pas un regard, pas un muscle de son visage ne trahissait la moindre intention. Joseph pourtant savait qu'il le raillait pour sa crédulité.

— Peut-être qu'il ne la remettra pas maintenant, concédat-il. Alors ce sera dans un an. Ou dans deux.

— Et Balthazar tient pour lui.

— Il se met la corde au cou.

— Oui. On dit que cette Juchniewicz le jette déjà dehors.

— Qui dit ça ?

— Aujourd'hui, dans les communs. Elle y était, elle cherchait une maison pour lui. Lui ici, et elle dans sa maison à lui.

Joseph cracha en signe de dégoût.

— Il sera garçon de ferme chez eux ? Pas si bête, j'espère.

— Est-ce qu'il ne l'est pas déjà ?

— Qui peut lui donner l'ordre de quitter la forêt ? S'il ne

veut pas, personne ne lui fera rien. Ils le traîneront au tribunal, eh bien quoi, il y en aura pour dix ans.

— Eh, Balthazar, vous savez comme il est, il a peur. Une pomme de pin tombe, et lui, c'est comme si le ciel s'effondrait sur sa tête.

— Ce que l'ivrognerie peut faire d'un homme!

Le jugement de Wackonis, prouvant que pour apprécier les hommes il se fondait sur des observations précises, correspondait à une attitude assez répandue parmi les habitants de Pogiraï à l'égard de Balthazar : une grande hostilité, et aussi beaucoup de mépris. Ils estimaient que là où tout autre eût fait tranquillement une centaine de pas, Balthazar perdait le souffle à force de courir en rond et de frapper du poing contre des murs inexistants. Lui cependant ne savait pas qu'on le traitait ainsi et qu'au mépris se mêlait encore de la pitié. La prison où il se débattait était pour lui réelle, et, s'ils avaient essayé de lui expliquer qu'il était victime d'une illusion, il eût négligé leurs conseils, sûr qu'ils étaient aveugles et ne comprenaient rien. Il leur faisait boire de l'eau-de-vie afin de voir les visages s'éclairer un instant, et, attablé avec eux, d'entendre de leur bouche quelque éloge lui prouvant à lui-même que «Balthazar est bon». Jamais jusqu'alors, nourrissant ses fameux tourments intimes, il n'avait eu à s'occuper de ce que les autres pensaient. Tout allait bien chez lui, certains pouvaient éprouver un peu d'envie à son égard, mais c'était tout. Maintenant, il y avait cette maudite commission, et les intrigues du domaine, et comme si cela ne le coupait pas assez du village, Surkant avait timidement parlé de sa fille — juste une phrase, mais assez pour mettre Balthazar sur ses gardes.

Le liquide fermenté bouillonne laborieusement dans la chaudière, le reflet du foyer éclaire le visage aux joues rondes. Toute l'installation se trouve au-dessous de lui, dans un trou creusé à la pelle ; il est assis sur le bord ; derrière son dos, l'obscurité dont émergent les feuilles luisantes d'un noisetier. Pourquoi n'y aurait-il pas une main tendue qui, pardessus les forêts, cachant les étoiles, guidée sur les ondes de la Baltique par la lumière de la lune, s'approcherait de ce tout petit point, sur la surface de la terre qu'entraîne son mouvement, pourquoi ne viendrait-elle pas saisir et emporter le pauvre Balthazar ? Où ? Peu importe. Elle eût pu, par exemple, le jeter au milieu d'un orchestre, pendant un concert, dans quelque grande ville ; les pupitres tomberaient, la panique, il ramperait à quatre pattes, gigotant gauchement avec ses longues bottes, il finirait par se mettre debout, chancelant, échevelé.

— Crie !

Et Balthazar, docile au commandement de son persécuteur, lancerait sur toute la salle l'aveu du mal secret qui souvent nous ronge de l'intérieur, nous qui sommes nés sur les bords de l'Issa.

— Trop peu !

Trop peu.

Vivre, c'est trop peu.

— Crie !

Un hurlement sauvage.

— Pas comme ça ! Pas comme ça !

Contre le fait que la terre soit la terre, que le ciel soit le ciel, et rien d'autre. Contre les limites que la nature nous a fixées. Contre la nécessité qui fait que moi reste toujours moi.

Aucune main ne l'enlèvera et Balthazar souffre du hoquet. Il se gratte la poitrine, glissant ses doigts sous sa chemise déboutonnée. Il a jeté sa peau de mouton sur ses épaules car la nuit est transparente et froide.

— Pas comme ça ! Et il secoue négativement la tête.

Le mépris collectif du village de Pogiraï s'explique facilement, car voilà un homme qui ne sait pas ce qu'il veut. Il se rend la vie difficile, il s'embrouille, peut-être seulement pour ne pas se trouver tout seul aux prises avec l'angoisse sans forme et sans nom. Mais qui peut savoir si, depuis le commencement du monde, ne l'attendait pas quelque part la destinée qu'il était seul à pouvoir accomplir et qu'il n'a pas accomplie, de sorte qu'à l'endroit où un chêne aurait dû croître il n'y a que de l'air, où se devine à peine un dessin de branchages ?

Il se laisse glisser sur le bord du trou, s'accroupit et met son gobelet sous le tuyau. Il boit. Dans les profondeurs de la forêt se répand la plainte d'un oiseau déchiré. De nouveau le silence, le feu crépite. Le ciel pâlit déjà, une étoile en tombant a tracé une ligne du côté où il est encore sombre.

— Tuer.
— Qui ?
— Je ne sais pas.

57

La bécassine est un éclair gris. Elle se lève et fait très bas quelques crochets, ce n'est qu'ensuite qu'elle rectifie son vol. Il est difficile de deviner pourquoi ; on dirait qu'il était prévu depuis longtemps dans l'ordonnance de l'univers que l'homme inventerait le fusil. Karo tremblait, une patte de devant levée, Romuald tira et tua l'oiseau. Thomas, lui, n'avait même pas eu le temps d'épauler.

Cela se passait dans un pré mouillé où l'on voyait luire, entre les touffes d'herbe, des flaques d'eau rougies par la rouille. L'humidité rafraîchissait agréablement les pieds, protégés contre les tiges pointues et les vipères par les bandes de toile et les semelles de tille. Le soleil du petit matin jouait dans la rosée. Ils avançaient en ligne derrière le chien. Ils devaient chasser à quatre, mais Denis avait trouvé une excuse. Ils étaient donc trois, Romuald, Thomas et Victor.

Peut-être y avait-il eu là naguère un lac. Maintenant s'y étendaient des coupes de laîches, et, plus loin devant eux, le marais — des monticules de mousse sur lesquels poussaient des pins nains, avec, çà et là, des broussailles d'osiers enchevêtrés. En pénétrant parmi les premiers arbrisseaux, Thomas aspira l'odeur bien connue. C'est le royaume des odeurs. De la mousse émergent des buissons de romarins — *ledum palustre* — avec leurs étroites feuilles de cuir, les baies bleues des airelles du marais, grandes comme des œufs de pigeon, qui mûrissent dans l'air chaud imprégné de vapeur. Leur goût est désaltérant, mais il ne faut pas en manger beaucoup car alors la tête vous tourne ; on ne sait pas d'ailleurs si c'est à cause d'elles ou de tous ces arômes trop longtemps respirés. Les jeunes tétras-lyre trouvent ici assez de nourriture sous la conduite de leur mère, et les coqs, qui passent l'été en solitaires, se retirent dans les fourrés pour y faire leur mue — pendant bien des jours ils ont à peine la force de voler.

— Cherche, Karo, cherche !

Karo courait en rond, son poil blanc taché de jaune apparaissait et disparaissait, il remuait la queue et les regardait de temps en temps d'un air interrogateur. Romuald, en dolman de chanvre, la cartouchière à la ceinture, la courroie de son carnier sur l'épaule, lui indiquait la direction de la main. Victor portait la grande sacoche de cuir contenant les accessoires pour son fusil à piston.

Thomas était venu à Borkunaï comme si de rien n'était, et il avait dit bonjour à Barbara en feignant de ne s'être pas trouvé dans la carriole l'autre jour. Plus tard, alors qu'ils marchaient seuls, Romuald lui avait demandé d'un air négligent :

— Et ta tante ? Est-ce qu'elle ne va pas venir un de ces jours ?

Thomas en eut le souffle coupé. Pourquoi faisait-il semblant ? Mais, il le sentait, s'il s'en mêlait il n'en sortirait plus.
— Je n'en sais rien. Elle est sans doute occupée.
Et ce fut tout, à ce sujet. Le canon tendu en avant, il suivait des yeux les brusques élans de Karo, concentré sur ce qui allait suivre, et inquiet. Depuis longtemps déjà il était travaillé par le regret de n'avoir encore jamais tué un seul oiseau en plein vol. Les halbrans, ça ne comptait pas, il avait alors tiré dans le tas en même temps que Romuald. C'était bien le moment d'en atteindre au moins un, et les coqs de bruyère constituaient une épreuve. La première prise d'aujourd'hui — cette bécassine — ne faisait qu'accroître sa tension : évaluer l'avance à prendre, et cela en une seconde, lui paraissait un art impossible à acquérir. Si encore il avait attrapé cette bécassine sur son guidon, mais allons donc, cela s'était passé trop vite. À peine sa glotte s'était-elle décontractée que Karo apportait déjà.
— Ils sont durs à lever maintenant, dit Romuald, le chien peut mettre le nez dessus. Ne regarde pas en l'air, Thomas.
Ils enfonçaient dans la mousse jusqu'aux genoux.
— Oh, là-bas il pourrait y en avoir.
Mais il n'y en avait pas et ils allaient toujours plus loin dans le marais, tandis que Karo laissait pendre sa langue, la rentrait et se remettait au travail.
Oui, le pire, c'est qu'on n'est pas toujours sur ses gardes. Au commencement, on se concentre et on s'approche de chaque buisson avec prudence ; ensuite on oublie un peu son but, on se laisse emporter par le rythme même de ses pas ; les osiers, comme ceux-là, qu'on a devant soi ne sont plus qu'une chose à dépasser. Et juste alors, par malice...
Ils perdirent un instant Karo de vue. Soudain Thomas se trouva atteint, frappé, par les éclats d'un bruit qui avait explosé dans l'air, un fracas, le monde tombe en petits

morceaux, la panique, le feu, le sang inonde le visage, le regard se voile, les mains tremblent. Ça. Ça. Et si près qu'il avait vu leurs cous tendus et leurs becs comme ceux des poulets, au milieu du chaos des ailes battantes. Il visa — à vrai dire il ne visa pas, il appuya précipitamment sur la gâchette, juste pour tirer, croyant à quelque miracle. En même temps Victor, à côté de lui, épaulait, voûté, gauche, et Thomas entendit son coup de feu. Son coq à lui poursuivait son vol, et un autre, devant Victor, s'abattait, le chien se jetait d'un côté, d'un autre, ne sachant s'il allait serrer dans sa gueule le coq de Victor ou celui de Romuald.

Laissant tomber la cartouche vide, Thomas s'efforça de supporter virilement sa défaite, mais le ciel clair s'était voilé d'un crêpe de deuil et son cœur battait avec violence, comme après une épouvante. Il avait espéré (s'il avait eu le temps de former une pensée) réussir son coup par miracle, comme si cela lui était dû. C'était sa propre faute ; la prochaine fois, il serait plus sage.

Victor tapotait la poudre avec la baguette, chargeant son flingot.

— Gou gué gagagon gaga, c'est-à-dire : nous les rattraperons là-bas — dit-il avec tact, laissant entendre qu'il ne fallait pas s'en faire pour un coup raté.

Thomas perdit bientôt sa mauvaise humeur, d'autant plus pénible qu'il fallait faire bonne mine à mauvais jeu. L'avenir l'attirait par ses promesses. Pour le moment, du calme, surtout du calme. Alentour, de tous côtés, la vieillesse blanchissante des petits pins lépreux. Leurs branches inférieures étaient desséchées et laissaient pendre des barbes de lichens. Romuald leva un doigt, suivant des yeux les mouvements du chien d'arrêt.

— Il rencontre.

Le chien s'était immobilisé, la queue droite. Ils s'approchaient à larges enjambées, prêts à l'action. En Thomas gémissait un appel à l'aide.

— Pille!

Karo fit un mouvement, mais se figea de nouveau, fasciné par un seul point.

— Pille!

Qui pourrait supporter cela, — lui, Thomas, non! Au moment où il se jurait à lui-même de conserver son équilibre un craquement se fit entendre, semblable à celui d'une étoffe qui se déchire, différent de ce qu'il attendait, un battement, un claquement d'ailes blanches bouillonnant à une faible hauteur, et le tir de Romuald.

— Des lagopèdes. Donne, Karo, donne!

Le lagopède était d'un blanc roux avec des pattes guêtrées, la neige des ailes se détachait du reste du corps. Jetant un regard de biais sur le filet de Romuald, Thomas l'enviait, au lieu de se réjouir d'avoir fait la connaissance d'une nouvelle espèce et de pouvoir en inscrire tout à l'heure, dans son cahier, le nom latin.

Ce qui le réconfortait un peu, c'est qu'il ne s'était pas laissé emporter. Il s'était maîtrisé et ainsi sa conscience de chasseur restait nette. Tout espoir n'était donc pas perdu, et l'effort pour tirer ses jambes hors de la masse spongieuse n'était pas désagréable. À chacun de ses pas ses semelles s'écrasaient contre le sol et l'eau s'en échappait avec un sifflement doux. Ils tuèrent une vipère contre laquelle Karo poussait des aboiements furieux, soulevant sa lèvre supérieure avec l'expression que prend le visage d'un homme qui mange quelque chose de trop aigre. Maintenant le chien allait droit devant lui — on avait tout le temps d'élaborer en soi une vigilance raisonnable —, il avançait lentement, une patte après l'autre, et se retournait pour les regarder, pour voir s'ils allaient profiter de la chance.

Une explosion. Ô mon Dieu, c'est si facile, si facile, il vole par ici, surtout pas de hâte, le voilà déjà sur le guidon. À la grâce de Dieu ! Feu — et Thomas, n'en croyant pas ses yeux, refusant d'admettre que le malheur fût vraiment arrivé, vit le coq poursuivre tranquillement son vol. La contradiction entre sa volonté tendue tout entière vers une réussite miraculeuse et le fait brutal le frappa de stupeur. C'est qu'en vérité, de même que l'autre fois, il avait compté sur le lien magique qui l'unissait au gibier, et l'acte de viser lui paraissait venir par surcroît, comme s'il devait résulter d'une grâce particulière.

Tout près de lui, deux jeunes coqs tombèrent, abattus d'un coup double par Romuald. Tous deux blessés seulement — il existe une sorte de blessure qui paralyse, le vol et la course deviennent impossibles, mais la vie dure, intacte. Thomas les ramassa, tandis qu'ils tordaient leur cou en tout sens. Il se sentait le devoir de remplir cette tâche, du moment qu'il n'avait pas su en remplir une autre. Il les saisit par les pattes et cogna leurs têtes contre la crosse de son fusil — en vain : ils continuaient à se plaindre avec des gloussements ténus. Il éprouvait un âpre plaisir à décharger sur eux sa colère, et en même temps de la honte, mais la honte, il l'étouffait, se disant qu'il fallait bien les tuer. Il déposa son fusil, prit son élan. De toutes ses forces, il les fracassait contre le tronc d'un petit pin. Ça ne vous suffit pas ? Bon, encore un coup. Jusqu'au moment où les becs s'ouvrirent, laissant couler des gouttes de sang.

— Un peu de repos. On casse la croûte, ça gargouille dans le ventre. Le soleil est déjà haut.

Ils s'assirent sur un monticule de mousse et mangèrent du pain et du fromage que Romuald avait tirés de son filet. Thomas ne s'était encore jamais senti comme cela au milieu d'eux, soudain étranger, séparé par une barrière. Ils habitaient une contrée dont l'accès lui était fermé. Même Victor, ce bègue de Victor, avait tiré et réussi. En quoi étaient-ils différents de lui ? Pourtant, il savait très bien approcher le gibier, il avait reçu d'eux des éloges. Pourquoi, quel était ce secret qui faisait que Victor, avec son air maladroit, savait, et lui ne savait pas ? L'éclat tranquille du jour pétillait dans la hauteur ; l'atmosphère de serre chaude, au milieu du marais, vous montait à la tête ; des lézards froufroutaient sur leurs îlots secs parmi les lichens. Il se donnait l'air de baigner son visage dans le soleil, sommeillant à demi, et la tristesse faisait rouler en lui de lourdes boules froides.

— Pourquoi que tu ne tires pas, Thomas ?

Il ne pouvait pas. Il savait qu'il n'eût fait qu'accroître son échec. Quelle journée ! Ça va être fini : une colline chauve se dresse devant eux, c'est par là que passe le sentier détourné qui mène à Borkunaï, ils le voient déjà. Des coups retentissent, Victor a raté, mais Romuald non. Pourtant, lorsque toute une compagnie se lève, juste avant l'endroit où commence la terre ferme, Thomas n'y tient plus ; il lui semble qu'à la fin une compensation doit l'attendre, puisqu'il n'a pas mérité d'être ainsi rejeté sans appel.

Romuald observa avec intérêt le fusil fumant et l'envol du coq.

— Tu n'as pas eu de chance aujourd'hui. Ça arrive.

Ses paroles ne reflétaient pas la situation dans son ensemble. Thomas se haïssait lui-même pour avoir déçu Romuald.

58

Si la chasse au coq de bruyère laissa un si mauvais souvenir à Thomas, c'est qu'il suspectait depuis longtemps en lui divers défauts. Chasseur dans l'âme, à coup sûr, lorsqu'il s'agissait de frouer, d'épier, de se changer en arbre ou en pierre. Il faisait même montre, alors, de talents exceptionnels. Bon tireur, lui semblait-il, lorsqu'il était embusqué ; mais, pour un rien, il perdait la maîtrise de lui-même jusqu'à la fièvre. Si l'épreuve des coqs de bruyère devait être décisive, alors il voyait se dresser devant lui un obstacle invincible. Il ne deviendrait jamais un homme complet, toute la vision de lui-même qu'il s'était construite tombait en miettes. Il avait tellement aspiré à devenir un citoyen de la forêt, il l'avait si ardemment désiré, il s'était si bien accoutumé à se voir ainsi ; et voilà que, par une sorte d'ironie supérieure qui refuse précisément ce qu'on souhaite le plus, il entendait prononcer : « Non. » Non. Mais alors, qui devait-il être ? Qui était-il ? Son entente avec Romuald, la carte de l'État des élus, tout cela — perdu ? Il ne pouvait se séparer de son fusil ; endolori, il s'en allait quand même dans la forêt, et là il oubliait sa peine.

Les mouchetures de la lumière sur le sous-bois, le bruissement dans les hauteurs l'apaisaient, il cessait de penser à lui. Là, il n'avait plus d'examen à passer devant personne, personne n'attendait rien de lui, il ne cherchait rien, il avançait le plus doucement possible, s'arrêtait et se réjouissait de voir que diverses créatures ne remarquaient pas sa présence. Il lui venait parfois à l'esprit qu'il était plus heureux lorsqu'il ne portait pas d'arme, parce qu'en somme, tuer n'est pas indispensable. Pourtant, si l'on va à la forêt sans fusil, chacun demande pourquoi, on a l'air bête, on ne sait pas s'expliquer, tandis qu'autrement « on va à la chasse » et c'est clair. Et puis, ce canon derrière l'épaule ajoute du charme à la flânerie ; on ignore ce qui peut arriver, peut-être rencontrera-t-on à l'improviste un oiseau ou un animal sur lequel il faudra faire feu, qui sait quelle surprise vous attend.

Le fusil ne joua aucun rôle dans la rencontre de Thomas avec les chevreuils. Il suivait l'un de ces chemins étroits, bien lisses, recouverts d'aiguilles brunes, qui se perdent quelque part dans le marécage ; c'est en hiver seulement, lorsqu'il gèle à pierre fendre, que les traîneaux y passent avec des charges de bois. Et soudain, il eut les jambes coupées, il ne comprit pas d'abord ce que c'était que cette présence, — justement : une présence, rien de plus. Les troncs rougeâtres des arbres se mirent en mouvement et entrèrent en danse, et la lumière entra en danse parmi les plumes des fougères. Non pas des troncs, des êtres vivants que recouvrait la rousseur de l'écorce, à la limite même du règne végétal. Ils mordillaient l'herbe juste devant lui, leurs petits sabots se déplaçaient en avant, leurs cous ondulaient, l'un tourna la tête vers lui, sans le distinguer sans doute des choses immobiles. Il voulait seulement que cela dure, il souhaitait pouvoir se dissoudre et, invisible, participer. Peut-être cligna-t-il des paupières, ou son odeur suscita leur vigilance : en quelques sauts, ils disparurent parmi les noisetiers, et il resta là, doutant presque de les avoir vus.

Une autre fois, il tomba de la même manière sur un jeune renard qui furetait autour d'une souche. Là Thomas ne se contenta pas de contempler son museau et sa queue, il s'y mêla l'impératif du devoir à accomplir, et aussi la pensée qu'il pourrait racheter ses fautes en l'apportant à Romuald. Cette perspective éclipsa tout le reste, mais il n'avait pas touché la bretelle de son fusil que déjà le renard bondissait, comme mû par un ressort, et rien ne vibra alentour, rien, pas la plus petite feuille.

Un jour, cependant, son arme l'induisit en tentation et cela tourna très mal. Il avait aperçu, dans le haut des noisetiers, quelque chose qui se tordait comme un serpent de couleur vive, moitié dans la verdure, moitié dans l'air. Un écureuil, mais différent de ceux qu'il avait l'habitude de voir, peut-être à cause de ce déroulement horizontal qui l'allongeait et ajoutait à sa beauté. Au-dessous de lui se répandaient les cris apeurés des petits oiseaux, dont il menaçait sans doute les nids. Thomas, par amour pour lui, incapable de résister, tira.

C'était un jeune écureuil, si petit que ce qu'il avait cru être lui là-haut n'était pas lui du tout, mais seulement le sillage de ses bonds, où longtemps continuait à vibrer sa couleur. Il se pliait en deux et se redressait sur la mousse, portant ses pattes à sa poitrine couverte d'un gilet blanc où apparaissait une petite tache sanglante. Il ne savait pas mourir. Il essayait d'arracher de lui la mort, comme un dard sur lequel il se trouvait soudain empalé et autour duquel il ne pouvait plus que tournoyer.

Thomas, à genoux près de lui, pleurait et son visage se contractait sous la torture intérieure. Que faire maintenant, que faire. Il eût donné la moitié de sa vie pour le sauver, mais il participait, impuissant, à son agonie, châtié par ce qu'il voyait. Il se penchait sur lui, et les pattes aux doigts menus se joignaient comme pour le supplier de lui venir en aide. Il le prit dans sa main. Le tenant ainsi, l'envie eût pu lui venir de se mettre à l'embrasser et le caresser, mais maintenant il serrait les lèvres, car ce n'était plus un désir de possession qui criait dans son être, mais de se donner à lui, et ça, c'était impossible.

Le plus difficile à supporter, c'était la petitesse de l'écureuil, et qu'il se tordît ainsi, comme du vif-argent qui se défendrait de la congélation. Une fois encore un mystère se dévoilait aux yeux de Thomas, pour un instant si bref qu'il en perdit aussitôt l'accès. Les souples mouvements se changèrent en soubresauts saccadés et une trace sombre s'infiltra dans le duvet des joues. Des tressaillements de plus en plus faibles. Mort.

Il restait assis sur une souche, la forêt bruissait, il n'y a qu'un instant l'écureuil jouait, ramassait des noix. C'était plus effrayant que la mort de la grand-mère Dilbin, pour des raisons qu'il ne distinguait pas bien. Seul, unique. Jamais, parmi tous les écureuils qui ont existé jusqu'ici, on n'eût pu retrouver le même, et jamais plus il ne ressusciterait. Parce qu'il est lui et pas un autre. Mais où se trouve son sentiment d'être lui-même, et sa chaleur, et sa souplesse ? Les animaux n'ont pas d'âme. Dans ce cas, quand on tue une bête, on la tue pour l'éternité. Le Christ ne pourra pas lui venir en aide. La grand-mère appelait : « Secours-moi. » Elle, le Christ la recueillera et la guidera. Ne pourrait-il pas sauver l'écureuil, s'il peut tout ? Même si un écureuil ne prie pas, celui-ci pourtant priait, prier c'est la même chose que vouloir fort, vouloir vivre. Et lui, ici, coupable. Lâche.

L'enfouir dans la terre, il pourrira, aucune trace. Il ne l'emporterait pas. Il n'oserait regarder personne dans les yeux. Se détourner et partir ? Le cône élevé d'une fourmilière attira son attention. Recouvert d'aiguilles de sapin desséchées, il n'avait pas l'air habité, mais par des sentiers peu profonds de grosses fourmis rousses se dirigeaient vers lui, et lorsque Thomas en déchira la couche superficielle et y enfonça un bâton, le trou se mit à grouiller. Il creusa encore, et des tunnels éventrés des foules s'échappèrent, s'agitant en panique. Il apporta l'écureuil, le déposa et le recouvrit. Elles le rongeraient avec soin jusqu'à ce qu'il n'en reste plus que le squelette blanc. Il reviendrait et le trouverait. Ce qu'il en ferait ensuite, il le déciderait plus tard. Le mieux serait de le mettre dans une boîte, de façon qu'il dure le plus longtemps possible.

Il retrouverait sans doute facilement l'endroit : un sapin avec une grosse branche tordue, puis une pierre, un îlot de charmes. Il prit son fusil (sans l'avoir rechargé), l'accrocha à son épaule, se frayant un passage jusqu'au chemin.

Lâcheté. Manquer ceux qui se défendent par leur adresse et leur vol, atteindre seulement les faibles, qui ne s'attendent pas au danger. L'écureuil ne l'avait même pas vu, rien ne l'avait mis en garde. Les jeunes coqs de bruyère, c'est à l'intérieur de lui, maintenant, qu'ils tordent leurs cous, il entend le bruit sourd de leurs têtes fracassées contre l'arbrisseau. L'image était si précise qu'il croyait toucher l'écorce rugueuse dont, à chaque coup nouveau, des plaques se détachaient avec un craquement. Et bien d'autres remords. La grand-mère Misia, à vrai dire, lui avait raconté que, lorsqu'il était petit, il ramassait dans un panier les escargots du jardin pour les jeter dans l'Issa, par pitié. Il croyait (peut-être parce qu'ils sortent en rampant sur les chemins après la pluie) leur rendre service. Là-bas, au fond de la rivière, ils périssaient, mais lui était plein de bonne volonté. Et aussi le canard auquel il avait sauvé la vie. Mais c'était trop peu.

S'il avait pu se blottir contre quelqu'un, pleurer son saoul, se plaindre. Il éprouva soudain un désir si brûlant de voir le chêne qui se dressait en lisière des abatis se changer en une créature animée qu'il se recroquevilla, contracté par un sucement au creux de l'estomac, une appréhension, semblable à celle qu'on éprouve sur une balançoire. Un rollier, sur une branche sèche, lançait son cri, *krrrak-krak-ak* — il les poursuivait toujours, mais ils ne se laissaient pas approcher — il n'y a que deux sortes d'oiseaux qui soient de ce bleu vif, une pure couleur ailée : les martins-pêcheurs et les rolliers — *corracias garrulus*, comme il l'avait écrit dans son cahier. Maintenant, il ne leva même pas la tête.

Il y avait si longtemps qu'on disait que maman allait venir, qu'elle l'emmènerait à la ville, que là-bas il irait au lycée. Et toujours le même refrain : dans un mois, bientôt, dans très peu de temps — et jamais rien, «Maman, maman, viens», répétait-il, avançant avec sa *berdanka*, ses longues bottes, un chasseur, et les larmes ruisselaient sur son visage, et il léchait leur goût salé. Le mot incantatoire dont il se servait ne réveillait aucun souvenir précis, rien que douceur et rayonnement.

Le rayonnement dont il avait besoin n'était pas celui de cet après-midi d'août, de ce miroir de l'air qui vibre sur les chaumes. Ces derniers temps, il éprouvait parfois des sentiments étranges : les gens, les chiens, la forêt, Ginè, étaient là, comme toujours, devant lui, mais ils n'étaient pas les mêmes. On vide un œuf en faisant un petit trou à son extrémité et en aspirant ce qu'il contient à l'aide d'un brin de paille. De tout ce qui l'entourait aussi il ne restait que l'apparence, une coquille. Soi-disant cela même qui existait naguère, mais ce n'était plus ça.

Et l'ennui. Quand on saute du lit le matin, ou bien on répond à l'appel de la joie, des jeux et des travaux, c'est à peine assez de la journée pour accomplir tout ce que l'on voudrait ; ou bien aucun appel ne se fait entendre, et alors on ne sait ni pourquoi ni comment. « Quoi, Thomas n'est pas encore levé ? » « Qu'est-ce que tu as, tu es peut-être malade ? » « Non. » Sur les bords de l'Issa il ne comprenait plus ce qui avait bien pu lui plaire autrefois. Les feuilles étaient couvertes d'une couche épaisse de poussière blanche qui montait de la route, c'était la chaleur cuisante de l'été trop mûr, l'eau lente et huileuse avec des traînées de débris que le courant emportait lentement. Il sortit ses lignes et débarrassa les hameçons de leur rouille. Le lombric se tortilla entre ses doigts, le dard de l'hameçon vise un petit point rose au centre, il s'enfonce, — non, il aimait mieux pêcher avec du pain. Que le flotteur bouge et s'enfonce ou non, cela lui était égal, la pêche ne faisait que répéter vainement pour lui une activité ancienne, toute différente. Il essaya de s'y intéresser, puis renonça.

Il sortit ses cahiers d'arithmétique, négligés depuis qu'à la suite de la dénonciation de Joseph, les leçons avaient été interrompues. La résolution de leur consacrer une heure tous les jours ne se maintint pas longtemps, il s'embrouilla dans un exercice et perdit courage. Il se remit à fouiller dans la bibliothèque et y trouva un livre, *Al Koran.* C'était, il le savait, le livre saint des mahométans. Quelqu'un à Ginè avait dû s'intéresser à leur religion, un arrière ou arrière-arrière-grand-père de Thomas. Bien que certains passages en fussent incompréhensibles, il le lisait avec plaisir, parce qu'il enseignait comment l'homme doit agir, ce qui lui est permis et ce qui lui est défendu, et aussi parce que les phrases sonnaient bien lorsqu'on les prononçait à haute voix.

Le fusil restait pendu à un clou et ne servait à rien. Il provoquait chez Thomas la honte de l'abandon. Il avait l'intention de se rendre à Borkunaï, mais remettait cela de jour en jour. Romuald ne se montrait plus. La tante avait dû apprendre par la grand-mère Misia que Thomas était allé avec lui chasser le coq de bruyère, mais elle ne laissa pas voir que cela pût la concerner en rien.

— Thomas, aide à porter les pommes.

Il aidait. Il se fatiguait même : transporter les corbeilles pleines à la place d'Antonine lui donnait une certaine satisfaction. Il employait une palanche, aux deux extrémités de laquelle on suspendait les corbeilles à des crochets faits d'une fourche de noisetier. Le verger était maintenant loué à un parent de Chaïm, qui en avait la garde. Les vastes caves, sous le grenier, avec leurs rayons sur lesquels on rangeait les espèces supérieures, gardaient une âpre odeur de pierre et de terre battue. Il mordit dans une reinette et sa pulpe, croquante et élastique, qu'il avait toujours tellement aimée, le surprit : elle n'avait pas changé.

Il s'écoula bien un mois avant qu'il se rappelât le squelette, et même alors il dut se forcer pour traverser la route jusqu'à la forêt. Il trouva la fourmilière, mais l'écureuil à l'intérieur, non. Il ne sut jamais ce qu'il en était advenu.

59

Le jeûne que Thomas s'imposa était sévère. Il n'était permis que de boire de l'eau, manger était défendu. Il résolut de tenir ainsi deux jours. Ce qui l'y poussait, c'était, plus encore que l'espoir d'être délivré du stigmate, le besoin même de se meurtrir. Il sentait que cela était sage, convenable, juste.

Il avait des raisons. Comme pour marquer qu'il était autre, différent des gens ordinaires, il se trouvait atteint d'une étrange maladie. Le matin, il allait chercher en cachette de l'eau dans un gobelet et essayait de laver les taches sur le drap. La nuit il avait des cauchemars. Barbara, nue, le prenait dans ses bras et le battait de verges. Tristesse. Il y avait sûrement moyen de déchirer le rideau. Car les choses qui l'entouraient étaient soit minées du dedans, soit, à ce qu'il lui semblait, voilées par des toiles d'araignées qui les rendaient indistinctes. Elles n'étaient plus rondes, mais plates. Et le rideau cachait également le secret qu'il voulait atteindre — comme en rêve, quand on court, on arrive, on y est, mais on a les jambes lourdes comme du plomb. Dieu — pourquoi a-t-il créé un monde où il n'y a que mort, et mort, et mort? S'il est bon, pourquoi ne peut-on pas étendre la main sans tuer, ni suivre un sentier sans piétiner des scarabées ou des chenilles, même si on se donne de la peine pour les éviter? Dieu aurait pu créer le monde autrement; il avait choisi de le créer ainsi.

Son insuccès à la chasse, et ce mal indécent dont il était atteint, en l'excluant de la compagnie des hommes, le portèrent, en revanche, à réfléchir en tête à tête avec lui-même. Le jeûne devait le purifier, lui rendre son état normal, et, en même temps, lui permettre de comprendre. Celui qui s'inflige un châtiment témoigne de son dégoût pour le mal qui est en lui, et par là il invoque Dieu.

Il constata que ce moyen était efficace. Le matin, il se sentait l'estomac vide, comme quand on va à la sainte communion. Ensuite, après quelques heures, il lui venait une terrible envie de manger et il résistait à la tentation : rien qu'un petit morceau de pomme, allons, consens. Plus ça durait, plus ça devenait facile. La plupart du temps, il restait couché et somnolait, s'emplissant de sublimité. Et l'essentiel, c'était ce qu'il advenait des objets autour de lui, du ciel et des arbres, lorsqu'il sortait devant le porche. Thomas découvrit, ni plus ni moins, que lorsqu'on s'affaiblit, on se dégage de soi-même et, changé en un simple point, on s'élève quelque part au-dessus de sa propre tête. Le regard de ce second moi était perçant, il embrassait aussi l'autre créature abandonnée, comme si elle lui était à la fois familière et étrangère. Celle-ci devenait petite, elle s'éloignait vers le bas, vers le bas, et toute la terre avec elle, mais rien sur la terre ne perdait ses détails, bien que l'ensemble roulât vers le fond de l'abîme. La tristesse cédait, une vue neuve se déployait. Antonine racontait que la déesse Warpeïa est assise dans le ciel, les fils du destin sortent de ses doigts, et au bout de chaque fil se balance une étoile. Lorsqu'une étoile tombe, c'est que la déesse a coupé un fil, il y a alors un homme qui meurt. Thomas, au contraire, au lieu de descendre, errait dans les hauteurs, semblable en cela aux petites araignées qui se déplacent vite vers une branchette, resserrant une corde invisible.

Ce qu'il avait décidé, il l'accomplit, bien que, dans l'aprèsmidi du deuxième jour, il se sentît tout à fait sans forces. La tête lui tournait quand il se levait. Il mangea du lait caillé avec des pommes de terre pour le dîner, et jamais leur odeur (elles étaient arrosées de beurre) ne lui avait paru si merveilleuse.

Dieu, pour le réconforter, lui envoya des pensées qui ne l'avaient jamais effleuré auparavant. Il aimait à écarter les jambes, debout sur la pelouse, à se courber en avant et à regarder à travers cette porte ce qui se trouvait de l'autre côté. À l'envers, le parc devenait surprenant. Le jeûne aussi transformait non seulement son être à lui, mais encore ce qu'il voyait. Le monde cessait-il donc d'être ce qu'il avait été jusqu'alors ? Non. Celui d'aujourd'hui et celui d'autrefois existaient en même temps. Mais dans ce cas, peut-être n'a-t-on pas entièrement raison lorsqu'on met Dieu en accusation pour avoir tout mal arrangé, car comment savoir si un jour on ne va pas se réveiller pour se trouver devant une nouvelle surprise, et on aura le sentiment d'avoir été stupide auparavant ? Et Dieu, qui sait s'il ne regarde pas la terre entre ses jambes écartées, ou bien après un jeûne si long que celui de Thomas ne pourrait même pas lui être comparé ?

Mais l'écureuil souffrait. En jetant sur lui un regard différent, est-ce que nous ne nous apercevrions pas que nous nous sommes trompés, qu'en réalité, non, il ne souffrait pas ? Personne sans doute ne peut le dire, même pas Dieu.

Quoi qu'il en soit, le jeûne ouvrit une brèche pour Thomas, par laquelle un rayon entra et s'unit à lui. Il touchait du doigt un tronc d'érable et s'émerveillait, à vrai dire, qu'il ne fût pas possible d'y pénétrer. Là, à l'intérieur, un pays l'attendait où il eût pu marcher, minuscule, pendant toute une année ; il se fût avancé jusqu'au cœur même, jusqu'aux villages et aux villes par-delà les frontières de l'écorce, jusque dans la substance même du bois. Pas tout à fait. De villes, là-bas, il n'y en a pas, mais on essaye de s'imaginer ça d'une façon, puis d'une autre, car le tronc d'un érable, c'est quelque chose d'immense, il contient en lui-même — et pas seulement grâce au regard humain — la possibilité d'être tantôt ceci et tantôt cela.

La solitude pesait à Thomas, mais ce à quoi il aspirait, c'était à se dissoudre, et aussi à une entente sans paroles. Ses exigences étaient démesurées. La grand-mère Misia, oui, mais il était impossible de lui avouer quoi que ce fût, cela n'allait pas. Quant à la confession, il ne l'aimait guère. Faire son examen de conscience d'après les questions posées dans le livre de prières, auxquelles on répond par oui ou par non et qui passent toujours à côté de l'essentiel, cela le rebutait. Il portait sa culpabilité en lui-même, elle restait générale et échappait aux catégories des péchés.

Mon Dieu, fais que je sois comme tout le monde, priait Thomas — et les démons dressaient l'oreille, réfléchissant à la méthode qu'il conviendrait maintenant d'appliquer —. Fais que je sache bien tirer et que je n'oublie jamais ma décision de devenir un naturaliste et un chasseur. Guéris-moi de cette répugnante maladie (ici il est difficile de garantir, compte tenu du niveau assez médiocre de bien des démons sur les bords de l'Issa, qu'ils n'éclataient pas d'un rire silencieux). Permets que je comprenne, lorsqu'il Te plaira de m'éclairer, Ton univers. Tel qu'il est dans sa vérité, et non tel qu'il me paraît être (ils s'assombrissaient, parce que l'affaire était quand même sérieuse).

Les diverses contradictions, manifestes dans les souhaits de Thomas, n'en étaient pas pour lui. Il déplorait la mort et la souffrance, mais comme des caractéristiques de l'ordre dont il faisait lui-même partie. Puisque cet ordre ne dépendait pas de sa volonté, il devait veiller à la position qu'il occuperait parmi les hommes, et pour en acquérir une, il fallait savoir tuer avec adresse. Il eût préféré maintenant rester l'ami de Romuald et faire des excursions dans la forêt sans verser de sang ; mais il savait que c'était impossible. Il rejetait donc sa responsabilité, sans y réussir tout à fait.

60

— Mère ! Mère !

Denis, un peu larmoyant, suppliant, s'adressait à la vieille Bukowski, mais rien n'y faisait.

— Satan ! criait-elle, et elle frappait du poing sur la table. Satan, je l'ai mis au monde pour mon malheur. Salaud !

Elle était très rouge et Denis craignait pour sa vie. Son souffle maintenant était lourd, elle se courbait sur sa chaise et portait brusquement les mains à son ventre.

— Aïe, aïe, j'ai de ces crampes !

Elle se plaignait.

— Il nous foule aux pieds, dans la boue. Il va tuer sa mère, qu'est-ce que ça peut lui faire ? Oh, Denis, j'ai mal au cœur.

Denis se dirigea vers le petit buffet, remplit à demi un verre d'eau-de-vie et le posa devant elle. Elle le vida d'un gorgée et s'essuya la bouche. Elle lui tendit le verre, montrant qu'elle en voulait encore. Il en versa une seconde fois, content de voir qu'elle ne refusait pas ce remède.

— Victor, reste donc un peu avec notre mère.

Il sortit sur le porche. Là, sur un petit banc, Romuald était assis, tout renfrogné, et fumait.

— Eh bien ?

Denis s'assit à côté de lui et roula une cigarette.

— Elle crie et elle prend mal. Tu fais mieux de ne pas te montrer pour le moment.

— Je n'en ai aucune envie.

— Est-ce que vraiment il fallait faire comme ça ? Est-ce que tu n'aurais pas pu la préparer peu à peu ?

Romuald haussa les épaules.

— Tu ne la connais pas ? Peu à peu ou pas peu à peu, ça reviendrait juste au même.

Ils se turent. Les poules grattaient le sol sous les pommiers, parmi les creux qui s'étaient formés sous leur poids dans cette terre friable que leurs pattes avaient couverte de hachures. Le coq en poursuivit une, la rattrapa, battit des ailes sur elle, la lâcha enfin, descendant de son dos avec gaucherie. Elle se secoua, stupéfaite comme toujours de ce qui s'était passé, et l'oublia aussitôt, avant d'avoir eu le temps d'y réfléchir. Un cheval, les jambes de devant entravées, bondit en avant, secouant sa crinière. Denis sauta sur ses pieds car le cheval fonçait ainsi à travers une plate-bande où mûrissait le pavot. Il ramassa un morceau de bois à terre, le lança vers lui et agita les bras pour le chasser. Des canards s'avançaient dans l'herbe avec des coin-coin mélancoliques : le soleil brûlait et septembre était sec.

— Alors qu'est-ce qui va arriver ? demanda Denis.

— Qu'est-ce que tu veux qu'il arrive ? Elle finira bien par se calmer.

— Mais comment faire ? La bénédiction, qu'elle dit, elle ne la donnera pas.

Le visage tiré de Romuald était assombri par une barbe de deux jours et par la contrariété.

— Si elle ne la donne pas, qu'elle ne la donne pas. Qu'est-ce que j'y peux ? Toi, tu obéis à notre mère, elle ne t'a pas permis de te marier, c'est mal d'une façon, mal de l'autre, qui peut la satisfaire ?

— Quand même, tu sais, une simple paysanne, marmonna Denis.

— La tienne était une dame et mère n'en a pas voulu non plus.

Ce n'était pas tout à fait exact. L'autre fois, quand la mère avait dit non, elle était poussée par un tout autre motif. Il ne s'agissait pas de la personne de l'élue, mais de son fils, comme si elle en était jalouse et préférait le voir rester vieux garçon. Maintenant, il s'était passé quelque chose de vraiment terrible, et comment on en était venu là, c'était assez difficile à expliquer, de même qu'il est assez difficile d'expliquer comment une mouche s'empêtre peu à peu dans une toile d'araignée.

Le blason. Au fond d'un grand coffre, on conservait les

vieux parchemins de la famille — à la vérité, on n'y avait plus touché depuis la mort du vieux Bukowski ; qui savait encore les déchiffrer ? Mais ils existaient. Mêler le sang des Bukowski à celui des serfs auxquels on avait donné le knout pendant des siècles, c'était tout juste traîner le blason dans la boue. Certes, les Bukowski travaillaient comme des paysans et rien ne les en distinguait de l'extérieur, mais chacun d'eux était l'égal des rois, car les rois, jadis, ils les élisaient. Quand votre père n'a plié l'échine devant personne, ni votre grand-père, ni votre arrière-grand-père, ni votre arrière-arrière-grand-père, comment supporter l'idée qu'un Bukowski pourrait naître un jour, chez qui réapparaîtraient les sombres penchants à la servilité, au rampement, à la ruse, propres aux gens de vile condition ? Et la conscience de ce qu'il est et de ce qu'il doit à son nom ne le soutiendrait plus ; il épouserait une paysanne, lui aussi, et la lignée se perdrait dans la saleté de cette foule qui ignore et veut ignorer d'où elle vient.

La vieille Bukowski, qui voulait veiller à la pureté du sang, avait donc bien des raisons de se désoler. Elle pouvait aussi s'en prendre furieusement à elle-même. Elle n'avait pas empêché Romuald de garder Barbara à Borkunaï, elle comptait sur son bon sens ; et pourtant certains détails auraient dû la mettre en garde : Barbara était trop bien en selle, elle prenait trop de libertés.

Romuald avait fait publier les bans. L'abbé Monkiewicz n'avait laissé voir aucune surprise, mais il s'était senti le cœur inondé de miel : ce qui n'était pas chrétien s'achevait chrétiennement, et voilà un noble qui est quand même un homme comme il faut. Romuald avait-il eu raison, à son propre point de vue, en faisant publier les bans ? S'il voulait garder Barbara chez lui et avoir quelqu'un pour lui frotter le dos au bain, il avait eu raison. Certains faits rendaient difficile de continuer à vivre comme auparavant, ou plutôt il fallait s'attendre à ce que cela devînt difficile. Ce qui ne signifiait pas qu'il s'y fût résolu sans scrupules ni hésitations. Il avait peut-être été soutenu par sa colère contre Héléna Juchniewicz, qui s'était amusée avec lui, oui, mais enfin, en cessant tout à fait de se montrer, elle avait fourni la preuve qu'elle se livrait à de petits manèges prétentieux, en dame qu'elle était : ce seuil-là était trop haut pour son pied.

Avouer à sa mère la décision prise n'était pas facile. Romuald en avait sué. Il avait beaucoup parlé de la ferme, de l'aide dont il avait besoin, de la nécessité où il était de se marier. Avec qui ? Eh bien, supposons — et ce nom tomba ; sur quoi elle éclata d'un rire sardonique, et lui de dire que c'était décidé, et alors des cris, les chaises renversées ; elle avait saisi sa canne et lui appliquait des coups en veux-tu en voilà.

Denis, revenu dans la chambre, trouva sa mère immobile, le regard fixé droit devant elle, les poings serrés posés sur la table. Le contenu de la bouteille avait bien diminué. Victor la regardait, assis sur le lit, la bouche entr'ouverte. Elle avait la tête secouée par des tressaillements.

— Honte.

Et encore, doucement, à elle-même :

— Quelle honte.

Denis aimait beaucoup sa mère et il avait pitié d'elle. Mais que dire ? Assis sur un banc, il observait saint Aloys, dont la main, qui portait une palme, avait été tachetée par les mouches. Dans l'attrape-mouches de verre, sur la fenêtre, le babeurre était plein de petits points noirs ; elles bougeaient encore, les plus fortes grimpaient sur la masse de leurs compagnes englouties, traînant avec une maladresse impuissante leurs ailes mouillées.

61

Rien ne peut se comparer au calme de la grand-mère Misia. Elle se balance sur les vagues d'une large rivière, dans le silence des eaux intemporelles. S'il est vrai que la naissance, c'est le passage de la sécurité du sein maternel au monde des objets qui tranchent et qui blessent, alors la grand-mère Misia n'est jamais née ; elle dure depuis toujours, enveloppée dans le cocon de soie de ce qui Est.

Le pied touche la couverture moelleuse, la soulève, se complaisant en lui-même et dans ce don qu'est le toucher. La main tire la matière molle jusque sous le menton. Derrière la fenêtre, c'est la blancheur du brouillard, les oies crient, l'aube d'automne s'écoule sur la vitre en gouttes de rosée. Dormir encore, ou plutôt exister à la limite du sommeil. Le point qui est à l'intérieur de nous-mêmes, rien alors de ce que captent pensées et paroles ne saurait l'atteindre. Entre la couverture, la terre, les gens et les étoiles, toute différence s'abolit, il ne reste plus qu'une seule chose, une seule qui n'a rien à faire avec l'espace — et l'émerveillement.

Se fondant sur l'expérience de ses matins, la grand-mère Misia comprenait la relativité des noms donnés aux objets, comme aussi celle de toutes les affaires humaines. Et même, risquons-nous à l'affirmer, les vérités auxquelles l'Église enseigne de croire ne réussissaient pas pour elle à épouser cette autre vérité qu'elle sentait plus vaste. La seule prière dont elle avait vraiment besoin se fût réduite à une répétition : « Ô ! » « Cette païenne », disait d'elle la grand-mère Dilbin, avec raison. Misia, au lieu de tendre sa volonté pour atteindre un but, s'abandonnait ; aucune fin ne lui paraissait mériter un effort. Rien d'étonnant, donc, si elle ignorait les besoins et les peines des autres. Ils veulent, il leur faut ceci, cela — mais pourquoi ?

Quand elle s'éveille pour de bon et qu'elle reste étendue, les yeux ouverts, elle pense à divers détails de la vie quotidienne, mais ils sont pour elle de peu d'importance, et jamais elle ne se lève en hâte pour une chose qu'elle a oublié de faire la veille ou qui réclame d'urgence ses soins. Elle savoure le souvenir de son bercement dans l'infini, elle ronronne, encore caressée par une main géante. Ce qui pour d'autres représenterait une chaîne de soucis se ramène pour elle à un événement — cela arrive, et c'est tout. Par exemple Luc — vraiment, en voilà un mariage! ou les amours d'Héléna — bien qu'avec Romuald, ce soit sans doute fini. Ou encore cette Réforme. Et Tekla, avec cette manière qu'elle a d'annoncer toujours son arrivée, si bien qu'on n'y croit plus.

Sans doute, les Invisibles — qui glissaient parmi les craquements des planchers ou ceux des meubles du « salon » — s'en faisaient-ils d'autant plus qu'elle ne s'en faisait pas. Ils auraient pu d'ailleurs reconnaître depuis longtemps qu'elle était perdue pour eux. Pour leur malheur, il est difficile de s'en prendre aux innocents, à ceux qui n'ont pas la conscience du péché. Mais peut-être faut-il attribuer à l'expérience qu'ils avaient ainsi acquise le nouveau genre de tentations dont ils se mirent à assiéger Thomas.

Creusant dans son nez, ce qui s'accorde bien avec les réflexions automnales, Thomas, pour la première fois, se mit à penser à Misia comme à une personne et à la juger sévèrement. Elle est une terrible égoïste, elle n'aime personne hormis elle-même. Mais quand il se fut dit cela, il en sortit assez bizarrement toutes sortes de doutes. Voici comment: il suffit de la regarder pour voir combien elle est contente de ses genoux, du creux de son oreiller, avec quel plaisir elle s'enfonce en elle-même comme dans un confortable édredon (Thomas sentait Misia de l'intérieur, ou bien il se l'imaginait). Et lui, est-ce qu'il ne lui ressemble pas ? Est-ce que, comme elle, il ne se sent pas le plus à son aise lorsqu'il flaire sa propre peau, qu'il se met en boule et se délecte de sentir que lui, c'est lui ? C'est alors l'heure de la reconnaissance pour le Bon Dieu et de la prière. Mais n'y a-t-il pas là quelque tromperie ? La grand-mère Misia est pieuse. Bon, mais n'est-ce pas devant elle-même, à vrai dire, qu'elle célèbre son culte ? On dit : Dieu. Et si c'est seulement l'amour de soi qui se déguise ainsi pour avoir bonne façon, alors que ce que nous chérissons vraiment, c'est peut-être notre propre chaleur, le battement de notre cœur, notre envie de nous blottir dans le nid du lit ?

La ruse, personne ne la conteste aux démons. Saper la confiance de Thomas en sa voix intérieure, détruire sa paix en faisant appel à sa conscience scrupuleuse, quelle aubaine ! Alors il ne pourra plus s'adresser à Dieu en le priant de mettre de la clarté dans sa tête. Tombant à genoux, il croira s'agenouiller devant lui-même.

Thomas voulait se fier au Véritable, et non à une vapeur qui s'élève au-dessus de nous, alimentée par ce qu'il y a en nous. Et à peine s'était-il un peu libéré, après son jeûne, des tortures qu'il s'infligeait, à peine avait-il connu quelques matins pleins de douceur, que déjà il perdait pied à nouveau, barbouillait la vitre de brume, et sur son visage coulaient des larmes d'abandon.

Pendant ce temps, la grand-mère Misia, chaque jour, à l'aube, se plongeait dans ses délices propres, et il ne lui venait même pas à l'esprit qu'elle pût être pour quiconque un objet de scandale.

62

— Ce sera bientôt fini.
C'était une voix ou un signal qui vibrait dans l'air, au-

dessus de l'herbe sèche où chantaient les grillons. Balthazar chancelait, debout sur le sentier, saisi par le dérèglement des choses. Et lui, au milieu de tout ça ? Que faisait-il ici ? Qu'avait-il à voir là-dedans ? Devant lui, barbouillés et plats, les objets zigzaguaient en le narguant. Et il s'élevait au centre du vide — pire, parce qu'il n'y avait de centre nulle part, et les pieds ne trouvaient pas l'appui de la terre ; celle-ci se dérobait à toute vitesse, absurde. Il allait, et les étincelles des insectes rejaillissaient des deux côtés — à quoi bon, toujours les mêmes. Ils sautent.

— Ce sera bientôt fini.

Les marches ont craqué, la chambre est vide, sa femme et ses enfants sont partis pour Ginè, chez la grand-mère, la cruche pleine de bière est sur la table, à côté d'une miche de pain. Il inclina la cruche, but quelques gorgées, et, de toute sa force, la lança sur le sol. Des traînées de liquide brun se répandirent en forme d'étoile sur les planches rugueuses. Il s'accrocha à la table et l'odeur du bois lessivé au capitel, toute cette odeur légèrement rance de la maison, l'écœura. Il jeta les yeux autour de lui et son regard tomba sur la hache appuyée contre le poêle. Il s'en approcha, la saisit, et, se balançant, la traînant dans sa main pendante, revint devant la table. Il prit son élan et frappa de haut, non en travers, mais dans le sens de la longueur, en plaçant bien son coup. La table s'effondra avec bruit. La miche de pain roula sur le sol et s'arrêta à l'envers, montrant une surface lisse et enfarinée.

De la chambre voisine, Balthazar apporta une grande bonbonne clissée d'osier et la posa sur le sol. Puis il la frappa du pied. Appuyé contre le mur, il regardait le liquide s'écouler avec un glou-glou, se répandre en une large tache, atteindre la table abattue et se couler autour du pain. Et il trouvait bien des choses à regarder parce que, détachée de tout ce qui l'entourait, cette matière, soudain, gagnait en force, en relief.

Renflée sur les bords, elle s'étendait paresseusement, laissant pénétrer des coulées sous les bancs, préservant d'abord des îles qu'elle submergeait bientôt. C'était comme si elle contenait déjà en elle la nécessité de ce qui allait suivre, et Balthazar ne pensait qu'à elle lorsqu'il sortit des allumettes de sa poche.

Il connut alors cet instant, à la limite de ce qui n'est pas et de ce qui est : une seconde auparavant « il n'y avait pas » et une seconde après « il y a », « il y a » pour toujours, jusqu'à la fin du monde. Ses doigts serraient la boîte, les doigts de son autre main approchaient un petit bout de bois dont l'extrémité était noire. Peut-être n'avait-il jamais voulu être autre chose qu'un acte pur, un geste créateur fermé sur lui-même, de façon que jamais une conséquence ne pût peser sur lui, car, au moment où elle le rattraperait, il serait déjà concentré sur un acte neuf, et désormais imperméable au passé. Il frotta l'allumette contre la boîte et la petite flamme jaillit, il la contemplait maintenant comme s'il voyait cela pour la première fois, jusqu'au moment où le feu le brûla. Ses doigts s'ouvrirent et l'allumette s'éteignit en tombant. Il en sortit une seconde, la frotta avec élan et la jeta devant lui. Elle s'éteignit. Il en alluma une troisième, se pencha et l'approcha lentement du pétrole répandu.

Sur les longues flammes rampantes, il renversa un banc et sortit. Sa vareuse était déboutonnée, sans ceinture. Dans sa poche, du tabac et une bouteille d'eau-de-vie.

— Ce sera bientôt fini.

L'avenir. Il n'y en avait pas. Une voix l'appelait, le ciel était pâle et clair, les grillons chantent, le jour, la nuit, le jour — il n'y en aura plus jamais, ils sont inutiles. D'où vient, comment se renforce la certitude ? Savait-il où il allait ? Il marchait. Mais il se retourna, et ce fut l'horreur devant la conséquence, la stupeur à la vue de cette fumée irrévocable qui s'écoulait à travers les fenêtres ouvertes de la maison, cette protestation éternelle de Balthazar contre la loi qui fait que rien ne s'achève en soi, que tout nous enchaîne sans cesse. Il sortit sa bouteille, les doigts tremblants, se renversa sur l'herbe, et puis il se traîna à quatre pattes et se mit à crier — on croit crier, mais du gosier s'échappe à peine le chuchotement d'un râle.

Balthazar aurait pu courir, éteindre l'incendie. L'idée ne lui en vint pas. Il criait à s'étrangler, non à cause de ce qu'il avait fait, mais à cause de ce qui l'y avait contraint, et peut-être savait-il déjà, au moment où il tenait l'allumette, qu'il était libre désormais et, en même temps, qu'il ferait ce qu'il allait faire — rien d'autre. Il savait aussi, alors qu'il était à quatre pattes, pareil à une bête, qu'il ne sauterait pas sur ses pieds et n'irait pas éteindre le feu.

Le personnage au glaive de bois se traînait vers lui, d'un mouvement de vipère, en traçant avec son glaive des moulinets couleur de paille. Balthazar voyait ses yeux étincelants aux pupilles verticales, son corps aplati, aux aguets. Il bondit et arracha un gros poteau de la palissade, il haletait — et devant lui, sur l'herbe, il n'y avait personne. Les fils de l'été de la Saint-Martin flottaient dans l'air, lignes de lumière légèrement fléchies. La forêt, tout autour, dorée dans le soleil, le silence de la grande chaleur.

Personne. Ni ennemi ni ami, outre la terrible présence insaisissable. Il se retourna avec violence pour parer à une attaque par derrière. Une pie prit son essor avec un jacassement, quelque part dans le fossé. La fumée sortie des fenêtres se joignait en traînées qui s'effilochaient sur les bardeaux du toit, et déjà elle enveloppait de brume les cimes des charmes.

— Ce sera bientôt fini.

— La forêt.
— De l'État.
— Non.
— Est-ce la forêt ?
— C'est Balthazar.
— La maison de Balthazar brûle.

Les gens de Pogiraï sortirent sur le bord des vergers, sur les chaumes, pour mieux voir. Puis ils se lancèrent des appels, prirent des seaux, des gaffes, des haches, et se mirent en route aussi vite que possible, en foule. Les enfants et les chiens couraient derrière les hommes, et enfin se rassembla un groupe de femmes, poussées par la curiosité.

Pour ce qui arriva par la suite, il importe de distinguer entre la vraisemblance et le cours réel des événements. Dans toute reconstitution des faits, et même si ceux-ci s'enchaînent selon un schéma parfaitement logique, des lacunes se dissimulent qui, si on les comblait, feraient apparaître l'ensemble dans une tout autre lumière. Et pourtant nul ne s'y efforce, car on est trop content d'avoir atteint d'emblée l'évidence.

Balthazar avait mis le feu à sa maison et s'était embusqué à l'endroit où finissaient ses enclos, des deux côtés du chemin par où l'on mène le bétail au pâturage. Il s'était posté là parce qu'il savait que, de Pogiraï, ils allaient voir l'incendie et venir l'éteindre, et il avait décidé de ne pas les laisser faire. C'est là ce qui paraît vraisemblable. En réalité, il n'avait aucun dessein quelconque ; il était assis dans l'herbe, claquant des dents, menacé par des créatures rampantes et des pies surnaturelles. Bien des choses s'expliquent par le peu d'harmonie qu'il y avait entre son esprit et son corps. Son esprit pouvait s'enfoncer complètement dans le chaos et l'horreur, mais son corps restait conscient, capable de réactions rapides. Lourd, mais toujours puissant. Les gens croyaient donc que ce corps était soumis à une volonté, elle-même tendue vers un but précis.

Ils voyaient déjà les flammes de loin et entendaient les jappements lamentables du chien dont le feu avait sans doute atteint la niche. Absorbés comme ils l'étaient, ils furent frappés de stupeur lorsqu'il se dressa soudain devant eux comme s'il sortait de terre, échevelé, inhumain. Il tenait à la main son poteau, arraché à la palissade. Dans un geste de défense, son bras se leva pour viser. Il s'attendait si peu à rencontrer des hommes qu'il vit on ne sait quoi, s'avançant sur un large front, éclairé par la multitude des visages.

Tout devant venait le vieux Wackonis. Voyant que Balthazar brandissait son poteau, il leva sa hache pour parer le coup. Le corps de Balthazar perçut le danger et fit ce qu'il fallait. Le poteau s'abattit, avec toute la force que le bras lui avait donnée, sur la tête de Wackonis, qui tomba.

— Il l'a tué!
— Il l'a tu-u-u-é!

Et un deuxième cri, l'appel qui renforce la communauté :
— *Eï, viraï!* — En avant, les hommes!

On était dans un abatis; entre les troncs coupés, de jeunes chênes grandissaient. Çà et là, aux endroits où l'on avait essouché, des trous sombres déchiraient la verdure. Une bonne douzaine d'hommes couraient en hurlant, sautaient par-dessus ces trous, leurs chemises claquaient au passage. Balthazar se sauvait du côté de la haute futaie. Il n'était plus maintenant qu'un corps aux abois, et ce corps courait vers un but. Il ne pensait pas, mais il savait que c'était une question de vie ou de mort, d'où le but de sa course : la carabine au canon coupé, cachée dans le chêne.

Eux, cependant, savaient que s'il arrivait à s'engouffrer dans la futaie, ils ne l'auraient pas. Ils lui coupèrent la route de flanc et il tourna à gauche; ils lui coupèrent la route de nouveau, il tourna encore davantage et atteignit les aunes. Ceux-ci bordaient les terres de Balthazar. De l'autre côté s'étendaient les pâturages.

Balthazar enfonçait dans la boue à demi séchée. Ses bottes arrachaient des mottes de tourbe noire. Le souffle lui manquait pour aller plus loin, il devait, mais le souffle lui manquait, et il se traînait à quatre pattes, le cœur dilaté, en gémissant. Cependant la poursuite avait cessé. Ils tenaient conseil. S'ils voulaient l'avoir, ils devaient cerner les aunes et organiser une battue. Ils fixèrent à chacun son poste. Balthazar les entendait et cherchait une arme autour de lui ; dans sa fuite, il avait jeté le poteau. Un gros bâton, qu'il tâta, s'effrita sous sa main, pourri. Il saisit donc une pierre.

Ceux de Pogiraï allaient maintenant lui régler son compte, à ce criminel, qui s'était mis soudain à les massacrer alors qu'ils étaient venus en voisins lui apporter leur aide. Et, sans aucun doute, ils voulaient l'assommer. Ils savaient que c'était un hercule, qu'il fallait y aller tous ensemble, et ils s'encourageaient les uns les autres avec force jurons.

Les aiguilles des montres, par toutes petites secousses, se déplacent, il y a une simultanéité des gestes, des regards, des mouvements sur la vaste terre, des tunnels se remplissent d'un bruit sourd, l'eau bouillonne sous l'hélice des navires. Le cœur de Balthazar battait, mesurant le temps, la salive coulait de sa bouche ouverte, non, non, pas encore ! Vivre, n'importe comment, n'importe où, encore vivre. Il cherchait un abri, s'enfonçait dans la vase, la grattait comme pour s'y engloutir, s'y creuser des ongles une cachette. Car cela même — lui ici et eux tout autour — c'était comme la confirmation d'un présage ou d'un rêve, déterminé d'avance, irrévocable. Il ne pouvait se cacher nulle part. Les aunes, épais en lisière, étaient ici assez espacés, les vieux arbres ne laissaient pas assez de lumière aux buissons, c'était la pénombre ; parmi les grosses racines, on voyait les traces des sabots de vaches et, çà et là, les champignons aplatis des bouses. Il ne leur échappera pas, ils l'apercevront de loin. La carabine. Tenir une carabine. Pas de carabine.

Peut-être Balthazar aurait-il dû aller à leur rencontre en levant les bras. Mais pour cela, il eût fallu séparer l'incendie de la maison et ses fantômes à lui des gens de Pogiraï. Or ceux-ci lui apparaissaient comme des exécutants, étroitement liés à tout le reste. Il avait les yeux écarquillés, hors de la tête. Il serrait sa pierre.

Ils frappaient sur les troncs des arbres comme dans une battue régulière. Les voix se rapprochaient. Il faut attribuer à un reste de présence d'esprit, chez Balthazar, la tactique qu'il adopta. Au lieu d'attendre, il marcha sur eux, sur ceux qui s'avançaient du côté des champs. En les assaillant à l'improviste, il réussirait peut-être à s'échapper. Mais il était trop lourd, il enfonçait, il n'avait pas assez d'élan.

Celui sur qui il tomba était un jeune garçon — aux yeux des filles, le meilleur danseur du pays. Balthazar se cogna presque à lui, et, à deux pas de distance, lui lâcha la pierre en plein visage. Quand on est un bon danseur, cela suppose une certaine adresse : le garçon se pencha — un quart de seconde — et la pierre passa avec un sifflement à côté de sa tête. Balthazar se protégea du tranchant de la hache en sautant derrière un arbre. Et le cri éclata :

— Le voilà ! Le voilà ! Le voilà !

Courant à nouveau, Balthazar se cramponna des deux mains à un jeune arbuste et l'arracha avec ses racines. Comment il le fit, on n'en sait rien, cela dépassait les forces humaines. Tenant l'arbuste comme une massue géante, barbouillé de boue, il se heurta à ceux qui se jetaient à sa rencontre.

— Le voilà ! Le voilà ! Le voilà !

Les moutons, au soleil, soulèvent la poussière des guérets. Un hérisson fait bruire les feuilles sous le pommier. Un bac se détache du rivage, et un homme tient par la bride son cheval qui renifle, aspirant l'odeur de l'eau. Haut dans le ciel, au-dessus des espaces recouverts par la mousse des forêts, des grues passent à tire d'aile et lancent leur appel : *kruuu-kruuu*.

La rencontre eut lieu dans une clairière. L'air siffla de l'élan de Balthazar, et à ce même instant le tronc lui tomba sur le haut du bras ; ses doigts se desserrèrent, lâchèrent son arbre. Une gaffe, avec son crochet de fer destiné à déchirer et mettre en pièces les toits qui ont pris feu, avec sa grosse hampe de frêne, tenue des deux mains par le fils de Wackonis, traça un arc dans l'air.

Si seulement on pouvait retenir un seul instant ce qui se passe partout à la fois, le congeler, le voir comme dans une boule de verre, le détacher de l'instant précédent et de l'instant suivant, changer le fil du temps en un océan d'espace. Mais non.

Le coup s'abattit sur la tête de Balthazar. Il vacilla et s'effondra de toute sa longueur. L'écho répétait « le voilà », on entendait le halètement des hommes à bout de force, et les pas précipités des autres, qui s'approchaient.

Pendant ce temps la maison de Balthazar brûla en entier, avec l'écurie, l'étable et la porcherie. De la ferme forestière il ne resta que la grange.

— C'est bien fait.
— Ce fils du diable.

64

Le vieux Wackonis était mort, mais Balthazar vivait. On le transporta à Ginè, chez son beau-père. Surkant envoya aussitôt chercher le médecin. Thomas n'avait encore jamais vu son grand-père dans un tel état d'irritation. Lui, qui se montrait toujours doux et conciliant, répondait avec brusquerie, se détournait, sa moustache blanche coupée court se hérissait, retenant on ne sait quelles paroles. Il alla au village et s'assit au chevet du malade, qui restait sans connaissance.

La grande lampe à pétrole, posée sur l'escabeau, brûlait clair. Balthazar était étendu sur le lit, dont on avait enlevé les oreillers, n'en laissant qu'un seul sous sa tête. On avait déjà lavé la boue et le sang dont il était couvert. Son visage brun et livide tranchait sur la blancheur des bandages de grosse toile. Il fallait lui administrer l'extrême-onction, mais, contre toute attente, il ouvrit les yeux. Son regard était étonné, tranquille. Il ne paraissait pas comprendre où il était, ni ce que tout cela pouvait signifier.

Le curé, tenu par le secret de la confession, ne divulgua pas ce qu'il avait entendu. Il assura seulement que Balthazar était en pleine possession de ses facultés mentales. Peut-être la secousse soudaine qu'il avait subie l'avait-elle délivré des toiles d'araignées et des brouillards dans lesquels il s'entortillait. Son entretien avec le prêtre dura longtemps. Plus tard, au fur et à mesure que le temps passait, l'abbé Monkiewicz répéta ceci ou cela de ce qui avait été dit, chaque fois un peu plus, trouvant une justification dans l'usage qu'il en faisait. Il avait l'habitude de recourir à certains détails pour illustrer ce qu'il enseignait concernant les pièges tendus aux âmes humaines, et ainsi, bien des faits parvinrent à la connaissance du public.

Malgré son expérience et tout ce qu'il avait pu entendre déjà dans son confessionnal, il était bouleversé. Pas seulement par la gravité des péchés — ces péchés, Balthazar les lui avait avoués pour la première fois, comme si, jusqu'alors, il ne s'en était pas rendu compte, comme si, maintenant, il les avait soudain vus en face. Plus encore, peut-être, par la résignation ou l'entêtement avec lequel cet homme en revenait toujours au même refrain : qu'il était damné. Le curé lui expliquait que personne n'a le droit de parler ainsi, que la bonté divine est sans borne, que le repentir des péchés suffit entièrement pour obtenir le pardon. Or Balthazar se repentait sincèrement et de toutes ses forces. Si fort qu'il retournait son repentir contre tout ce qu'il était ; il n'épargnait rien. Il écoutait avec attention, mais un moment après, il répétait son « pas de salut pour moi » et « *il* est là ».

Ainsi donc, pour Balthazar, la lumière qui tombait maintenant sur le passé restait entourée de ces ténèbres d'où il était venu et où il allait retourner. C'était désormais une habitude chez lui de s'attendre à un subterfuge toujours nouveau, qui le replongerait dans la même souffrance. Et lorsqu'il disait « *il* est là », c'était avec une telle certitude que l'abbé Monkiewicz regardait autour de lui, inquiet.

Pas d'espérance. Le curé devait maintenant donner l'absolution et les derniers sacrements à cet homme, coupable d'un aussi lourd péché. Cela ne lui était jamais arrivé auparavant, et, plein de scrupules, il essayait d'arracher à Balthazar ne fût-ce qu'un semblant d'espoir, afin d'être lui-même d'accord avec sa conscience. Il obtint au moins que le malade cessât de le contredire, et d'ailleurs, visiblement, il s'affaiblissait. Tout ce temps que l'abbé Monkiewicz passa auprès de Balthazar lui détraqua les nerfs, comme si la maladie qu'il devait guérir était contagieuse ; et, bien qu'il se défendît de l'avouer, il se sentait un simple témoin, sans pouvoir contre le Mal.

Faute de force ou d'envie, Balthazar, lorsque les autres entrèrent dans la chambre, ne montra en rien qu'il était conscient de leur présence. Il restait là, les yeux fixés sur un seul point, et ainsi, vers l'espace, il dit :

— Le chêne.

Il s'agissait de la carabine cachée dans le chêne : simple

retour en arrière, ou reflet de quelque pensée. Il perdit aussitôt conscience.

Le docteur Kohen arriva tard dans la nuit. Il déclara que peut-être, si, par exemple, on faisait une opération... Mais alors il faudrait le transporter en voiture, puis en chemin de fer, jusqu'au grand hôpital... Il ne restait donc qu'à attendre, sans se donner de peine inutile. Balthazar ne dura que jusqu'à l'aube. Les boucliers noirâtres des tournesols émergeaient de la brume, les poules gloussaient, somnolentes, secouant la rosée de leurs ailes. Alors il embrassa encore une fois du regard les poutres au-dessus de lui, les visages des gens, et tout cela dut lui paraître bizarre.

— Garçons, tous ensemble.

Telles furent ses dernières paroles, que personne ne comprit, et, quelques minutes après, il mourut.

Le matin, il n'y avait plus rien à aller voir là-bas. Ainsi donc, pour Thomas, le masque du repos funèbre ne vint pas obscurcir l'image de Balthazar vivant. La lèvre supérieure légèrement retroussée, un peu une lèvre de fille, le visage rond, toujours trop jeune, parcouru furtivement d'ombres et de sourires — qu'il reste tel désormais.

— Eh bien? Ne l'avais-je pas dit? Il était ivre mort, le salaud.

Et la grand-mère Misia faisait le signe de croix, ajoutant: «Le Seigneur ait son âme.»

Antonine soupirait, plaignant la condition de l'homme qui ignore la veille s'il vivra le lendemain. Quant à Héléna, elle avait tout à fait oublié qu'elle avait eu certain dessein de faire déménager Balthazar et de s'installer dans la maison forestière. Elle déplorait seulement que tant de biens fussent partis en fumée, et son regret ne provenait d'aucune préoccupation égoïste, mais de sa seule sollicitude pour n'importe quel fruit du travail humain.

Tous ceux du domaine assistèrent aux funérailles. La pluie tombait et Thomas se serrait contre la grand-mère Misia, la protégeant d'un parapluie ouvert. Les gouttes d'eau bénite, jetées par le goupillon du curé, s'égarèrent parmi les ruisseaux de l'averse qui tombait avec bruit sur le feuillage des chênes.

Le curé réfléchit longuement au cas de Balthazar et se perdit dans un labyrinthe compliqué. Les conclusions qu'il tira ne devinrent certaines à ses propres yeux que lorsqu'il prit l'habitude de les énoncer à haute voix et de renforcer son opinion en la répétant mainte et mainte fois. Il parlait de ceux qui ferment l'accès de leur être à l'Esprit Saint : la volonté humaine est libre, mais elle a été créée de manière à pouvoir soit accepter, soit refuser le don. Il la comparait à la source qui jaillit au sommet d'une montagne — l'eau commence par se répandre, elle cherche une voie, mais, pour finir, elle doit s'écouler d'un côté ou de l'autre.

L'abbé Monkiewicz, qui n'était ni un prédicateur ni un théologien particulièrement brillant, réussit pourtant, après la mort de Balthazar, à toucher ses auditeurs. L'entente tacite entre eux et lui y fut sans doute pour beaucoup — ils savaient toujours qui lui servait d'exemple. Balthazar occupa assez longtemps une place considérable dans la mémoire de tous. Les femmes recouraient volontiers à son histoire pour faire peur à leurs maris lorsqu'ils buvaient un coup de trop.

Le grand-père de Thomas fit dire quelques messes pour l'âme du forestier. Le curé recevait l'argent, remerciait avec politesse, irrité en même temps de cette humilité vaine dont, devant les seigneurs, il ne réussissait jamais à se défaire. Et, ce qu'il pouvait penser à part lui, il le pensait. Il n'était sans doute pas loin de considérer Balthazar un peu comme une victime des seigneurs ; un peu, oui, mais tout de même.

Donc, Balthazar n'existe pas, et ce « n'existe pas » n'est guère facile à imaginer lorsqu'il est prononcé par des lèvres qui, elles aussi, dans quelques minutes ou quelques années, se trouveront dans la sphère du « n'existe pas ». Les chaudières dans lesquelles Balthazar distillait de l'eau-de-vie sont, en revanche, impossibles à mettre en doute, tangibles. Les habitants de Pogiraï les transportèrent plus près du village et surent en tirer parti. Les chaudières provoquèrent des querelles, et même des accusations de vol, provenant de la famille du défunt. Quant au jardin de Balthazar, il tomba dans le domaine des sangliers.

65

Les boulaies, en mai, sont d'un vert clair, et elles se signalent alors, sur le fond des sombres forêts de sapin, par des traînées de cette lumière dont nous sommes enclins à orner la planète Vénus. En automne, jaune clair, elles brillent comme des pans de soleil. La pourpre des trembles flambe au faîte des chandeliers géants. Octobre, dans les forêts, a encore la teinte des sorbes mûres, des fauves toisons végétales et des feuilles tombées sur les chemins.

Ils chassaient à l'endroit où les petites collines s'abaissent vers le marais et voyaient les pentes devant eux, dans l'amoncellement de leur splendeur. L'air, ce matin-là, était frais et transparent. Romuald mit sa main en trompette et appela les chiens :

— Ha li ! to li ! Ha li to li !

— Oooliii, propageait l'écho.

Thomas se tenait près de lui. De ses doutes et des tortures qu'il s'était infligées, il ne restait pas trace. Tout cela lui paraissait irréel depuis le moment où Barbara, après la messe, lui avait dit que Romuald l'attendait, le dimanche suivant, pour une chasse aux chiens courants. Barbara, à vrai dire, il ne savait plus comment se comporter envers elle depuis la nouvelle de son prochain mariage, nouvelle qu'on avait accueillie chez lui avec des haussements d'épaules et des réflexions assez peu flatteuses. Mais, en somme, il n'avait jamais su comment la traiter. Le plus important, c'était que Romuald le fît venir. Peut-être n'y avait-il eu aucun mépris, il se l'était seulement imaginé. Et en fait, Romuald l'accueillit en s'étonnant de ne l'avoir pas vu depuis si longtemps et lui demanda ce qu'il avait bien pu faire.

Thomas était heureux. Il aspirait les odeurs âpres et ses poumons s'élargissaient dans le sentiment de sa force. Il jeta les bras en arrière, il eût pu sauter et, prenant son élan, parcourir d'un bond cent ou deux cents mètres pour atterrir n'importe où, à son gré. Il porta la main à sa bouche et imita Romuald.

— Ha li! to li!

— Les voilà qui reviennent, bégaya Victor. Là — il montra l'endroit de l'index.

Les chiens couraient par un petit pré vers le bois. Devant, Lutnia; derrière, Dunaï et Zagraï. Ils ne trouvèrent rien là-bas; il fallut les rompre et passer à d'autres enceintes.

Le monde paraissait à Thomas clair et simple, la chaîne qui le maintenait rivé à lui-même et à ses pensées s'était brisée. En avant! Il tâta derrière son dos la batterie de son fusil, dont le contact froid lui fit plaisir. Tout ce que le destin a préparé pour la journée d'aujourd'hui doit être bon.

L'avenir avait toujours été pour lui une réserve de choses toutes préparées, attendant leur réalisation. On les atteignait par le pressentiment, car l'avenir, en quelque manière, résidait à l'intérieur du corps. De même, certains animaux en sont les émissaires — par exemple un chat qui traverse le chemin. Mais il importait surtout d'écouter si la voix intérieure se faisait entendre avec un timbre éclatant ou sourd. Si l'avenir est donné, au lieu de se créer au fur et à mesure, avec la possibilité d'être à chaque instant comme cela ou autrement, quelle sera la part de notre volonté et de notre effort ? Thomas ne pouvait se l'expliquer. Il savait qu'il devait se soumettre à des décrets s'accomplissant à travers lui, et ainsi chacun de ses pas lui appartenait et, en même temps, ne lui appartenait pas.

Il se soumettait. La voix le hélait, pleine de joie, un carillon de cristal. Ses pieds se posent sur une couche de feuilles pourrissantes, le métal du fusil tinte contre un des anneaux de sa ceinture. Le silence règne parmi les sapins, un casse-noix montre un instant son cou tacheté. Sur les hautes fourmilières, tout est immobile ; le mouvement s'est retiré quelque part, au fond, à l'intérieur des cités que commence à engourdir le sommeil hivernal. Thomas eût marché ainsi pendant des heures, mais voilà que Romuald s'arrête et, se caressant la joue, se demande par où il vaut mieux passer. Trois sentes se coupaient en ce point. Ils choisirent celle qui avançait sur le bord d'une déclivité assez abrupte. En certains endroits, ils avaient les pointes des sapins au-dessous d'eux ; ailleurs la forêt s'abaissait en pente douce. Des noisetiers à demi dénudés bordaient les ravins qui la coupaient et au fond desquels croissait une herbe d'un vert cru. Romuald posta Thomas auprès d'un de ces ravins. Il lui recommanda d'être sur le qui-vive et de surveiller aussi bien le sentier que la percée du bas. Thomas vit à regret s'éloigner les dos de Romuald et de Victor : ce qui attend les camarades qui vont plus loin nous semble toujours plus intéressant.

Il s'appuya au tronc d'un pin. Puis il s'assit, le fusil sur les genoux. En face de lui, un bruissement se fit entendre ; il regarda et vit une souris qui sortait son museau d'une ouverture, sous les racines plates. Le museau flairait, comiquement dressé. Elle décida qu'il n'y avait pas de danger et se mit à courir, il la perdit de vue parmi les feuilles fauves. Un autre bruissement : quelque chose, là-haut, dans le branchage, s'effritait en miettes légères. Il se leva, renversant la tête, mais le sapin d'où tombaient ces écailles de cône était énorme. Là-haut, de petits oiseaux s'ébattaient. À peine un instant apparut une aile traversée par l'éclat du soleil, mais il ne distingua rien de plus. Il fit le tour de l'arbre, sans résultat. Et cela le tourmentait, car il ne savait pas leur nom. De si loin, il ne les reconnaissait pas, et d'ailleurs les petits oiseaux étaient ceux qui lui donnaient le plus de souci. Romuald, par exemple, s'il lui demandait à quelle espèce ils appartenaient, secouait seulement la main : « Qu'est-ce qu'on en sait ? »

Il tressaillit, rappelé à son devoir, car voici que, dans les profondeurs de la forêt, il entendait le cri de la meute. Comme si l'orgue de l'église s'était mis à gronder. Pas de voix individuelles. On appuyait sur la pédale, un choral se développait à partir des premières mesures, selon une ligne montante et retombante. L'écho en redoublait la puissance et Thomas serrait son fusil, les yeux rivés alternativement à la rousseur du sentier et au fond du ravin. Il ne comprenait pas par où les chiens couraient ; tantôt, leur chœur devenait plus bruyant, tantôt il s'atténuait, et sa régularité même, tout ce fourré devenu une poitrine aux profonds grondements, le mirent dans un tel état qu'il cessa de se demander d'où venaient les voix. S'il avait été avec Romuald, il eût appris le sens de ce cri et il en eût été tout excité, mais pour l'instant cela ne signifiait rien.

Cela s'éloigne, à ce qu'il semble. Que le gibier pût apparaître justement là, devant lui, il n'y croyait plus ; il s'abandonnait peu à peu à cette torpeur qui vous gagne lorsqu'on est en train de calculer, que tout concorde et qu'on n'a pas envie de vérifier davantage, ou bien lorsqu'on exclut tout accident. La verdure au fond du ravin, le sentier, contestaient de toute la force de leur existence que quelque chose pût venir s'y ajouter. Thomas, d'ailleurs, ne se trompait pas entièrement : Romuald, peu sûr de son tir, l'avait posté à un endroit où le gibier avait peu de chances de passer — connaissant cette piste, il savait que les lièvres l'utilisaient rarement.

Son abandon à l'appel de la forêt plongeait Thomas dans des rêveries. Libre de toute responsabilité, serein, il se mit à jouer, fouillant dans la couche d'aiguilles et de feuilles qui recouvrait le sol et grattant la terre du bord de ses semelles. Des images l'assaillaient, tout à fait indignes de son âge — ce creux, c'est un canal; voici une rivière; maintenant, il y aura encore un canal. Et la meute poursuivait plus loin son dialogue avec l'espace. Un murmure, au-dessus de son écho, se propageait parmi les cimes de la futaie.

Les chiens criaient autrement que d'habitude et dans leur voix résonnait une prière: attention! attention! Mais Thomas ne le comprit pas. Plongé dans des rêves bleus, ne pensant à rien, regardant sans voir, il ne devinait pas que la sentence mauvaise avait été prononcée et que la tragédie approchait.

Tout avait été préparé pour que le coup l'atteignît de la façon la plus cruelle. La confiance du héros. Il avait longtemps nourri sa peine, puis il en avait été délivré, et il en était donc à ce point de faiblesse, d'amour, de désir, sans lequel l'homme ne deviendrait jamais la cible des foudres du destin. Et il y avait cette gaieté trompeuse, et cette promesse selon laquelle les souffrances éprouvées dans le passé ne se répéteraient plus jamais. Sans ignorance il n'y a sans doute pas de vraie tragédie; mais voilà que les faisceaux des projecteurs se braquent sur lui, il se meut déjà enveloppé de leur lumière, sous l'œil apitoyé des spectateurs qui retiennent leur souffle: un fou, il ne s'attend à rien, livré tout entier à la magie des sons, creusant les canaux de sa perte.

Les chiens poursuivaient un brocard. Ils tracèrent, sur sa

voie, un grand arc, et le brouhaha de leurs voix parvint jusqu'à Thomas de quelque part, là-bas, dans le vallon. Lui, alors, leva la tête et dirigea distraitement son regard sur le lointain. Et déjà, à cet instant, au-dessous de lui, l'éclair. Ce n'est pas ce qu'il vit qui le foudroya : il sentit de tout son corps que la matière du ravin rejaillissait pour se transformer en une chose nouvelle, inconnue. Tout se passa en même temps : la stupeur, le geste de mettre en joue, le coup de feu, la pensée « c'est un brocard », mais tout cela dans l'égarement, avec la détresse du fait accompli, celle que l'on éprouve lorsque, pressant sur la détente, on se rend compte déjà que c'est raté.

Thomas restait bouche bée. Il n'avait pas encore saisi le sens de ce qui s'était passé. Ensuite un gémissement lui échappa. Il jeta avec fureur son fusil sur le sol, ce qui l'entourait se vida de toute substance, et il s'assit, sanglotant, transpercé par la cruauté du destin.

La brise balançait au-dessus de lui les branches moelleuses du sapin. Les chiens s'étaient tus. Ainsi donc sa sérénité n'était qu'un piège. Pourquoi, pourquoi cette voix intérieure qui lui donnait la certitude ? Comment pourrait-il désormais supporter tout cela, cette humiliation sans borne ? Maintenant le brocard se mettait à durer sous ses doigts qui pressaient ses paupières, figé dans son bond, les pattes de devant fléchies et le cou renversé en arrière. S'il l'avait vu une seconde plus tôt, une seconde. Cela lui avait été refusé.

Les buissons se mirent à bruire, Lutnia bondit au dehors en glapissant et tourna les yeux vers lui, derrière elle les deux autres, ils ne comprenaient pas. Ils lui manquait encore cela, cette déception des chiens : l'homme a tiré et il abaissé le prestige de l'homme. Il restait assis, immobile, sur une petite souche, les mains contre ses joues brûlantes. Une branche craqua sous un soulier, les juges s'avançaient.

Romuald s'arrêta au-dessus de lui.

— Où est le brocard, Thomas ?

Il n'eut ni un mouvement, ni un regard.

— Je l'ai manqué.

— Mais il s'en allait droit sur toi ! J'aurais pu l'avoir à temps, mais j'ai pensé : laissons-le à Thomas.

Et à Victor qui s'approchait, avec irritation :

— Thomas a raté le brocard.

Chaque mot s'enfonçait en Thomas, tel un dard froid. Aucun secours. Il avait peur de regarder leurs visages. Enfoncé en lui-même, dans sa prison, dans le corps qui l'avait trompé et qu'il ne pouvait renier, il serrait les dents.

Le retour se fit en silence. Ces mêmes embranchements, ces mêmes détours du sentier, si pleins de charme pour lui naguère, n'étaient plus que des squelettes sans couleur. Comment avait-il mérité cela ? Plus douloureuse encore que la honte était la rancune qu'il éprouvait contre lui-même, ou contre Dieu, parce que le pressentiment du bonheur ne signifie rien.

Sur les prés, à l'endroit où ils devaient tourner vers Borkunaï, il s'excusa, disant qu'on l'attendait à la maison, et prit congé.

— Thomas ! Le fusil ! crièrent-ils derrière lui.

La *berdanka* était restée à côté d'eux, appuyée contre un aune. Il ne tourna pas la tête, mit les mains dans ses poches et s'efforça de siffler.

66

Thomas avait treize ans révolus et il fit une découverte : après une vraie détresse vient d'ordinaire une vraie joie, et on oublie alors de quoi le monde avait l'air quand cette joie n'existait pas.

Le givre recouvre les asters. La branche mince, au bout de laquelle se collent de petites boules crème, oscille après l'envol d'une mésange. Face à la fenêtre de la chambre où logeait autrefois la grand-mère Dilbin, il se tient sous le poirier et aspire l'odeur des poires brunes, rabougries, sur le sol, l'odeur du jardin qui se flétrit. Il regarde les contrevents. Non, il est sans doute trop tôt. Elle dort. Mais si elle s'était déjà réveillée ? Il s'approche des contrevents et soulève avec précaution le crochet, mais aussitôt retire sa main.

Sa nouvelle inquiétude : la mérite-t-il vraiment par ce qui se cache en lui ? S'il y a entre eux une corbeille de pommes, il choisit la plus mauvaise, de crainte qu'elle ne vienne à la prendre. Mettant le couvert, il veille à ce qu'elle ait devant elle des assiettes sans aucune ébréchure (elles en avaient presque toutes) ; il place la fourchette et réfléchit : il lui semble qu'il s'en est octroyé une trop belle à lui, tandis que l'autre est un peu usée, et il les change vite de place. La réveiller, oui, il voudrait bien, mais ce serait égoïste.

L'écho, derrière l'étang, renvoie le grondement inégal de la batteuse. Il fait le tour de la maison, monte en courant sur le porche où des graines de capucines sont en train de sécher, se heurte à Antonine. Le plancher du corridor s'est légèrement incurvé sous les pas pendant tant et tant d'années. Il jette un regard dans le «vestiaire». Il pourrait, par exemple, peser ce baluchon de laine, et après, il irait écouter sous sa porte. Il enlève le peson du mur, attache au crochet les coins de l'étoffe contenant la laine et fait glisser la barre de laiton. Pendant un instant, il a réussi à se distraire, mais soudain il lâche tout. Il colle son oreille contre la porte. Il ne peut plus se retenir et appuie sur le loquet, doucement, afin de jeter, sans que rien ne grince, un regard par la fente. Mais le gond grince, et, de l'intérieur, se fait entendre la voix qui l'appelle : Thomas !

L'autre fois, après la chasse, il était tombé malade. En

route déjà, il grelottait. À la maison, il s'était vite déshabillé, claquant des dents, et s'était glissé entre les draps froids. La grand-mère Misia lui donna des framboises séchées pour le faire transpirer. La maladie avait couvé en lui et l'ivresse trompeuse éprouvée le matin annonçait la fièvre — ou bien c'est qu'il avait alors besoin de tomber malade. Couché en chien de fusil, le menton contre les genoux, il n'avait qu'une seule envie : se fourrer tout au fond de son terrier et sentir sur lui le poids de la couverture et de la peau de mouton. Cela se passait quelques semaines auparavant, mais c'était déjà une vieille histoire.

Les cheveux châtains qui traînent sur l'oreiller quand Thomas s'approche d'elle dans la pénombre, elle en fait maintenant une natte, assise devant le miroir, la tête inclinée de côté. Mais avant, il a touché sa joue de ses lèvres et s'est assis sur son lit, tout au bord, là où la planche dépasse le matelas. Une épingle sur la table de nuit, ou quelque autre objet qu'on ne distingue pas bien, luit mystérieusement. Ensuite, on ouvre les contrevents, Thomas la regarde de dos : dans le miroir, il voit ses yeux, un peu bridés, gris, ou bien ils ont cet éclat qui empêche d'en voir la couleur. Ses sourcils épais s'abaissent lorsqu'elle rit, si bien que les yeux se cachent entre les sourcils et les joues.

Concernant sa mère, Thomas ne connaissait que deux incidents de sa première enfance, qu'on lui avait racontés, et il y pensait si souvent qu'il croyait en avoir retenu divers détails dans sa mémoire, ce qui était impossible parce qu'il était alors trop petit.

« La Baignade », sur l'Issa, c'est un petit endroit découvert sur le bord, entre les arbres, toujours à l'ombre, où l'on descend à travers champs. Sa mère l'avait posé près du sentier ; elle était dans l'eau quand elle avait aperçu sur les chaumes un chien qui galopait vers eux, la langue pendante et la queue entre les jambes (et il y avait eu des cas de rage dans les environs). Elle avait bondi hors de l'eau, saisi Thomas et, nue, avait couru en montant vers le parc. Thomas ne savait où il avait pris cette serviette qu'il continuait à voir, qu'elle avait attrapé au passage à l'aveuglette et qui flottait derrière elle, et comment il sentait encore l'angoisse qui la possédait, le souffle qui manquait à ses lèvres, son cœur qui se débattait. Il voyait le chien aussi : roux, les flancs creux, il l'entendait respirer derrière eux. Peut-être tout cela venait-il d'un rêve, car un tel rêve, où il était en pleine fuite, le poursuivait souvent. Paralysé, à la merci de sa vitesse à elle, il mourait d'effroi à l'idée qu'elle ne pourrait pas courir plus loin, qu'elle allait tomber. «Elle», ce n'était d'ailleurs pas plus qu'un signe, distinct même de sa photographie, comme aussi de la personne réelle qu'il pouvait maintenant toucher chaque jour. Causant avec elle, il en revenait obstinément à cet épisode, et lorsqu'elle eut tout raconté, il lui demanda : «Mais cette serviette ? Il y avait une serviette ?» — «De quelle serviette parles-tu ?»

Le deuxième incident, il ne lui en parla jamais. Il avait un an et demi quand il avait attrapé la diphtérie. Il était mourant, et sa mère, à ce que disait Antonine, se frappait la tête contre les murs et se traînait sur les genoux, criant, implorant miséricorde. Elle avait levé ses mains jointes et fait un serment : si Thomas guérissait, elle irait à pied en pèlerinage vers la Vierge miraculeuse d'Ostrabrama, à Vilna. Et aussitôt l'état de Thomas s'était amélioré. Les adultes, interrogés au sujet de ce serment, se dérobaient : «Qu'est-ce que tu veux, par les temps qui courent, la guerre, ces troubles, comment y penser.» Thomas dut donc se résigner au fait qu'elle n'avait pas fait son pèlerinage. Maintenant il rapprochait cela des conversations que sa mère avait souvent, dans sa chambre, avec Héléna et Misia. La mère évoquait de façon saisissante ses voyages pendant la guerre, non loin du front, et comment elle avait traversé la frontière — par des forêts sauvages, de nuit, seule avec un contrebandier qui lui avait indiqué une piste ; mais il faisait si sombre qu'elle s'était égarée, elle n'osait pas bouger de peur des gardes, elle s'était donc tapie dans les buissons, attendant l'aube. Héléna disait : « Pas possible, Tekla, vraiment ? » avec admiration. Mais lorsqu'elle restait seule avec Misia, elle devenait condescendante : « Évidemment, Tekla, toujours la même... » ce qui signifiait que Tekla manquait de sérieux, qu'elle était légère ; des aventures sensationnelles, mais jamais d'argent, et ainsi de suite. Misia se complaisait à exciter Héléna, qui poursuivait l'étalage de ses griefs sucrés, sans comprendre, la sotte, que Misia se payait sa tête une fois de plus. Les remarques de sa tante, cependant, blessaient gravement Thomas, car enfin le serment avait été violé. Peut-être sa mère était-elle vraiment légère ? De quelque part, au fond de lui, montait une rancune contre elle, qui l'avait laissé seul si longtemps. Un jour où il se surprit à penser ainsi, il reconnut aussitôt sa lourde faute. Il se chercha un châtiment et choisit le plus sévère — il s'interdit d'aller chez elle lui dire bonjour, et cela trois matins de suite ; le plus sévère, justement, parce qu'elle pouvait penser qu'il ne se souciait pas d'elle, qu'il était occupé d'autre chose. Si la tentation de la juger le reprenait, il fermait les yeux et se forçait à se représenter combien elle était belle et courageuse.

Les feuilles sont rouges, l'Issa s'embrume parmi les acorus rouillés. Parfois ils attellent un cheval et s'en vont au village voir ses amis d'autrefois, du temps où elle était jeune fille. Les cruches de bière sont sur la table, les pipes fument, les verres se lèvent, il y a les enfants, les chiens, les coffres verts avec leurs fleurs peintes, l'entrée sent le fromage, le petit-lait, les pommes, les poules battent des ailes sur les perchoirs. Paresse de la hutte, à cette époque de l'année, quand les travaux des champs sont terminés et que la ferme se replie sur elle-même, dans le rectangle de la cour. La boue, dans les chemins, siffle doucement entre les rayons des roues. On allume déjà le poêle. Sur la brune il fait bon regarder la flamme et ne penser à rien. Une lueur rose, puisse cela durer, mais le brasier s'éteint peu à peu, ce n'est déjà plus la même chose, il fait sombre et on n'a pas envie de remuer.

La mèche de la lampe, dont l'abat-jour est blanc d'un côté et vert de l'autre, il faut l'égaliser longuement avec des ciseaux pour qu'elle ne dépose pas de traînées noires sur le verre. Thomas fait ses devoirs. Elle met de côté le chandail qu'elle tricote et mouille son crayon pour corriger un problème. Elle approche sa chaise de la sienne ; épaule contre épaule, le cercle de la lampe, eux ici, et derrière la fenêtre, dans le verger, hululent les hiboux.

Malgré tout, le passé, il n'est pas facile de s'en défaire. Quand elle lui demanda ce qu'il voudrait devenir, il rougit et baissa la tête.

— Moi... sans doute prêtre.

Elle l'observa, amusée.

— Quelles sottises racontes-tu là. Pourquoi justement prêtre ?

— Parce que je... parce que je...

Il ravalait ses larmes et ne put les retenir. Il ne put pas articuler : « Parce que j'ai manqué le brocard et que je t'en ai voulu de n'avoir pas fait ton pèlerinage » — ce qui d'ailleurs n'aurait pas été l'entière vérité.

— Parce que... je suis mauvais.

Le prêtre, du fait qu'il porte la soutane, a le droit d'être différent des autres gens ; ce qu'on exige d'eux ne le concerne pas. Voilà ce qu'il essayait d'exprimer.

Et ce qu'il vit sur le visage de sa mère fit qu'il insista :
— Mais si.
— Ce que tu es, tu n'en sais rien de rien.

Il se détourna et prononça entre ses dents :
— Je ne veux pas être seul.
— Non, plus jamais.

La porte ne peut s'ouvrir ainsi qu'une seule fois : au-dessus du chandail gris à col montant, ce visage inconnu éblouit, appelle, attire, attend — lui, figé, ne comprend pas, et soudain, avec un cri, il saute, des bras l'enlacent, elle. Non, plus jamais.

Son sommeil est tranquille. Elle le borde et son baiser l'accompagne doucement dans la profondeur épaisse de la nuit. Ses pas s'éloignent. Enfonçant sa bouche dans l'oreiller, Thomas se demande ce qu'il pourrait lui donner. Le cahier aux oiseaux ? Non. Ça, c'était autre chose. « Mais je l'aime. »

67

À la veillée de la Saint-André, ils firent fondre la cire. Lorsque ce fut le tour de sa mère, elle reçut une couronne de fleurs ou d'épines, on ne sait, et lui, une feuille plate dont l'ombre rappelait l'Afrique, et sur cette Afrique, une croix. Tout de suite après, la neige se mit à tomber. Des tourbillons de vapeur sortaient de la bouche de ceux qui arrivaient du dehors, frappant du pied avec force pour se débarrasser de la masse vitreuse qui s'attachait à leurs talons. La bouillie mouvante qui craquetait à la surface de l'Issa se condensait en glace. Noël approchait autrement que naguère ; l'assiette qu'on laisse vide pendant toute la vigile pour le voyageur paraissait maintenant vraiment préparée pour un inconnu, et non pas, comme c'était le cas ces dernières années, avec l'espoir secret que soudain maman allait arriver. Ce n'était plus Antonine, c'était elle qui faisait les préparatifs pour les fêtes, avec l'aide de Thomas. Elle fit cuire elle-même le *barchtch* aux «oreillettes», champignons enrobés de pâte, et prépara les *slizyki*. Les *slizyki*, ce sont de petits morceaux d'une pâte pétrie en forme de fil, que l'on met au four jusqu'à ce qu'ils deviennent aussi durs que des cailloux. On les arrose dans l'assiette de *syta* — on en met une cruche pleine sur la table. La *syta* se compose d'eau, de miel et d'œillette écrasée. Thomas ne s'intéressait guère aux plats qui venaient entre le *barchtch* et le dessert. Il mettait dans son assiette une montagne de *kisiel* de canneberge, une gelée d'un rose vif; il se gonflait de ce mets bien-aimé; et le foin qu'on met sous la nappe, en souvenir de la crèche où était couché le petit Jésus, formait un matelas moelleux pour ses coudes lorsque sa gloutonnerie commençait à s'apaiser. Ensuite, sous l'arbre de Noël, il chantait de vieux chants avec sa mère, et elle lui en apprenait qu'il ne savait pas. Ils allumaient la lanterne de l'étable et s'en allaient à la Messe de Minuit, faisant voler sous leurs pas la neige poudreuse.

La mère de Thomas était pleine de bon sens et elle décida qu'ils passeraient l'hiver à Ginè. Une expédition pendant les grands froids à travers les frontières eût été trop difficile, et d'ailleurs il valait mieux attendre pour d'autres raisons. Le père de Thomas passait par des fortunes diverses, le plus souvent plutôt médiocres. Après avoir perdu plusieurs postes, devenu fonctionnaire communal, il était dans le besoin. Héléna recevait sa part en terre, donc Tekla avait droit à quelque chose. Mais pour avoir de l'argent à changer en roubles d'or, il faut battre le blé et le vendre, après avoir attendu le moment où les prix sont meilleurs. Tekla eut une idée audacieuse, qu'Héléna accueillit en criant: «Tu es folle!» Faire passer de l'autre côté de la frontière, en contrebande, une paire de chevaux, parce que cette race de petits chevaux trapus et larges n'existe nulle part hors de Lituanie, et ce serait un cadeau pour son mari. Mais voyons, c'est à peine si elle avait pu se faufiler elle-même, alors avec les chevaux, comment ? — Bêtise, ça doit réussir.

Cette frontière, ouverte seulement aux contrebandiers, aux loups et aux renards, parce que les Polonais considèrent la ville de Vilna comme leur propriété tandis qu'elle reste, aux yeux des Lituaniens, leur capitale occupée par les Polonais au mépris de tout droit, donnait bien des soucis aux gens. La mère choisit les chevaux : quatre ans, tous deux isabelle avec une raie plus foncée le long du dos. Il fallait les amener jusqu'à la maison. Elle comptait sur sa chance, et aussi sur le fait que les gardes, lorsqu'il n'y a pas d'officiers dans le voisinage immédiat, se laissent attendrir — si l'on n'arrive pas à les éviter tout à fait.

Le duvet blanc, dans l'embrasure des fenêtres, et le silence. On y perçoit le pépiement monotone des bouvreuils qui décortiquent les graines des lilas. Le voyage qu'il allait faire éveilla l'intérêt de Thomas pour la géographie. Pour ces leçons, on se servait d'un atlas allemand édité en 1852. Maman y corrigeait au crayon les frontières des États, dont beaucoup avaient depuis changé de formes. Dans l'atlas, on ne trouvait ni Ginè, ni les localités voisines, ce qu'il ne fallait d'ailleurs pas prendre en mauvaise part. Pourtant, il pensait aux cartes de géographie en général : lorsqu'on appuie son doigt sur un point quelconque, il y a là-bas, sous le doigt, des forêts, des champs, des routes, des villages, on touche une foule de personnes dont chacune est particulière, différente des autres par quelque trait — on lève le doigt et il n'y a rien. Et, de même qu'à l'église il était démangé par l'envie de s'envoler et de regarder d'en haut les gens à genoux, de même ici il eût voulu posséder une loupe magique qui eût fait sortir du papier tout ce qui se cache là-bas. Plus on consacre d'attention à cette étendue, avec ses contours, ses cercles et ses lignes, et plus elle nous attire. C'est comme lorsqu'on prend deux chiffres : un et deux, et qu'on cherche à imaginer ce qu'il y a entre eux. Si on pouvait dessiner une carte où seraient indiqués toutes les maisons et tous les êtres humains — l'endroit où chacun se trouve, où chacun s'en va — même alors il resterait les chevaux, les vaches, les chiens, les chats, les divers oiseaux, les poissons dans l'Issa, et si on les dessinait aussi il resterait encore les puces sur les chiens, et les scarabées brillants dans l'herbe, et les fourmis, et ainsi de suite. Donc la carte doit forcément être inexacte. Et quand on l'étudie longtemps, on fait encore une remarque : me voilà ici, sur ma chaise, une fois, et là-bas, sous mon doigt arrêté sur la tache vide où devrait se trouver Ginè, me voilà une seconde fois. Je me désigne moi-même, réduit à une petite échelle. Ce second moi n'est pas le même que moi ici, il est seulement mêlé, confondu avec d'autres gens.

Les jours passaient. Le grand-père revenait de ses voyages d'affaires d'excellente humeur parce que ses démarches aboutissaient enfin. D'après les promesses faites, le partage de Ginè entre Héléna et lui serait officiellement reconnu par les autorités et ils n'auraient plus rien à craindre de la Réforme. La dénonciation de Joseph, en somme, n'avait pas fait de tort. Les époux Juchniewicz devaient déménager après la Saint-Georges ; l'autre domaine avait réellement été morcelé.

On était déjà au dimanche des Rameaux, sans chatons, à vrai dire, dans le gel et la neige ; le printemps, cette année-là, était en retard. Puis, parmi les feuilles pourries et les aiguilles, on vit sortir les scilles bleues — il pensa que c'était le dernier printemps et qu'il ne reviendrait peut-être jamais. Il erra longuement dans le parc, et, pour finir, il repéra un endroit sur la pente, au milieu d'un petit pré carré, déterra un jeune marronnier, le transporta là-bas et le planta. S'il se retrouvait un jour à Ginè, son premier geste serait de courir vers ce pré et de voir comment son arbre avait grandi.

L'eau de l'Issa était encore glacée. Près du bord émergèrent, roulées en forme de trompettes, les premières feuilles d'un vert pâle, tandis que le milieu reflétait l'enroulement des nuages. Un jour, sur le sentier, parmi les broussailles qui bordent la rivière, il rencontra l'amie de ses anciens jeux, Onutè. Il la voyait de temps en temps de loin, mais cette fois cela ne se passa pas comme d'habitude. Elle s'arrêta, l'observant un moment avec une sorte de curiosité, et son expression était plutôt étrange. C'était une grande fille. Elle baissa la tête et Thomas ressentit une chaleur sous son col et sur ses joues; il l'évita d'un air sévère. L'air sévère dissimulait un tremblement, mais Onutè put croire qu'il la dédaignait parce qu'il était désormais un monsieur. Cette idée vint à Thomas trop tard, quand le danger se fut éloigné, et il se sentit mal à l'aise.

68

Six mois après le mariage de monsieur Romuald et de Barbara, il leur naquit un fils. De grosses bosses noires émergeaient alors de la neige fondante, à travers la campagne, mais bien que ce fût le début d'avril, il y avait eu un retour de gel et on l'avait mené à l'église en traîneau. Il fut baptisé Witold.

Le ciel était nuageux, les corneilles craillaient dans les osiers; le fouet de Romuald, celui qui servait aux grandes occasions, avec une mèche rouge, frôlait la croupe du cheval d'un air négligent. Barbara écartait le châle à carreaux et regardait, le bébé dormait. Ils allaient ainsi, à la vérité, dans une totale ignorance du temps de l'histoire, celui qui n'est pas marqué seulement par le retour des printemps et des hivers, le balancement du blé en train de mûrir, l'arrivée et le départ des oiseaux. Le sol sur lequel glissaient les patins du traîneau peint en vert n'était pas volcanique, il n'en jaillissait pas de feu, ils n'avaient aucune raison de penser à ces incendies et à ces déluges par lesquels s'accomplit le destin de l'homme.

Witold se mit à hurler juste devant le porche. Barbara l'installa dans le berceau et, tout en le berçant, elle observait, derrière elle, la table servie pour le banquet. C'est une grande joie que d'être maîtresse dans sa propre maison. Quand elle ouvrait les battants de l'armoire d'où venait l'odeur des miches qu'elle avait faites elle-même, une grande douceur l'envahissait. Mon pain. Mon mari. Mon fils. Et, ce qui n'est pas moins important, mon plancher — les planches craquent et les bottines craquent aussi. Donc, son visage rayonnait, les hôtes entraient. Romuald se frotta les mains et dit: « Allons, Barbara, sers-nous, on va manger un morceau. »

La vieille Bukowski examina son petit-fils et décréta qu'il ressemblait à lui, et non à sa belle-fille. Il fallait bien qu'elle se consolât de cette manière, et aussi en vidant verre après verre. Puis, derrière les fenêtres, la nuit s'épaissit, on entendait siffler dans les branches les rafales du dégel. Si quelqu'un s'était approché, attiré par la lumière, il les eût vus qui riaient, se renversaient un peu lourdement sur leurs chaises, tandis que les chiens (en hiver, à cause du froid, on les laissait entrer dans la maison) se grattaient au milieu de la pièce. Un chien, se grattant le cou avec sa patte de derrière, frappait le plancher, mais la vitre n'eût laissé passer aucun son.

Du côté de la fenêtre illuminée, dans l'obscurité, un loup, à la lisière de la forêt, tourne la tête et observe pendant un instant le gîte étrange des hommes, séparé à jamais de ce qu'il peut comprendre. Et qui sait, ce rectangle attire peut-être d'autres créatures, plus malignes. Mais si par hasard ce sont des diables en habit, ils seront bientôt punis de leur curiosité pour ce qui se passe à l'intérieur de ces demeures. Ils attachent trop de poids à des affaires de peu d'importance pour pouvoir se maintenir à une époque où il devient indispensable d'avoir le sens des proportions. Bientôt, sur les bords de l'Issa, personne ne racontera plus avoir vu l'un d'eux balancer les jambes sur la poutre du moulin ou avoir entendu leurs danses. Et si quelqu'un le racontait quand même, il ne faudrait pas le croire.

Le vent du dégel venait de l'ouest, de la mer. Sur les eaux, entre les rives de la Suède et de la Finlande, entre la ville hanséatique de Riga et la ville hanséatique de Dantzig, les navires tanguaient et mugissaient dans la brume. Barbara changeait les couches de l'enfant, le tenant par les pieds et soulevant légèrement le petit derrière qui provoquait en elle des bouffées de tendresse. Cette tendresse, comme aussi les sentiments qu'elle éprouvait lorsqu'elle déboutonnait son corsage et approchait du bébé son sein où une veine bleue transparaissait à travers la peau, il ne faut pas les situer hors de la sphère d'expérience qui est bien la leur. Il nous a été assigné de vivre à la limite de l'animalité et de l'humain, et il est bon qu'il en soit ainsi.

69

Vers la même époque, Romuald engagea un nouveau garçon de ferme, Dominique Malinowski. Si celui-ci, pour la première fois de sa vie, quittait Ginè, ce n'était pas sans de graves raisons.

Il se trouvait alors, avec le paysan chez qui il travaillait cet hiver-là, dans la grange où ils battaient le blé avec des fléaux. Peut-être l'incident aurait-il pu être évité, bien que, depuis le matin, tout parût y tendre. Dominique savait se maîtriser. Ses lèvres étaient toujours minces et serrées, à force de retenir ce qu'il aurait voulu et ne pouvait pas dire. Entrant dans l'âge adulte, il ressemblait de plus en plus à un maigre oiseau de proie. Parfois, l'envie le démangeait de saisir cette canaille à la gorge, mais il savait dangereux de céder à ses impulsions. Boum, l'écho renvoyait le coup du fléau que tenait le vieux ; boum, lui répondait le fléau de Dominique, et ainsi, à deux voix, ils continuaient le travail. Puis ils s'interrompirent, parce que le vieux devait déverser son humeur sur quelqu'un dans la maison. Et c'est alors que cela commença.

Ce quelqu'un, c'était une servante, de l'âge de Dominique, que celui-ci considérait comme une sotte parce qu'elle se laissait exploiter par chacun plus qu'il n'était nécessaire. Peu importe d'ailleurs la sympathie qu'il avait ou n'avait pas pour elle — il suffit qu'il eût pris maintenant sa défense. Alors l'orgueil fibreux, sclérosé du vieux se heurta à la force de Dominique, et il l'eut là, cette gorge, avec sa pomme d'Adam, sous ses doigts, il le tint un moment en l'air et le jeta sur le sol, qui résonna. Il sortit par la porte de la cour, et, derrière lui, il entendit hurler.

Une minute de triomphe. «Je ne suis pas à ta merci.» Mais alors qu'il se rapprochait de la hutte, à côté du bac, il pensait déjà aux conséquences. Et celles-ci se produisirent effectivement. Le paysan en excita d'autres contre lui, parmi les riches, ils firent cause commune. Et Dominique désormais ne put rien gagner chez eux. Il dut chercher du travail ailleurs — c'est à Borkunaï qu'il finit par en trouver.

Dans l'intervalle, il restait à la maison, façonnant des cuillers, des baquets, des sabots, afin que chaque jour rapportât quelques sous. Parfois sa mère, assise sur le banc en face de lui, observait les mouvements adroits de ses mains. Elle disait «la terre», et il levait les yeux vers ce visage tailladé de rides, sur cette bouche prise entre les crochets de deux plis profondément imprimés dans la peau. Toujours la même histoire :

cette demande qu'elle avait faite, pour recevoir de la terre grâce à la Réforme. « Mais puisque Joseph l'a dit. » — « Déjà on morcelle partout. » Dominique ne répondait rien. Il penchait la tête et enfonçait son couteau dans le bois de tilleul avec une attention plus grande qu'à l'ordinaire. Pensif, il conduisait lentement la lame vers lui en creusant un long sillon.

70

Le départ de Thomas et de sa mère fut remis jusqu'en juin. Elle avait fait fixer au char des arcs de noisetier sur lesquels une bâche se déployait, comme sur les chars de tziganes. Ils avaient une centaine de kilomètres à parcourir jusqu'à la frontière, et encore près de quarante de l'autre côté. Cela pourrait donc être utile en cas de pluie, et aussi pour dormir en route. Elle préparait quantité de provisions : fromages séchés au cumin, saucissons et jambons fumés jusqu'au noir, comme le père de Thomas les aimait.

La veille, le grand-père fit entrer Thomas dans sa chambre, referma la porte, s'assit et s'éclaircit la voix. Puis il se mit à expliquer que les gens des villes sont corrompus et qu'il faut se garder des mauvaises fréquentations. Mais tout de suite, il se mit à souffler de nouveau *tch-tch* par le nez, comme s'il se sentait honteux, parce que Thomas lui avait demandé à quoi on reconnaît les mauvaises fréquentations. « Eh bien, tu sais, l'eau-de-vie, les cartes... » Il l'attira contre lui, et une émotion violente secoua Thomas tandis qu'il embrassait les joues piquantes. Soudain le grand-père l'écarta, cherchant dans ses poches un mouchoir.

Ce matin-là, Thomas prit son petit déjeuner de bonne heure, se brûlant les lèvres avec son thé, et il se leva, laissant son verre à demi plein. Il vit devant la fenêtre la bâche blanche du char — tout était déjà en place, on en était aux dernières phrases hâtives. Il courut alors devant le perron et plus loin, par la pelouse en pente, dépassant la rangée des pivoines en fleurs. Un pan de la vallée apparaissait entre les arbres du parc, dans la brume matinale; au-dessus de la verdure embuée, le jour était rose, les oiseaux chantaient. Il voulait se souvenir. «Tu nous oublieras, ah, tu nous oublieras», disait Antonine, lorsqu'ils se réunirent tous sur les marches, et elle lui saisit le visage dans ses deux mains, tristement. Les joues de la grand-mère Misia avaient l'odeur des reinettes mouillées. Luc piaillait, les pressait sur sa poitrine avec des baisers bruyants. Bénédictions, signes de croix tracés dans l'air. «Allons, Thomas!» dit gravement sa mère. Ils se signèrent. Dans ses mains, il serrait le cuir dur des rênes. Lors de séparations comme celle-ci, il y a toujours un moment où quelqu'un rompt l'attente, de préférence par surprise. Il brandit le fouet, les roues grincèrent, des cris retentirent, et, se retournant, ils virent, en arrière de la bâche, dans l'ouverture toujours plus petite du tunnel vert de l'allée, les mouchoirs qui flottaient et les mains en l'air.

Déjà les rênes se tendent, ils descendent avec précaution la route délavée par les pluies. Le Christ soucieux leur apparut un instant entre les feuillages épais. Derrière le mur blanc du grenier, Thomas mit les chevaux au trot. Ils dépassèrent ainsi les chênes du cimetière, sous lesquels ils laissaient pour toujours Magdalena, la grand-mère et Balthazar. Ginè disparaissait peu à peu — devant eux, l'inconnu.

Plus tard, tandis que les chevaux grimpaient avec effort, l'Issa brilla pour la dernière fois, disposée en méandres dans les prés. La rivière natale, dont l'eau est douce au souvenir. Les muscles remuent sous le poil des chevaux, ils gravissent la pente. Sur le plateau, Thomas les cingle du fouet et les menace : « Eh toi, Birnik, gare à toi ! »

Ces chevaux, qui devaient partir pour l'étranger, loin des lieux de leur naissance, s'appelaient Smilga et Birnik, noms qui entretiendraient le souvenir des maîtres auxquels ils avaient d'abord appartenu. Smilga avait la réputation d'être honnête, travailleur, il tirait toujours de son mieux, et c'est pourquoi il ne grossissait jamais. Birnik, au contraire, insensible aux coups, rond comme un concombre, feignait seulement de tirer, laissant toute la peine à son camarade. Dans les montées cependant, il allait de l'avant comme un enragé ; l'obstacle offensait sa paresse et il s'efforçait de le vaincre.

La mère porte un fichu aux fleurs multicolores. Sous eux, le foin s'affaisse, bien que le voyage ne fasse que commencer. On entend tinter le seau. Le palonnier n'est pas comme il devrait. Ils vont par des clairières où les chevaux agitent la queue pour chasser les frelons, dans la direction des grands lacs, sur cette même route suivie jadis par Magdalena dans son cercueil. On y rencontre un chêne, sous lequel on fait halte pour le repas de midi, et on étend une nappe sur l'herbe. Vers le soir, un nouveau pays se découvrira devant eux, où, si loin que s'étende le regard, il y a plus d'eau que de terre, des lacs et des lacs, des presqu'îles et des isthmes, des archipels d'îlots verts. Puis ils descendront, à travers les collines, parmi des pierres énormes, verticales, semblables à des animaux figés. Sur les prés, on fait justement les foins ; des rangées de petites silhouettes humaines se balancent en mesure. La nuit, on s'arrête dans un village de pêcheurs : le silence, les canots sentent le goudron, on entend les chevaux broyer leur avoine.

Il ne reste qu'à te souhaiter bonne chance, Thomas. La suite de ton destin restera à jamais inconnue, nul ne peut deviner ce que fera de toi le monde qui t'attend. Les diables des bords de l'Issa t'ont travaillé de leur mieux, le reste ne leur appartient pas. Maintenant, fais attention à Birnik ! Le voilà qui se rendort, indifférent à tout, sans savoir que, grâce à toi, un jour, quelqu'un écrira son nom. Tu lèves ton fouet, et le récit prend fin.

DU MÊME AUTEUR

Aux Éditions Gallimard

LA PENSÉE CAPTIVE
LA PRISE DU POUVOIR
UNE AUTRE EUROPE

L'IMAGINAIRE
GALLIMARD

Axée sur les constructions de l'imagination, cette collection vous invite à découvrir les textes les plus originaux des littératures romanesques française et étrangères.

Derniers volumes parus

461. Rabindranath Tagore : *Le Vagabond et autres histoires*.
462. Thomas de Quincey : *De l'Assassinat considéré comme un des Beaux-Arts*.
463. Jean Potocki : *Manuscrit trouvé à Saragosse*.
464. Boris Vian : *Vercoquin et le plancton*.
465. Gilbert Keith Chesterton : *Le nommé Jeudi*.
466. Iris Murdoch : *Pâques sanglantes*.
467. Rabindranath Tagore : *Le naufrage*.
468. José Maria Arguedas : *Les fleuves profonds*.
469. Truman Capote : *Les Muses parlent*.
470. Thomas Bernhard : *La cave*.
471. Ernst von Salomon : *Le destin de A.D.*
472. Gilbert Keith Chesterton : *Le Club des Métiers bizarres*.
473. Eugène Ionesco : *La photo du colonel*.
474. André Gide : *Le voyage d'Urien*.
475. Julio Cortázar : *Octaèdre*.
476. Bohumil Hrabal : *La chevelure sacrifiée*.
477. Sylvia Townsend Warner : *Une lubie de Monsieur Fortune*.
478. Jean Tardieu : *Le Professeur Frœppel*.
479. Joseph Roth : *Conte de la 1002e nuit*.
480. Kôbô Abe : *Cahier Kangourou*.
481. Rainer Maria Rilke, Boris Pasternak, Marina Tsvétaïeva : *Correspondance à trois*.
482. Philippe Soupault : *Histoire d'un blanc*.
483. Malcolm de Chazal : *La vie filtrée*.
484. Henri Thomas : *Le seau à charbon*.
485. Flannery O'Connor : *L'habitude d'être*.
486. Erskine Caldwell : *Un pauvre type*.

487. Florence Delay : *Minuit sur les jeux.*
488. Sylvia Townsend Warner : *Le cœur pur.*
489. Joao Ubaldo Ribeiro : *Sergent Getulio.*
490. Thomas Bernhard : *Béton.*
491. Iris Murdoch : *Le prince noir.*
492. Christian Dotremont : *La pierre et l'oreiller.*
493. Henri Michaux : *Façons d'endormi, Façons d'éveillé.*
494. Meša Selimović : *Le derviche et la mort.*
495. Francis Ponge : *Nioque de l'avant-printemps.*
496. Julio Cortázar : *Tous les feux le feu.*
497. William Styron : *Un lit de ténèbres.*
498. Joseph Roth : *La toile d'araignée.*
499. Marc Bernard : *Vacances.*
500. Romain Gary : *L'homme à la colombe.*
501. Maurice Blanchot : *Aminadab.*
502. Jean Rhys : *La prisonnière des Sargasses.*
503. Jane Austen : *L'Abbaye de Northanger.*
504. D.H. Lawrence : *Jack dans la brousse.*
505. Ivan Bounine : *L'amour de Mitia.*
506. Thomas Raucat : *L'honorable partie de campagne.*
507. Frederic Prokosch : *Hasards de l'Arabie heureuse.*
508. Julio Cortázar : *Fin de jeu.*
509. Bruno Schulz : *Les boutiques de cannelle.*
510. Pierre Bost : *Monsieur Ladmiral va bientôt mourir.*
511. Paul Nizan : *Le cheval de Troie.*
512. Thomas Bernhard : *Corrections.*
513. Jean Rhys : *Voyage dans les ténèbres.*
514. Alberto Moravia : *Le quadrille des masques.*
515. Hermann Ungar : *Les hommes mutilés.*
516. Giorgi Bassani : *Le héron.*
517. Marguerite Radclyffe Hall : *Le puits de solitude.*
518. Joyce Mansour : *Histoires nocives.*
519. Eugène Dabit : *Le mal de vivre.*
520. Alberto Savinio : *Toute la vie.*
521. Hugo von Hofmannsthal : *Andréas et autres récits.*
522. Charles-Ferdinand Ramuz : *Vie de Samuel Belet.*
523. Lieou Ngo : *Pérégrinations d'un clochard.*
524. Hermann Broch : *Le tentateur.*
525. Louis-René des Forêts : *Pas à pas jusqu'au dernier.*
526. Bernard Noël : *Le 19 octobre 1977.*

527. Jean Giono : *Les trois arbres de Palzem.*
528. Amos Tutuola : *L'ivrogne dans la brousse.*
529. Marcel Jouhandeau : *De l'abjection.*
530. Raymond Guérin : *Quand vient la fin.*
531. Mercè Rodoreda : *La place du diamant.*
532. Henry Miller : *Les livres de ma vie.*
533. R. L. Stevenson : *Ollala des montagnes.*
534. Ödön von Horváth : *Un fils de notre temps.*
535. Rudyard Kipling : *La lumière qui s'éteint.*
536. Shelby Foote : *Tourbillon.*
537. Maurice Sachs : *Alias.*
538. Paul Morand : *Les extravagants.*
539. Seishi Yokomizo : *La hache, le koto et le chrysanthème.*
540. Vladimir Makanine : *La brèche.*
541. Robert Walser : *La promenade.*
542. Elio Vittorini : *Les hommes et les autres.*
543. Nedim Gürsel : *Un long été à Istanbul.*
544. James Bowles : *Deux dames sérieuses.*
545. Paul Bowles : *Réveillon à Tanger.*
546. Hervé Guibert : *Mauve le vierge.*
547. Louis-Ferdinand Céline : *Maudits soupirs pour une autre fois.*
548. Thomas Bernhard : *L'origine.*
549. J. Rodolfo Wilcock : *Le stéréoscope des solitaires.*
550. Thomas Bernhard : *Le souffle.*
551. Beppe Fenoglio : *La paie du samedi.*
552. James M. Cain : *Mildred Pierce.*
553. Alfred Döblin : *Voyage babylonien.*
554. Pierre Guyotat : *Prostitution.*
555. John Dos Passos : *La grande époque.*
556. Cesare Pavese : *Avant que le coq chante.*
557. Ferdinando Camon : *Apothéose.*
558. Pierre Drieu La Rochelle : *Blèche.*
559. Paul Morand : *Fin de siècle.*
560. Juan Marsé : *Le fantôme du cinéma Roxy.*
561. Salvatore Satta : *La véranda.*
562. Erskine Caldwell : *Toute la vérité.*
563. Donald Windham : *Canicule.*
564. Camilo José Cela : *Lazarillo de Tormes.*
565. Jean Giono : *Faust au village.*
566. Ivy Compton-Burnett : *Des hommes et des femmes.*

567. Alejo Carpentier : *Le recours de la méthode*.
568. Michel de Ghelderode : *Sortilèges*.
569. Mercè Rodoreda : *La mort et le printemps*.
570. Mercè Rodoreda : *Tant et tant de guerre*.
571. Peter Matthiessen : *En liberté dans les champs du Seigneur*.
572. Damon Runyon : *Nocturnes dans Broadway*.
573. Iris Murdoch : *Une tête coupée*.
574. Jean Cocteau : *Tour du monde en 80 jours*.
575. Juan Rulfo : *Le coq d'or*.
576. Joseph Conrad : *La rescousse*.
577. Jaroslav Hasek : *Dernières aventures du brave soldat Chvéïk*.
578. Jean-Loup Trassard : *L'ancolie*.
579. Panaït Istrati : *Nerrantsoula*.
580. Ana Maria Matute : *Le temps*.
581. Thomas Bernhard : *Extinction*.
582. Donald Barthelme : *La ville est triste*.
583. Philippe Soupault : *Le grand homme*.
584. Robert Walser : *La rose*.
585. Pablo Neruda : *Né pour naître*.
586. Thomas Hardy : *Le trompette-Major*.
587. Pierre Bergounioux : *L'orphelin*.
588. Marguerite Duras : *Nathalie Granger*.
589. Jean Tardieu : *Les tours de Trébizonde*.
590. Stéphane Mallarmé : *Thèmes anglais pour toutes les grammaires*.
591. Sherwood Anderson : *Winesburg-en-Ohio*.
592. Luigi Pirandello : *Vieille Sicile*.
593. Apollinaire : *Lettres à Lou*.
594. Emmanuel Berl : *Présence des morts*.
595. Charles-Ferdinand Ramuz : *La séparation des races*.
596. Michel Chaillou : *Domestique chez Montaigne*.
597. John Keats : *Lettres à Fanny Brawne*.
598. Jean Métellus : *La famille Vortex*.
599. Thomas Mofolo : *Chaka*.
600. Marcel Jouhandeau : *Le livre de mon père et de ma mère*.
601. Hans Magnus Enzensberger : *Le bref été de l'anarchie*.
602. Raymond Queneau : *Une histoire modèle*.
603. Joseph Kessel : *Au Grand Socco*.
604. Georges Perec : *La boutique obscure*.
605. Pierre Jean Jouve : *Hécate suivi de Vagadu*.
606. Jean Paulhan : *Braque le patron*.

607. Jean Grenier : *Sur la mort d'un chien.*
608. Nathaniel Hawthorne : *Valjoie.*
609. Camilo José Cela : *Voyage en Alcarria.*
610. Leonardo Sciascia : *Todo Modo.*
611. Théodor Fontane : *Madame Jenny Treibel.*
612. Charles-Louis Philippe : *Croquignole.*
613. Kôbô Abé : *Rendez-vous secret.*
614. Pierre Bourgade : *New York Party.*
615. Juan Carlos Onetti : *Le chantier.*
616. Giorgio Bassani : *L'odeur du foin.*
617. Louis Calaferte : *Promenade dans un parc.*
618. Henri Bosco : *Un oubli moins profond.*
619. Pierre Herbart : *La ligne de force.*
620. V.S. Naipaul : *Miguel Street.*
621. Novalis : *Henri d'Ofterdingen.*
622. Thomas Bernhard : *Le froid.*
623. Iouri Bouïda : *Le train zéro.*
624. Josef Škvorecký : *Miracle en bohême.*
625. Kenzaburô ÔÉ : *Arrachez les bourgeons, tirez sur les enfants.*
626. Rabindranath Tagore : *Mashi.*
627. Victor Hugo : *Le promontoire du songe.*
628. Eugène Dabit : *L'île.*
629. Herman Melville : *Omou.*
630. Juan Carlos Onetti : *Les bas-fonds du rêve.*
631. Julio Cortázar : *Gites.*
632. Silvina Ocampo : *Mémoires secrètes d'une poupée.*
633. Flannery O'Connor : *La sagesse dans le sang.*
634. Paul Morand : *Le flagellan de Séville.*
635. Henri Michaux : *Déplacements dégagements.*
636. Robert Desnos : *De l'érotisme.*
637. Raymond Roussel : *La doublure.*
638. Panaït Istrati : *Oncle Anghel.*
639. Henry James : *La maison natale.*
640. André Hardellet : *Donnez-moi le temps suivi de la promenade imaginaire.*
641. Patrick White : *Une ceinture de feuilles.*
642. F. Scott Fitzgerald : *Tous les jeunes gens tristes.*
643. Jean-Jacques Schuhl : *Télex n° 1.*
644. Apollinaire : *Les trois Don Juan.*

*Achevé d'imprimer par Dupli-print,
à Domont (95), le 02 octobre 2013.
Dépôt légal : octobre 2013
Numéro d'imprimeur : 2013100155*

ISBN 978-2-07-070299-2/Imprimé en France

248944